„Wir erhalten authentische Einblicke in die seelischen Abgründe wirklich existierender Psychopathen – verpackt in eine ungemein spannende Kriminalhandlung. Dieser Roman ist wirklich glänzend geworden. Keine leichte Lektüre, aber eine unwiderstehliche."

Alexander Fürst zu Schaumburg-Lippe, Blogger

„Kein Satz zu viel ist in diesem Krimi zu finden. Als wäre es in Echtzeit, ziehen die Geschehnisse und die Gestalten vorbei, der Autor überfällt seine Leserschaft nicht mit Effekthascherei. Er nimmt sie mit, bei jedem Szenenwechsel tasten sie sich gemeinsam mit den Ermittlern und Rechtsmedizinern vor. Auf der Suche nach Ursache und Wirkung von Verbrechen tun sich beiden Abgründe auf, wobei sich Vertrautes oft als Illusion erweist. Absolut lesenswert."

Beatrice Ungar, Ch…
Hermannstä…

„Kurzweilig und spannen… Krimi zu lesen, zumal das … die Gedankenwelt von Rech… und facettenreich wiedergegeben werden. Absolut empfehlenswert. Ein Pageturner."

Dr. Detlef Günther, Leitender Oberarzt
Institut für Rechtsmedizin an der
Medizinischen Hochschule Hannover

„Schockierend, eindringlich, atmosphärisch dicht – beim Lesen dieses spannenden Romans entstehen sehr schnell Bilder im Kopf. Der Leser spürt, dass die Realität, die grausamer sein kann als jede Fiktion, bei diesem Krimi Pate gestanden hat."

Roman von Alvensleben, Strafverteidiger
Präsident Gewaltfänger e.V., Verein für Friedfertigkeit
und Gewaltfreiheit

Inspiriert von wahren Kriminalfällen.

Bibliografische Information der Deutschen Nationalbibliothek
Die Deutsche Nationalbibliothek verzeichnet diese Publikation in der Deutschen Nationalbibliografie; detaillierte bibliografische Daten sind im Internet abrufbar über http://dnb.ddb.de

www.niemeyer-buch.de

Umschlaggestaltung: C. Riethmüller
Der Umschlag verwendet Motiv(e) von 123rf.com
Druck und Bindung: Nørhaven, Viborg
Printed in Denmark
ISBN 978-3-8271-9505-0

Ulrich Behmann

Dezembertod

CW Niemeyer

„Wenn es nur so einfach wäre! – dass (…) es nur darauf ankäme, sie (böse Menschen) unter den übrigen zu erkennen und zu vernichten. Aber der Strich, der das Gute vom Bösen trennt, durchkreuzt das Herz eines jeden Menschen. Und wer mag von seinem Herzen ein Stück vernichten? Während der Lebensdauer eines Herzens bleibt dieser Strich nicht unbeweglich, bedrängt einmal vom frohlockenden Bösen, gibt er dann wieder dem aufkommenden Guten freien Raum. Ein neues Lebensalter, eine neue Lebenslage – und ein und derselbe Mensch wird ein sehr anderer. Einmal dem Teufel näher und dann wieder einem Heiligen. Der Name, ja, der bleibt, und dem wird alles zugeschrieben.“

Alexander Solschenizyn

„Der Archipel Gulag“, S. 167

Vorwort

Es ist erschreckend, aber wahr: Die in diesem Kriminalroman beschriebenen Gedanken und Tötungsfantasien des skrupellosen Täters sind keine Fiktion – sie entstammen den kranken Gehirnen mehrerer sadistischer Mörder. Die Gedanken wurden schon einmal gedacht – und allesamt – so oder ganz ähnlich – in die Tat umgesetzt. In Hameln, in Wunstorf und in Hamburg. Die grausamen Details, die jede Vorstellungskraft eines Menschen, der nicht an einer ganz bestimmten schweren Persönlichkeitsstörung leidet, sprengen, stehen in den Akten der Kriminalpolizei und der Justiz. Die Geständnisse und die Einlassungen der echten Täter und die Aussagen der forensischen Psychiater, die während der Gerichtsverfahren gemacht wurden, sind ebenfalls in dieses Buch eingeflossen. Bei einer Urteilsverkündung stellte einmal ein Vorsitzender Richter in Hannover treffend fest: „Dies ist ein Fall, der an Grausamkeit und Bestialität alles übertrifft, was hier vom Schwurgericht bisher verhandelt wurde." Sadistische Mörder haben eines gemeinsam: Sie genießen es, Macht über Menschen zu haben. Sie spielen Gott. Bei dem, was sie tun, haben sie keine Skrupel. Sie ergötzen sich an dem Leid ihrer Opfer. Viele von ihnen leben ein Doppelleben. Wenn sie nicht gerade ihre abartigen Fantasien ausleben, können sie treusorgende Familienväter sein. Das macht es so schwer, sie zu erkennen und zu fassen. Die Straßen, Orte, Lokale, das Hotel „Nordstern“, die Hochschule Weserbergland, den Klütwald, den Kuttenborn, die Riepenteiche und die Städte, Gemeinden und Häfen an Weser und Nordsee gibt es wirklich.

Die Namen der Ermittler, der Opfer und des Mörders wurden von mir geändert. Polizeikommissar a. D. Rolf Zühlsdorff, Hauptbrandmeister a. D. Bodo Kauert, Kellner Marcel Lutter und Michael Schnitker gibt es wirklich – sie haben mir erlaubt, ihre Klarnamen zu nennen. Realität und Fiktion vermischen sich in diesem Buch zu einem ganz neuen Fall.

Dezembertod

Das Gewitter zog schnell. Es kam aus Nordnordost und schien das Meer gegen sich aufzubringen. Die Wellen erreichten acht Meter und zerrten an der „Seemöwe". In den Aufbauten pfiff der Wind seine schaurig-schönen Lieder. Käpt'n Jan Willem Freese hatte Mühe, sein Boot auf Kurs zu halten. Seine kräftigen Hände hielten das kleine Steuerrad aus kubanischem Mahagoni, das ihm seine Frau Grete zur Silberhochzeit geschenkt hatte, fest umklammert. Freese wusste: Eine falsche Ruderbewegung könnte das Schicksal des Krabbenkutters und seiner dreiköpfigen Besatzung besiegeln. Sein Decksmann Kurt Rasmussen hielt sich am Türgriff fest und schien mit angstvollen Augen ins Nichts zu starren. Seit mehr als 30 Jahren fuhr Fischer Freese nun schon raus, aber einen dermaßen schnellen Wetterumschwung hatte er noch niemals zuvor erlebt. Der Sturm frischte auf. Windstärke 9 bis 10. Die weiße Gischt, die die kräftigen Schauerböen von den zackigen Wellenkämmen riss, flog in schaumigen Fetzen auf und davon – und verschwand in der Finsternis. Im Scheinwerferlicht des 16-Meter-Kutters sah die See jetzt aus wie ein brodelnder Kessel mit starkem Ostfriesentee. Schwarz wie die Nacht – mit schneeweißen Sahnewolken. Doch das dort draußen war kein Tee mit Wulkje. Vor ihren Augen wurde die Nordsee zur Mordsee – wie schon unzählige Male zuvor zeigte die Naturgewalt den Menschen Grenzen auf. Heute war so eine Nacht. Das spürte Freese. Die Schauerböen verhießen nichts Gutes. Das Boot wurde zum Spielball der Wellen. Es wurde von den Brechern, die seitlich gegen den Holzrumpf krachten, immer weiter nach Steuerbord gedrückt. Die „Seemöwe" kam dem Strand von Langeoog zu nahe. Das zeigte das Radar an. Kapitän Freese konnte nichts dagegen tun. Der Schiffsdiesel lief auf vollen Touren. Aber gegen diese Wellen kam er nicht an. Vergeblich versuchte Freese, seinen Kutter durch ein Wendemanöver wieder auf freie See zu bringen. Die Verzweiflungstat war nicht von Erfolg gekrönt. Der alte Kutter drohte auf dem berühmt-berüchtigten Westerriff bei der Otzumer Balje aufzulaufen und von den Riesenwellen in aufgewühlter See zerschmettert zu werden. Freese glaubte Flocken zu sehen. Er kniff die Augen zusammen und schaute angestrengt durch die Scheibe, auf der eine Wasserschicht zu kleben schien, nach draußen. Der Scheibenwischer rotierte, schaffte es aber nicht, die Gischt des tosenden Meeres und die dicken Regentropfen zu beseitigen.

„Los, Kuddel, mach dich mal nützlich und schwing deinen Hintern auf Deck", wies Freese seinen Decksmann an, der immer noch stumm neben ihm stand. Der Käpt'n nannte Kurt bei seinem Spitznamen. Das tat er nur, wenn er stinksauer war oder total unter Strom stand.

Kurt Rasmussen schien von dieser Idee nicht begeistert zu sein. Er runzelte die Stirn und musterte seinen „Boss“ beinahe verächtlich von oben bis unten. Dann gelang es ihm endlich, seine Gedanken in Worte zu fassen.

„Und, was soll ich bei diesem Schietwetter da draußen? Willst wohl, dass ich über Bord gehe, du Menschenschinder. Schick doch unseren Azubi Ronny da raus. Das verfluchte Arschloch liegt schön in seiner warmen Koje und macht auf seekrank. Dieser Nichtsnutz hat doch mehr Angst als Vaterlandsliebe. Und ich soll mir den Tod holen.“

Freese hielt immer noch das Steuerrad krampfhaft fest. Sein Blick war auf den Bug gerichtet, der von Zeit zu Zeit überspült wurde. Der alte Kutter senkte und hob sich. Mensch und Maschine kämpften gegen Wellen, Wind und Wetter. Doch die Weißen Hunde, so nennen Seeleute die hohen Wellen, die über das Deck hinweggehen, wurden immer mehr.

Der Käpt'n war Widerworte nicht gewohnt. Er war viele Jahre als Oberbootsmann bei der Marine zur See gefahren und hielt etwas von Befehl und Gehorsam. Leute mit Dickkopf, die nicht spurten, nervten ihn. Gerade in Situationen wie dieser.

Freese schaute nur kurz zur Seite. Dann schrie er Rasmussen an. „Mach, was ich dir gesagt habe. Schnack hier nicht lang rum, sag mir lieber, ob das da draußen Schnee ist – und schau gleich mal nach dem Motor. Das Steuerrad vibriert so komisch. Nicht, dass jetzt noch der Diesel schlappmacht. Dann sind wir verloren. Na, geh schon. Du hast dir doch vorhin schon extra deine Schwimmweste angezogen, du Süßwassermatrose. Los, verpiss dich endlich. Der Klabautermann wird dich schon nicht gleich holen." Während Rasmussen die Tür öffnete, stieß Freese ein verächtliches Lachen aus. Der Kutterkapitän trug keine Rettungsweste. Davon hielt er nichts. Er verließ seinen Steuerstand nur höchst selten. Die Chance, als Käpt'n eines Fischkutters über Bord zu gehen, stand zum Glück schlecht. Die gefährlichen Außenarbeiten erledigte Rasmussen. Dafür wurde er bezahlt. Das war sein Job. Freeses Aufgabe war es, das Schiff zu steuern, gute Fanggründe aufzuspüren und die „Seemöwe" wieder sicher in den Hafen zu bringen. Der erfahrene Fischer sah auf den Windmesser. Mit 22 Metern pro Sekunde fegten Böen heran. Das entsprach Windstärke 9. „Hauptsache, wir kommen mit heiler Haut aus diesem beschissenen Unwetter heraus", dachte der Kapitän, während der Kutter in den Wellen schaukelte. Es ging hoch und runter. Immer wieder. Auf und nieder. Die Schleppnetze hätte er bei diesem Seegang ohnehin nicht ausbringen können. Das war klar. Diese Fangreise war volles Mett in die Hose gegangen. Kein Hol, kein Geld. Außer Spesen nichts gewesen. Freeses Stimmung war im Keller.

Rasmussen kam zurück. Als der Decksmann die Tür zum Steuerstand öffnete, musste er sie mit beiden Händen festhalten, damit sie nicht vom Sturm erfasst und aus den Angeln gerissen wurde. Der Fischer hatte keinen trockenen Faden am Leib.

„Ich konnte mich da draußen kaum auf den Beinen halten“, stieß der Decksmann hervor und schüttelte sich wie ein nasser Pudel. „So ein Scheiß … Du hattest leider recht. Der Motor macht Probleme. Er verliert viel Öl und läuft nicht rund. Der rattert wie blöde. Hört sich nicht gut an. Und in der Bilge steht jede Menge Wasser. Aber so genau konnte ich das nicht sehen – zu dunkel da unten. Ach ja. Unser Leichtmatrose ist blass wie der Tod und kotzt sich die Seele aus dem Leib. Glaub mir: Aus Ronny wird nie ein Fischer. Das kannst du dir abschminken.“

Freese biss sich auf die Unterlippe. Das tat er immer, wenn er angestrengt nachdachte. Rasmussens Sprüche über seinen Ziehsohn Ronny Rosslau, der davon träumte, später einmal selbst als Kutterkapitän rauszufahren, überhörte er einfach. Er mochte Ronny, der früher wie er beim Bund gewesen war. Der „Junge“, so nannte Freese seinen inzwischen 29 Jahre alten Schützling, hatte es nicht immer leicht gehabt im Leben. Nach mehreren abgebrochenen Ausbildungen war er zu ihm an Bord gekommen, um Fischwirt zu werden. Freese wollte, dass Ronny nicht auf die schiefe Bahn geriet. Er wusste, dass der „Junge“ mit 20 irgendetwas ausgefressen hatte. Was genau, wusste Freese nicht. Es war ihm auch egal. Der Käpt’n hatte auch schon mal Scheiße gebaut. Ronny sollte in seine Fußstapfen treten. Sein Sohn Hinerk zeigte kein Interesse daran, Fischer zu werden.

Freese wurmte das. Sein Gesicht war rot angelaufen. Er sah Rasmussen verächtlich an.

„Hast du Öl nachgekippt? Oder kannst du nur andere Menschen ankacken?“, wollte er von seinem Decksmann wissen.

„Ja, klar doch“, sagte Rasmussen. „Hältst du mich für einen ollen Döskopp – oder was?“

Was Freese von Rasmussen hielt, sprach er lieber nicht laut aus. Er hätte jetzt einen Seemannsfluch ausstoßen können, behielt ihn aber hinter verschlossenen Lippen.

„Wir müssen so schnell wie möglich raus aus diesem Schlamassel, sonst verlieren wir den Kutter und bekommen Besuch von Freund Hein“, sagte Freese. „Spürst du das? Das Schiff kommt immer mehr ins Schlingern. Ich kann es kaum noch halten.“ Freese wischte sich mit dem rechten Handrücken ein paar feine Schweißperlen von der Stirn. Bekam er etwa Panik? Ausgerechnet er, ein alter Seebär …

Der Decksmann nickte nur stumm. Er sprach nicht viel. Und wenn er mal was sagte, dann waren es meist nur kurze Sätze. Rasmussen war kein Freund von Nebensätzen. Das Reden lag ihm nicht.

Sie waren zweifelsohne in eine brenzlige Situation geraten. Die Nähe des Todes schien nicht nur Freese zu spüren. Aber Rasmussen spielte den teilnahmslosen Beobachter. Er schien amüsiert von der Vorstellung, dass das Ende nahte. Dabei saßen er, der Käpt'n und Ronny im selben Boot. Würde der Kutter in die Tiefe gerissen, würden er und die anderen ein nasses Grab finden. Das stand fest wie das Amen in der Kirche. Trotzdem hatte Rasmussen keine Angst. Er wunderte sich selbst darüber. Stattdessen stellte er sich vor, wie der Kapitän von einer Monsterwelle ins Meer gespült wurde und in den eisigen Fluten um sein Überleben kämpfte, wie er salziges Wasser schluckte und dabei zappelte wie ein Fisch an Land. Das bereitete ihm Freude. Bunte Bilder reihten sich aneinander, wurden zu einem fiesen Horrorfilm, den nur Rasmussen vor seinem geistigen Auge sehen konnte. Der Film glich einem bösen Tagtraum, den der Decksmann im Angesicht des Todes in vollen Zügen genoss. Dass er selbst bald bei den Fischen liegen könnte, kam ihm in diesen Sekunden nicht in den Sinn. Dabei war ihm durchaus bewusst, dass er in Lebensgefahr schwebte. Dennoch wurden sein Denken und Handeln in diesem Moment von Gleichgültigkeit und Neugier bestimmt. Der Reiz, etwas Neues zu erfahren und Verborgenes kennenzulernen, war übermächtig und drängte alles andere in den Hintergrund. Er musste diesen Moment auskosten – auch wenn es absurd anmutete.

Käpt'n Freese drehte das Steuerrad hin und her. Er versuchte die Wellen, die auf ihn zurollten, von vorn zu nehmen. Aber der Sturm, der zu einem Winterorkan herangewachsen war, hatte mehr Macht über die „Seemöwe" als er. Freese musste einsehen, dass andere Mächte das Steuer übernommen hatten. Er dachte an Grete und seinen Sohn Hinerk. Ob er wohl seine Lieben wiedersehen würde? Mit seiner linken Hand versuchte er, den Kutter auf Kurs zu halten – so gut es eben ging. Mit der rechten Hand streichelte der Kapitän noch einmal das Steuerrad aus Mahagoni. Er hörte sich sagen: „Tschüss, meine liebe Grete, tschüss, Hinerk, das war's dann wohl. Lebe wohl …" Freese hatte Tränen in den Augen, als er an Frau und Kind dachte. Rasmussen registrierte das. „Ein Seebär weint", dachte er verächtlich, schob seine rechte Hand unter den klitschnassen Wollpullover und kratzte sich an der Brust. Er musste grinsen. Mitleid hatte er nicht mit diesem Sklavenschinder. Zu oft hatte ihn der Alte wie den letzten Dreck behandelt. Jetzt gingen sie zusammen unter. „Na und …? Was soll's? Scheiß drauf …"

Der Wind kam nun querab. Die Wellen türmten sich zu Bergen auf. Die „Seemöwe" drehte sich plötzlich wie eine Nussschale in einer Toilettenspülung. Der Kutter musste in einen Strudel geraten sein. Und dann war da nur noch eine Wand aus Wasser. Ein Kaventsmann, wie er im Buche stand. Gefürchtet von Seeleuten auf allen Weltmeeren. Kein Zweifel: Das musste eine Monsterwelle sein. Freese war zwar kein gläubiger Mensch, aber angesichts des herannahenden Todes bekreuzigte er sich. Rasmussen blickte entgeistert auf die gigantische Freakwave, die 20 Meter hoch sein musste. Jetzt wurde auch er von nackter Angst erfasst. Sein dreckiges Grinsen war ihm aus dem Gesicht gewichen.

Schon krachte es. Der Kutter war von der Riesenwelle getroffen, überrollt und verschluckt worden. Freese und Rasmussen flogen durch das Steuerhaus, Rosslau krachte mit dem Kopf gegen die Bordwand. Die Besatzung der „Seemöwe" hörte noch das Splittern von Holz, rauschendes Wasser und ein seltsames Zischen. Dann war Stille.

*

Als er zu sich kam und die Augen öffnete, sah er im gleißenden Licht der Sonne weiße Punkte am blauen Himmel. Sie waren verschwommen und bewegten sich über ihm. Er wusste nicht, wo er war, und er konnte sich nicht erklären, was sich da über ihm abspielte. Er knickte den Zeigefinger seiner rechten Hand um und rieb sich mit dem Gelenkknochen die Augen. Die Fingerspitzen konnte er nicht benutzen – sie waren mit einer Schicht aus Schlick und Sand überzogen. Bevor er wieder nach oben blicken konnte, um herauszufinden, wo er sich befand, musste er sich übergeben. Er kotzte Meerwasser und ein paar Heringshappen aus, die er am Vorabend verspeist hatte. Es ging ihm schlecht, aber er war am Leben. Das Meer hatte ihn ausgespuckt wie ein Stück Treibholz. Blinzelnd schaute er zum Himmel – seine vom Salz gereizten Augen erfassten die weißen Punkte und lieferten ein ansatzweise scharfes Bild von den fliegenden Objekten: Es waren Möwen, die wie Geier über ihm kreisten und ihn neugierig beäugten.

Kapitel 1

Drei Jahre später.

Herma van Dyck steuerte ihren Sehnsuchtsort an. Sie lenkte ihren schwarzen Yeti nach Feierabend zum Hamelner Hafen. Im Industriegebiet Süd herrschte reger Feierabendverkehr. Am Guten Ort stand sie im Stau. Die Mordermittlerin stellte das Radio lauter. NDR 1 Niedersachsen spielte Santiano. Sie mochte die Lieder der Band aus dem nördlichen Schleswig-Holstein, die aus alten Volksliedern, Schlagern, Irish Folk und Seemannsliedern Ohrwürmer machte.

„Alle, die mit uns auf Kaperfahrt fahren, müssen Männer mit Bärten sein …“, hieß einer dieser Songs, den Herma auswendig konnte. Er bestand ja auch nur aus ein paar Sätzen und einem Refrain. Herma stimmte mit ein. Vielleicht gefiel ihr das Lied auch deshalb, weil sie auf Männer mit Bärten stand. Auch ihr Ex, von dem sie sich im Sommer 2016 getrennt hatte, trug einen Schnäuzer. Sie hatte die leidenschaftlichen und zärtlichen Küsse von ihm so sehr gemocht, aber sie und Thomas waren einfach nicht füreinander bestimmt. Das hatte sie eines Tages einsehen müssen. Thomas arbeitete bei derselben Truppe wie sie. Sie hatten häufig zu unterschiedlichen Zeiten Dienst schieben müssen und sich zuletzt nur noch selten gesehen. Und wenn sie endlich einmal gemeinsam freie Zeit verbringen konnten, dann kreisten die Gedanken und Gespräche häufig um Fälle und Polizeiarbeit. Irgendwie hatte sich das Paar auseinandergelebt. Herma van Dyck zog die silberfarbene Spange aus ihrem Pferdeschwanz und ließ ihre schulterlangen dünnen Haare fallen. Einen Pferdeschwanz trug sie eigentlich nur im Dienst. Jetzt hatte sie Dienstschluss. In ihrer Freizeit trug sie ihre Haare gern offen. Der Wind konnte dann damit spielen. Und genau das mochte sie. Es gab ihr das Gefühl, eins mit der Natur zu sein.

Endlich ging es weiter. Herma van Dyck fuhr über die Kreuzung auf die Kuhbrückenstraße und bog schon nach ein paar 100 Metern nach rechts in den Senator-Meyer-Weg ein. Sie war am Ziel angekommen. Es war Mitte April und ungewöhnlich warm für diese Jahreszeit. Das Thermometer zeigte 25 Grad an. T-Shirt-Wetter im Frühling. Herma parkte den Yeti unter dem Vordach einer Spedition, sodass er im Schatten stand und sich nicht aufheizen konnte. Dann zog sie den Zündschlüssel ab, stieg aus dem Wagen und kraxelte auf den mit Gras bewachsenen Hafendamm, der sie so sehr an die Seedeiche in ihrer Heimat erinnerte. Herma holte tief Luft und schaute minutenlang auf die spiegelglatte Wasseroberfläche. Ein paar Enten und ein Schwan schwammen im Hafenbecken. An der steilen Uferböschung entdeckte Herma eine Teichralle. Die Ermittlerin musste schmunzeln. Das Teichhuhn wurde von Ornithologen auch als Grünfüßiges Hühnchen bezeichnet. Die Kriminalhauptkommissarin hatte vor knapp einem Jahr mit Interesse die Bergung der zuletzt als Hausboot genutzten Kornschute „Liberty“ verfolgt. Das Technische Hilfswerk durfte den gesunkenen Weserkahn seinerzeit nicht heben, weil im Warmhaltefach eines alten Kaminofens, der an Bord des Havaristen stand, ein ebensolches Hühnchen sein Nest gebaut hatte.

Herma schlenderte zu ihrem Lieblingsplatz. Sie suchte den mit einem schwarzen Tau umwickelten Poller auf, sooft es ging, setzte sich auf ihn und schaute auf den Hafen, um den Kopf freizukriegen und abzuschalten. Sie beobachtete ein Stockenten-Paar, das im seichten Wasser schnäbelnd seine Runden drehte. An diesem Ort tankte Herma Kraft für den nächsten Tag. Hier konnte sie einen Moment lang innehalten und meditieren. Die ostfriesische Kommissarin, die es Ende 2016 nach Hameln verschlagen hatte, ließ ihre Blicke schweifen. Links neben ihr blühte schon ein kleiner Haselnussbaum. Über ihr kreiste eine einsame Möwe. Steuerbords lag die „Task“. Auf dem Vereinsschiff war sie schon einige Male gewesen. Dort spielten von Zeit zu Zeit Livebands. Die Stimmung unter Deck kochte mitunter über. Dieses maritime Flair gefiel ihr. Es erinnerte sie an das „Dattein“, eine urige Hafenkneipe im Hafen von Neuharlingersiel.

Herma van Dyck dachte nach – über Gott und die Welt. In ihren Gedanken nahm sie selbst einen breiten

Raum ein. 17 Monate lebte sie nun schon in Hameln – mehr als 300 Kilometer trennten sie von ihrer Heimat. Sie war ein echtes Küstenkind. Ihr fehlten die Nordsee, die Weite des flachen Landes und die Sturmfluten, die im Herbst regelmäßig an die ostfriesische Küste trafen. Sie hatte Heimweh. Vielleicht sehnte sie sich aber auch nach einer festen Beziehung. Herma hatte das Singledasein satt. Sie hoffte, einen verständnisvollen Partner zu treffen, der sie so liebte, wie sie war. Es musste einer sein, der Verständnis für ihren Job hatte. Einer, der nicht sofort Stress machte, wenn sie mal wieder einen Mörder oder einen Sextäter jagte und deshalb Überstunden machen musste. Einer, der ihr den Rücken freihielt und an dessen Schulter sie sich anlehnen konnte. Gab es so einen Typen überhaupt? Waren nicht alle guten Männer schon vergeben? Sie war im November 42 geworden. Für ihr Alter sah Herma van Dyck noch gut aus. Sie war schlank, blond, hatte blau-grüne Augen, die wie Sterne am Firmament funkeln konnten – und sie hatte Temperament, sie war leidenschaftlich und konnte sehr romantisch sein. Während sie auf die Hausboote und die hinter dem Damm stehenden Kesselwaggons schaute, fragte sie sich, weshalb sie keinen Partner fand, der es länger als ein, zwei Jahre mit ihr aushielt.

Im Hafen wehte nur ein laues Lüftchen. Dennoch spielte der Wind mit ihren Haaren, die jetzt wild zerzaust aussahen. Ein Platschen war zu hören. Herma van Dyck sah gerade noch die Schwanzflosse eines großen Fisches, der wohl aus dem Wasser gesprungen war, um

Insekten zu fangen. Ein Schwarm Mücken tanzte im Licht der untergehenden Sonne. Herma verlagerte ihr Gewicht auf die linke Pobacke und rieb sich die rechte mit der flachen Hand. Der Beton, mit dem man den Stahlpoller, auf dem sie saß, einst gefüllt hatte, fühlte sich alles andere als glatt an. Bequem war ihr Poller-Hocker nicht gerade. Die Oberfläche war mit der Zeit rau geworden. Der Hintern tat ihr vom langen Sitzen weh. Mehr als zwei Stunden saß sie schon hier, in Gedanken versunken. Aber das war egal. Auch wenn dieser Platz nicht gerade gut war für ihre neue Jeanshose. Es war ihr egal, dass sich der Stoff abnutzte. Dass die Gefahr bestand, von einer Mücke gestochen zu werden, blendete sie einfach aus. Es war ihr schnurz. Die Magie dieses Ortes entschädigte sie für alles.

Herma hörte leise Kikikikiki-Rufe, die sich mit dem Geräusch eines Motors mischten, der in der Ferne röhrte. Es war ein Turmfalke, der seinen Nachwuchs im Lüftungsrohr eines alten Getreidesilos aufzog. Das 45 Meter hohe Gebäude war mit Metallplatten verkleidet und rostete vor sich hin. Es wurde schon lange nicht mehr benutzt. Vorbei waren die Zeiten, als in Hameln noch Frachtschiffe anlegten, um Getreide zu löschen. Vor ein paar Jahren hatte auch die letzte Wesermühle dichtgemacht. Damit war eine 1200-jährige Mühlengeschichte zu Ende gegangen – in einer Stadt, die einen Mühlstein in ihrem Wappen führt.

Ein seltsames Röhren zerriss die Stille – es wurde immer lauter. Herma empfand es als störend. Eine

Yacht steuerte den Hafen an. Das Boot wurde von einem älteren Mann mit freiem Oberkörper gesteuert. Die Kommissarin traute ihren Augen kaum. Hatte da jemand sein Sportboot tatsächlich „Schlampe" genannt? Herma schüttelte den Kopf. „Hau bloß ab, du Macho", sagte sie lauter, als ihr lieb war. Der Freizeit-Skipper konnte den Satz unmöglich verstanden haben, dennoch drehte er um und fuhr zurück auf die Oberweser.

In der Ferne war jetzt das Knattern eines Hubschraubers zu hören. Herma hielt ihre rechte Hand über die Augen, um nicht von der Sonne geblendet zu werden. Sie suchte den Himmel ab. Nach wenigen Sekunden wurde sie in östlicher Richtung fündig. Deutlich war dort eine rot-weiße Maschine zu sehen. Am Krankenhaus landete gerade ein Intensivtransporthubschrauber. Das Wort „Schlampe" und der Helikopter weckten in Herma van Dyck Erinnerungen an den Schleifmordversuch von Hameln. Am 20. November 2016 hatte der Deutsch-Kurde Nurettin Burov versucht, seine Ex-Frau Kader Korkmaz vor den Augen des gemeinsamen dreijährigen Sohnes zu töten. Auf offener Straße, auf eine besonders grausame Art und Weise. Der Mordversuch glich einer öffentlichen Hinrichtung. Er hatte weltweit für Abscheu und Entsetzen gesorgt. Es war der erste große Kriminalfall, bei dem Herma van Dyck mitermittelt hatte. In ihrem Kopf entstanden plötzlich Bilder. Ihr Gehirn setzte sie zu einem Film zusammen. Sie sah die blutige Schleifspur auf dem Kopfsteinpflaster, einen Turnschuh, der von Kriminaltechnikern, die gelbe Jacken trugen, fotografiert wurde. Auch das Gesicht von Kader tauchte plötzlich auf. Nurettin Burov hatte seine Frau als Schlampe und Hure beschimpft. Auf der Königstraße hatte er ihr ein langes Messer in Herz und Lunge gestoßen, mit einer langen Axt den Schädel eingeschlagen und der Sterbenden einen Strick mit einem Galgenknoten um den Hals gelegt. Das andere Ende hatte Nurettin Burov an der Anhängerkupplung seines VW Passat befestigt. Dann hatte er Vollgas gegeben und versucht, die Mutter seines Sohnes zu Tode zu schleifen. Kader Korkmaz überlebte die drei Mordattacken wie durch ein Wunder. Zweimal war sie klinisch tot. Ärzten gelang es, sie wiederzubeleben. Mit dem rot-weißen Hubschrauber, der jetzt am Klinikum landete, war die Schwerstverletzte nach einer ersten lebensrettenden Notoperation in Hameln zur Medizinischen Hochschule nach Hannover geflogen worden. Durch den Rettungshubschrauber und den seltsamen Bootsnamen waren die Erinnerungen plötzlich wieder da. Burov hatte Frauen als Schlampen bezeichnet. Auch das war Herma in Erinnerung geblieben.

Herma van Dyck schüttelte sich, so, als wolle sie die Gedanken an die furchtbare Tat loswerden. Sie wollte jetzt an etwas Schönes denken und beschloss, einen kleinen Abendspaziergang zu machen. Die Mordermittlerin schlenderte auf dem Hafendamm entlang, umrundete das Becken, ging vorbei an Hausbooten und Kesselwaggons. An einigen stand geschrieben, dass sie aus Paris kamen. „Ja, da möchte ich auch noch mal hin“, dachte Herma und stieß einen lauten Seufzer aus. „In die Stadt der Liebe – gemeinsam mit einem Mann, den ich liebe.“

Sie erreichte das alte Wesermühlen-Gebäude, das nun leerstand und von einer Investorengruppe zu einem Wohnkomplex mit Kneipen und exklusiven Lofts umgebaut werden sollte. Im Treppenhaus brannte Licht. Vermutlich sollte das Eindringlinge abschrecken. Aber das tat es nicht. In regelmäßigen Abständen wurden die Kollegen vom Einsatz- und Streifendienst zur alten Mühle gerufen, weil wieder einmal Jugendliche in die Industriebrache eingedrungen und auf das Dach geklettert waren, um aus 40 Metern Höhe die Aussicht zu genießen – ein lebensgefährliches Unterfangen. Aber der Reiz, etwas Verbotenes zu tun, siegte bei einigen Menschen offenbar über die Vernunft.

In der Hafeneinfahrt lag ein Kran-Ponton. Die „Taucher 11“ kam aus dem hohen Norden. Heimathafen war Wilhelmshaven. Herma van Dyck fragte sich, weshalb der Ponton an der Kaimauer vertäut worden war. Vielleicht hatte man den Schwimmkran nach Hameln gezogen, weil das Wehr marode war. Womöglich sollten auch irgendwo Dalbenpfähle in das Flussbett gerammt werden.

Die sanft gebogene Fußgängerbrücke, die zur Hafenspitze führte, war in ein geheimnisvolles blaues Licht getaucht. Sie wurde von kleinen Scheinwerfern illuminiert. Im Hintergrund hatte sich ein prächtiges Abendrot gebildet. Herma zog ihr iPhone aus der Gesäßtasche, um diesen zauberhaften Moment festzuhalten. Als sie das Foto betrachtete, entdeckte sie im Hintergrund ein Schiff, das seit Jahren nicht mehr fuhr und für immer an der Kaimauer festgemacht worden war. Die „Pluto" war ein ehemaliges Minensuchboot der Bundesmarine und diente nun der Marinekameradschaft als Vereinsschiff. Genau dort hatte ein Angler die schwarzen Haare einer Frau gefunden. Weil nicht ausgeschlossen werden konnte, dass auf dem Grund der Weser eine Leiche lag, hatte das für Mord, Totschlag und Sexualverbrechen zuständige 1. Fachkommissariat, für das Herma van Dyck arbeitete, Ermittlungen eingeleitet. Sie waren ins Leere gelaufen. Eine von forensischen Biologen des Landeskriminalamts Niedersachsen durchgeführte Erbgutbestimmung war seinerzeit mit der DNA-Analyse-Datei des BKA in Wiesbaden abgeglichen worden. Laut Bundeskriminalamt hatte sich keine Übereinstimmung ergeben. Kein Treffer, kein Fall. Ihr Chef hatte die Sache ad acta gelegt. Der haarige Fall war ihr erster eigenverantwortlich durchgeführter Einsatz in Hameln gewesen. Sie musste oft daran zurückdenken. Aber vielleicht lag es ja auch daran, dass sie den bärtigen Taucherleiter der Polizei aus Oldenburg sexy fand. Der durchtrainierte vollbärtige Polizist mit dem Rollkragenpullover hatte sie an den Schauspieler Raimund Harmstorf in seiner Rolle als Seewolf erinnert. Herma hatte mehrmals von dem feschen Oberfroschmann geträumt. Wiedergesehen hatte sie Harm Harmsen nicht. Leider.

Kapitel 2

Als er ihr die Schlinge um den Hals legte, fühlte er sich mächtig und groß. Er war jetzt Herr über Leben und Tod. Die junge Frau, die ihm zu Füßen auf den glitschigen Steinen am Weserufer lag, hatte es aufgegeben, sich seinen Befehlen zu widersetzen. Dazu hatte es nur einiger Schläge bedurft. Sie hatte sich ihrem Schicksal gefügt. Zitternd lag sie auf dem Bauch. Sie hyperventilierte. Schreien konnte sie nicht. Er hatte ihr den Mund mit olivgrünem Panzerband zugeklebt, das er vor vielen Jahren bei der Bundeswehr hatte mitgehen lassen. Wehren konnte sie sich nicht. Er hatte ihr die Arme mit einem Strick auf den Rücken gebunden und ihre Füße mit Kabelbindern fixiert. Er stand direkt über ihr. Seine Schuhe berührten ihre Beckenknochen. Sie war eine dunkeläugige Schönheit. Auch jetzt noch, im Angesicht des Todes, wirkte ihre Haut samtig, ihr Teint war golden. Sie musste sich erst kürzlich gesonnt haben. Dort, wo Höschen und BH saßen, war ihre Haut schneeweiß. Im fahlen Mondlicht sah es so aus, als trage sie einen Bikini. Ihre schwarzen Haare klebten an ihren Wangen. Die Frau war jung, sie mochte vielleicht 18 oder 19 Jahre alt sein. Aber so genau konnte man das bei Osteuropäerinnen nicht sagen. Manche sahen aus wie 14, waren aber bereits 19, wieder andere wirkten erwachsen, waren aber noch Kinder, dachte er. Für ihn spielte es keine Rolle, wie alt das Objekt seiner Begierde war. Für seine Zwecke war diese Frau genau richtig. Wenn er Glück hatte, war sie eine Illegale, eine, nach der keiner suchen würde. Zumindest in Deutschland nicht.

Er war mit dem Fahrrad unterwegs gewesen, als er sie zum ersten Mal gesehen hatte. Ausgeprägte Wangenknochen, Haare bis zu den Hüften, lange Beine, knackiger Hintern. Genau sein Typ. Er wusste: Sie gehörte zu den Frauen, die, wenn sie ihm begegneten, immer durch ihn hindurchsahen, die ihn einfach nicht wahrnahmen. Diese hier musste Notiz von ihm nehmen. Sie war ihm hilflos ausgeliefert. Er konnte ihre Todesangst förmlich riechen; es war der Schweiß, den sie ausströmte. Er roch intensiv, aber nicht unangenehm. War das der Duft des Todes? Er hielt ihr Leben in seinen Händen. Macht über Menschen konnte so berauschend sein. Er hatte ein solches Glücksgefühl noch niemals zuvor gespürt. Jetzt genoss er jeden Augenblick. Wie oft hatte er sich ausgemalt, wie es wohl wäre, eine Frau zu Tode zu quälen. Wie oft hatte er davon geträumt, sich dann aber doch nicht getraut, es zu tun. Er hatte im Internet Enthauptungsvideos angeschaut, er hatte zugeschaut, wie Männer Frauen mit Gewalt nahmen und sie danach töteten. Es hatte ihm Freude bereitet, ihn angeturnt, ihm einen Thrill gegeben. Während er solche Snuff-Filme* sah, hatte er immer ein Gefühl der Lust gespürt. Viagra brauchte er nicht. Snuff war sei-

* englisch to snuff someone out = jemanden auslöschen

ne Droge. Nur Gleichgesinnte konnten das verstehen. Dass er schräg drauf war, hatte er schon in seiner Jugend gemerkt. Er hatte Tiere gequält und dabei Macht empfunden. Das Töten einer wehrlosen Kreatur hatte ihm immer Freude bereitet.

Das Mädchen unter ihm fing an, sich zu bewegen. Es war ein letztes Aufbäumen, ein Akt der Verzweiflung. Sie hatte ihn aus seinen Tagträumen gerissen, ihn daran erinnert, dass es Zeit war, sein Werk zu vollenden. Von der Seite konnte er sehen, dass ihre Lider flackerten. Sie stöhnte leise. Nicht mehr lange, und sie würde es hinter sich haben. Mit der linken Hand zog er heftig an dem Telefonkabel. Die Schlinge wurde enger, sie schnitt tief in die Haut der Frau ein. Jetzt lag sie nicht mehr so still da. Jetzt bekam sie keine Luft mehr; sie hatte begriffen, dass es mit ihr zu Ende ging. Sie war dem Tod so nah wie niemals zuvor.

Er zog fester. Immer fester. Das leise Wimmern der Frau verwandelte sich in ein lautes Röcheln. Der seltsam gurgelnde Laut musste aus ihren Nasenlöchern kommen. Er hielt das Kabel auf Spannung und musste, während er wartete, feststellen, dass ein Mensch nicht so schnell starb, wie es einem im Film vorgegaukelt wurde. Das hier war harte Arbeit. Obwohl es höchstens acht Grad warm war, bildeten sich feine Schweißperlen auf seiner Stirn. Als das Röcheln aufgehört hatte, hörte er auf zu ziehen und lockerte die Schlinge, die sich tief ins Fleisch eingegraben und dort einen schmalen, aber tiefen mit Blut gefüllten Graben hinterlassen hatte. Die

Frau war tot. Daran hatte er keinen Zweifel. Er packte den leblosen Körper mit beiden Händen, drehte ihn auf den Rücken. Seltsam verdreht lag die Frau da. Auch im Tod war sie noch eine Schönheit. Dass ihr Körper an einigen Stellen mit hellbraunem Schlamm bedeckt war und durch die spitzen Steine, auf denen sie gelegen hatte, ein paar Kratzer abbekommen hatte, störte ihn nicht.

Mit der linken Hand kramte er in seiner Brusttasche herum. Er zog sein Smartphone heraus, aktivierte die Kamera und machte ein paar Fotos von der Toten. Er würde sie noch oft anschauen.

Er erschrak, als die Frau vor ihm plötzlich den Kopf bewegte und ihn mit ihren braunen Augen, in denen sich die Sichel des Mondes spiegelte, anschaute. Sie war noch nicht tot. Sie hatte immer noch nicht genug. Ist das ein zähes Luder, dachte er. Er steckte sein Handy ein und riss noch einmal mit aller Kraft am Kabel. Noch einmal zog sich die Schlinge zu. Es war nicht mehr viel Leben in ihr. Aber ihr seltsam verdrehter Körper, der nun auf ihren gefesselten Händen lag, zuckte und bäumte sich noch einmal auf. Mit ihren Füßen versuchte sie, nach ihm zu treten. Aber sie traf ihn nicht. Ein weiteres Mal schlang er das Kunststoffkabel um ihren Hals, ein weiteres Mal zog er zu. Wie lange sollte das noch so gehen? Ein Geräusch machte ihn nervös. Es hatte sich angehört, als habe jemand einen Kieselstein in die Weser geworfen. War jemand in der Nähe? Wurde er beobachtet? Er schaute sich hektisch um. Nein, er war sich sicher: Da war niemand. Es mochte ein Fisch gewesen sein, der aus dem Wasser gesprungen war. Oder eine Ratte. Von den Viechern gab es ja genug in Hameln. Die Stadt war schließlich berühmt geworden wegen ihrer Rattenplage im Mittelalter.

Er blickte auf seine Armbanduhr. Phosphorgrün leuchteten die Zeiger in der Finsternis, die nur etwas durch den schwachen rötlichen Lichtschein einer Straßenlaterne erhellt wurde. Es war kurz vor Mitternacht. Vier Minuten war er schon damit beschäftigt, die Frau zu erdrosseln. 240 Sekunden, die ihm wie Stunden vorkamen. Zur Sicherheit wartete er noch, bis die Glockenschläge des Münsters zu ihm herüberschallten. Null Uhr. Sie musste tot sein. Die Zunge der Frau war bläulich angelaufen und aus ihrem Mund gequollen. Das Mädchen war tot. Mausetot. Er schmunzelte über das Wortspiel. Mitleid war ihm fremd. Er kannte dieses Gefühl nicht. Schon damals nicht, als er elf war und die Katze der Nachbarin angezündet hatte. Mit dem Quälen von Tieren hatte alles angefangen. Aber das verschaffte ihm schon lange keinen Kick mehr. Mit Snuff-Videos aus dem Netz konnte er seinen Trieb einigermaßen unter Kontrolle halten – bis heute. Denn er hatte sich im Laufe der Zeit weiterentwickelt. Es reichte ihm nicht mehr, Filme zu gucken und sich an Tieren zu ergötzen. Er wollte sich verwirklichen, er wollte einer Frau beim Sterben zusehen, er wollte sie aufschlitzen und ihr die Organe entnehmen. Das war der Traum, den er schon lange träumte. In dieser Nacht würde er seine Träume ausleben. Er war mittendrin. In seinen Träumen hatte noch nie eine Frau überlebt.

Am Ufer hatte er seinen alten Rucksack abgelegt. Darin befand sich ein scharfes Taschenmesser. Er musste es holen, um sich die totale Macht verschaffen zu können. Eine Polizeisirene war zu hören. Er horchte auf. War er doch beobachtet worden? Die Angst vor Entdeckung ergriff Besitz von ihm. Er schaute sich nach allen Seiten um. Das nächste Mal würde er tief in den Wald fahren. Er klappte das Bundeswehrmesser auf, hockte sich vor ihr hin und schnitt die Kabelbinder, die ihre schlanken Fesseln miteinander verbanden, auseinander. Ihre Haut fühlte sich warm an, so, als habe das Leben ihren Körper noch nicht verlassen. Er wollte ihr Herz sehen, ihre Lunge berühren. Er stach zu, aber die Haut leistete erfolgreich Widerstand. Beim zweiten Versuch drang die Klinge oberhalb ihres gepiercten Bauchnabels bis zum Schaft in ihren Bauch ein. Der silberfarbene Körperschmuck erinnerte ihn an Marija, sein erstes Opfer. Er hatte sie im Sommer 2016 getötet. Wie schnell doch die Zeit vergeht, dachte er. Schweiß tropfte von seiner Nasenspitze auf die Leiche. Er hatte sich immer vorgestellt, dass es kinderleicht ist, einen Menschen aufzuschlitzen. Nun musste er feststellen, dass es verdammt harte Arbeit war. Vielleicht hätte er besser das große Fleischmesser aus seinem Messerblock in der Küche mitnehmen sollen. Nun war es zu spät, jetzt war er dabei, seine Fantasien in die Tat umzusetzen. Er konnte jetzt nicht einfach aufhören. Dafür hatte er schon zu viel riskiert. Der Schnitt war nicht perfekt geworden. Die blutroten Wundränder sahen seltsam zerfasert aus. An einer Stelle war ein Stück Darm zu sehen. Er musste die Öffnung vergrößern. So jedenfalls konnte er nicht ihre Organe anfassen. Er entschied sich, ein Quadrat in die Bauchdecke zu schneiden. Am Schlagen der Turmuhr des Münsters merkte er, dass er bislang mehr als eine halbe Stunde gebraucht hatte. Der Geruch, der aus ihrem Bauchraum strömte, machte ihn fertig. Übelkeit stieg in ihm auf. Er konnte die Tat nicht genießen. Wut, Zorn und Enttäuschung machten sich breit.

Wie ein Wahnsinniger weidete er die Tote aus, zerkleinerte die Teile mit dem Messer und warf sie dann in die Weser. Die Ratten und Fische und Krebse würden sich darüber freuen, dachte er. Im Internet hatte er gelesen, dass jede Wasserleiche irgendwann wieder an die Oberfläche steigen würde. Das lag an den Verwesungsgasen, die sich in der Leibeshöhle sammelten. Je wärmer das Wasser, desto schneller der Fäulnisprozess. Er wollte nicht, dass die Frau wieder auftauchte. Ohne die Eingeweide können sich keine Gase bilden, sagte er sich. Den Rest würden mit der Zeit schon die Bakterien erledigen. Er schleifte die Leiche näher zum Wasser, füllte den ausgehöhlten Leib mit Steinen, klappte den Bauchlappen wie einen Deckel zu und klebte Panzerband auf die Schnittstellen. Ihre toten Augen waren geöffnet. Sie starrten ins Leere. Der Mann zog seinen schwarzen Overall aus. Er trug jetzt nur noch braune Wollsocken und eine weiße Feinripp-Unterhose. Rückwärts stieg er in den kalten Fluss, er wollte auf den glitschigen Bruchsteinen nicht das Gleichgewicht verlieren. Das Wasser war eisig. Es fühlte sich an, als würden 1000 winzige Nadeln in seine Haut eindringen. In seinen Händen hielt er ihre Fußknöchel. Stück für Stück zog er die Tote hinein in den alles verschlingenden Fluss. Er hörte, wie das Wasser glucksend ihre Bauchhöhle füllte. Er gab der Toten noch einen Schubs und beobachtete, wie die Leiche unterging. Luftblasen stiegen hinter ihm auf, als er wieder aus dem Fluss stieg. Die Frau war verschwunden.

Die Weser stieg rasant. Im Radio hatten sie gesagt, eine Flutwelle rolle auf Hameln zu. Die Blutspuren am Ufer würden morgen früh nicht mehr zu sehen sein. In wenigen Stunden würde der Schlachtplatz, wie er ihn nannte, überschwemmt sein. Die Tote, von der er nicht einmal den Namen wusste, würde nie wieder auftauchen. Davon war er fest überzeugt.

Kapitel 3

Herma van Dyck stand im Besprechungsraum, der sich direkt neben ihrem Büro befand, und pumpte sich Kaffee aus einer Zwei-Liter-Thermoskanne in einen weißen Henkelmann. Dabei hasste die Ostfriesin Bohnenkaffee. Sie bevorzugte Tee. Aber das Wasser, das sie Woche für Woche im Riepenwald aus dem Kuttenborn schöpfte und in Kanister füllte, reichte nur noch für eine Kanne. Sie wollte sich das weiche Quellwasser aufsparen. Mit dem kalkhaltigen Hamelner Leitungswasser schmeckte der beste Assam nicht. Die Wanduhr zeigte 9.34 Uhr. Die obligatorische morgendliche Lagebesprechung mit dem Chef des Zentralen Kriminaldienstes, an der alle sieben Kommissariatsleiter teilnehmen mussten, war gerade erst zu Ende gegangen, als das Telefon der Mordermittlerin zu klingeln begann. Herma gönnte sich erst einen Schluck Kaffee, ging dann zu ihrem Schreibtisch und nahm den Hörer ab. An der Nummer konnte sie erkennen, dass es der Dienstabteilungsleiter der Wache an der Lohstraße war, der an diesem diesigen Aprilmorgen etwas von ihr wollte.

„Moin, hier ist Herma van Dyck“, meldete sie sich.

Am anderen Ende der Leitung waren zunächst nur Funksprüche und ein leises Räuspern zu hören. Herma versuchte es noch einmal. Diesmal sprach sie lauter als sonst. „Hallo? Herma van Dyck, FK 1, wer stört?"

„Äh, hallo, Herma. Hier ist Siggi. Sorry, ich habe dich bei dem ganzen Tohuwabohu in der Wache gar nicht gehört", stammelte Polizeihauptkommissar Siegfried Meister in den Telefonhörer. „Der Bürger ruft an, er wird hier vorstellig, er pocht auf sein Recht, er erstattet Anzeige und, und, und … Du kennst das ja bestimmt. Ist wieder mal ganz schön viel los hier bei uns", sagte der Dienstabteilungsleiter.

Herma nickte amüsiert. Sie konnte sich gut vorstellen, wie Siggi im Erdgeschoss der Dienststelle an der Lohstraße das Chaos managte. Der erfahrene Schutzmann ließ sich durch nichts aus der Ruhe bringen.

„Was kann ich für dich tun, Siggi?", fragte die Mordermittlerin. Im Hintergrund waren diverse Stimmen von Frauen und Männern zu hören. Siegfried Meister schien eher in der Wartehalle eines Bahnhofs als in einer Polizeiwache zu arbeiten. „Warte mal kurz", antwortete der Hauptkommissar.

„Leute, geht das auch etwas leiser?", hörte Herma Siggi schreien. „Man kann ja sein eigenes Wort kaum verstehen." Schlagartig wurde es leiser im Raum. Siegfried Meister hatte sich Gehör verschafft.

„So, da bin ich wieder. Herma, bist du noch dran?"

„Ja klar, Siggi. Schieß los."

Der Leiter der Frühschicht fing an, holte weit aus. „Also, vor zehn Minuten oder so, da hat mich der Kollege Messerschmidt von der Diensthundführerstaffel der Polizeidirektion Göttingen angerufen. Der Ulli, also Oberkommissar Messerschmidt, hat mir erzählt, dass die gestern am Wouldham Park eine Übung gemacht haben. Die hatten da wohl Kollegen vom Ausbildungszentrum Ahrbergen und aus Thüringen zu Gast. Die Hundeführer haben ihre Spürnasen ein bisschen schnüffeln lassen. Und jetzt halt dich fest … An der Humme-Mündung haben sechs von sieben Leichenspürhunden angeschlagen. Das ist doch merkwürdig, oder?"

Herma war wie elektrisiert. Lag dort irgendwo ein Toter im Wasser? „Verstehe, Siggi. Das klingt in der Tat interessant. Und? Haben die Kollegen denn etwas entdeckt?"

Siegfried Meister musste niesen. „Entschuldigung, ich glaube, ich habe mir am Wochenende auf dem Fußballplatz was eingefangen." Herma hörte, dass er sich die Nase putzte. Dann antwortete er: „Nein, das ist ja das Seltsame. Die Kollegen haben natürlich sofort eine Suche gestartet. Ein weiterer voll ausgebildeter Hund, der schon jahrelang im Einsatz ist, hat ebenfalls an der Stelle angezeigt. Aber die haben da nichts finden können. Dabei ist das Wasser der Humme klar und auch nicht tief. Ist ja auch nur ein Flüsschen. Da kann man bis zum Grund gucken. Da liegt aber keine Leiche."

„Hm, das ist ja mysteriös", sagte Herma nachdenklich. „Haben die Diensthundführer dazu ein Einsatzprotokoll angefertigt? Ich meine, gibt es schon etwas Schriftliches dazu?"

„Nee, das wohl nicht. Die haben ja nichts gefunden. Kollege Messerschmidt meinte vorhin nur so nebenbei, eigentlich wäre das ja etwas für euer Fachkommissariat. Aber ihr habt ja sicher schon genug Leichen."

Herma van Dyck stimmte Siggi zu. „Ja, leider. So isses. Aber hilft ja nix. Wir werden der Sache wohl auf den Grund gehen müssen, um im Bild zu bleiben."

Siggi musste lachen. „Hast du aber schön gesagt …"

Die 14 Frauen und Männer vom FK 1 konnten sich über zu wenig Arbeit nicht beklagen – pro Jahr mussten sie 500 Fälle, darunter 130 sogenannte Leichensachen, bearbeiten. Das Fachkommissariat 1 war so ziemlich für alles zuständig, was direkt oder indirekt mit der Gefahr für Leib und Leben zu tun hatte. Die Liste der Aufgaben war entsprechend lang. Sie reichte von Verbrechen gegen das Leben, Todesursachen-Ermittlungen, Vermisstenfällen und Straftaten gegen die sexuelle Selbstbestimmung über Körperverletzungsdelikte, unterlassene Hilfeleistung mit Todesfolge oder schwerer Körperverletzung und ärztliche Kunstfehler bis hin zu Straftaten nach dem Luftverkehrsgesetz. Aber auch schwere Arbeits- und Betriebsunfälle, Brandstiftungen, Sprengstoff- und Strahlungsverbrechen, Freiheitsberaubung, Menschenhandel, Rotlicht- und Milieukriminalität sowie Delikte nach dem Waffen- und dem Kriegswaffenkontrollgesetz gehörten dazu.

Herma van Dyck kaute kurz auf dem Fingernagel ihres rechten Daumens herum. Sie dachte nach. Sie stellte sich die Frage: „Deutet sich da ein interessanter Fall an – oder mache ich mich lächerlich, wenn ich Kurt darum bitte, der Sache nachgehen zu dürfen?"

Siggi hörte sekundenlang nichts. Er glaubte, das Gespräch sei unterbrochen worden. „Hallo, Herma … Bist du noch dran?"

Die Kriminalistin wurde aus ihren Gedanken gerissen. „Ja, Siggi. Alles klar. Ich mache jetzt eine Gesprächsnotiz und bespreche die Sache dann mit Kurt. Wo, sagtest du, haben die Leichenspürhunde angeschlagen?"

„An der Humme-Mündung am Wouldham Park."

Herma runzelte die Stirn. „Wouldham Park. Wo ist das genau?"

Siggi mimte den verständnisvollen Gentleman. Er wusste, dass Herma aus Ostfriesland stammte und erst seit knapp anderthalb Jahren bei der Polizeiinspektion Hameln-Pyrmont/Holzminden Dienst schob.

„Der Wouldham Park liegt an der Ohrschen Landstraße. Das ist die Bundesstraße 83, die in Richtung Grohnde führt. Das Gelände befindet sich – von der Wache aus gesehen – gleich hinter dem Fort Luise auf der linken Seite und grenzt an die Weser."

„Okay", quittierte Herma. „Das habe ich mir notiert. Und da liegt ein Park, ja?"

Der Schutzmann musste lachen. „Nein, nein, es handelt sich um ein ehemaliges Militärgelände der britischen Armee. Das ist riesengroß. 22 Hektar Wiesen, Auenwälder und Betonflächen. Ein Wasserübungsplatz. Die Pioniere Ihrer Majestät sind da früher immer mit ihren Amphibienfahrzeugen in die Weser gefahren und haben schwimmende Brücken gebaut. Heute sind da die Kollegen der Diensthundführergruppe Hameln untergebracht. Und die wiederum gehören – wie unsere Inspektion auch – zur Polizeidirektion Göttingen."

Herma hatte genug gehört. „Ja, das weiß ich auch, Siggi. Ich arbeite ja auch schon ein paar Tage hier. Danke für die Nachhilfe in Sachen Heimatkunde", sagte sie und klang dabei etwas angefressen. „Ich denke, wir kümmern uns zeitnah drum. Mach's erst mal gut."

„Ja, du aber auch", antwortete Siegfried Meister. „Und lass dich mal wieder bei uns sehen."

„Einladung zum Tee ist angenommen", antwortete Herma. „Tschüss, Siggi." Das Gespräch war beendet, das Interesse der Kriminalhauptkommissarin aus dem hohen Norden geweckt.

Kapitel 4

Er saß am Fenster seiner kleinen Mansardenwohnung an der Pyrmonter Straße, starrte schon seit Stunden auf den Fluss und drehte einen grüngelben Popel zu einer kleinen Kugel. Er langweilte sich. Vor zwei Wochen hatte er eine Frau getötet, ihre Gedärme an die Fische verfüttert und die Leiche in der Weser versenkt. Er erinnerte sich an ihre Augen. Sie waren dunkel und geheimnisvoll gewesen. Bis zuletzt. Erst als sich die Schlinge tief in ihren Hals schnitt und ihr das Kabel die Blutzufuhr zu ihrem Gehirn abschnürte, war das Feuer in ihren Augen erloschen. Er genoss die Erinnerung an diesen Moment, an dem die Zeit stillzustehen schien. Er hatte Gott gespielt. Und niemand war ihm auf die Schliche gekommen. Täglich hatte er Radio Aktiv gehört und im Internet nach Leichenfunden gesurft, jeden Morgen hatte er die Deister- und Weserzeitung aus seinem Briefkasten geholt und die Lokalseiten studiert. Er wollte wissen, ob die Frau, deren Leib er mit Steinen gefüllt hatte, wieder aufgetaucht war. Aber bis heute hatte er weder etwas darüber gehört noch gelesen. Offenbar lag die Tote immer noch auf dem Grund der Weser. Wenn sie nie wieder hochkam, hatte er das perfekte Verbrechen begangen. Schon zum zweiten Mal in seinem Leben. Er grinste in sich hinein. Sie würden ihm nicht auf die Spur kommen. Er plante akribisch, überließ nichts dem Zufall.

Abrupt verfinsterte sich seine Miene. Es hatte nicht alles so geklappt, wie er sich das vorgestellt hatte. Die Gerüche, die dem toten Körper entströmt waren, hatten ihn seiner Fantasien beraubt. Beim nächsten Mal würde er anders vorgehen müssen, dachte er.

Der Mann blickte hinüber zur Hochschule Weserbergland. In der ehemaligen Nudelfabrik am Stockhof gab es sie zuhauf – junge Studentinnen, die jetzt in den Hörsälen da drüben auf der anderen Seite des Flusses über ihren Büchern hockten oder Klausuren schrieben. Er würde wieder auf die Jagd gehen, die Richtige auswählen und sie entführen in seine Welt. Und diesmal sollte jeder erfahren, was er getan hatte. Er nahm ein Fernglas aus NVA-Beständen, das er für 20 Euro auf dem Nachtflohmarkt an der Weserpromenade gekauft hatte, vom Tisch, schaute hinüber zu dem terrakottafarbenen Klotz aus Beton und Glas, in dem sich die HSW befand. Der Gedanke, sich wieder eine Frau zu fangen, erregte ihn.

Er ging in sein Schlafzimmer, wo er einen Schatz aufbewahrte. Es war ein goldener Siegelring, den er vom Mittelfinger der Frau abgezogen hatte, die er am Fluss getötet hatte. Aus dem grasgrünen Blutjaspis, der hellrote Einschlüsse hatte, erhob sich ein Doppeladler. Es handelte sich um eine Reliefgravur. Das Wappentier war erhaben und plastisch. Der Juwelier hatte es mit größter Sorgfalt und Präzision aus dem Stein herausmodelliert und ein einzigartiges 3-D-Kunstwerk geschaffen. Dieser Ring war seine Trophäe. Er erinnerte ihn an seine zweite Tat und hielt die Erinnerung daran wach. Wenn er den Ring betrachtete, wenn er ihn berührte, durchlebte er die Tat noch einmal. Künftig sollte dieser Ring noch eine weitere Rolle spielen. Schon bald sollte jeder über den Blutadler sprechen. Er sollte sein Markenzeichen werden.

Er hatte nun schon ein zweites Mal getötet. Die erste Tat war im Affekt geschehen. Ungewollt und ungeplant. Aber die Tötung der Frau hatte damals sein Verlangen geweckt. Der Damm, der seine Gefühle bislang zurückgehalten hatte, war gebrochen, die Hemmschwelle gefallen. Plötzlich tauchten in seinem Gehirn viele bunte Bilder auf. In seinem Kopf lief jetzt ein Horrorfilm ab. Er schloss die Augen, um ihn genießen zu können. Unter den Augenlidern, die zu zittern schienen, zuckten seine Augen wild hin und her. Er träumte. Sein Gehirn projizierte einen Film auf seine Netzhaut.

Die Frau, die er im Sommer vor zwei Jahren mit bloßen Händen erwürgt hatte, war eine Prostituierte gewesen. Eine, die sich illegal in Deutschland aufgehalten und ihren Körper auf der Straße angeboten hatte. Marija hatte sie sich genannt, als sie sich ihm angeboten hatte. Das war sicher nicht ihr richtiger Name. Davon war er überzeugt. Damals wie heute. An einem Abend im Juli 2016 hatte sich die Frau plötzlich am Saint-Maur-Platz, ganz in der Nähe des Krankenhauses, aus dem Schatten einer großen Kastanie gelöst und sich vor ihn gestellt. Er konnte sich noch gut an diesen Moment erinnern. Die Bilder der Annäherung hatten sich in sein Gehirn eingebrannt. Warum, das wusste er auch nicht. Es war eben so. Er dachte nicht weiter darüber nach. Den Reißverschluss ihrer roten Jacke hatte sie fast bis zu ihrem Bauchnabel geöffnet. Er hatte ihr Piercing sehen können. Unter der Sommerjacke hatte sie nur ein schwarzes tief ausgeschnittenes Leibchen getragen. Ihre langen schwarzen Haare hatten im fahlen Licht einer Straßenlaterne geglänzt wie feinste Seide. Ja, sie hatte sich ihm förmlich an den Hals geworfen. Ihm gefiel dieses Wortspiel. Am Ende hatte er seine Hände um ihren Hals gelegt. Er grinste breit wie ein Honigkuchenpferd, öffnete dann seinen Mund und rieb seine Zungenspitze über die oberen Schneidezähne, bis es ihn schmerzte. „Was lässt du dich auch mit fremden Männern ein, du Luder. Du hast das Schicksal herausgefordert und bist an den Falschen geraten." So sah er das. Marija hatte ihn angefleht, sie mit in seine Wohnung zu nehmen. „Please, please ..." – diese Worte waren ihm in Erinnerung geblieben. Anfangs hatte er Nein gesagt und sie zur Seite gestoßen. Aber sie hatte seinen rechten Arm umklammert und ihn immer wieder auf Englisch gefragt: „Do you want sex? Not expensive. 30 euros. Please, please ..." Die Verzweiflung mochte gespielt sein. Aber sie hatte ihn angemacht.

Irgendwann hatte er sich breitschlagen lassen und sie mitgenommen. Sie hatte sich bei ihm eingehakt und war mitgekommen zur Pyrmonter Straße. Eigentlich hasste er Nutten. Unterwegs hatte sie ihm eine rührende Geschichte aufgetischt. Sie sei aus Georgien, ihr Kind sei krank – und sie brauche das Geld, um die Arztrechnungen bezahlen zu können. Er hatte ihr kein Wort geglaubt. Für ihn war das nur das hohle Gequatsche einer Frau, die mit dieser Mitleidstour mehr Geld aus ihm herauspressen wollte. Was sie ihm erzählt hatte, war in das eine Ohr hinein- und zum anderen wieder hinausgegangen. Er musste lachen. Sie hatte sich den Falschen ausgesucht. Er kannte weder Mitleid noch echte Angst. Zu Hause war Marija gleich zur Sache gekommen. Sie hatte sich ausgezogen und sich auf sein ungemachtes Bett gelegt. Seinen Schlafanzug hatte sie einfach auf die Erde geworfen. Ihm war das sauer aufgestoßen. Was fiel ihr ein? Mit verführerischen Posen hatte Marija versucht, ihn in Stimmung zu versetzen. Doch bei ihm hatte sich nichts geregt. Ihn wunderte das nicht. Er hatte andere Vorlieben. Aber wie sollte er ihr das klarmachen? Es ärgerte ihn, dass er sie mit nach Hause genommen hatte. „Los, verpiss dich", hatte er geschrien und ihre Kleider vom Boden aufgesammelt. Sie hatte ihn nur ungläubig angeschaut und ihre knallroten Lippen zu einem Schmollmund geformt.

Durch sein Gehirn rauschte jetzt eine Flut von Bildern. Es war der letzte Akt einer Tragödie, die sich wie ein Krimi in seinem Kopf abspulte. Er konnte nichts dagegen tun. Und er wollte es auch nicht. Er genoss es. In dem Film sah er sich die Hauptrolle spielen. Er stand vor einer nackten Frau, die er loswerden wollte.

Aber die Tussi weigerte sich, zu gehen. „Los, greif dir deine sieben Sachen und hau ab“, hörte er sich brüllen. Doch die Frau gehorchte nicht. Sie schien das Ganze für ein Spiel zu halten. Marija veränderte ihren ungläubigen Gesichtsausdruck. Sie mimte jetzt die Überraschte. „Come on, darling … Don’t be shy“, sagte sie mit einem Lächeln, das ihn wütend gemacht hatte. Er schüttelte mit dem Kopf, zeigte mit dem ausgestreckten Arm auf die Tür. „Go, go, go …! Los, verpiss dich!“

Marija hatte endlich verstanden. „Give me money. Now …“, forderte sie und rieb Daumen und Zeigefinger ihrer rechten Hand aneinander. „Einen Scheiß werde ich dir geben, du Schlampe“, sagte er. „Mach dich vom Acker, aber schnell.“

Die junge Frau stand auf, stellte sich vor ihn, streckte die Hand aus und schrie, so laut sie konnte. „Money first!“

Er war nicht mehr Herr der Lage. Das musste er rasch ändern. Das war ihm klar. Es war nur eine Frage der Zeit, bis seine Nachbarn etwas von dem Gezeter mitbekamen.

Als Marija zu schreien anfing, um ihrer Forderung lautstark Nachdruck zu verleihen, hatte sie ihr eigenes Todesurteil besiegelt. Er griff ihr mit beiden Händen an den Hals, warf sie zurück aufs Bett und drückte zu. Marija rang nach Luft. Sie strampelte wild mit den Beinen, versuchte den Mann zu treffen, der gerade im Begriff war, sie zu töten. Aber sie hatte nicht die Spur einer Chance. Er war knapp zwei Meter groß und kräftig, sie dagegen 1,60 Meter und zierlich. Nach drei Minuten starrte sie mit weit aufgerissenen und leeren rehbraunen Augen an die Decke. Alles Leben in ihr war erloschen.

Er löste seine Hände von ihrem Hals und sah, dass seine Finger rötliche Spuren auf ihrer hellen Haut hinterlassen hatten. Es waren Abdrücke des Todes. Einen Moment lang betrachtete er ungläubig die Leiche, die vor ihm lag. Mit seinem rechten Handrücken wischte er sich ein paar feine Schweißperlen weg, die sich auf seiner Stirn gebildet hatten. Er hörte sich keuchen. War er etwa außer Atem geraten? Marijas Todeskampf hatte sich ungewollt in die Länge gezogen.

Nun lag sie da auf seinem Bett. Er musste sie verschwinden lassen. Aber wie? Er setzte sich auf einen Stuhl, musterte seine Hände. Sie zitterten nicht. Er konnte selbst kaum glauben, dass er die Frau erwürgt hatte. Ihn traf keine Schuld am Tod dieser Bordsteinschwalbe. Das stand für ihn fest. Sie hatte es nicht anders gewollt. „Ich habe ihr eine Chance gegeben, zu gehen. Warum hat sie auch geschrien?“ Damit hatte sie ihn provoziert, ja, sie hatte ihn zum Handeln gezwungen. Nun war sie tot. „Was soll's“, dachte er. „Eine Nutte weniger auf dieser Welt. Wen juckt das schon?“

Er setzte sich an seinen Schreibtisch und startete seinen Computer. Als sich das Eingabefeld der Suchmaschine öffnete, stützte er die Ellenbogen auf der Tischkante ab, faltete seine Hände und legte sein Kinn darauf. Er dachte nach. „Welche Suchbegriffe muss man eingeben, wenn man einen Menschen verschwinden lassen will?“ Ihm fiel nichts ein.

Minutenlang saß er vor dem PC. Sein Kopf war leer. Er konnte nicht denken.

Er stand auf, ging zu seinem Bett und zog die Leiche auf den Fußboden. Krachend schlug der Körper auf den Holzdielen auf. Mit beiden Händen klappte er seine französische Liege hoch und nahm kurz Maß. Der Platz unterhalb der Matratze reichte aus. Er legte Marija in den Bettkasten und klappte die Liege zu. Die Tote war leicht zu bewegen. Sie wog höchstens 50 Kilogramm. Für ihn war das kein Gewicht. In seiner Jugend hatte er mal als Bauhelfer gearbeitet und dabei unzählige Zementsäcke geschleppt. Treppauf, treppab. Marija wog kaum mehr als so ein Sack.

Erneut setzte er sich vor den Computer. Jetzt, wo die Tote in seinem Bett nicht mehr an die Decke starrte, kehrten frische Ideen zurück in seinen Kopf. Mit seinem rechten Zeigefinger tippte er die Worte „Säure, Mensch, auflösen“. Dann drückte er auf die Enter-Taste. Google warf 102 000 Einträge aus. Sie halfen ihm nicht weiter. Mit Interesse las er einen Artikel über die Taten des sogenannten Säurefass-Mörders Lutz Reinstrom. Der Kürschner aus dem Hamburgischen hatte Ende der 1980er-Jahre zwei Frauen gequält, zersägt und in Säure aufgelöst. „Die Methode ist schon interessant“, dachte er und rieb sich sein Kinn. „Aber sie hat einen Nachteil … Wie soll ich an dermaßen große Mengen

Säure kommen? Ich bin weder ein Scheißkürschner noch ein Chemiker."

Ein anderer Artikel aus der Deister- und Weserzeitung befasste sich mit dem gewaltsamen Tod einer jungen Frau aus Hameln. Der Fall lag schon einige Jahre zurück. Den Kopf der Toten hatte man bis heute nicht gefunden. Auch dieser Täter hatte sein Opfer seinerzeit zerstückelt und im Internet nach dem Begriff „Säure" gegoogelt. Angeblich hatte er die Hände der Toten in Salzsäure aufgelöst, um ihr die Identität zu nehmen. Die Polizei war dem Mann auf die Schliche gekommen, hatte ihm aber keinen heimtückischen Mord nachweisen können. Dennoch war er für den Tod und das Quälen anderer Frauen für lange Zeit weggesperrt worden.

Er nahm die Finger von der Tastatur. Erst jetzt realisierte er, dass er einen Fehler gemacht hatte. Jeder, der im Netz surfte, hinterließ dort Spuren. Er wollte nicht, dass irgendjemand nachvollziehen konnte, wofür er sich interessiert hatte. Vorsichtshalber löschte er den Verlauf auf seinem PC.

Inspiriert von den Zeitungsberichten, die er im Netz gefunden hatte, schritt er zur Tat. Er holte Marija aus dem Bettkasten, trug sie ins Bad und legte sie in die Badewanne. Bevor er in der Küche ein scharfes Fleischmesser aus dem Messerblock zog und sich an die Arbeit machte, schoss er noch rasch mit seinem Smartphone ein Foto von der Leiche – zur Erinnerung an seine erste Tötung. Er schaltete das Radio ein. NDR 1 Niedersachsen spielte „Atemlos durch die Nacht". Er mochte Helene Fischer, ihre Stimme, ihr Aussehen und die Art, wie sie sich bewegte. Diese Frau hatte Klasse. Helene hätte er gern mal mit zu sich nach Hause genommen. Er verschwendete keinen weiteren Gedanken daran. Ihm war klar, dass das abwegig war. Eine solche Frau hätte ihn gar nicht beachtet. Durch die Nase sog er scharf Luft ein. Dann stieß er einen tiefen Seufzer aus.

Jetzt musste erst mal Marija weg. Er holte das Messer, setzte die scharfe Klinge an. Den Wasserhahn ließ er laufen, als er ihr den Kopf und die Hände abtrennte. Das Blut, das dabei aus dem toten Körper strömte, vermischte sich mit dem warmen Wasser aus der Leitung und lief in den Abfluss. Ab und zu war ein Glucksen zu hören. Er arbeitete konzentriert. Als er fertig war, holte er einen alten Koffer aus dem Keller. Er war gerade groß genug, um die sterblichen Überreste einer nicht allzu großen Frau darin verschwinden zu lassen. Marijas Kopf und Hände stopfte er in eine Plastiktüte. Mit dem olivgrünen Panzerband, das er in der Schublade seines Schreibtisches aufbewahrte, umwickelte er die Tüte. Er wollte die Leichenteile getrennt entsorgen. Niemand sollte die Frau anhand ihres Aussehens oder ihrer Fingerabdrücke identifizieren können. Mit dem Brausekopf der Dusche spülte er Reste von Blut und Gewebeteilen fort. Dann betrachtete er seine Hände. Sie zitterten nicht. Auf seiner Stirn glitzerten feine Schweißperlen im Licht der grellen Deckenleuchte.

Weit nach Mitternacht verließ er seine Wohnung. Er wuchtete den schweren Koffer nach unten, verstaute ihn in seinem dunkelroten VW Golf. Die Tüte stellte er im Fußraum vor dem Beifahrersitz ab. Als er über die Münsterbrücke fuhr, kam ihm die Idee, Kopf und Hände der Toten im Fluss zu versenken. Doch zunächst einmal wollte er den Koffer loswerden. Er fuhr stadtauswärts in Richtung Fort Luise. Links neben ihm befand sich die Weser, rechts vom ihm der Klütwald. Nach ein paar Kilometern bog er von der Bundesstraße 1 nach rechts ab, lenkte seinen 14 Jahre alten Wagen auf die Riepenstraße, die hinauf zum Finkenborn führte. Kurz hinter der Abzweigung zur Riepenburg, einem versteckt im Wald liegenden Schullandheim, verließ er die asphaltierte Straße und fuhr tief in den Laubwald. Er schaltete die Scheinwerfer aus, setzte sich eine Stirnlampe auf und holte einen Klappspaten aus dem Kofferraum. Irgendein Vogel über ihm fühlte sich gestört und flatterte in der Finsternis davon. Er hatte das Gefühl, das Tier würde in Panik gegen Äste und Zweige fliegen. Ihm bereitete diese Vorstellung Vergnügen. Er lächelte, verzog dabei sein Gesicht zu einer Fratze. Unter hohen Buchen schaufelte er ein Grab für Marija. Nach ein paar Minuten kam er zu dem Schluss, dass es doch keine gute Idee gewesen war, gerade an dieser Stelle zu buddeln. Der schwere Lehmboden war durchsetzt mit Wurzeln der Bäume. Er hatte große Mühe, ein Loch zu graben. Als er fertig war, war es zwei Uhr. Er konnte die Glockenschläge des Münsters hören.

Nun war die Zeit gekommen, sich von Marija zu verabschieden. Grinsend schlurfte er zum Wagen, hievte den Koffer heraus und warf ihn in das Grab. Er schaufelte Erde in das Loch, trat sie mit den Schuhen fest. Zu guter Letzt bedeckte er die Stelle mit Laub und Zweigen. Mit dem Spaten reinigte er, so gut es eben ging, seine Schuhe. Das Profil der Sohle kratzte er mit einem dünnen Zweig aus, den er von einem Baum abgebrochen hatte. Der feuchte Waldboden klebte wie Nordseeklei an seinen Absätzen.

In seinem Tagtraum sah er sich den Wagen rückwärts aus dem Wald fahren und zurück in Richtung Stadt lenken. Er sah alles glasklar vor sich; es fühlte sich an, als würde das alles gerade geschehen. Erneut tauchte er in seine Traumwelt ab. An der Bundesstraße 83, die nach Holzminden führte, bog er nach rechts ab, um auf der alten Holperstrecke, die aus Basaltsteinen bestand, in Richtung Bootshäuser zu gelangen. An dieser Stelle mündete die Humme in die Weser. Das kleine Flüsschen schlängelte sich – seinem Ende entgegen – an einem ehemaligen Truppenübungsplatz der britischen Armee vorbei. Das Gelände war extrem unwegsam, die Uferböschung steil und glitschig. Sie ähnelte einer Schlucht. Brombeerbüsche hatten sich im Laufe der Jahrzehnte ausgebreitet. Die tiefe Senke war mit hohen Bäumen und ausladenden Büschen überwuchert. Hier spielten nicht einmal Kinder. Der Ort schien wie geschaffen für ihn. Mit seiner Stirnlampe leuchtete er ins undurchdringliche Grün, um eine kleine Lücke im Dickicht zu erspähen. Als er sie gefunden hatte, holte er die Plastiktüte aus dem Auto. Wie ein Basketballspieler, der den Korb treffen wollte, warf er die Tüte hinein ins Grün. Er hörte ein leises Platschen. Die grausige Ladung war in der Humme gelandet.

Laute Sirenen rissen ihn zurück ins Hier und Jetzt. Er hatte von seinem ersten Mord geträumt – am helllichten Tag. Draußen auf der Pyrmonter Straße brauste gerade ein Löschzug der Feuerwehr vorbei. Die Pressluftfanfaren hatten ihn aus seinen Erinnerungen gerissen. Marija war Geschichte. Ihr Verschwinden hatte bis heute niemand bemerkt. Für ihn war das, was mit der Georgierin geschehen war, ein Unfall gewesen. Mehr nicht. Anders war es bei der Frau gewesen, die er Anfang April nach kurzer Gefangenschaft ins Jenseits befördert hatte. Geplant, grausam und zielgerichtet.

Er rieb sich die Augen. Die Sonne schien durch die dreckige Scheibe, das Licht flutete sein Wohnzimmer. Er mochte die Sonne nicht besonders. In der Finsternis fühlte er sich wohler. Er musste an einen Film mit Anthony Hopkins denken. Irgendwer faselte darin etwas von Blut und Mondschein. Und wie schön es aussehen würde. Er selbst hatte nichts Besonderes empfunden, als er das Blut der Frau gesehen hatte. Es hatte pechschwarz ausgesehen und metallisch gerochen. Bei seinem zweiten Mord hatte er das Blut mit seinen Händen gefühlt, die Wärme gespürt – und den Moment genossen. Er schwelgte wieder in Erinnerungen. Das Gefühl, Gott zu spielen, machte ihn mächtig, stark und süchtig nach mehr.

Noch einmal schaute er durch das Fernglas. Wie ein Getriebener suchte er die Promenade nach einer Frau ab. Aber außer einem alten Mann mit einem Kind und ein paar Möwen erspähte er nichts. Er würde sich auf die Suche machen. Schon bald. Niemand konnte ihn aufhalten. Die Filme im Internet, die Gewaltvideos und all das Zeug konnten ihm ab jetzt gestohlen bleiben. Er hatte getötet – und er würde es wieder tun. Aber auf eine andere Art. Er wollte experimentieren, sich ausprobieren, sich weiterentwickeln. Er würde seine sichere Deckung verlassen und die Polizisten an der Nase herumführen. Er lachte dämonisch, als er darüber nachdachte, wie er diesmal vorgehen würde.

Kapitel 5

Herma ertappte sich dabei, wie sie an ihren Fingernägeln knabberte. Angespannt guckte sie aus dem Fenster ihres Büros, das sich im Erdgeschoss des Zentralen Kriminaldienstes an der Zentralstraße in Hameln befand. Was sich draußen auf der Straße abspielte, registrierte sie nicht. Sie dachte nach. Sie hatte gerade zu Papier gebracht, was ihr Siegfried Meister vom Einsatz- und Streifendienst gemeldet hatte. Sieben Leichenhunde hatten unweit der Humme-Mündung angeschlagen. So viele Spürnasen konnten sich nicht irren. Dort musste eine Leiche liegen. Sie konnte den Hinweis nicht einfach ignorieren – sie musste Kurt informieren und eine Suche starten. Die Mordermittlerin zog die Stirn in Falten, kratzte sich längere Zeit mit ihrem linken Zeigefinger an der Wange. Eine Frage ging ihr durch den Kopf: „Was, wenn ich einen groß angelegten Einsatz auslöse und sich die Sache im Nachhinein als Finte entpuppt?“ Schon einmal hatte sie, nachdem ein Angler Haare einer Frau aus der Weser gezogen hatte, das Flussbett absuchen lassen. Die Polizeitaucher hatten keine Tote finden können. Kurt Brenner, ihr Chef, hatte seinerzeit nur geschmunzelt. Sie war noch neu in Hameln und wollte nicht als übereifrige Ermittlerin in die Hamelner Kriminalgeschichte eingehen. Herma hatte Angst, sich zu blamieren. Sie ging in die Küche, kramte den Kanister, in dem sich der Rest des kostbaren Quellwassers des Kuttenborns befand, hinter einem Vorhang aus blauem Baumwollstoff hervor und füllte vorsichtig den silberfarbenen Wasserkocher, dessen Innenleben mit einer dicken grünweißen Kalkschicht überzogen war. „Mannomann", grummelte sie leise vor sich hin. „Das Hamelner Leitungswasser ist echt so hart wie Marmor." Sie beschloss, gleich morgen vor dem Dienst einen Wasserkocher nur für Teewasser zu besorgen. „Das alte Ding kann man ja in die Tonne treten", sagte sie lauter, als ihr lieb war. Herma sprach manchmal mit sich selbst.

Als das Kuttenborn-Wasser brodelte und Dampfschwaden aufstiegen, füllte Herma drei Teelöffel Ostfriesenmischung in eine Porzellankanne, die mit dem in ihrer Heimat typischen Rosendekor verziert worden war. Dann übergoss sie die feinen Teeblätter mit dem sprudelnd-kochenden Wasser aus dem Klütwald. Der Tee musste jetzt vier Minuten ziehen. Herma sah ungeduldig auf die Uhr.

Die Sache mit den Leichenspürhunden ging ihr nicht aus dem Kopf. Sie musste Kurt einweihen. Daran ging kein Weg vorbei. Blamage hin oder her. Instinktiv hatte sie richtig gehandelt und eine Gesprächsnotiz angefertigt. „Ich werde sie Kurt auf den Schreibtisch legen – letztlich muss er entscheiden, was zu tun ist", dachte sie. „Er ist schließlich der Chef." Vier Minuten waren vergangen.

Herma stellte noch einmal den Kocher an, ließ das Wasser ein zweites Mal aufkochen und füllte die Teekanne damit auf.

Herma brachte den frisch aufgebrühten Tee in ihr Büro. Mit einem Stabfeuerzeug zündete sie ein Teelicht an und stellte die Kanne auf ein Stövchen. Die Zeremonie konnte beginnen. Die Hauptkommissarin zog eine Schublade auf, in der sie – abgedeckt mit einem weißen Leinentuch – eine kleine Tasse aus feinem Porzellan aufbewahrte. Sie gehörte zur selben Serie wie die Kanne und war ebenfalls von Künstlerhand mit der ostfriesischen Rose verziert worden. Zuerst gab sie Kluntjes in die Tasse. Dann übergoss sie den weißen Kandis mit dem heißen Tee. In der Tasse knisterte es. Herma eilte zurück in die Küche, öffnete den Kühlschrank und suchte darin vergeblich nach der Sahne. Ein Kollege musste sie für seinen Kaffee benutzt haben. Herma fluchte. „Fuck …“ Als sie zurückging, kam ihr Kurt Brenner entgegen. Der Leiter des FK 1 grüßte sie freundlich. „Hallo, Herma. Na, alles klar bei dir? Du siehst wütend aus …“

Herma musste lächeln. „Moin, Kurt. Was du so alles in meinem Gesicht lesen kannst.“

„Dein Gesicht ist ein offenes Buch. Das weißt du doch“, erwiderte Brenner. Mit einer knappen, aber unmissverständlichen Kopfbewegung bedeutete er ihr, ihm in sein Büro zu folgen. „Na, komm schon. Du hast doch was auf dem Herzen. Nimm Platz. Ich bin ganz Ohr“, sagte der Erste Kriminalhauptkommissar väterlich.

Einen Moment lang dachte Herma an ihren Tee, der jetzt kalt wurde. Sie widerstand der Versuchung, die Tasse zu holen.

Herma stammelte herum. Sie wusste nicht, wie sie anfangen sollte. „Kurt, du kennst doch Siggi vom ESD?“ Brenner runzelte die Stirn. „Ja, und? Was ist mit ihm?“

„Nichts, nichts …“, beeilte sich Herma zu sagen und hob abwehrend ihre Hände. „Er hat mich vorhin angerufen und mir von einem sonderbaren Vorfall erzählt. Also, es ist so: An der Humme-Mündung könnte ein Toter liegen.“

Der Chef vom Mord und Totschlag schaute Herma tief in ihre blau-grünen Augen. „Könnte …?“

„Ja, äh, davon sind jedenfalls gleich sieben Spürnasen überzeugt.“

Brenner verzog den Mundwinkel und kratzte sich die Stirn.

„Was denn für Spürnasen? Herma, du sprichst in Rätseln. Nun lass dir doch nicht alles aus der Nase ziehen“, forderte Brenner seine beste Mordermittlerin auf. Er mochte sie, weil sie jeder Spur nachging, nicht aufgab und niemals auf die Uhr schaute.

„Na ja, das ist vielleicht so ein Kommissar-Zufall-Ding. Jedenfalls haben da die Kollegen von der Diensthundführerstaffel mit ihren Vierbeinern trainiert. Sieben Leichenspürhunde haben an der Humme-Mündung angeschlagen. Das ist es, was ich dir erzählen wollte.“

Brenner versuchte, Hermas Gedanken zu lesen. „Aha, und was hast du in dieser Sache unternommen?“

Hermas Antwort kam wie aus der Pistole geschossen. „Ich habe ein Gesprächsprotokoll geschrieben."

Brenner musste grinsen. Dann warf er ihr einen ungläubigen Blick zu. „Du hast nicht deine Taucherfreunde informiert?"

Herma biss die Zähne aufeinander. „Nein, Kurt. Das habe ich nicht. Wenn du es für richtig hältst, kannst du das ja machen." Die Hauptkommissarin machte Anstalten, sich von ihrem Stuhl zu erheben. Brenner erkannte das sofort und machte eine Handbewegung, die sie zum Bleiben aufforderte.

„Sorry, Herma. Das war doch nur Spaß. Du hast alles richtig gemacht. Natürlich werden wir Ermittlungen einleiten – und zwar umgehend. Wir können das ja nicht einfach ignorieren." Brenner machte eine kurze Pause. Er dachte nach. „Sieben Hunde, sagst du? Hm … Dann könnte da was dran sein. Magst du den Fall übernehmen?"

Die Hauptkommissarin nickte stumm. Insgeheim hatte sie gehofft, dass ihr der Chef die Sachbearbeitung übertragen würde.

„Wir können auch gemeinsam rausfahren und die Kollegen von der Hundestaffel befragen. Was meinst du?"

Herma lächelte. „Je, sehr gern, Kurt", antworte sie schneller, als ihr lieb war. Den Tee in ihrem Büro hatte sie längst vergessen. Dafür war jetzt keine Zeit.

Kapitel 6

Die Sonne schien, die Bäume schlugen aus, die Felder waren grün geworden, auf den Rasenflächen vor der Rattenfänger-Halle blühten gelbe Krokusse und rote Tulpen. An der Weserpromenade saßen die Menschen in den Cafés, sie genossen die Wärme und das plötzliche Frühlingserwachen. Verliebte Pärchen schlenderten am Anleger vorbei, tauschten Küsse aus und hielten Händchen. Der Winter war lang und hart gewesen. Endlich war die dunkle, düstere Zeit vorbei, war ein Hauch des bevorstehenden Sommers zu spüren.

Er saß auf der Terrasse eines schönen Lokals, das vor ein paar Jahren im Erdgeschoss der Hochschule Weserbergland eröffnet hatte und sich nach wie vor großer Beliebtheit erfreute. Durch seine Sonnenbrille beobachtete er die Frauen, die an ihm vorbeigingen. Einige trugen kurze Röcke und stellten ihre langen Beine zur Schau. In Gedanken stellte er sich vor, eine von ihnen zu fangen, zu fesseln und zu knebeln. Ach, was würde er mit so einem Geschöpf anfangen können, dachte er und trank den Rest seines Espressos aus.

In seinem Keller hatte er alles für eine Spezialbehandlung bereitgelegt. Ein Skalpell, das er im Krankenhaus hatte mitgehen lassen, mehrere scharfe Messer,

K.-o.-Tropfen, Stricke, Klebeband und Kabelbinder. Sogar eine alte Matratze hatte er auf dem Fußboden platziert und das Fenster mit einer Sperrholzplatte zugenagelt. Jetzt musste er nur noch das richtige Opfer finden. Er wusste noch nicht, wie er eine Frau in seinen Keller locken könnte, ohne dass gleich jemand Verdacht schöpfen würde. Die meisten Mädchen, die ihm gefielen, waren in Begleitung. Nur sehr wenige waren allein unterwegs.

Er bestellte sich noch einen doppelten Espresso, dachte an die Zeit, als er zur See gefahren war. Schöne Zeiten waren das gewesen. Das Meer, die Brandung, die salzige Luft – das fehlte ihm so sehr. Aber für ihn gab es kein Zurück mehr. Er nannte sich jetzt Bernd Melchior. Niemand ahnte, dass er die Papiere eines Toten benutzte. Der echte Bernd Melchior musste wenige Tage vor dem Untergang der „Seemöwe" gestorben sein. In seinem Kopf lief plötzlich ein Kurzfilm an. Er sah alles in seltener Klarheit – so, als wäre es gestern gewesen. Der obdachlose Junkie hatte sich in einer ehemaligen Ziegelei bei Pilsum den goldenen Schuss gesetzt. Die dreckige Nadel, mit der sich der Süchtige selbst ins Jenseits katapultiert hatte, steckte noch in der zerstochenen Armvene, als er den Drogentoten, auf einem zerschlissenen Ledersessel sitzend, in einem verfallenen Haus entdeckt hatte. Dort, wo er sich als Jugendlicher herumgetrieben hatte und jeden Ziegelstein kannte, hatte er nach dem Schiffsunglück Zuflucht gesucht, um über seine nächsten Schritte nachzudenken. Für ihn war der Tote ein

Geschenk des Himmels gewesen. Ein Wink des Schicksals sozusagen. Es war seine Chance, ein neues Leben zu beginnen. Im Rucksack, der neben der Leiche lag, hatte er alles gefunden, was für einen Neuanfang nötig war: eine Geburtsurkunde, einen Ausweis, einen Führerschein und ein zerknittertes und bereits vergilbtes Schreiben vom Sozialamt in Hameln. Die Person auf dem Porträtbild im Perso sah ihm sogar etwas ähnlich. Es war eines dieser biometrischen Nullachtfünfzehn-Passfotos, die von einem Automaten für fünf Euro aufgenommen worden waren, und erinnerte stark an ein Bild aus einer Verbrecherkartei. Er hatte Leiche und Rucksack auf dem alten Fabrikgelände in einen tiefen Brunnenschacht geworfen und im selben Moment die Identität des Hamelners angenommen.

Während er an seinem Espresso nippte, dachte er an den verwahrlosten Mann, in dessen Rolle er geschlüpft war. Die Leiche musste längst verwest sein. Falls überhaupt, würde man nur ein paar Knochen und Kleidungsreste von dem Toten finden. Aber es war mehr als unwahrscheinlich, dass jemand den alten Brunnen aufbaggern würde. Vielleicht war der Schacht schon längst mit Schutt verfüllt worden.

Während er so dasaß und nach einem geeigneten Opfer Ausschau hielt, dachte er über berufliche Perspektiven nach. Zu fischen gab es hier so gut wie nichts – jedenfalls nicht für ihn. Okay, einen Weserfischer gab es noch, der hin und wieder auf Aalfang ging. Aber der Betrieb brauchte kein Personal. Dafür war der

Fang nicht groß genug. Die Reusen, das hatte er in der Zeitung gelesen, blieben häufig leer. Der Aal konnte nicht wandern. Wehre und Wasserkraftwerke im Fluss machten dem Raubfisch das Leben schwer. Wie hätte er auch erklären sollen, dass er etwas vom Fischen verstand? Details aus seinem früheren Leben waren tabu. Den Krabbenfischer gab es nicht mehr. Der lag ja seit Jahren bei den Fischen. Er hatte keine Ahnung, was dieser Bernd Melchior gelernt hatte. Er selbst hatte in seinem früheren Leben mehrere Lehren abgebrochen, zuletzt als Sanitätshelfer bei einem privaten Krankentransport gejobbt. Als ihn sein Chef beim Griff in die Kaffeekasse erwischte, flog er raus. Seit anderthalb Jahren bezog er Hartz IV. Die Kohle reichte hinten und vorne nicht. Er spielte mit dem Gedanken, sich bei einem privaten Sicherheitsdienst als Wachmann zu bewerben. Vor langer Zeit war er beim Bund gewesen. Vielleicht ließ sich ja daraus noch Kapital schlagen.

Am Tisch neben ihm nahm eine junge Frau Platz. Sie war blond, jung, schön – und schien auf jemanden zu warten. Sie bestellte einen Latte Macchiato und las in einem Buch. Ab und zu schaute sie hoch und ließ ihre Blicke über den Fluss schweifen. Sie mochte 19 oder 20 sein. Vielleicht studierte sie an der HSW. Als ihr Handy klingelte, steckte sie ihre Sonnenbrille ins Haar und begann in ihrer Handtasche zu wühlen. Es dauerte einige Sekunden, bis sie das Telefon gefunden hatte. „Hallo, hier ist Sarah", hörte er sie sagen. Er konnte nicht alles verstehen, was sie sagte. Aber die Wortfetzen, die er aufschnappte, machten ihm klar: Die Kleine war versetzt worden.

Du hast ein Date – und zwar mit mir. Du weißt es nur noch nicht, dachte er und grinste in sich hinein. Dann nahm er Kontakt zu ihr auf.

„Entschuldigen Sie, kommen Sie aus Hameln?"

Die junge Frau drehte sich schwungvoll zu ihm um, schob sich dabei eine lange Strähne aus dem Gesicht. „Ja, wieso?"

„Also, ich bin fremd hier, kenne mich nicht so gut aus", log er gekonnt. Wenn er wollte, konnte er ein Charmeur sein. Er lächelte sie an. Sie lächelte verlegen zurück.

„Ich will einen Freund besuchen. Der wohnt am Ohrberg. Wissen Sie vielleicht, wie ich dorthin komme?"

Sarah hob den Kopf an und zeigte mit ihrem spitzen Kinn, in dem sich ein Grübchen abzeichnete, nach vorn.

„Drehen Sie sich mal um. Der Hügel da hinten, der mit den Häusern drauf, das ist der Ohrberg. Wo wohnt denn Ihr Freund genau?"

„An der Grabbestraße", antwortete er.

Kein Zweifel. Die junge Frau, die er angesprochen hatte, war hilfsbereit und kontaktfreudig.

„Da können Sie mit dem Bus fahren. Sie müssen an der Stadtgalerie in die 3 oder in die 6 steigen."

„Danke für die Info."

„Keine Ursache, gern geschehen", sagte sie. „Ich heiße übrigens Sarah. Wir können Du sagen."

„Okay, ich bin Bernd."

„Woher kommst du?", wollte sie wissen. Es fiel ihm nicht schwer, Geschichten zu erfinden.

„Ich komme aus Hannover, studiere da Medizin", log er. „Du kennst dich hier aber gut aus. Mit den Bussen und so. Fährst du oft mit dem Bus?"

„Ja, früher bin ich täglich mit den Öffis in die Stadt gefahren. Inzwischen habe ich ein Auto. Alt, aber meins."

„Dann kannst du mich vielleicht ein Stück mitnehmen, oder?"

Sarah überlegte kurz, kratzte sich verlegen an der Schläfe. Normalerweise nahm sie keine Fremden mit, Anhalter schon gar nicht. Aber dieser Typ hier schien ganz nett zu sein. Was sollte schon passieren?

„Okay, ist gebongt. Ich studiere übrigens auch. Wirtschaftsinformatik, hier in der Hochschule." Sie zeigte auf das Gebäude, vor dem sie saßen.

Er fühlte sich wie im siebten Himmel. Eben noch wusste er nicht, wie er an ein Objekt seiner Begierde herankommen sollte, und im nächsten Moment hatte er diese Sarah kennengelernt. Irgendjemand meint es gut mit mir, dachte er.

Kapitel 7

Kurt Brenner zog das schwarze Tastentelefon, das vor ihm auf dem Schreibtisch stand, näher zu sich ran. Er tippte die interne Nummer der Diensthundführerstaffel ein und wartete ab. Am anderen Ende der Leitung klingelte es. Doch niemand hob ab. Der Chef des FK 1 schaute auf seine Armbanduhr. 11.45 Uhr. Die werden doch nicht jetzt schon Mittag machen, dachte er. Brenner war eher der ungeduldige Typ. Er pflegte seine Aufgaben rasch und gewissenhaft zu erledigen. Er tat gut daran. Der erfahrene Ermittler wusste: Jederzeit konnten er und sein Team zu einem neuen Mordfall gerufen werden. Dann blieben Fälle liegen. Brenner hasste das. Sein Lebensmotto lautete: Was du heute kannst besorgen, das verschiebe nicht auf morgen. Der Erste Kriminalhauptkommissar gab nicht auf. Er wollte nicht akzeptieren, dass er die Hundeführer nicht erreichte. Brenner legte den Hörer auf und dachte nach. Sollte er auf gut Glück zum Wouldham Park fahren? Vielleicht trainierten die Kollegen gerade ihre Hunde und hörten das Telefon deshalb nicht. Nein, das wäre Zeitverschwendung, dachte er. Brenner hob den Hörer ab und wählte die Kurzwahl 117. Es dauerte nur ein paar Sekunden, da hatte er den Dienstabteilungsleiter der Wache Hameln, die sich in Sichtweite seines Büros befand, am Draht. „Korngiebel, Polizei Hameln“, meldete sich der DAL. Er hatte längst anhand der Nummer, die im Display aufleuchtete, erkannt, dass der Leiter des FK1 anrief. „Hallo, KK“, sagte Brenner. „Warum so förmlich?“ Karsten Korngiebel, den alle wegen der Anfangsbuchstaben seiner Namen nur KK nannten, räusperte sich. Dann hob er zu einer Antwort an. „Na, wenn die hohen Herrschaften vom Mord und Totschlag bei der Trachtengruppe anrufen, dann muss es wohl wichtig sein.“

Brenner zog scharf Luft ein und schüttelte verständnislos den Kopf. „Mensch, Karsten … Was soll das denn? Du weißt doch, dass ich so nicht über euch denke. Niemand von uns bezeichnet euch als Trachtengruppe. Ohne euch vom Einsatz- und Streifendienst könnten wir doch gar nichts gegen das kriminelle Gesocks, das sich hier rumtreibt, ausrichten. Das muss ich dir doch nicht erzählen. Wer fährt denn den ersten Angriff? Wer nimmt denn zuallererst den Tatort auf? Wer entscheidet, ob das ein Fall für das Fachkommissariat ist? Wer unterstützt uns bei unserer Arbeit?“ Der Chef vom FK1 feuerte ein Fragenfeuerwerk ab, ließ POK Korngiebel nicht zu Wort kommen.

Der Polizeioberkommissar ließ Brenner ausreden. Dann antwortete er mit ruhiger Stimme: „Ist schon gut, Kurt. Tut mir leid. War nicht so gemeint. Ich habe zu Hause gerade ein bisschen Stress und hier auch noch Ärger mit dem Alten. Da kommt einem schon mal ein blöder Spruch über die Lippen. Entschuldige bitte …“

Brenner nahm die Entschuldigung an. Er wusste, dass KK wieder einmal nicht befördert worden war und sich übergangen fühlte. Der Flurfunk innerhalb der Inspektion funktionierte gut. Brenner war deshalb nicht entgangen, dass Korngiebel Schulden drückten. Aber das war nur das Geschwätz von Kollegen. Der Leiter des Fachkommissariats 1 interessierte sich nicht für Gerüchte, er sammelte Indizien, Beweise und galt als faktenverliebt. Die Probleme seiner Kollegen gingen ihn nichts an – schon gar nicht, wenn sie in anderen Kommissariaten arbeiteten. Strahlten die Probleme jedoch in den Dienstalltag aus, nahm er sich dieser an.

Es war Korngiebel, der den Gesprächsfaden wieder aufnahm. „Was kann ich denn für dich tun, Kurt?“

Brenner fiel mit der Tür ins Haus. Er hatte ohnehin schon mehr Zeit verloren, als ihm lieb war.

„Ich versuche die Diensthundstaffel zu erreichen. Da geht aber keiner ran. Vielleicht sind die im Gelände. Könntest du die bitte mal über Funk ansprechen? Ist wirklich wichtig …“

„Na klar. Wird erledigt“, antwortete KK. „Wenn die sich nicht melden, dann schicke ich da mal eine Streife vorbei. Wenn die so richtig in Action sind oder die Hunde bellen, dann hören die das Klingeln schon mal nicht. Ähm … Wen genau möchtest du denn sprechen?“

„Ulli Messerschmidt, wenn er Dienst hat. Aber im Prinzip ist es egal. Wir wollen uns mal das Gelände bei der Humme-Mündung näher anschauen und die Kollegen zu einem Vorfall befragen."

Brenner rechnete mit einer Nachfrage, wurde aber enttäuscht. Korngiebel erwiderte nur: „Klingt ja spannend. Ich spreche die gleich mal an. Hätte noch gern weiter mit dir geplaudert, Kurt. Aber du hörst ja an den Hintergrundgeräuschen: Hier steppt mal wieder der Bär. Das Alltagsgeschäft ruft …"

EKHK Brenner brummte nur zustimmend. Er war froh, das Gespräch beenden zu können, und hoffte nur, dass sein Anliegen bei all dem Durcheinander in der Wache nicht in Vergessenheit geriet.

Es dauerte keine fünf Minuten, da klingelte sein Telefon. Diensthundführer Messerschmidt war dran. „Hallo, Kurt. Sorry, wir waren im Gelände. KK hat uns gesagt, dass du mich sprechen möchtest …"

„Ja, danke für den Anruf. Erst einmal: guten Tag! So viel Zeit muss sein. Also, es geht um dein Gespräch mit Siggi und die Sache mit den Leichenspürhunden. Wir würden uns gern mal ein Bild von dem Ort machen, an dem eure Spürnasen angeschlagen haben."

Messerschmidt grinste. „Na, da haben wir ja wohl dein kriminalistisches Interesse geweckt, oder?"

„Klar", antwortete Brenner. „Wir können ja nicht so tun, als hätte es diesen Vorfall nicht gegeben."

„Wenn ihr Zeit habt, dann kommt gleich vorbei. Ich habe zwar gleich Dienstschluss, aber für euch mache ich doch gern 'ne Überminute."

Brenner nickte. „Okay, dann verschieben wir heute mal unsere Mittagspause und kommen zu euch raus. In zehn Minuten sind wir da."

„Ich setze schon mal ein Käffchen auf", flötete Messerschmidt vergnügt ins Telefon.

„Besser Tee", sagte Brenner. „Ich bringe Herma mit. Die ist Ostfriesin und hasst Kaffee wie die Pest."

„Das ist verstanden", antwortete Messerschmidt, so, als quittiere er einen Funkspruch. „Bis gleich." Noch bevor Brenner etwas sagen konnte, legte er auf.

Der Ulli ist ein engagiertes Kerlchen, dachte der Chef vom Mord und Totschlag, als er sich von seinem Drehstuhl erhob und seine Wildlederjacke von der Lehne zog. Brenner klopfte die Jacke ab, um zu kontrollieren, ob sich darin Kugelschreiber und Notizblock befanden. Als er einen Widerstand fühlte, warf er sich die Lederjacke salopp über die Schulter und ging zu Hermas Büro. Die Mordermittlerin saß vor ihrem Computer und gab gerade Daten ein.

Die Tür stand offen. Brenner schaute Herma an, aber sie würdigte ihn keines Blickes. Die Hauptkommissarin war in ihre Arbeit vertieft. Was um sie herum geschah, blendete sie für gewöhnlich aus. Herma arbeitete hoch konzentriert. Brenner klopfte gegen den Türrahmen. „Hallo, Herma! Zeit für einen Außentermin?"

Die Ermittlerin hörte sofort auf zu tippen, hob ihren Kopf an und wischte sich eine Strähne aus dem Gesicht. „Klar, immer dienstbereit. Wo soll's denn hingehen?", fragte sie mit einem charmanten Lächeln auf den Lippen. „Haben wir 'ne Leiche?"

Brenner musste lachen. „Ja, vielleicht. Wir fahren zum Hundeplatz, befragen Ulli Messerschmidt – und schauen mal, ob da eine rumliegt."

Herma zog die Schublade ihres Schreibtisches auf, holte ihre Heckler & Koch P2000 heraus und steckte die Dienstwaffe in das Schulterholster aus schwarzem Leder, das sich von ihrem weißen T-Shirt deutlich abhob. Auf Brenner wirkte das sexy. Aber er war glücklich verheiratet und guckte nicht länger hin als nötig.

„Meinst du wirklich, wir brauchen die?", fragte Brenner und nickte in Richtung Pistole.

„Man kann nie wissen", antwortete Herma. „Vielleicht sind wir gerade unterwegs und müssen bei einem Raub oder so was unterstützen. Ohne Dienstwaffe ist das ja schlecht möglich, oder?"

„Touché!" Brenner nickte. „Wo du recht hast, hast du recht. Aber ich lass meine Knarre heute mal im Schließfach. Du kannst ja auf mich aufpassen, wenn die Luft brennt ..."

„Sehr gern, Kurt", erwiderte Herma – und fügte hinzu: „Ready when you are."

„Ja, ich bin bereit. Dann komm mal mit", sagte Brenner, der hervorragend Englisch sprach. Das Ermittlerteam ging durch die mit einem Zahlencode gesicherte Panzerglastür, die den Eingangsbereich des Zentralen Kriminaldienstes vom Flur des FK 1 trennte, und passierte eine Schleuse, die zum Hof des ZKD führte. Brenner hatte sich den Schlüssel von 70-47 eingesteckt. Aus seinem Bürofenster hatte er gesehen, dass der dunkelblaue VW Passat mit dem Tarnkennzeichen aus dem nordrhein-westfälischen Kreis Lippe im Schattenwurf einer Linde geparkt worden war. Im Inneren des Wagens dürfte es vergleichsweise kühl sein. Brenner überließ nach Möglichkeit nichts dem Zufall.

„Wer fährt?", wollte Herma wissen. Ohne die Frage zu beantworten, warf Brenner ihr den Autoschlüssel zu. „Immer der, der den Schlüssel hat." Herma nickte zustimmend. „So isses." Bevor sie den Motor startete, programmierte Herma das Navigationsgerät. „Wo war dieser Wouldham Park noch mal?", fragte sie.

„Gib einfach Hameln und Ohrsche Landstraße ein", antwortete Brenner. „Ich sage dir dann, wo du abbiegen musst." Herma nickte und tippte. Dann steckte sie den Zündschlüssel ins Schloss und drehte ihn um.

Sie fuhren auf der Kaiserstraße stadtauswärts, vorbei an der Alarmausfahrt der Feuerwache und dem Zollamt zum Münsterwall, quälten sich durch den Stau auf der Münsterbrücke, auf der Bauarbeiten stattfanden, weshalb eine Spur gesperrt war. Über die Pyrmonter Straße ging es schnurstracks zur Ohrschen Landstraße. Herma bog links ab, fuhr langsam durch ein großes geöffnetes Tor auf das ehemalige Militärgelände der britischen Armee, das sich jetzt im Besitz der Bundesanstalt für Immobilienaufgaben befand. Früher rollten hier riesige Amphibienfahrzeuge in die Weser. Herma fragte sich, wie viele königliche Pioniere hier wohl geübt hatten, Brücken zu bauen? Es mussten Tausende gewesen sein. 69 Jahre wehte auf diesem Gelände der Union Jack. Heute durfte die Hamelner Diensthundführerstaffel der Polizeidirektion Göttingen einen Teil des ehemaligen Wasserübungsplatzes nutzen; dann und wann ließen hier THW-Helfer ihre Pontonfähren und Boote zu Wasser. Auch die Feuerwehr hatte Interesse an dem Gelände bekundet.

Der blaue Zivilwagen rollte über eine Panzerstraße. Herma bog links ab, stoppte vor einer großen Halle. Eine Tür ging auf. Ulli Messerschmidt kam ihnen freudestrahlend entgegen. „Hoher Besuch. Hallo und ein dreifach donnerndes Moin“, begrüßte der Oberkommissar seine Kollegen vom FK1. Er wollte auf diese Weise das Eis brechen. Brenner machte eine abwehrende Handbewegung. „Hoher Besuch? Das lass mal stecken. Den Blödsinn habe ich heute schon mal gehört.“ Herma schaute Kurt verwundert an. Messerschmidt hörte auf zu lächeln. „Okay, okay. Ich wollte nur höflich sein.“

„Schon gut“, meinte Brenner – und merkte noch an: „Polizeiarbeit ist Teamwork“. Niemand außer ihm verstand in diesem Moment, was er eigentlich sagen wollte.

„Was darf's denn sein? Tee, Kaffee oder Ortstermin …?“, wollte Messerschmidt wissen.

Brenner schaute Herma an, die aber schwieg. Also entschied er. „Erst die Arbeit, dann das Vergnügen.“

Messerschmidt zuckte mit den Schultern. „Wie ihr wollt. Dann folgt mir mal."

Der breitschultrige Diensthundführer mit den kurzen braunen Haaren kannte das 22 Hektar große Gelände wie seine Westentasche. Vorbei an Weiden, deren Äste den Boden zu berühren schienen, führte er die Mordermittler durchs kniehohe Gras zu der Stelle, an der die Hunde angezeigt hatten.

Herma schüttelte sich bei dem Gedanken, dass sich gerade Heerscharen von Zecken auf sie stürzten. Einige konnten schwere Krankheiten, wie Borreliose oder Frühsommer-Meningoenzephalitis, übertragen.

„Sag mal, Ulli ... Ich darf doch Ulli sagen, oder?", fragte die Kriminalhauptkommissarin. Messerschmidt drehte sich lächelnd um. „Klar, schöne Frauen dürfen das."

Herma bildete sich ein, die winzigen Viecher würden unter ihrer Kleidung an ihrem Körper hochkrabbeln. Es juckte plötzlich überall. Sie fing an, sich zu kratzen, fühlte sich nicht wohl in ihrer Haut.

„Ist das hier eigentlich Zeckengebiet?", wollte sie von POK Messerschmidt wissen.

„Ja, schon möglich. Die lauern ja praktisch überall. Die kannst du dir auch in deinem Garten einfangen. Aber hier im Park gibt es sicher nicht mehr als anderswo. Unsere Hunde bekommen ein Anti-Zecken-Mittel. Das schützt sie vor Bissen."

„Und ihr?", hakte Herma nach und kratzte sich dabei angewidert am Hals.

„Was meinst du? Ob wir das Mittel auch benutzen?“ Ohne eine Antwort abzuwarten, schickte Messerschmidt die nicht ernst gemeinte Antwort hinterher. „Nö. Wir suchen uns gegenseitig nach dem Dienst ab.“ Der Hundeführer hatte bemerkt, dass Herma sich ständig kratzte. Es bereitete ihm Freude, ihr Unbehagen zu steigern.

„Ja, diese Zecken sind schon fies“, hob er zum Dozieren an. Ulli Messerschmidt hörte sich selbst gerne reden. „Weißt du, dass Zecken einen hoch entwickelten Stechapparat haben? Aber damit nicht genug: Mit ihren scherenartigen Mundwerkzeugen reißen sie deine Haut auf und graben dann mit ihrem Stachel, der Fachmann spricht von einem Hypostom, eine Grube. Die Stichstelle füllt sich dann mit Blut. Diese Vampire gehen heimtückisch vor. Während sie dich attackieren, sondern sie mit ihrem Speichel ein Betäubungsmittel ab, damit du den Einstich nicht spürst. Der Speichel der Zecken enthält außerdem Stoffe, die verhindern, dass dein Blut gerinnt und dass sich die Einstichstelle entzündet. Da hat sich Mutter Natur schon was Perfides einfallen lassen …“

Während Brenner nur einen kleinen Seufzer abgab, kratzte sich Herma abwechselnd unter den Achseln, am Bauch und in den Kniekehlen.

„Du hast dich wohl viel mit dem Thema beschäftigt“, sagte Herma. Messerschmidt stoppte kurz und blickte zurück. Er leckte sich über seine trockenen aufgesprungenen Lippen und antwortete ganz unbescheiden: „Gehört zur Allgemeinbildung.“ Brenner hörte einfach nur zu. Er war psychologisch geschult, ahnte, dass Messerschmidt auf diese plumpe Art bei Herma Punkte sammeln wollte. Er fand sie offenbar attraktiv und balzte wie ein aufgeblasener Gockel um die Gunst der Henne. Brenner bezweifelte, dass Ulli auf diese Art und Weise bei Herma landen konnte.

Sie schlugen sich durchs Dickicht, bahnten sich ihre Wege durch Brombeergestrüpp und Holunderbüsche. Herma betrachtete ihre nackten Unterarme. Sie sah aus, als sei sie mit einer sechsschwänzigen Katze gefoltert worden. Aus den Kratzern, die die Brombeerdornen in ihrer Haut hinterlassen hatten, quoll Blut. Herma ärgerte sich, dass sie sich keine Jacke angezogen hatte. Es knackte, wenn Ulli Messerschmidt einen Ast abbrach, um den Mordermittlern den Weg frei zu machen. Ein paar Minuten später standen sie an der Humme-Mündung.

„Da hinten war es." Messerschmidt zeigte mit einem langen Grashalm in Richtung Weser. „In diesem Bereich haben die Blut- und Leichenspürhunde reagiert. Ich muss dazusagen, dass die meisten noch ganz jung sind. Deshalb haben wir noch ‚Thunder' geholt. Der ist ein sehr erfahrener Leichenaufspürer. Er hat auch angeschlagen. Das Problem ist nur: Hier ist nichts zu finden, wenn man mal von ein paar leeren Flachmännern absieht." Messerschmidt rieb sich nachdenklich das Kinn. „Rätselhaft ist das."

Brenner und Herma sahen sich in dem Gestrüpp um. Sie schauten in das glasklare Wasser der Humme, drehten sogar Wackersteine um. Dabei stieg ihnen ein faulig-modriger Geruch in die Nase. Auf der Unterseite der glitschigen mit Schlamm bedeckten Felsbrocken kreuchte und fleuchte es. Flohkrebse ergriffen die Flucht, sprangen aufgeschreckt zurück ins Wasser. Herma fühlte sich an Zecken und Flöhe erinnert. Sie versuchte, den Zwang, sich am ganzen Körper zu kratzen, so gut es ging, zu unterdrücken. Mit einem abgebrochenen Ast stocherte die Kriminalhauptkommissarin im faulenden Laub. Messerschmidt sah dem Treiben mit verschränkten Armen zu. „Wir haben das Areal schon abgesucht und jeden Stein umgedreht. Das könnt ihr mir glauben. Ihr werdet da nichts finden."

Brenner sah ihn an. „Höre ich da etwa Hochmut in deiner Stimme? Wir wollen uns nur ein eigenes Bild von der Situation machen, haben überhaupt nicht vor, zu überprüfen, ob ihr alles richtig gemacht habt", stellte er klar. Messerschmidt hob abwehrend die Hände. „Nee, Kurt. So war das auch nicht gemeint. Ich wollte einfach nur sagen, dass wir hier schon alles akribisch abgesucht haben."

Kurt Brenner drehte den Spieß um. „Und? Was schlägst du vor, Ulli?" Messerschmidt zuckte mit den Schultern. „Ich weiß es nicht. Muss ich ehrlich zugeben. Das Ganze ist höchst sonderbar … Ihr könntet Taucher anfordern. Vielleicht fördern die ja etwas zutage, wenn die ein bisschen im Schlick wühlen. Unsere Spürnasen haben feine Nasen. Die reagieren auch auf kleine Leichenteile."

Brenner atmete hörbar tief ein. Herma dachte nach. Sie wusste nicht, ob sie ihre Gedanken aussprechen sollte – tat es dann aber doch. „Vielleicht hängt ja diese mysteriöse Sache mit dem Fund der Frauenhaare in der Weser zusammen. Irgendwelche Fleischreste hier, ein paar Haare dort … Weiß man's?"

Brenner grübelte. Abwesend antwortete er: „Ja, schon möglich. Aber es wird nur ein Schuh draus, wenn wir an dieser Stelle etwas finden, das für einen DNA-Abgleich ausreicht. Bestenfalls könnten die Kollegen Wissenschaftler vom LKA herausfinden, ob die beiden Funde ein und derselben Person zuzuordnen sind. Dann hätten wir was. Aber dafür müssten wir erst einmal sterbliche Überreste finden."

Herma war froh, dass ihr Chef ihre Theorie nicht über den Haufen geworfen hatte. „Und nun?" Die drei Polizisten sahen sich ratlos an. Brenner meldete sich als Erster zu Wort: „Ich denke, Ullis Vorschlag, Polizeitaucher anzufordern, ist gut. Was bleibt uns anderes übrig?" Der FK-1-Chef blickte zu Herma, die gerade mit der flachen Hand Mücken verscheuchte. „Was meinst du?"

Herma schluckte. „Ja, ich denke, wir sollten es tun. Wenn wir nichts machen, wird man uns vorhalten, Hinweise auf einen möglichen Leichenfund ignoriert zu haben. Wenn wir Taucher anfordern und die nichts finden, haben wir uns jedenfalls nichts vorzuwerfen."

Brenner nickte stumm. „Das sehe ich genauso. Herma, es ist dein Fall. Dann ruf mal deine Freunde von der Froschmann-Truppe an und leg los."

„Gut, Kurt. Wenn wir wieder zurück in der Dienststelle sind, rufe ich gleich die Zentrale Polizeidirektion in Hannover an und fordere eine Tauchergruppe an."

Ulli Messerschmidt löste sich von einer Birke, an die er sich angelehnt hatte. „Dann können wir ja jetzt zum gemütlichen Teil übergehen und Tee trinken."

Die Mordermittler nickten. „Ja, für eine Tasse Tee ist noch Zeit. Wir müssen uns eh noch ein paar Notizen machen", meinte Brenner. Messerschmidt lachte triumphierend.

„Ich habe schon einen Bericht über die Sache mit den Leichenspürhunden und unsere Nachsuche geschrieben. Den könnt ihr gleich mitnehmen."

„Prima", sagte Herma und wischte sich ein paar Schweißperlen aus dem Gesicht. Ihr graute es davor, wieder durch das hohe Gras zurück zur Unterkunft der Diensthundführer stapfen zu müssen. Zum Glück trug sie heute festes Schuhwerk und gegen ihre Gewohnheit keine Sandalen.

In der Halle, in der sich die Büros der Hundeführer befanden und in der auch die Zivilwagen der Staffel abgestellt waren, roch es streng nach Hund. Die Heckklappen der Kombis standen zum Lüften offen. Als Herma an einem roten VW Caddy vorbeiging, bellte ein Belgischer Schäferhund. Er fletschte seine Zähne, wirkte aggressiv. Herma fuhr der Schreck in die Glieder. „Ruhig, Bobby", befahl Messerschmidt mit fester, aber ruhiger Stimme – und das Tier verstummte im selben Moment. „Dem möchte ich aber auch nicht im Dunklen begegnen", meinte sie. Messerschmidt winkte ab.

„Ach, Bobby ist eine Seele von Hund. Er ist Brandmittel-Spürhund, hat aber auch eine Schutzhund-Ausbildung. Deshalb reagiert er so auf dich. Aber es stimmt schon: Wenn der auf dich zuläuft, solltest du dich lieber nicht mehr bewegen. Es sei denn, sein Frauchen ist dabei. Ihr gehorcht er aufs Wort."

„Dann ist das nicht dein Wauwau?", wollte Herma wissen. „Nein", antwortete Messerschmidt. „Mein Partner mit der kalten Schnauze heißt Thunder. Ist auch ein Belgier. Ich habe euch ja vorhin schon von ihm erzählt. Er ist ein alter Hase auf dem Gebiet der Leichensuche. Sieht aber aus wie ein Hund." Der Oberkommissar lächelte, als er das sagte. Er wollte wohl zeigen, dass er Humor hatte.

Messerschmidt erreichte seinen Schreibtisch, schnappte sich einen grünen Aktendeckel, in dem er seinen Bericht über den rätselhaften Vorfall aufbewahrte. Er reichte ihn Herma. „Da steht alles drin. Was, wann, wo … Nur mit dem Warum kann ich nicht dienen. Leider. Aber das ist ja auch euer Job."

Herma öffnete den Aktendeckel, überflog den ausführlichen Vermerk des Hundeführers. Er füllte drei DIN-A4-Blätter. „Fleißig, fleißig", kommentierte sie und klappte die Mappe wieder zu. „Und wo, sagtest du, befinden wir uns geografisch?", fragte sie Ulli Messerschmidt und zog ein graues Merkbuch aus ihrer rechten Gesäßtasche. „Was meinst du?", wollte der POK wissen. „Der Flusskilometer würde mir weiterhelfen. Ich muss den Tauchern ja eine exakte Position melden", antwortete die Mordermittlerin. „Warte, Herma. Ich schau mal kurz nach." Messerschmidt zog eine Schublade auf, wühlte darin herum, fand aber nicht den Zettel, den er suchte. „Hm …" Messerschmidt dachte nach. „Wo hab ich den denn hingelegt?", fragte er sich selbst. „Ah, ich weiß." Der Oberkommissar hob seine Schreibtischunterlage an und zog darunter ein Schmierblatt hervor. „Da haben wir es ja. Also: Wir sind hier zwischen Weserkilometer 133,2 und 133,8. Die Humme-Mündung befindet sich von hier in südwestlicher Richtung. Wenn du auch noch GPS-Daten benötigst, kein Problem."

Herma notierte sich die Flusskilometer und murmelte leise: „Wenn du die exakte Position hast, dann her damit." Messerschmidt hatte gehofft, dass die attraktive Mordermittlerin danach fragen würde. „Kannst du haben … Schreibbereit?"

„Ja, schieß los."

„Die Koordinaten lauten: 52 Grad 5 Minuten Nord und 009 Grad 21 Minuten Ost. Hast du das? Oder soll ich die Position noch einmal wiederholen?"

Herma blickte kurz zu ihm auf und schüttelte den Kopf. „Nein, alles gut."

„Du kannst auch noch die Sekunden haben", sagte Messerschmidt übereifrig.

„Die kannst du mir dann ja durchgeben, wenn eure Spürnasen doch noch was finden sollten", antwortete Herma.

Diensthundführer Ulli Messerschmidt stützte sich mit beiden Händen auf den Armlehnen ab und erhob sich aus seinem Stuhl. „Dann mache ich uns jetzt mal eine schöne Tasse Tee", sagte er und blickte in die Runde. „Wie mögt ihr ihn am liebsten? Mit Milch und Zucker?"

Brenner und Herma nickten im Takt. Messerschmidt kramte drei Henkelmänner aus einem Hängeschrank, von dem die vergilbte Beschichtung abgeplatzt war, und zog drei Teebeutel aus einer Pappschachtel. Herma schaute ihrem Kollegen zu, dachte sich ihren Teil, zog es aber vor, zu schweigen. Sie wusste schon jetzt, dass ihr der im heißen Kalkwasser gebadete Teebeutel nicht schmecken würde. Aus Höflichkeit würde sie ein paar Schlucke davon trinken und das ungenießbare Gesöff, das diese Binnenländer für leckeren Schwarztee hielten, für seinen Geschmack loben. Wie lange mochten diese Teebeutel wohl schon in dem Schrank liegen, fragte sie sich, als das Wasser im Kocher zu brodeln begann.

Messerschmidt füllte die Tassen und ließ den Beuteltee drei Minuten ziehen. „Zwei Löffel Zucker und einen Schuss Milch?" Die Frage klang wie eine Feststellung, die keine Widerworte duldete. „Ja, gern", sagten Brenner und Herma unisono. Der Leiter vom FK1 war auffallend schweigsam geworden. Der 1,94-Meter-Mann starrte zu Boden. Herma spürte, dass es in ihrem Chef heftig arbeitete. Messerschmidt servierte den Tee, wie ein Kellner, der Angst hatte, etwas von einer kostbaren Suppe zu verschütten. „Die Briten, die vor uns hier auf dem Platz waren, haben ihn so getrunken", sagte er unvermittelt. „Was meinst du?", fragte Herma und sah ihn verständnislos an. „Na, NATO-Style eben." Herma konnte mit diesem Begriff rein gar nichts anfangen. Messerschmidt sah sich genötigt, weitere Erklärungen hinzuzufügen. „Ich war ja früher oft bei den Royal Engineers zu Gast, also bei den Pionieren Ihrer Majestät. Wenn wir gefragt wurden, wie wir unseren Tee möchten, haben wir immer gesagt: ‚NATO'. So lautete der interne Code für zwei Stück Zucker und einen kräftigen Schuss Milch …" Der POK lachte laut und stieß dann einen wehmütigen Laut aus. „Jaja, so war das damals, als die Engländer noch hier waren. Schöne Zeiten waren das."

Brenner schien aus seinen Gedanken gerissen worden zu sein. „Ja, Ulli, es gab gute, aber auch schlechte Zeiten. Ich erinnere mich an die zahlreichen blutigen Kneipenschlägereien, deren Anzahl nach jedem Auslandseinsatz der Briten sprunghaft anstieg, und an einen Gefreiten, der von der Eisenbahnbrücke an der Deisterstraße in den Tod gestürzt ist – und an den feigen Mord an dem Taxifahrer, dem ein britischer Soldat nachts an der Hastenbecker Landstraße hinterrücks in den Kopf geschossen hat. Und, und, und ..."

Messerschmidt ärgerte sich darüber, dass Brenner nur Negatives aufgezählt hatte. Er winkte ab. „Ja, jedes Ding hat zwei Seiten. Ich erinnere mich mehr an fröhliche Militärparaden, Queen's Birthday, Höhenfeuerwerke, Fish and Chips, Guy Fawkes Days und an die Kumpel, mit denen ich in der Badewanne das eine oder andere Bierchen gezischt habe."

„In der Badewanne? Echt jetzt?“ Herma legte fragend ihre Stirn in Falten und verzog ihren Mund zu einem süffisanten Lächeln.

„Nee, nee, nicht, was du jetzt meinst“, beeilte sich Messerschmidt zu sagen. „Die Badewanne ist eine Kultkneipe in der Hamelner Altstadt. Musst du unbedingt mal hingehen. Lohnt sich.“

Brenner hatte genug gehört – gelangweilt schaute er auf seine Armbanduhr. Es war fast halb drei. Er hatte seine Mittagspause bei Small Talk und Plörre verbracht. „Tja … Ist spät geworden“, sagte er und stand auf. „Wir müssen noch was schaffen. Wenn wir heute noch Taucher anfordern wollen, sollten wir uns sputen.“

Messerschmidt nickte und reichte Herma und Brenner die Hand. „Na klar. War schön, dass ihr uns mal hier draußen besucht habt.“

„Wir werden uns bestimmt schon bald wiedersehen“, sagte Herma mit einem Augenzwinkern. „Wenn ihr in der Zwischenzeit noch einmal mit euren Hunden den Sektor absuchen würdet, kann das nur von Vorteil sein, Ulli“, schob sie auffordernd hinterher.

Der Diensthundführer nickte zustimmend. „Ja, wenn uns zwischen den Einsätzen Zeit dafür bleibt, werden wir das ganz sicher tun. Bis denne!“

Als der blaue VW Passat der Mordermittler den Wouldham Park verließ, fiel Messerschmidt ein, dass er ganz vergessen hatte, Herma zu erzählen, wie das Gelände zu seinem Namen gekommen war. Der POK beschloss, das beim nächsten Mal nachzuholen. Herma würde sich bestimmt dafür interessieren. Davon war er überzeugt.

Kapitel 8

Herma saß an ihrem Schreibtisch und nuckelte an einer Mineralwasserflasche. Der Ausflug in die Botanik hatte sie durstig gemacht. Mit dem Handrücken wischte sie sich ein paar feine Schweißperlen von der Stirn. Sie atmete schwer. Der salzhaltige Schweiß brannte in den blutigen Kratzern, die sie sich an den Weserauen eingefangen hatte. An ihrem Nacken juckte ein Mückenstich. Herma zwang sich, die Quaddel nicht aufzukratzen. Sie wusste, dass sich die Wunde sonst entzünden würde und sie länger etwas davon hätte, als ihr lieb war. Die Kriminalhauptkommissarin las sich den Bericht von Diensthundführer Ulli Messerschmidt durch. Eines musste man ihm lassen – er redete nicht nur viel, er schrieb offenbar auch gern. Der Oberkommissar hatte die Ereignisse ausführlich protokolliert. Sogar die Namen der Leichenspürhunde, die Uhrzeiten und die Stellen, an denen sie angeschlagen hatten, waren von ihm akribisch notiert worden. Ihren Vermerk über den Ortstermin und die kurze Absuche des Geländes konnte sie getrost kurz halten. Bevor sie eine Akte anlegte, überlegte sie kurz, ob sie Harm Harmsen direkt anrufen sollte. Der Dienstweg sah allerdings etwas anderes vor. Außerdem arbeitete der Taucherleiter in Oldenburg.

Für Hameln waren die Polizeitaucher aus Hannover zuständig. Der Seewolf, wie sie Harmsen nannte, weil er sie sofort an den Schauspieler Raimund Harmstorf erinnert hatte, war damals nur nach Hameln gekommen, weil die Kollegen aus der Landeshauptstadt gerade einen Selbstmörder aus dem Mittellandkanal fischen mussten. Sie schloss die Augen und dachte an ihre erste Begegnung. Es war ein kalter Morgen gewesen. Die Nebelschwaden, die aus dem noch warmen Wasser der Weser aufstiegen, hatten die Landschaft unsichtbar gemacht. Harmsen war aus dem weißen Nichts aufgetaucht. Sie schmunzelte. Aufgetaucht – das passte zu einem Taucher. Harm war ihr auf Anhieb sympathisch gewesen. Er sah gut aus, war durchtrainiert und hatte einen Vollbart. Gern hätte sie jetzt in seinen kräftigen Armen gelegen und sich an seinen Rollkragenpullover gekuschelt. Mehrmals hatte Herma von ihrem Seewolf geträumt. Der Taucher hatte ihr seine Handynummer gegeben. „Für alle Fälle", hatte er gesagt und sie spitzbübisch angelächelt. Mehr als einmal hatte Herma beschlossen, Harm anzurufen und ihn zu besuchen. Oldenburg war nicht aus der Welt; die Stadt lag sogar auf dem Weg nach Ostfriesland, wo Herma immer noch ihr Haus am Deich besaß. Sie konnte sich einfach nicht von dem Backsteinhäuschen trennen. Es war ihr Zufluchtsort. Wann immer sie das Leben im Binnenland satthatte, fuhr sie hoch in den Norden.

Es klopfte. Herma erschrak. Ihr Chef hatte sie aus ihren Träumen gerissen. „Entschuldige, dass ich dich störe." Brenner konnte sich ein Lächeln nicht verkneifen. Ihm war nicht entgangen, dass seine Kollegin gerade mit ihren Gedanken ganz woanders war. „Ich wollte nur mal fragen, ob du schon weißt, wann die ZPD Taucher schicken kann."

Herma machte einen Augenaufschlag und verschränkte ihre zerkratzten Arme vor ihrer Brust. „Ich muss erst mal meine Wunden lecken. Bin aber dran. Ich informiere dich sofort, wenn ich Genaueres weiß."

Brenner löste sich wortlos vom Türrahmen und ging weg. Herma legte die Stirn in Falten. Hatte er es ihr etwa übel genommen, dass sie eine kurze Verschnaufpause gemacht hatte? Sie hörte Brenners Schritte auf dem frisch gebohnerten Linoleum, die plötzlich verstummten. Ihr Chef hatte sein Büro erreicht.

Herma haderte mit sich selbst. Sollte sie gegen den Dienstweg verstoßen und direkt bei Harmsen anrufen? Sie verwarf den Gedanken. Anrufen konnte sie ihren Seebären immer noch. Einen Vorwand hatte sie jedenfalls. Herma wählte die Telefonnummer der Technischen Einsatzeinheit der Zentralen Polizeidirektion Niedersachsen. An der Tannenbergallee in Hannover klingelte das Telefon. Niemand hob ab. Es war mittlerweile 16 Uhr geworden. Die Froschmänner hatten entweder Dienstschluss oder waren im Einsatz. Herma wusste, dass die Polizeitaucher nicht nur im Wasser eingesetzt wurden. Dafür gab es in Niedersachsen nicht genug Einsätze. Die Bereitschaftspolizisten waren auch als Schweißer, Rettungssanitäter und sogenannte

Sperrenbeseitiger tätig. Wenn sich irgendwo im Land Demonstranten an Gleise oder Betonblöcke ketteten, wurden die Spezialisten der ZPD angefordert. Kaum jemand ahnte, dass in der martialisch anmutenden Polizeiuniform der Bereitschaftspolizei mitunter ein Taucher steckte.

Herma wählte die Nummer der Leitstelle Süntel, die einige Straßen weiter auf dem Dach der Feuer- und Rettungswache thronte. Herbert Brandt meldete sich. „Hallo, Herma", flötete der Kommissar vergnügt in das Mikrofon seines Headsets. Die Mordermittlerin erkannte den Disponenten an seiner tiefen Stimme und tat erstaunt. „Wow, hast du hellseherische Fähigkeiten, Herbert?"

Brandt lachte amüsiert. „Nö, leider nicht. Wäre aber ganz praktisch in meinem Job. Denn dann wüsste ich schon beim ersten Klingeln des Notruftelefons, was der Bürger von uns möchte. Nee, Spaß beiseite: Die internen Rufnummern der Inspektionen sind bei uns im Leitrechner hinterlegt. Da sehe ich gleich im Display, welche Kollegin oder welcher Kollege anruft. Über deinen Anruf freue ich mich ganz besonders …"

„Wieso?", fragte Herma.

„Na, mit schönen Frauen spreche ich besonders gern", säuselte Brandt ihr ins Ohr. Flirtet der Kerl etwa mit mir?, fragte sich Herma. „Soso", erwiderte die Mordermittlerin. Ihr war das Gespräch unangenehm. Sie wusste, dass Herbert Brandt mit der Kollegin Diebold liiert war. „Lass das mal nicht deine Conny hören. Die ist bewaffnet", scherzte Herma und kam nach dem kurzen Geplänkel sofort zur Sache. „Herbert, ich brauche mal deine Hilfe. Das FK 1 benötigt die Polizeitaucher in Hameln. Ich hab's schon bei der ZPD versucht. Da geht aber niemand ran."

„Kein Wunder", fiel ihr Brandt ins Wort. „Die sind gerade bei einer Demo in Hannover im Einsatz."

Herma überhörte den Einwurf. „Deshalb wollte ich euch bitten, später mal bei den Kollegen anzurufen. Ich mache jetzt nämlich Feierabend."

Kommissar Brandt hatte sich bereits eine kurze Notiz auf einem Schmierzettel gemacht, der auf seinem Funktisch vor einem der Monitore lag. „Ja, geht klar. Das machen wir doch gern für euch. Was soll ich den Kollegen denn ausrichten?"

„Es wäre schön, wenn mich jemand morgen ab sieben anrufen könnte. Ich möchte mit den Polizeitauchern einen Einsatz absprechen."

Brandt räusperte sich. „Okay. Das werde ich denen sagen. Und worum geht's, wenn man fragen darf?"

Herma lächelte. „Wir suchen eine Leiche, die Hunde zwar riechen, die wir Menschen aber nicht sehen können. Zumindest nicht vom Ufer."

„Ah ja … Klingt spannend", meinte Kommissar Brandt. „Wird Zeit, dass ich auch mal wieder auf die Straße komme. Nur hier oben im Funkraum sitzen und Notrufe annehmen ist auf Dauer langweilig."

„Na, dann bewirb dich doch mal. Gute Leute werden immer gebraucht."

„Danke, Herma. Das geht runter wie Öl. You made my day …"

Die Hauptkommissarin musste schmunzeln. „Freut mich. Also, munter bleiben. Tschüss – un bit annermaal." Wenn Herma gut drauf war, sprach die Ostfriesin gern ein paar Worte Platt. Es war ihr dann auch egal, ob die anderen sie verstanden.

Herma schaute auf ihre zerkratzten und zerstochenen Arme. An einigen Stellen hatten sich hässliche juckende Beulen gebildet. Die Mücken waren im Schwarm über sie hergefallen. „So eine Scheiße", presste sie heraus. Sie war wütend auf sich selbst. Hätte sie sich wie Kurt Brenner eine Jacke übergezogen, wäre sie unbeschadet davongekommen. Herma schlug sich mit der flachen Hand an die Stirn und sprach mit sich selbst. „Herma, Herma … Erst denken, dann handeln."

Die Mordermittlerin wollte nur noch nach Hause. Sie fuhr den PC runter, schnappte sich ihre Handtasche und verließ ihr Büro. Der Flur war menschenleer. Irgendwo dudelte leise ein Radio. Vorsichtshalber sagte sie laut Tschüss. Sie wollte sich nicht vorwerfen lassen, unhöflich zu sein.

Die Abendsonne stand tief am wolkenlosen Himmel, als Herma den Innenhof betrat, auf dem sie am Morgen ihren schwarzen Škoda Yeti abgestellt hatte. Auf direktem Weg fuhr sie zur Koppenstraße, wo sie in der ersten Etage eines Sechsfamilienhauses wohnte. Den obligatorischen Abstecher in den Hamelner Hafen schenkte sie sich. Für heute hatte sie genug von Mutter Natur. Herma sehnte sich nach einem heißen Bad. Sie war durchgeschwitzt. Das T-Shirt klebte an ihrem feuchten Körper.

Als sie sich dem Haus mit der weißen Edelputzfassade näherte, musste sie wieder an Harm Harmsen denken. Sie schloss die Tür auf, schleppte sich die Treppen hoch und ging in ihre Wohnung, die sie als angenehm kühl empfand, obwohl sie keine Klimaanlage hatte. Herma warf ihre Tasche aufs Bett, ging ins Badezimmer und ließ Wasser in die Wanne laufen. T-Shirt, Slip und BH stopfte sie gleich in die Waschmaschine. Ihre Jeanshose legte sie auf einen Stuhl. Nackt schlurfte sie in die Küche und holte eine Flasche Weißwein aus dem Kühlschrank. Sie goss sich ein Glas ein. An der Außenseite des Weinglases bildete sich sofort eine hauchdünne Schicht Kondenswasser. Herma liebte es, wenn ihre Finger am beschlagenen Glas Spuren hinterließen und feine Tröpfchen am Stiel hinabliefen. Den trockenen Rivaner aus Rheinhessen hatte sie vor ein paar Jahren auf dem Weingut Peth-Wetz gekauft. Die Kellerei war berühmt für ihre edlen Tropfen und gerade erst vom Gault-Millau mit drei Trauben ausgezeichnet worden. Herma gönnte sich noch einen Schluck, nahm das Glas mit ins Badezimmer und stellte es auf den Wannenrand. Mit einem Thermometer kontrollierte sie die Wassertemperatur. Die rote Flüssigkeit in dem Röhrchen zeigte 38 Grad an. Das war perfekt. Herma wusste, dass die Haut unnötig viel Feuchtigkeit und Fett verlor, wenn das Badewasser zu heiß war. Außerdem wollte sie sich entspannen und nicht Herz und Kreislauf belasten. Herma wühlte in einem Korb, in dem sie verschiedene Badezusätze aufbewahrte. Sie entschied sich für ein Kneipp-Sprudelbad, riss die Packung auf und streute den Inhalt in das warme Wasser. Sofort stiegen ätherische Öle auf. Es duftete angenehm nach Zitronenmelisse. Herma freute sich auf das Wohlfühlbad. Sie nippte noch einmal an dem leichten Sommerwein, ging dann ins Schlafzimmer und kramte ihr iPhone aus der Handtasche. Sie drückte auf ihre Playlist, suchte nach dem Album Alma Caribeña und tippte den ersten Song an. Sie war schon immer ein Fan von Gloria Estefan gewesen, mochte insbesondere die auf Spanisch gesungenen Songs der kubanisch-US-amerikanischen Sängerin. „No me dejes de querer“ war eines ihrer Lieblingslieder. Auf dem Album, das sie für ihr Wellnessbad ausgewählt hatte, befanden sich fast ausschließlich langsame Rhythmen. Bolero oder Bachata – Herma liebte diese sentimental-romantische Liebeslyrik und die lebensfrohen Klänge der Karibik. Sie war einige Male dort im Urlaub gewesen und fasziniert von den Menschen und den Landschaften, die unterschiedlicher nicht sein konnten.

Als Herma in die Wanne stieg und ihre Arme untertauchten, brannten die Wunden. Der Schmerz ließ nach wenigen Augenblicken nach. Die Kommissarin lehnte sich zurück, trank einen Schluck Wein und schloss die Augen. Der Geschmack des trockenen Rivaners erinnerte sie an Muskatblüten. Die fremdländischen Klänge der Musik und die wohlige Wärme des

Wassers entspannten Körper und Geist und ließen sie einen Moment lang ihre Arbeit vergessen.

Als das letzte Stück auf dem Album verklungen war, griff Herma nach dem Handy. Sie konnte nicht widerstehen, ihren Seemann anzurufen. Einen Vorwand hatte sie ja jetzt. Sie öffnete die Kontakte, suchte die Nummer heraus – und fasste all ihren Mut zusammen. Beinahe hätte sie wieder aufgelegt. Sie hörte das Klingeln, hoffte schon, er würde nicht drangehen. Herma wunderte sich über sich selbst. Eigentlich war sie gar nicht schüchtern. Aber bei Harm Harmsen war das anders.

Es knackte. „Moin, Herma! Beim Klabautermann, das ist ja mal 'ne Überraschung … Schön, dass du anrufst. Wie geht's dir denn?"

Herma musste kräftig schlucken. Sie hatte plötzlich einen Kloß im Hals, konnte nicht sprechen. Sie räusperte sich. „Äh, moin, Harm … Sorry …" Herma hustete, trank rasch einen Schluck Wein.

„Na, na, na, du hast dich doch nicht etwa erkältet? Jetzt, wo es so schön warm geworden ist."

„Nö, alles gut. War nur ein Frosch, den ich erst aus meinem Hals verscheuchen musste."

„Und? Was macht die Arbeit? Viel zu tun?", wollte der Taucher wissen.

„Ja, wie immer halt. Zum Glück tobt hier nicht jeden Tag das Verbrechen. Aber wir haben trotzdem gut zu tun."

„Hast dich wohl eingelebt in Hameln, oder?"

„Ja, ist echt nett hier. Und mit den Kollegen komme ich auch gut klar. Was will man mehr?"

Harm sagte nichts. Ein paar Sekunden lang schwiegen sich die Mordermittlerin und der Polizeitaucher an. Herma kam dieser Moment wie eine Ewigkeit vor. Es war ihr peinlich, aber sie brachte einfach kein Wort heraus. Stattdessen verursachten ihre Bewegungen in der Wanne ein Plätschern. Zum Glück nahm Harm wieder den Gesprächsfaden auf.

„Stehst du wieder einmal an der Hafenkante und suchst nach menschlichen Haaren? Oder sitzt du in der Badewanne?“ Harm musste lachen. „Vielleicht sollten wir auf FaceTime umstellen …“

„Untersteh dich!“, polterte Herma los. „Ich nehme in der Tat gerade ein Entspannungsbad. War ein harter Tag. Wenn du wüsstest, wie ich nach dem heutigen Außeneinsatz aussehe. Handrücken und Unterarme zerkratzt und zerstochen. Alles juckt und brennt. Ich kann dir sagen …“

„Ja, wo um Himmels willen hast du dich denn wieder mal herumgetrieben?“, wollte der Taucher wissen.

„Ich war mit meinem Chef im Dschungel von Hameln.“ Herma musste laut loslachen. „Ja, so was gibt’s hier. Hohes Gras, Gestrüpp, Bäume, Abhänge, Flüsse, dazu Monstermoskitos und wahrscheinlich auch noch fiese Zecken. Muss mich gleich erst mal absuchen. Ich hoffe, die Viecher sind alle in meiner Wanne ersoffen.“

Herma hatte erwartet, dass Harm jetzt einen anzüglichen Spruch machen würde. Aber er hielt sich zurück.

„Krass. Und warum das Ganze? Lag da eine Leiche – oder was?"

„Schon möglich. Die Hunde können sie riechen, aber nicht aufspüren. Und wir sehen vermutlich den Wald vor lauter Bäumen nicht. Wir brauchen Leute wie euch."

„Leute wie uns?"

„Ja, so Typen mit Neoprenanzügen, Flossen und Pressluftflaschen. Taucher halt."

„Aha, daher weht der Wind. Und ich hatte schon insgeheim gehofft, dass du privat anrufst." Harmsen spielte die beleidigte Leberwurst.

„Das tue ich doch", beruhigte ihn Herma. „Du hast gefragt, ich habe geantwortet. Du wolltest wissen, weshalb ich mit Kurt im Unterholz war."

Harmsen wurde wieder sachlich. „Kommt die Tauchergruppe aus Hannover zu euch?"

„Keine Ahnung. Ich habe heute bei der ZPD keinen Verantwortlichen erreichen können. Unsere Leitstelle wird es weiter versuchen."

Harmsen machte einen Vorschlag. „Ruf mich an, wenn du weißt, wann die Kollegen zu dir kommen. Ich habe gerade Urlaub und könnte den Einsatz zum Anlass nehmen, dich zu besuchen. Was meinst du?"

Herma war erleichtert. Sie lächelte. Das Eis schien gebrochen zu sein. „Ja, das wäre toll", sagte sie. Harm erkannte an der Stimme der Mordermittlerin eine gewisse freudige Erregung. Er mochte Herma und freute sich auf ein Wiedersehen mit ihr.

Kapitel 9

Als Sarah zu sich kam, herrschte völlige Dunkelheit. Ihre Hände und Füße waren zusammengebunden; sie lag auf etwas Weichem und war offenbar nackt. In ihrem Kopf hämmerte es. Sie hatte höllische Kopfschmerzen. Übelkeit stieg in ihr hoch. Der Geschmack in ihrem trockenen Mund war undefinierbar. Ihre Zunge klebte an ihrem Gaumen. Sie wollte schreien, aber es ging nicht. In ihrem Mund steckte ein Lappen. Ihr Herz raste, sie hatte Panik. Wie lange sie schon in diesem Raum lag, wusste sie nicht. Ihr war kalt. Sie spürte, dass sie am ganzen Körper eine Gänsehaut hatte. Kein Laut drang zu ihr durch. Es war eine unheimliche Stille.

Sarah konnte sich nur noch daran erinnern, einen jungen Mann getroffen zu haben. Sie hatte einen Filmriss. Wie war sie hierhergekommen? Wer hatte sie festgebunden? Und warum? Wem war sie in die Hände gefallen? Fragen über Fragen. Antworten darauf hatte sie nicht. Die Kopfschmerzen wurden immer schlimmer. Sie hatte großen Durst und musste dringend zur Toilette. Aber niemand außer ihr schien in diesem gottverdammten Verlies zu sein. Die Stricke, mit denen ihre Hand- und Fußgelenke zusammengebunden waren, schnitten sich bei jeder kleinsten Bewegung noch tiefer ins Fleisch ein. Die Wunden brannten wie Feuer. Aber das war noch das geringste Übel.

Sie fing an zu weinen. Tränen liefen über ihre Wangen, als sie sich einnässte. Irgendwann fiel sie vor Erschöpfung in den Schlaf. Vielleicht war es auch ein Ohnmachtsanfall gewesen.

Vom Knarren und Quietschen der Tür wachte sie auf. Die Kopfschmerzen waren immer noch da. Licht fiel auf ihr Gesicht. Sie kniff ihre Augen zusammen, versuchte, etwas zu erkennen. Aber sie sah nichts. Ihre Augen mussten sich erst an die Helligkeit gewöhnen. Irgendjemand musste jetzt im Raum sein. Sie erkannte die Umrisse eines Menschen. Im Gegenlicht sah er aus wie der schwarze Mann, vor dem sie sich als Kind gefürchtet hatte.

„Na, Sarah, wie geht's uns denn heute?", hörte sie eine Stimme sagen, die ihr bekannt vorkam. Kein Zweifel. Die Stimme gehörte Bernd, den sie am Montagnachmittag im Café getroffen hatte. Hatte er sie entführt? Was wollte er von ihr? War sie von ihm vergewaltigt worden? Sie konnte ihn nicht fragen. Der Knebel saß tief und fest. Sie weinte, schluchzte hemmungslos.

„Na, na, na, wer wird denn gleich heulen", sagte Bernd. „Ist doch noch gar nichts passiert. Wir werden noch viel Spaß miteinander haben. Du wirst berühmt. Die Zeitungen werden über dich berichten. Vielleicht drucken sie auch ein Foto von dir. Wirst schon sehen. Wenn du schön artig bist und versprichst, nicht zu schreien, gebe ich dir was zu trinken. Du hast doch Durst, oder?“

Sarah hätte am liebsten mit dem Kopf geschüttelt, aber Stolz konnte sie sich nicht leisten. Sie fühlte sich wie ein Verirrter in der Wüste, der dem Tode nahe ist.

Der Mann kam näher, band das Tuch vor ihrem Mund los, holte den alten Waschlappen aus ihrem Mund und führte einen Pappbecher mit Wasser zu ihren Lippen, die aufgeplatzt und blutig waren.

Sie trank hastig. Die Flüssigkeit, die in ihren Mund floss, fühlte sich frisch und kalt an. Sie rann durch ihre Kehle, lief in ihren Magen – und hielt sie am Leben.

„Was willst du von mir? Was hast du vor? Was habe ich dir getan?“, presste Sarah hervor. Sie wunderte sich selbst am meisten darüber, dass ihre Stimme nicht versagte.

„Das sind aber viele Fragen auf einmal“, sagte der Mann, der sich ihr als Bernd vorgestellt hatte. „Du erfährst es noch früh genug, meine Schöne. Jetzt wirst du wieder etwas schlafen. Und morgen beginnen wir mit unseren Studien am lebenden Objekt.“

Die letzten Worte bekam Sarah schon nicht mehr mit. Sie war in eine Art Tiefschlaf gefallen. Er hatte ihr K.-o.-Tropfen in das Wasser gemischt, das sie gierig und ohne Argwohn getrunken hatte. Die Dosis würde ein paar Stunden vorhalten. In der Zwischenzeit konnte er mit ihr machen, was er wollte. Zu gern hätte er sie jetzt schon getötet. Aber er wollte nicht schon wieder auf Frauensuche gehen. Sarah gehörte ihm – bis zu ihrem Tod. Er allein bestimmte, wann sie von dieser Welt gehen würde. Er hatte Macht, absolute Macht. Und er genoss es. Seit 48 Stunden war sie schon sein Gast. Er musste laut lachen. Die Vorstellung bereitete ihm ein höllisches Vergnügen.

Bernd verließ den Kellerraum, schloss die Stahltür sorgfältig hinter sich ab. Er war gut drauf, weil er jetzt seine eigene Sklavin hatte. Wann immer er mochte, konnte er mit ihr spielen.

Er ging hoch in seine Wohnung, steckte seinen iPod in die Dockingstation seiner Anlage und wählte seinen Lieblingssong aus. Es war „All Nightmare Long" von der CD „Death Magnetic". Er drehte den Lautstärkeregler voll auf. Hämmernde Beats donnerten los.

„All Nightmare Long" – ja, für Sarah mochte die Situation ein Albtraum sein, für ihn war das alles ein Hochgenuss. Der Song passte zu seiner Gemütslage. Er hatte das Lied schon so oft gehört, dass er den Text auswendig konnte. Er zog sich aus, stieg unter die Dusche, drehte das warme Wasser auf – und sang mit James Hetfield im Duett.

„Luck. Runs. Out.
Crawl from the wreckage one more time
Horrific memory twists the mind
Dark, rugged, cold and hard to turn
Path of destruction, feel it burn
Still life
Incarnation
Still life

Infamy
Hallucination
Heresy
Still you run, what's to come?
What's today?"

Kapitel 10

Maren Brooks blickte auf die unzähligen weißen und orangeroten Lichter der Stadt. Sie funkelten wie immer magisch in der Dunkelheit. Von hier oben hatte sie das Gefühl, als könne sie fast in die historische Innenstadt hineinschauen. Es war romantisch. Sie sah den von Scheinwerfern angestrahlten schlanken grün schimmernden Turm der Marktkirche, der alles überragte, und die Scheinwerfer der Autos, die über die Weserbrücken fuhren. Wie ein Fixstern in der Nacht leuchtete auf der anderen Seite des Tals das aufwendig renovierte Klütturm-Restaurant, das bereits vor ein paar Jahren nach einer kurzen Hochphase geschlossen hatte und nun leer stand. Es stand auf dem Hamelner Hausberg und zog Liebespaare aus der Stadt und Touristen aus aller Welt an. Dort oben hatte sie ihren Mann kennengelernt und viele glückliche Stunden mit ihm verbracht. Dort oben hatten sie sich in einem alten VW Käfer zum ersten Mal geliebt. Die 49-Jährige hatte den schlichten 70er-Jahre-Bungalow am Rotenberg nur wegen dieser fantastischen Aussicht gekauft. Sie genoss es, am Abend bei einem Glas Rotwein auf der Terrasse zu sitzen und auf Hameln zu schauen. Dieser Blick entspannte sie mehr als Yoga oder ein Schaumbad bei Kerzenschein.

Seit dem Unfalltod ihres Mannes im November 2008 lebte sie allein. Zu einer neuen Beziehung war sie noch nicht fähig gewesen. Die Gedanken an Uwe, den sie mehr als ein Vierteljahrhundert über alles geliebt hatte, ließen das nicht zu. Maren Brooks stand auf dem Balkon. Der Südwind strich über ihre dunkelblonden Haare. Im Dienst schminkte sie sich nur dezent. Sie legte gerade so viel Camouflage und Make-up auf, dass ihre feinen roten Äderchen, die ihre Wangen aus der Ferne rosa erscheinen ließen, abgedeckt waren. Sie wollte nicht sexy wirken.

Dr. Maren Brooks arbeitete als Leiterin der Zentralen Notaufnahme des Sana-Klinikums. Ihr Job war nervenaufreibend. Oft gab es Reibereien, vor allem dann, wenn sie Kritik an den jungen und unerfahrenen Assistenzärzten aus der Inneren oder aus der Chirurgischen geübt hatte. Dann meckerten die Herren Chefärzte sofort wie alte Geißböcke. „Wenn hier einer meine Leute tadelt, dann bin ich das, Frau Kollegin" – wie oft hatte sie sich diesen Spruch schon anhören müssen. Die Erbhöfe der Chefs waren heilig. Viele konnten nur nicht verkraften, dass in der Notaufnahme eine Frau das Sagen hatte.

Der NDR spielte „It Started With A Kiss". Sie drehte das Radio lauter. Der Song erinnerte Maren Brooks an die 80er. In dieser Zeit hatte sie Uwe kennengelernt. Bei dem Schmusesong von Hot Chocolate waren sie sich nähergekommen. 1982 war das gewesen. Ein Jahr später hatten sie geheiratet. Die Erinnerung machte sie melancholisch. Maren Brooks trank einen großen Schluck Wein. Sie würde bald zu Bett gehen. Morgen musste sie wieder früh raus. Ihre Schicht begann um 6 Uhr.

Das Klingeln des Telefons, das auf der kleinen Mahagoni-Anrichte in der Diele stand, erschreckte sie. Maren Brooks schaute auf ihre goldene Armbanduhr. 22.30 Uhr. Wer mochte das sein? Sicher wurde sie in der Notaufnahme gebraucht. Vermutlich war ein schwerer Unfall passiert und sie benötigten einen zweiten Anästhesisten. Maren Brooks hob ab.

„Brooks, guten Abend!"

„Ja, guten Abend, Frau Brooks. Hier ist Mira. Ich bin eine gute Freundin von Sarah. Entschuldigen Sie bitte die späte Störung, aber ich muss Sie etwas fragen: Ist Sarah bei Ihnen?"

„Nein. Ich denke, sie wird in ihrer Wohnung sein."

„Ist sie nicht. Das ist ja das Problem. Sie war gestern auch nicht bei der Vorlesung. Ich kann sie nicht erreichen. Sie öffnet nicht die Tür, geht auch nicht an ihr Handy. Und ihr Auto steht auch nicht auf ihrem Stellplatz in der Tiefgarage am Kopmanshof. Langsam mache ich mir Sorgen um sie."

Maren Brooks musste erst verarbeiten, was sie gerade gehört hatte. Sie schwieg.

„Frau Brooks, sind Sie noch dran?"

„Ja, ja, natürlich. Ich denke nach, wo sie sein könnte. Hast du es mal bei Maja, Suse und Petra versucht?"

„Ja, sicher. Da habe ich auch schon angerufen. Keiner hat sie seit Montag gesehen. Wir waren am Nachmittag im Café ‚Weitblick' verabredet, aber ich musste absagen, weil es meinem Vater plötzlich schlecht ging. Das war das letzte Mal, dass ich mit Sarah gesprochen habe."

„Hast du vielleicht noch irgendeine Idee, wo sie sein könnte?", fragte Maren Brooks. Ihr Herz pochte und pumpte Adrenalin durch ihre Adern. Ihre Müdigkeit war verflogen.

„Nein, ehrlich gesagt nicht", antwortete Mira. „Ich hoffte, sie wäre bei Ihnen."

„Okay, danke erst einmal. Ich melde mich bei dir, wenn ich etwas weiß. Macht's gut", sagte Maren Brooks und legte den Hörer auf.

Maren Brooks war hellwach und besorgt. Eine innere Stimme sagte ihr: Es ist etwas Schlimmes passiert. Aber sie wollte diese Vorahnung nicht zulassen. Mutter und Tochter wohnten zwar in derselben Stadt, jeder lebte jedoch sein eigenes Leben. Sie hatte sich nach dem viel zu frühen Tod ihres Mannes in die Arbeit gestürzt und nur noch sehr wenig Zeit für Sarah gehabt. Ihre Tochter hatte ihr Abitur gemacht, einen der begehrten Ausbildungsplätze bei der Chemischen Fabrik Dr. Paul Lohmann in Emmerthal ergattert und ein duales Studium an der Hochschule Weserbergland begonnen. Sarah war kommunikativ, hilfsbereit, fröhlich, vor allem aber zuverlässig und pünktlich. Ja, ihr musste etwas zugestoßen sein. Maren Brooks setzte sich auf die Lehne ihres weißen Ledersofas, schaute durch das Panoramafenster auf die nächtliche Silhouette der Stadt. Sarah, wo bist du? War es sinnvoll, sofort die Pferde scheu zu machen? Vielleicht hatte Sarah sich frisch verliebt, war bei einem neuen Freund und hatte vor lauter Schmetterlingen im Bauch alles und jeden um sich herum vergessen. Womöglich war ihr aber auch etwas zugestoßen. Wäre sie verletzt ins Sana-Klinikum eingeliefert worden, hätten ihr die Kollegen sicher sofort Bescheid gegeben. Den Anruf konnte sie sich sparen.

Vielleicht lag sie in Bad Pyrmont und konnte nicht sprechen. Maren Brooks hielt das für wenig wahrscheinlich. Dennoch ging sie zu ihrem Schreibtisch, holte das Telefonbuch und suchte sich die Nummer des Bathildiskrankenhauses heraus. Kurz darauf tippte sie die Zahlen 05281990 ein.

Es tutete nur zweimal. Ein Mann mit dunkler Stimme meldete sich. „Bathildiskrankenhaus, Volkmann. Guten Abend!"

„Ja, guten Abend. Ich hätte gern die Notaufnahme, bitte."

„Einen Moment, ich verbinde."

Es knackte in der Leitung. Ein paar Sekunden später meldete sich eine Frauenstimme.

„Schwester Elke, Notaufnahme, hallo!?"

„Guten Abend, ich heiße Dr. Maren Brooks, leite die Zentrale Notaufnahme in Hameln. Entschuldigen Sie, wenn ich mit der Tür ins Haus falle: Ich vermisse meine Tochter Sarah. Haben Sie vielleicht kürzlich eine Patientin mit dem Namen Sarah Brooks, geboren am 16. Mai 1998 in Hameln, aufgenommen?"

„Eine Sekunde, Frau Doktor, ich schaue mal in unseren Computer."

Maren Brooks hörte im Hintergrund vertraute Geräusche. Es war das Piepen der EKG-Geräte und Beatmungsmaschinen. Kein Zweifel. Die Kollegen hatten zu tun. Dennoch nahm sich diese nette Krankenschwester Zeit, ihre Frage zu beantworten.

Die Sekunden vergingen. Maren Brooks schaute auf ihre Claude-Pascal-Uhr. Sie hatte sie von Uwe zum zehnten Hochzeitstag geschenkt bekommen. Die goldenen Zeiger zeigten 23.20 Uhr.

„Frau Dr. Brooks, hier ist Schwester Elke. Also, ich habe mal nachgeschaut. Eine Sarah Brooks haben wir nicht aufgenommen. Die einzige Sarah, die wir hatten, ist am Sonntag mit Herzrhythmusstörungen eingeliefert worden. Aber die ist schon 89. Tut mir leid."

„Ja, vielen, vielen Dank, Schwester Elke. Vor allem, dass Sie sich die Zeit genommen haben."

„Ist doch selbstverständlich. Ich hoffe, Sie finden Ihre Tochter bald."

„Danke. Ich wünsche Ihnen eine ruhige Nachtschicht", verabschiedete sich Maren Brooks.

Sie aktivierte das elektronische Telefonbuch im Hörer, drückte auf den Buchstaben S. Sofort leuchtete der Name Sarah auf. Sie rief auf dem Handy ihrer Tochter an. Es klingelte sechsmal, dann meldete sich die Mailbox. „Hallo, hier ist Sarah. Ich bin nicht zu Hause. Wer etwas von mir will, vertraut es nach dem Piepton meinem AB an. Wenn ich Lust habe, rufe ich zurück."

Maren Brooks hörte die Stimme ihrer Tochter. Sie klang schelmisch und lebenslustig. Sie hinterließ eine Nachricht.

„Hallo Sarah, hier spricht deine Mama. Wenn du das hier abhörst, dann melde dich bitte sofort bei mir. Ganz egal, wie spät es ist. Ja? Bitte melde dich. Mir geht es gut, keine Sorge. Ruf mich an! Bitte. Tschau!"

Noch einmal schaute sie ins Telefonbuch, noch einmal suchte sie sich eine Telefonnummer raus. Es war die der Polizei. Sie wählte 933-0. Die Wache an der Lohstraße. Vielleicht hatte sie Glück und ein Polizeibeamter, den sie vom Dienst her kannte, würde sich melden.

„Polizei Hameln, Menking."

Gott sei Dank, es war ein Streifenpolizist, den sie flüchtig kannte. Er hatte erst in der vergangenen Woche bei ihr in der Notaufnahme einen angetrunkenen Unfallfahrer befragt.

„Hallo, Stefan. Hier ist Maren Brooks aus der Notaufnahme."

„Guten Abend, Maren. Wie geht es dir?", fragte Kommissar Menking.

„Im Moment nicht ganz so gut. Ich mache mir Sorgen um meine Tochter. Eine Freundin hat vorhin angerufen und mir gesagt, dass sie schon seit zwei Tagen nicht mehr ans Handy geht und auf Klingeln und Klopfen nicht reagiert. Bei ihren anderen Freundinnen ist sie auch nicht. Krankenhäuser in Hameln und Bad Pyrmont habe ich gecheckt, alles negativ. Stefan, was soll ich tun?"

„Bleib erst mal ruhig. Es wird sich schon alles aufklären. Wie alt ist denn deine Tochter? Ist sie schon volljährig?“

„Ja, sie wird nächsten Monat 20. Aber sie würde nicht einfach so verschwinden. Ganz sicher nicht. Du, ich kenne meine Tochter. Sie studiert in Hameln. Ich wüsste nicht, dass sie Probleme hat.“

„Also, eine Selbsttötungsabsicht kannst du ausschließen, ja? Ist nur ’ne Routinefrage, okay?“

„Ja, verstehe. Suizid scheidet aus.“

„Na, das ist ja schon mal die halbe Miete“, meinte Kommissar Menking.

Maren Brooks kam diese Bemerkung sonderbar flapsig vor. Irgendwie unangebracht. Motto: Kein Selbstmord, keine Gefahr im Verzug. Ende. Aus.

„Äh, noch eine Frage: Krank ist sie nicht, oder? Zucker oder so was.“

„Nein, sie ist kerngesund. Was schlägst du also vor?“, fragte Maren ungeduldig.

„Ich an deiner Stelle würde abwarten bis morgen früh. Ruf sie in regelmäßigen Abständen an. Geh zu ihrer Wohnung, schau mal, ob sie aufmacht. Wenn nicht, kommst du morgen vorbei und erstattest eine Vermisstenanzeige beim zuständigen Kommissariat.“

„Ich habe Dienst in der Notaufnahme. Könnte nicht jemand von euch zu mir kommen?“

„Nee, das glaube ich nicht. Du musst schon zu uns kommen. Fahr gleich zur Zentralstraße. Da ist der Zentrale Kriminaldienst. Du gehst am besten zum

1. Fachkommissariat. Der Chef da heißt Kurt Brenner. Ist ein Netter. Sag ihm, ich hätte dich zu ihm geschickt, ja? Wenn er außer Haus ist, wende dich an Herma. Die heißt van Dyck mit Nachnamen, ist noch nicht lange bei uns. Einige von uns nennen sie den Terrier, weil sie beim Ermitteln nicht so schnell aufgibt und sich festbeißt. Okay?“

Maren Brooks nickte und atmete hörbar tief ein. „Ja, danke. Ich werde mir schon ein Stündchen freinehmen können. Nochmals vielen Dank, Stefan. Gute Nacht!“

Die besorgte Mutter wusste, dass sie kein Auge zumachen würde. Dafür war sie viel zu aufgewühlt. Lieber Gott, bitte nimm mir nicht auch noch meine Tochter, dachte sie. Es war schon ein Stoßgebet, ein Akt der Verzweiflung. Maren Brooks war nie besonders religiös gewesen. Aber wenn es einen Gott gab, dann brauchte sie ihn jetzt.

Sie ging ins Badezimmer, öffnete den Alibert und nahm sich ein Röhrchen mit Diazepam. Sie musste irgendwie runterkommen. Ein starkes Beruhigungsmittel aus der Gruppe der Benzodiazepine würde ihr dabei helfen können. Als Narkoseärztin wusste sie, dass Diazepam bei akuten und chronischen Spannungs- und Erregungszuständen und Angststörungen eingesetzt wurde.

Sie nahm eine Tablette, putzte sich die Zähne, zog sich aus und legte sich schlafen. Morgen sieht bestimmt alles ganz anders aus, hoffte sie, als sie ins Reich der Träume hinüberglitt.

KAPITEL 11

61 Stunden lag sie nun schon in seinem Keller. Es war Zeit, mal wieder nach Sarah zu sehen. Sie musste Durst haben. Nur mit Unterhose und T-Shirt bekleidet schlich er hinunter zu ihr. Er konnte es nicht abwarten, sie zu sehen. Es erregte ihn, wie sie hilflos dalag, nackt, gefesselt und die meiste Zeit über leblos. Als er die Stahltür aufschloss, konnte er sie schon riechen. Es stank scharf nach Urin. Er versuchte, nicht so tief einzuatmen, hielt sich die linke Hand vor die Nase. Als er mit der rechten Hand seine Taschenlampe anknipste, sah er sie. Sarah hatte die Augen geschlossen. Sie zitterte wie Espenlaub. Ihre Haut hatte sich über Nacht blaugrau verfärbt. Die Stricke hatten sich tief in ihre Hand- und Fußgelenke eingeschnitten. Er ging zu ihr, kniete sich vor sie hin und legte Zeige- und Mittelfinger seiner rechten Hand auf ihren Hals. Aber er konnte ihren Puls nicht fühlen. War Sarah krank? Vertrug sie die Knockout-Tropfen nicht, die er ihr gegeben hatte? „Liquid Ecstasy", hörte er den Typen sagen, von dem er die Ampullen für 100 Euro gekauft hatte, „kannste so schnell nicht überdosieren, Alter." Er hatte das Zeug als Partydroge angepriesen. „Macht Weiber willenlos. Und das Schönste ist: Die können sich hinterher an gar nichts

mehr erinnern." Auf Sarah schien die gelbliche Gamma-Hydroxy-Buttersäure anders zu wirken. Sie schlief nicht friedlich wie ein Baby. Sie zitterte; ihr Kreislauf spielte offenbar verrückt. Es hätte ihm eigentlich egal sein können, ob sie stirbt oder nicht. Er hatte ohnehin vor, sie zu töten. Aber jetzt sollte sie – verdammt noch mal – leben. Er wollte den Zeitpunkt ihres Todes bestimmen, hatte noch Pläne mit ihr. Ein Unfall war nicht eingeplant. Obwohl er ein paar Wochen seines Lebens damit zugebracht hatte, den Beruf des Rettungssanitäters zu erlernen, kam ihm in diesem Moment nicht in den Sinn, was Sarah fehlte. Es war Wärme. Seit Tagen lag sie nun schon nackt auf der Matratze. Ihr geschundener Leib war völlig ausgekühlt, ihre Körpertemperatur musste auf unter 30 Grad gefallen sein. Ihre Atmung war flach, ihr Herz schlug schon seit Stunden nicht mehr rhythmisch. Sarah war dem Tode nahe. Was um sie herum geschah, bekam sie nicht mehr mit. Die Hypothermie war schon zu weit fortgeschritten.

Er verließ den Keller, verriegelte die Tür, lief nach oben in seine Mansardenwohnung und zog sich etwas an. Mit der Faust schlug er auf seinen Küchentisch. Ein Glas, in dem sich angetrocknete Reste von Milch befanden, fiel zu Boden und zersprang in 1000 Stücke. Er kümmerte sich nicht darum, zu sehr ärgerte er sich über sich selbst. Irgendetwas war mächtig schiefgelaufen. Wieder mal.

Es hatte ihn viel Mühe gekostet, das schöne Mädchen in seinen Keller zu locken und ihr Auto ungesehen am

Bahnhof abzustellen. Er hatte vorgehabt, sie langsam zu Tode zu quälen. Aber jetzt war alles anders. Etwas Unvorhergesehenes, etwas, womit er nicht gerechnet hatte, war geschehen. Er hatte die Kontrolle verloren. Das missfiel ihm. Er schrie seinen Frust aus sich heraus: „Scheiße, Scheiße, Scheiße!"

Das Mädchen im Keller lag zitternd in seinen Exkrementen. Der süßliche Geruch hatte ihn auf unangenehme Weise an die schöne Schwarzhaarige erinnert, die er an der Weser getötet hatte. Dieser Gestank macht mich noch verrückt, dachte er.

Er sah aus dem Dachfenster, beobachtete die Menschen, die jetzt über die alte Weserbrücke stadteinwärts strömten. Er sah die Busse, die um diese Uhrzeit die nahe gelegenen Schulen ansteuerten. Und die vielen Autos, die wegen des starken Berufsverkehrs im Schritttempo über die Brücken rollen mussten. Gern hätte er jetzt einen Kaffee getrunken, aber er hatte sich noch keinen gekocht. Stattdessen war er in den Keller gerannt, um sich am Leid seiner Gefangenen zu ergötzen.

Er hatte wieder einmal Mist gebaut. Wie bei seiner zweiten Tat, als er mit seinem Messer den Dickdarm der jungen Frau verletzt und damit für unliebsame Gerüche gesorgt hatte. „Scheiße", hörte er sich selbst sagen. Er hätte jetzt alles kaputtschlagen können. Aber er musste sich beherrschen. Er musste ruhig bleiben und seine nächsten Schritte sorgfältig planen. Dass ein paar Etagen unter ihm eine junge Frau im Sterben lag, ließ ihn kalt.

Er beschloss, in die Fußgängerzone zu gehen. In einer der zahlreichen italienischen Eisdielen würde er einen Espresso trinken und nachdenken. Er hatte Zeit. Niemand war ihm auf den Fersen.

KAPITEL 12

Kurt Brenner saß an seinem Schreibtisch, stippte ein Croissant vom Bäcker vis-à-vis in seinen Kaffeepott, der dampfend neben ihm stand, und machte sich am Computer mit der aktuellen Lage vertraut. Tabellarisch waren alle Einsätze vom Vortag und die der vergangenen Nacht in Kurzform protokolliert worden. Ein Eintrag der Tatortgruppe fiel dem Ersten Kriminalhauptkommissar sofort ins Auge. „Leichenfund an der Kaiserstraße, 2. OG, Meier, Rüdiger, geboren 31.01.1957, ungeklärte Todesursache."

Ganz sicher ein Routinefall, dachte Brenner – und biss ein vom Kaffee aufgeweichtes Stück von seinem Croissant ab. Es kam häufig vor, dass ein Notarzt auf dem Totenschein „unnatürlicher Tod" ankreuzte, weil er den Verstorbenen und dessen Vorerkrankungen nicht kannte. In so einem Fall wurde immer die Polizei verständigt. Die Kollegen der Tatortgruppe beschlagnahmten dann den Toten, befragten Angehörige oder Zeugen und führten eine polizeiliche Leichenschau durch. Der Bericht der Ermittler landete dann auf Brenners Schreibtisch. Das von ihm geleitete 1. Fachkommissariat war für alle Todesursachenermittlungen in den Landkreisen Hameln-Pyrmont und Holzminden zuständig. Er würde den Fall Benjamin und Dina zuteilen. Die Kommissare waren die jüngsten Ermittler im Team. Sie mussten noch Erfahrungen sammeln. Eine Nullachtfünfzehn-Leichensache würde sich gut zum Üben eignen.

Brenner dachte an den Lokaltermin auf dem alten Wouldham-Gelände, bei dem seine Mitarbeiterin Herma etliche Kratzer und Stiche kassiert hatte. Gesprächsfetzen des gestrigen Tages schwirrten wie aufgeregte Schwalben durch seinen Kopf. Er hörte Messerschmidts Stimme, hatte plötzlich den Geschmack des Beuteltees auf der Zunge. Verweste auf dem Grund der Humme tatsächlich eine Leiche? Oder war das alles nur ein falscher Alarm?

Der 1,94 Meter große Chefermittler erhob sich von seinem Holzstuhl, kratzte sich an seiner Stirn und schaute nachdenklich zwischen zwei halb vertrockneten Birkenfeigen, die auf der Fensterbank in seinem Büro ein trauriges Dasein fristeten, hinaus auf die Zentralstraße und mümmelte sein Croissant. Was er draußen sah, machte ihn immer etwas schwermütig. Die Wohnblocks auf der gegenüberliegenden Seite waren überwiegend grau oder braun. Grün war jedenfalls nicht die dominierende Farbe in dieser Straße. Die einzigen Farbkleckse steuerten die Autos bei, mit denen die Straße zugeparkt war. Zwei Frauen hasteten am Gebäude des Zentralen Kriminaldienstes vorbei. Sie blickten zu Boden auf die Betonplatten des Gehwegs, die mit ausgespuckten und inzwischen festgetretenen Kaugummis übersät waren. Von Brenner, der am Fenster stand und frühstückte, nahmen sie keine Notiz.

Kapitel 13

Dr. Maren Brooks fühlte sich nicht gut, als sie vor der Tür des großen Polizeigebäudes stand und auf den weißen Klingelknopf drückte. Sie war müde und abgeschlagen, gleichzeitig aber auch aufgewühlt und besorgt. Gleich nach dem Aufstehen hatte sie Sarah angerufen. Doch wieder war nur die Mailbox angesprungen. Noch vor der Fahrt zum Frühdienst in der Notaufnahme war sie zum Kopmanshof gefahren, hatte ihren roten Mercedes SLK im Parkhaus abgestellt und war zu dem kleinen Fachwerkhaus an der Alten Marktstraße gelaufen, in dem sie für ihre Tochter eine kleine Wohnung gemietet hatte. Sie hatte Sturm geklingelt und vergeblich gehofft, dass plötzlich der Summer ertönte und sie Sarahs verschlafene Stimme durch die Sprechanlage hören würde. „Hallo Mittwoch", eine Wochenzeitung, hatte zur Hälfte aus dem Briefkasten herausgeschaut. Die Zeitung hatte ihr signalisiert, dass niemand zu Hause war. Sarah hätte sie aus dem Kasten gezogen. Ihr musste etwas zugestoßen sein.

Nun stand Maren Brooks vor dem hellbraunen Gebäude des Zentralen Kriminaldienstes und wartete, dass ihr jemand öffnete.

„Guten Morgen, zu wem möchten Sie?“, hörte sie eine rauchige Frauenstimme, die aus dem Lautsprecher der Gegensprechanlage kam.

„Guten Tag, ich möchte bitte zu Herrn Brenner, 1. Fachkommissariat“, antwortete Maren Brooks.

„Einen Moment bitte“, erwiderte die Frauenstimme freundlich, aber bestimmt. Im selben Moment surrte der Türöffner.

Maren Brooks drückte die schwere Tür aus Aluminium und Sicherheitsglas auf und trat ein. Ihr wurde sofort bewusst, dass hier schon viele Menschen ein und aus gegangen waren, die Schlimmes erlitten oder gesehen hatten. Die düstere melancholische Atmosphäre passte zu diesem Ort. Ihr Herz schlug schneller. Sie begann zu schwitzen.

Aus einem Seitenzimmer kam die Frau, deren Stimme sie gehört hatte: Sie war klein, brünett und trug keine Uniform; sie sagte nur: „Nehmen Sie bitte auf der Bank dort drüben Platz. Ich sage Herrn Brenner, dass Sie hier sind. Einen Moment bitte.“

Die Frau verschwand wieder in ihrem Büro. Durch die geöffnete Tür konnte Maren Brooks hören, dass sie telefonierte.

Eine Tür zu einem Seitenflur ging auf. Vor ihr stand ein hochgewachsener attraktiver Mann mit Glatze und einem Dreitagebart. Er war muskulös, hatte ein sympathisches Lächeln auf den Lippen, strahlte Zuversicht aus und machte einen vertrauenswürdigen Eindruck. Modisch war er allerdings nicht so gut beraten worden, dachte Maren Brooks. Seine braunen Lederschuhe hatten schiefe Absätze, seine Cordhose war abgewetzt, sein hellblaues Oberhemd zwar modisch chic, es passte aber nicht zur übrigen Montur dieses ansonsten gut aussehenden Mannes.

„Guten Tag, mein Name ist Brenner. Sie wollen zu mir?"

„Ja, Ihr Kollege Menking hat mir geraten, mich an Sie zu wenden. Entschulden Sie, ich habe mich noch gar nicht vorgestellt: Dr. Maren Brooks."

„Sehr angenehm. Folgen Sie mir bitte in mein Büro, Frau Dr. Brooks."

Brenner bot seinem Gast einen Stuhl an. „Nehmen Sie Platz. Kann ich Ihnen einen Kaffee oder ein Glas Wasser anbieten?"

„Nein, danke, ich möchte lieber gleich zur Sache kommen. Meine Tochter ist verschwunden. Ich möchte eine Vermisstenanzeige aufgeben."

Maren Brooks erzählte Kurt Brenner von ihren erfolglosen Versuchen, Sarah zu erreichen. Sie berichtete ihm, was ihr Sarahs Freundin Mira erzählt hatte. Sie schloss ihren Monolog mit einem Satz, den der Erste Kriminalhauptkommissar schon oft gehört hatte:

„Sarah ist etwas zugestoßen. Als Mutter spürt man so was. Bitte helfen Sie mir. Suchen Sie meine Tochter."

Brenner hatte sich auf einem Blatt Papier handschriftlich Notizen gemacht.

„Wann genau haben Sie Ihre Tochter zum letzten Mal gesehen?", fragte er.

„Ich selbst habe mit ihr am letzten Sonntag, so gegen Mittag, telefoniert. Sie war wie immer. ‚Mama, es ist total geiles Wetter draußen. Ich freue mich schon so auf die warme Jahreszeit. Endlich wieder draußen sitzen, Eis essen, Bratwürste grillen, die Sonne auf den Pelz scheinen lassen. Ach, herrlich', hat sie gesagt", erzählte Maren Brooks. Dabei blitzten ihre Augen auf. Sie liebte ihre Tochter über alles. Sie war das Einzige, was ihr Halt gab.

„Und ihre Freundin, diese Mira, die hat sie am Montag noch gesehen, richtig?", fragte Brenner.

„Das habe ich sie in der Aufregung gar nicht gefragt. Ich weiß nur, dass sie am Montagnachmittag verabredet waren. Soll ich Mira rasch anrufen?"

„Nein, ist nicht nötig. Wir werden sowieso mit ihr sprechen müssen. Haben Sie einen Schlüssel zur Wohnung Ihrer Tochter?"

„Nein, leider nicht", antwortete Maren Brooks. „Sonst hätte ich ja heute Morgen schon mal bei ihr nach dem Rechten gesehen."

„Okay", sagte Brenner. „Sie trinken jetzt eine Tasse Kaffee. Und ich tippe kurz den Bericht in den Computer. Einverstanden?"

„Ja, natürlich. Vielen Dank."

„Keine Ursache."

Kurt Brenner ging in das Besprechungszimmer, nahm eine saubere Tasse aus dem Schrank und pumpte Kaffee hinein.

„Wie möchten Sie Ihren Kaffee? Schwarz? Mit Milch und Zucker?", fragte Brenner.

„Schwarz, bitte", antwortete Maren Brooks und kramte vor Aufregung in ihrer Handtasche herum – ohne zu wissen, was sie eigentlich suchte.

Brenner reichte ihr die dampfende Tasse.

„Vorsicht, ist heiß. Ich hoffe, er schmeckt Ihnen. Ich habe ihn selbst gekocht."

Maren Brooks sah ihn mit ihren blauen Augen an. Was für ein netter Mann, dachte sie.

Während sie den Kaffee in kleinen Schlucken trank, schrieb Brenner die Vermisstenanzeige und druckte sie aus. Der Drucker auf seinem Schreibtisch ächzte und ratterte, spuckte schließlich den Bericht aus.

„Haben Sie ein aktuelles Foto von Ihrer Tochter?", fragte Brenner.

„Ja, ich habe Ihnen ein Bild mitgebracht." Maren Brooks kramte in ihrer schwarzen Lederhandtasche, holte die Brieftasche ihres verstorbenen Mannes heraus, in der sie ein Foto von Sarah aufbewahrte.

Der Schnappschuss zeigte eine junge lachende Frau, die sich ihre Sonnenbrille lässig ins blonde Haar gesteckt hatte. Sarah war hübsch. Kein Wunder – bei dieser Mutter, dachte Brenner, als er das Foto betrachtete.

„Kann sein, dass wir das Bild für eine Öffentlichkeitsfahndung benötigen. Haben Sie etwas dagegen, dass es in der Zeitung erscheint?"

„Nein, natürlich nicht. Tun Sie bitte alles, was Sie für richtig halten. Aber verlieren Sie keine Zeit. Sarah braucht Hilfe, sie ist in Gefahr. Das sagt mir mein

Gefühl. Glauben Sie mir, bitte." Maren Brooks flehte den Kripomann an. Ihre Augen waren feucht geworden, Tränen liefen ihr über die Wangen. Sie schluchzte, als sie sagte: „Bitte finden Sie Sarah. Ich habe doch nur noch sie."

„Machen Sie sich bitte keine Sorgen. Wir tun, was wir können. Das verspreche ich Ihnen", sagte Brenner.

Maren Brooks wischte sich ihre Tränen mit den Händen ab und stieß nur ein Wort hervor: „Danke!"

„Sie müssen noch die Vermisstenanzeige unterschreiben. Lesen Sie bitte sorgfältig, was ich geschrieben habe, und streichen Sie bitte das, was nicht korrekt ist."

Maren Brooks überflog den Bericht. Ihre Augen waren feucht, sie sah verschwommen. Sie musste schlucken, als sie die Worte „letztes Lebenszeichen am Montag, 16. April 2018" las. Es klang für sie, als sei Sarah bereits tot.

Maren Brooks unterschrieb die Anzeige, verabschiedete sich schluchzend von Kurt Brenner und ging zu ihrem Auto. Sie musste zurück in die Notaufnahme, auch wenn sie dazu keine Lust verspürte. Brenner brachte sie bis zur Tür und sah ihr noch eine Weile nach. „Was für eine schöne Frau", dachte er, als er zurück in sein Büro ging. Der Leiter des 1. Fachkommissariats räumte die Tasse weg, aus der Maren Brooks getrunken hatte, und stellte sie in den Geschirrspüler. Dann goss er sich einen frischen Kaffee in seine weiße Tasse ein, die das Logo des Bundes Deutscher Kriminalbeamter zeigte, setzte sich hinter seinen Schreibtisch und wählte die Nummer von Staatsanwältin Miriam von der Heide.

„Von der Heide, Staatsanwaltschaft Hannover?"

„Moin, Miriam", sagte Brenner. „Hier ist Kurt aus Hameln. Wie geht es dir?"

„Gut. Und dir?"

„Kann nicht klagen", antwortete Brenner.

„Stimmt, wenn du klagen wolltest, wärst du ja Anwalt geworden", sagte sie und lachte über ihren Scherz.

Brenner überhörte den Gag, fiel gleich mit der Tür ins Haus.

„Miriam, ich hatte gerade Besuch von einer Mutter, die ihre Tochter vermisst. Klingt nicht danach, als ob das Mädchen eine Ausreißerin wäre. Ich brauche so schnell wie möglich einen richterlichen Beschluss für eine Öffentlichkeitsfahndung. Kannst du das bitte in die Wege leiten?"

„Wie heißt denn die Kleine?"

„Sarah Brooks. Geboren am 16. Mai 1998 in Hameln. Sie ist Studentin."

„Okay", sagte Staatsanwältin von der Heide. „Ich werde alles in die Wege leiten, Kurt. Du hörst von mir. Ich gehe gleich mal zu Richter Marahrens und werde ihn bitten, diesen Fall vorrangig zu bearbeiten. Ich habe nämlich noch einen gut bei ihm."

„Danke, Miriam. Dafür hast du jetzt einen gut bei mir."

„Was habe ich davon?", fragte Miriam von der Heide. „Das sagst du immer. Aber Zeit für mich hast du dann ja doch nicht."

„Ja, Asche auf mein Haupt. Ich gelobe Besserung", sagte Brenner und lachte. „Wenn ich das nächste Mal in Hannover bin, schaue ich bei dir vorbei und wir gehen ins Café ‚Meineid'. Versprochen."

„Na, wir werden ja sehen", sagte Miriam von der Heide – und fügte lachend hinzu: „Wenn du nicht bei mir vorbeischaust, lasse ich dich vorladen."

„Okay, mach's erst mal gut, Miriam. Auf uns wartet noch viel Arbeit. Wir werden uns jetzt mal die Wohnung der Vermissten anschauen und ihre beste Freundin befragen. Vielleicht bringt uns das ja weiter. Bis bald, meine Liebe!"

„Tschau, Kurt! Und: Viel Glück!"

Brenner erhob sich von seinem Stuhl und ging ins Nachbarbüro, in dem Kriminalhauptkommissarin Herma van Dyck gerade die Suche nach der Stecknadel im Heuhaufen vorbereitete. Die Mordermittlerin studierte gerade die GPS-Koordinaten, die exakt die Stellen markierten, an denen die Leichenspürhunde angeschlagen hatten.

„Herma, hast du Zeit und Lust, mit mir rauszufahren? Ich habe da gerade einen Vermisstenfall reingekriegt, der mir Bauchschmerzen macht. Duldet keinen Aufschub." Herma schob die Akte zur Seite, legte den Bleistift, mit dem sie gerade noch Anmerkungen an den Rand von Messerschmidts Protokoll über die erfolglose Leichensuche an der Humme geschrieben hatte, auf ihren Schreibtisch. Brenner wusste: Wenn sich die Ermittlerin aus Ostfriesland eines Falles annahm, gab sie so schnell nicht auf. Anders als anderen Kollegen war es ihr egal, Überstunden zu machen. Sie arbeitete gern, war mit Herz und Verstand bei der Sache.

„Klar, Kurt. Ich komme mit. Brauche sowieso mal 'ne Pause. Im Moment kann ich eh nur auf die Taucher warten." Dass ihr Chef gerade sie um Hilfe bat, schmeichelte Herma.

„Wann kommen die denn?", wollte Brenner wissen.

Herma ließ die Schultern hängen und verzog dabei die Mundwinkel. Sie sah unglücklich aus. „Ehrlich gesagt, Kurt: Ich weiß es nicht. Die Leitstelle hat mit der ZPD gesprochen. Die schriftliche Anforderung ist raus. Aber die Tauchergruppe hat wohl Personalnot und lässt ausrichten, sie komme so schnell wie möglich. Ich kann nur abwarten und Tee trinken. Hoffentlich kommen die bald in die Strümpfe, Pardon: in die Flossen, und holen etwas aus dem Wasser, das uns weiterbringt."

„Ja, das hoffe ich auch. Andererseits – wenn die Froschmänner keine Leiche an Land ziehen, bin ich auch nicht böse drum. Wir haben schon genug zu tun. Dann schnapp dir mal deine Jacke. Ich fahr schon mal den Wagen vor", sagte Brenner und lachte.

Auch Herma van Dyck fing an zu lachen. Ihr Chef hatte Humor. Das mochte sie an ihm.

Ein paar Minuten später saßen sie in einem blauen Opel Omega mit Tarnkennzeichen. Der Zivilstreifenwagen war als solcher nicht zu erkennen. Man hätte meinen können, ein Ehepaar führe zum Einkaufen.

Herma meldete sich über Funk bei der Leitstelle an: „Süntel von 47-12!“

„Hier Süntel, sprechen Sie!“, meldete sich eine sonore Stimme, die aber etwas blechern klang.

„Der 47-12 ist unterwegs im Stadtgebiet. Ermittlungen.“

„Verstanden“, quittierte der Disponent.

Sie fuhren zur Alten Marktstraße, parkten auf dem Gehweg, stiegen aus und gingen zu dem kleinen schmucken Fachwerkhaus, in dem Sarah Brooks wohnte. Auf einem der drei Klingelschilder stand ihr Name. Sie hatte ihn vermutlich selbst geschrieben.

„Ich klingele mal, okay?“, sagte Herma und schaute dabei ihren Boss an.

„Ja, mach das mal. Kannst gleich bei allen Mietern schellen.“

Nach und nach klingelte Herma van Dyck bei den Menschen, die in dem 1584 erbauten und 1984 renovierten Haus wohnten. Aber niemand öffnete.

„Ich denke, das ist ein Fall für die Feuerwehr“, sagte Brenner, griff in seine Jackentasche und holte sein Handy heraus. Der Erste Kriminalhauptkommissar wählte die Nummer der Polizeileitstelle und wartete darauf, dass jemand abnahm.

„Goltermeier, Kommissar vom Lagedienst. Guten Tag“, hörte Brenner einen Mann mit oberbayerischer Mundart sagen. Goltermeier kam aus Fürstenfeldbruck. Er hatte sich vor fünf Jahren der Liebe wegen von Bayern nach Niedersachsen versetzen lassen, konnte seine Herkunft stimmlich nicht verleugnen. Dabei gab er sich alle Mühe, korrektes Hochdeutsch zu sprechen.

„Grüß Gott, Heiner", sagte Brenner. „Hier ist Kurt vom FK 1. Du, ich bin hier an der Alten Marktstraße 97 und ermittle in einem Vermisstenfall. Ich brauche hier mal die Feuerwehr zum Öffnen einer Tür. Kannst du das bitte in die Wege leiten?"

„Klar, mache ich. Ich brauch nur mal kurz rüberrufen. Die Kollegen von der Feuerwehr sitzen mir ja gegenüber."

„Ja, ich weiß. Mach das, Heiner. Wir warten hier vor der Tür."

„Ach, Kurt. Sollen die mit Musik anrücken? Oder können die ganz normal anfahren?"

„Ohne Blaulicht und Sirene, bitte", antwortete Brenner. „Auf ein, zwei Minuten mehr oder weniger kommt es jetzt auch nicht mehr an."

Lange mussten Brenner und van Dyck nicht warten. Bereits fünf Minuten nach dem Anruf in der Leitstelle rollte ein großes Tanklöschfahrzeug über das Kopfsteinpflaster der Gasse. Zwei Feuerwehrmänner sprangen aus dem Lastwagen, der nun die enge Straße blockierte.

„Guten Morgen, sind wir hier richtig?", fragte einer der beiden Feuerwehrmänner, der offenbar etwas zu sagen hatte. „Wir sollen eine Tür öffnen."

„Ja, da sind Sie richtig", sagte Brenner und wies sich mit seiner bronzefarbenen Kripomarke aus, die an einer langen Kette mit seiner Hose verbunden war.

Brenner deutete mit seinem Kopf zu seiner Kollegin. „Das ist Hauptkommissarin Herma van Dyck."

„Hallo, ich bin Bodo Kauert", stellte sich der Wachabteilungsleiter vor. „Um welche Tür handelt es sich denn?"

„Die hier ist es", sagte Herma und zeigte auf eine weiße Haustür.

„Egon, das ist ein Fall für unseren Spezialdraht. Holst du ihn mal vom Fahrzeug, bitte?", sagte Kauert zu einem jungen Brandmeister, der am Heck des Löschfahrzeugs stand.

Hauptbrandmeister Kauert schob den dünnen, aber speziell gehärteten Draht zwischen Tür und Zarge, führte ihn langsam nach oben und drückte damit die Schlossfalle zurück ins Türschloss. Das Ganze war eine Sache von wenigen Sekunden. Brenner und van Dyck staunten über so viel Geschick.

„Junge, Junge, ihr seid ja von der ganz fixen Sorte", sagte Brenner anerkennend.

„Na ja … Gewusst wie", antwortete Kauert und zwinkerte dem Ermittlerduo schelmisch zu. „Dann bis zum nächsten Mal."

„Halt, nicht so schnell, Herr Hauptbrandmeister", sagte Brenner. „Wir müssen noch in eine Wohnung."

„Kein Problem", sagte Bodo Kauert. „Wenn auch die zweite Tür genug Spiel hat, haben wir die ebenfalls im Handumdrehen auf."

Brenner, van Dyck, Kauert und Egon gingen die Treppen hinauf bis zum Dachgeschoss. „Brooks" stand in Druckbuchstaben auf dem Klingelschild.

„Wollen mal sehen“, sagte Feuerwehrmann Kauert und setzte abermals den Draht an. Ein leises Knack – und die Tür sprang auf.

„Da kriegt man es ja richtig mit der Angst zu tun, wenn man euch so bei der Arbeit zuschaut“, meinte Hauptkommissarin van Dyck. Sie lächelte, als sie hinzufügte: „Wenn ich mich mal aus Versehen aussperre, weiß ich jedenfalls, wen ich um Hilfe bitten kann.“

„Zu Frauen, die aussehen wie Marilyn Monroe, kommen wir ganz besonders gern“, sagte Kauert schmunzelnd. Herma freute sich über das Kompliment, zeigte es aber nicht. Sie ließ den Satz so stehen. „Können wir sonst noch etwas für die Polizei tun?“, fragte der Feuerwehrmann.

„Nein, danke. Ab jetzt schaffen wir es allein.“

Brenner zog blaue Latexhandschuhe aus seiner rechten Hosentasche und reichte seiner Kollegin ein Paar.

„Wir wissen nicht, was uns da drinnen erwartet“, sagte Brenner – und fügte knapp hinzu: „Eigensicherung beachten!“

Kriminalhauptkommissar Brenner war ein erfahrener Ermittler, er hatte vor ein paar Jahren sein 30-jähriges Dienstjubiläum gefeiert und schon so manch einen kniffeligen und gefährlichen Fall gelöst. Im Laufe der Zeit hatte der Ermittler gelernt, dass nichts war, wie es schien. Vor Überraschungen war man in diesem Job nie gefeit. Auch jetzt, da sie vor der Tür einer Vermissten standen, musste Brenner daran denken. Was, wenn sie in Sarah Brooks’ Wohnung gingen und dort unvorbereitet auf einen bewaffneten Fremden stießen? Was, wenn sich die Wohnung bei näherem Hinschauen als Schauplatz eines Mordes erwies und sie durch ihre Unvorsichtigkeit Spuren gelegt hatten? So etwas konnte die Kollegen von der Kriminaltechnik rasch auf die falsche Fährte führen und innerhalb von wenigen Sekunden jeden Ermittlungserfolg zunichtemachen. Brenner dachte einen Moment lang nach, ob er Herma zum Wagen schicken sollte. Im Kofferraum des Z-Wagens lagen immer ein paar weiße Schutzanzüge. Dann verwarf er diesen Gedanken wieder. Noch war nicht klar, ob dem Mädchen überhaupt etwas zugestoßen war. Würden sie auf etwas Verdächtiges stoßen, auf Blutspritzer oder Einbruchspuren, könnten sie sich immer noch zurückziehen und die Kriminaltechnik anfordern.

Brenner drückte die Wohnungstür auf. Sie knarrte, ließ sich aber leicht öffnen. Er runzelte die Stirn, drehte den Kopf und nickte seiner Kollegin zu. Herma verstand. Sie sollte ihren Chef sichern.

„Polizei! Ist jemand zu Hause?", rief Brenner etwas unwirsch. Der Hauptkommissar ärgerte sich, dass er wieder einmal vergessen hatte, sich seine Dienstwaffe einzustecken. Das war ganz und gar nicht professionell. Und gegen die Vorschriften. Seine Pistole vom Typ Heckler & Koch P2000 lag im Kommissariat, sicher verwahrt in einem silberfarbenen Schließfach mit der Nummer 110. Wäre das Herma, der Neuen aus Ostfriesland, passiert, er hätte sie sicher angeblafft. Brenner ging voran, unter seinen Schritten ächzten dunkelbraune Holzbohlen, die in der Mitte ausgetreten und heller waren als an den Seiten. Die Wohnung bestand aus einem großen Raum, der durch Möbel aus mehreren Stilepochen in verschiedene Bereiche eingeteilt war. Rechts neben der Eingangstür befand sich die Schlafecke mit einer französischen Liege. Die grüne Bettdecke war aufgeschlagen, das Kopfkissen zerwühlt. Auf dem Nachttisch stand ein Glas, das zu einem Drittel mit Wasser gefüllt war. Eine Schachtel Tabletten, die neben dem Glas lag, verriet Brenner, dass Sarah Brooks unter Sodbrennen leiden musste. Über dem Bett hing ein Poster von Shakira. Es zeigte die mit einem hautfarbenen Body, High Heels und einem schwarzen Gürtel bekleidete Sängerin, die sich in einem Käfig rekelte. Quer auf dem Plakat stand in roten Buchstaben „She Wolf". Brenner starrte länger als nötig auf das Poster, das Sarah Brooks mit vier Reißzwecken an die weiß gestrichene Wand geheftet hatte. Der Kriminalist mochte die kolumbianische Sängerin, er liebte ihre Musik und ihren legendären Hüftschwung. „Mädchen, du hast einen guten Musikgeschmack", sagte Brenner leise zu sich selbst.

Links neben einem Fenster mit Blick auf die Altstadtgiebel von Hameln stand ein Schreibtisch, auf dem ein paar Bücher, Mappen und Briefe lagen. Sarah Brooks hatte offenbar ein Faible für das kreative Chaos. Vor einem abgewetzten Sofa, das mit einem rot-gelben

Tuch abgedeckt war, befand sich ein niedriger Glastisch mit einer Blumenvase. Die vier roten Tulpen, die darin steckten, waren verwelkt und ein paar verdorrte Blütenblätter auf die mit einer dünnen Staubschicht bedeckte Tischplatte gefallen. Unter dem Tisch, der auf einem schmuddeligen Flokati platziert worden war, lag ein weißer zusammengerollter und offenbar getragener Stringtanga. In einem schwarzen Ikea-Regal waren dicke und dünne Bücher zu Türmen aufgestapelt worden. Ein Foto, das aus einem Liebesroman herausschaute, zeigte Sarah Brooks Arm in Arm mit ihrer Mutter. Es musste während eines gemeinsamen Urlaubs aufgenommen worden sein, denn im Hintergrund waren Palmen zu sehen. Auf der gegenüberliegenden Seite des Raumes, der vielleicht 50 Quadratmeter groß war, stand einsam eine gelbe Porzellantasse auf einer kleinen Küchenzeile. Es war eigentlich ein Henkelmann, der zur Hälfte mit einer hellbraunen Flüssigkeit gefüllt war. Es schien Kaffee zu sein, auf dem drei kleine Inseln aus grünem Schimmel schwammen. Hinter einem orange-braunen Stoffvorhang, der vor einer geöffneten Tür hing, war ein winziger Raum, in dem sich eine Dusche, ein Waschbecken und eine Toilettenschüssel befanden. Auf dem Beckenrand stand ein weißer Zahnputzbecher, in dem eine rote Zahnbürste steckte. Die Zahnpastatube war ordentlich aufgerollt worden.

„Sieht sehr übersichtlich aus“, stellte Brenner fest und sah Herma van Dyck fragend an. „Was denkst du?“

„Du hast recht", erwiderte die Hauptkommissarin, die immer noch ihre schwarze Pistole in der rechten Hand hielt. Brenner schaute auf die Waffe.

„Die kannst du jetzt wegstecken", sagte Brenner. „Hier ist keiner. So viel steht fest."

„Sieht hier ja nicht gerade gemütlich aus", sagte Herma und musterte die Wohnung. „Irgendwie spartanisch, die Einrichtung, findest du nicht?"

„Hm", brummte Brenner zustimmend. „Ist halt eine Studentenbude. Die Sauberste ist unsere Sarah nicht gerade."

„Wie alt ist sie?", fragte Herma van Dyck.

„19. Sie wird in vier Wochen 20", antwortete Brenner. „Da hat man wohl andere Dinge im Kopf, als Ordnung zu halten und Staub zu saugen."

Herma runzelte die Stirn. Meinte ihr Chef etwa, alle jungen Frauen wären faul und unordentlich? Sie fühlte sich durch seine Bemerkung angegriffen. „Na, du musst es ja wissen?", sagte Herma und schaute Brenner fragend an. Brenner verzog keine Miene. In seinem Gesicht konnte man nicht lesen. Das ließ er nicht zu. Dennoch fühlte Herma in diesem Moment, dass sie etwas Falsches gesagt hatte. Sie hatte, ohne es zu wollen, Brenners Tochter beleidigt. „Sorry, das war nicht so gemeint", entschuldigte sich Herma. Sie hatte von Kollegen gehört, dass ihr Chef glücklich verheiratet war und zwei Kinder hatte. Seine Tochter war eine sehr gute Schülerin gewesen und hatte vor ein paar Jahren Abitur gemacht. Der Sohn studierte irgendwo Maschinenbau oder Medizin – das war aber auch schon so ziemlich alles, was sie über Brenner und seine Familie wusste. Der oberste Mordermittler gewährte nur homöopathisch dosierte Einblicke in sein Privatleben. Und das auch nicht jedem. Brenner sprach nicht viel über sich selbst.

„Ist schon okay", meinte Brenner und winkte dabei ab. „Wir sollten uns jetzt auf unsere Arbeit konzentrieren."

„Ist dir irgendetwas aufgefallen?"

„Ich sehe hier keine Kampfspuren und kein Blut. Einen Abschiedsbrief gibt es auch nicht. Also, ich denke: Nichts deutet auf Suizid oder Verbrechen hin. Wir sollten die Bevölkerung um Mithilfe bitten, um Klarheit zu bekommen. Vielleicht meldet sich ja jemand, der weiß, wo sich Sarah Brooks aufhält."

„Das denke ich auch", sagte Brenner und kratzte sich hinter dem linken Ohr. „Ich habe vorhin schon mit der Staatsanwältin gesprochen. Wenn wir Glück haben, kriegen wir Text und Foto schon morgen in die Zeitungen."

„Gut, Kurt, dann lass uns gehen. Hier gibt's im Moment nichts für uns zu tun."

„Ja, mach aber bitte noch ein paar Fotos", sagte Brenner und fügte für Herma kaum hörbar hinzu: „Für alle Fälle."

Die erfahrene Ermittlerin griff in ihre rechte Jackentasche und zog eine kleine silberfarbene Digitalkamera heraus. Sie fotografierte den Schlaf-Wohnraum von allen Seiten, machte auch ein paar Detailbilder vom Tisch und vom Bett. Bevor die Kriminalisten die kleine Wohnung von Sarah Brooks verließen, riss Herma van Dyck eine Seite aus ihrem grauen Polizeimerkbuch und schrieb darauf in Blockbuchstaben eine Nachricht für Sarah Brooks.

„Sie wurden als vermisst gemeldet. Bitte rufen Sie mich umgehend an. Telefon: 05151/933-222. Herma van Dyck, Kriminalhauptkommissarin, Fachkommissariat 1." Den Zettel legte sie neben die Spüle.

Dann verließen die Ermittler die kleine Dachwohnung. Brenner zog hinter sich die Tür ins Schloss.

„Schon verrückt, wie schnell die Jungs von der Feuerwehr vorhin die Tür aufgemacht haben", sagte Brenner im Treppenhaus auf dem Weg nach unten und schnalzte anerkennend mit der Zunge.

„Tja, die haben's drauf", sagte Herma und lachte.

Die Ermittler fuhren zurück ins Fachkommissariat. Die Beamten ahnten zu diesem Zeitpunkt noch nicht, dass ihnen der Fall Sarah Brooks noch sehr viel Arbeit und jede Menge Kopfzerbrechen bereiten würde.

Kapitel 14

Er saß im Café „Relax“ am Hamelner Pferdemarkt, nippte an einem Espresso und beobachtete durch die Schaufensterscheibe drei Arbeiter, die vor dem Hochzeitshaus Kopfsteinpflaster ausbesserten. Die Stadtverwaltung hatte erst vor sechs Jahren ihre Fußgängerzone auf Vordermann bringen lassen. Dazu gehörte auch ein neues Pflaster aus chinesischem Granit, das die Gemüter der Bürger monatelang erhitzt hatte. Aus der Zeitung wusste er, dass es Leute gab, die sich für den Erhalt des alten Betonsteinpflasters starkgemacht hatten, während sich andere für die neue, allerdings viele Millionen Euro teurere Variante ausgesprochen hatten. Sogar eine Bürgerbefragung hatte es gegeben. Die Granit-Befürworter hatten sich letztlich durchgesetzt. Immer noch gab es Kritik an den Fugen. Den einen waren sie zu breit, den anderen völlig gleichgültig. Mit Stöckelschuhen könne man schlecht auf dem neuen Belag gehen, sagten die Kritiker. In regelmäßigen Abständen rückten Arbeiter an, um die Fugen nachzuschlämmen. Mit Bürste und Sprühwasser wurde das Granitpflaster dann mit einem feinen Mineralgemisch überzogen. Während er den Steinsetzern zusah, die an einigen Stellen auf Knien schufteten, dachte er nach. Wenn die Frau, die in seinem Keller lag, bei seiner Rückkehr tot war, musste er sie irgendwie loswerden. Das war ihm zwar von Anfang an klar gewesen. Aber er hatte bislang noch nicht darüber nachgedacht, wie er die Leiche entsorgen wollte. Er bestellte sich einen zweiten Espresso und überlegte weiter. Er könnte das Mädchen zerstückeln und die Leichenteile in die Weser werfen. Aber das erschien ihm zu einfach, zu banal. Er wollte etwas Neues ausprobieren. Sein Blick fiel auf einen alten Mann, der in einer Ecke des Cafés Bild-Zeitung las. „Schrecklicher Unfall! Liebespaar verbrennt im Autowrack!“, titelte die Boulevardzeitung. Er grinste. Jetzt wusste er, wie er die Tote entsorgen würde. Er bezahlte und machte sich auf den Weg nach Hause.

Er spürte die Frühlingssonne, kniff die Augen zusammen und zog mit seiner linken Hand eine Sonnenbrille aus seiner Brusttasche. Seine blauen Augen reagierten empfindlich auf Helligkeit. Die Fußgängerzone war proppenvoll, unzählige Menschen strömten ihm entgegen. Der Duft von Bratwurst und Backfisch vermischte sich mit dem Gestank von Hundekot, den ein junger Mann vor ihm gerade mit seinen weißen Turnschuhen breittrat. Ein paar Tauben flogen dicht an seinem Kopf vorüber. Er hasste diese Vögel. Man sollte ihnen die Hälse umdrehen, dachte er. Für ihn waren Tauben die Ratten der Lüfte. Sie verbreiteten Krankheiten und verdienten es nicht, zu leben.

Für die Schönheit der Hamelner Altstadt hatte er keinen Blick übrig. Die renovierten Fachwerkhäuser und die kunstvoll in die Eichenbalken geschnitzten Inschriften hatten ihn noch nie interessiert. Auch für die Auslagen der Geschäfte hatte er keinen Blick übrig. Wie ein Getriebener eilte er durch die Fußgängerzone.

Ein Mann in einem farbenfrohen Kostüm kam aus einer Gasse. Er spielte auf einer Klarinette und führte eine Schar asiatisch aussehender Touristen durch die Stadt. Es mussten Japaner oder Chinesen sein. Sie knipsten alles, was ihnen vor die Linse kam. Sie wurden angeführt von einem Amerikaner, der es liebte, in diesen hautengen Klamotten herumzulaufen, und der darin aufging, den Rattenfänger von Hameln zu mimen.

Als er den viel befahrenen Münsterwall erreichte und die Treppen zum Fußgängertunnel hinabging, stieg ihm sofort der scharfe Geruch von Urin in die Nase. Irgend so ein Schwein hatte wieder einmal die Unterführung zum Europaplatz mit einem Pissoir verwechselt. Ihm kam ein Gedicht von Erich Kästner in den Sinn:

„Die Blumen werden billiger, die Mädchen werden williger. Es riecht von den Aborten – kurz: Frühling allerorten."

Er mochte diesen Spruch, den er irgendwann einmal auf einer Klotür in Porta Westfalica gelesen hatte. Es war einer der wenigen, die er sich merken konnte. Wenn so der Frühling roch, dann kann er mir gestohlen bleiben, dachte er. Vor seinem geistigen Auge tauchte plötzlich die schöne Unbekannte auf, die er an der Weser getötet hatte. Der Geruch hatte ihn wieder an den Gestank erinnert, der aus dem geöffneten toten Leib aufgestiegen war. Er schüttelte sich, ohne es zu wollen, und legte einen Schritt zu. Er wollte so schnell wie möglich aus dem Tunnel heraus und dem Geruch, der bei ihm unangenehme Erinnerungen weckte, entkommen. Er ging über die Münsterbrücke, sprang am Torbay-Ufer ein paar Treppenstufen hinab, die zum Weserradweg führten, und setzte seinen Nachhauseweg fort. In ein paar Minuten würde er dort sein.

Als er die Kellertür aufdrückte, raubte ihm der Gestank den Atem. Es roch nach Urin, Kot und Fäulnis. Er hielt sich ein Papiertaschentuch vor Mund und Nase. Lüften konnte er nicht. Er hatte ja das Fenster zugenagelt. Mit seiner rechten Hand knipste er das Licht an. Sarah lag leblos auf der Matratze. Er ging vor ihr in die Hocke, versuchte, ihren Puls zu fühlen. Ihr Herz schien nicht mehr zu schlagen, ihre blaugraue Haut fühlte sich eiskalt an. Als er ihren rechten Arm anhob, merkte er, dass Sarahs Gelenke und Muskeln erstarrt waren. Für ihn war das ein sicheres Zeichen des Todes. Die Totenstarre war eingetreten. Es kam ihm in den Sinn, den Kopf der jungen Frau mit einer Säge abzutrennen und ihn in einem Gefäß mit einer klaren Lösung aus Formaldehyd einzulegen. Doch er verwarf diesen Gedanken gleich wieder. Erstens hatte er kein ausreichend großes Glas, zweitens wusste er nicht, wie er auf die Schnelle an eine größere Menge der Chemikalie herankommen sollte. Außerdem sah Sarahs Gesicht nicht gerade vorzeigbar aus. Er zog ihre beiden goldenen Ohrstecker, die mit kleinen Süßwasserperlen verziert waren, aus ihren Ohrläppchen und steckte sie in seine Hosentasche. Er würde sie in die Holzschatulle zu dem Siegelring seines zweiten Opfers legen. Seine Trophäensammlung wuchs. Wenn er die Schmuckstücke betrachtete, konnte er sich besser an die Frauen erinnern. Bei ihm löste das Kopfkino aus.

Aber jetzt musste er erst einmal die Leiche loswerden. Er beschloss, das Einsetzen der Dunkelheit abzuwarten. Doch vorher machte er mit seinem Smartphone noch ein paar Fotos von der Toten.

Kapitel 15

Als sich Kurt Brenner hinter seinen Schreibtisch setzte, fiel sein Blick sofort auf einen gelben Notizzettel, der am Telefonhörer klebte. Darauf stand:

„Anruf von Staatsanwältin von der Heide. Öffentlichkeitsfahndung im Vermisstenfall Sarah Brooks geht okay. Richterlicher Beschluss liegt vor. Gruß Hanno."

Brenner griff zum Hörer, wählte die Nummer 104. Es war der Apparat des Pressesprechers der Inspektion.

Es klingelte nur zweimal, dann meldete sich Polizeihauptkommissar Peter Jensen.

„Jensen. Moin. Was gibt's?"

„Hallo, Peter, hier ist Kurt. Du, ich brauche ganz schnell eine Pressemitteilung von dir. Ein Mädchen wird vermisst. Foto habe ich, Beschluss liegt vor. Die Vermisstenanzeige findest du im Computer unter dem Namen Sarah Brooks, Tagebuchnummer 5476/18HM. Mach was draus – aber bitte ratzfatz. Und schicke die Fotofahndung so schnell wie möglich raus. Ich möchte den Bericht gern morgen in allen Zeitungen lesen."

„Okay, wird gemacht. Äh, Kurt, warte mal ..."

„Ja."

„Was liegt denn überhaupt vor? Ist die Kleine abgehauen? Besteht Suizidgefahr? Oder habt ihr Anhaltspunkte für Fremdverschulden?“

„Peter, wir stehen noch ganz am Anfang unserer Ermittlungen. Ausschließen können wir zurzeit nichts. Schreib einfach: Wir ermitteln in alle Richtungen“, sagte Brenner. Er klang genervt.

„Okay, wird erledigt. Willst du nachher noch mal über den Text schauen?“

„Nein, nicht nötig. Du kannst die Pressemitteilung dann an alle Medien aussenden. Das Foto von der Vermissten maile ich dir gleich zu, okay? Ich muss es nur noch einscannen.“

„Alles klar. Ich mache mich an die Arbeit. Tschüss, Kurt!“

Brenner schaute auf seine Armbanduhr. Es war 14.15 Uhr. Die Mittagspause hatte er glatt verpasst. Er erhob sich von seinem Stuhl und ging in den Besprechungsraum. Eine Tasse Kaffee musste heute reichen. Brenner nahm sich einen Henkelmann aus dem Schrank und pumpte ihn voll. Während er den heißen Kaffee in kleinen Schlucken trank, ging er zurück in sein Büro, um das Foto der vermissten jungen Frau einzuscannen und Jensen zuzumailen. Eine innere Unruhe trieb ihn an. Er ahnte, dass Sarah Brooks etwas zugestoßen war. Vielleicht konnten sie das Mädchen noch retten. Eile war geboten. Brenner ließ seinen Pott Kaffee halb voll auf seinem Schreibtisch stehen und ging in Herma van Dycks Büro.

„Du, Herma, wir sollten heute noch mit der Freundin der Vermissten sprechen. Sie heißt Mira Luttmann und wohnt hier gleich um die Ecke an der Kaiserstraße. Hast du Zeit?“

„Na klar, Kurt. Ich komme mit“, antwortete Herma van Dyck.

Die beiden Ermittler verließen das Gebäude des Zentralen Kriminaldienstes und gingen zu Fuß zur Kaiserstraße 97. In einer Bäckerei kauften sie sich ein paar belegte Brötchen, die sie auf dem Weg zu Mira Luttmann gierig verspeisten.

Mira Luttmann wohnte in einem grün gestrichenen Mehrfamilienhaus aus der Gründerzeit. Sie machte nach dem ersten Klingeln auf. Im Treppenhaus roch es muffig. An einigen Stellen hing die weiße Kalkfarbe in Fetzen von den Wänden herunter. Die Treppenstufen waren aus grauem Sandstein und in der Mitte ausgetreten. Mira Luttmann wohnte in der zweiten Etage. Sie stand in der Tür und schaute erwartungsvoll ins Treppenhaus, um zu sehen, wer sie besuchen kam. Sie war eine Kommilitonin von Sarah Brooks. Die Frauen studierten im zweiten Semester Betriebswirtschaft an der Hochschule Weserbergland und waren seit ihrem 16. Lebensjahr befreundet. Mira Luttmann trug ein gelbes T-Shirt mit der Aufschrift „Funny Mouse“ und eine ausgewaschene Bluejeans. Sie war barfuß. Ihre schwarzen Haare hatte sie zu einem Zopf gebunden, der bis zur Mitte ihres Rückens reichte.

„Guten Tag, Frau Luttmann. Mein Name ist Hauptkommissar Brenner, und das hier“ – der Chefermittler blickte Herma an – „ist meine Kollegin Hauptkommissarin van Dyck. Wir würden Sie gern zum Verschwinden Ihrer Freundin Sarah Brooks befragen.“

„Kann ich Ihren Ausweis sehen, bitte?“, fragte Mira Luttmann.

„Ja, natürlich“, antwortete Brenner und zog seinen Dienstausweis aus der linken oberen Jackentasche. Mira Luttmann warf einen kurzen Blick darauf und sagte dann: „Kommen Sie bitte herein.“ Sie führte Brenner und van Dyck in ein geräumiges Wohnzimmer mit einer hohen weißen Stuckdecke, an der ein alter Kristallleuchter mit vier Kerzen hing. Der Raum war gemütlich eingerichtet. Vor den Fenstern hingen keine Gardinen.

„Nehmen Sie doch bitte Platz“, sagte Mira Luttmann höflich und machte dabei eine einladende Handbewegung. „Haben Sie schon etwas herausgefunden?“, fragte sie.

„Nein, deshalb sind wir zu Ihnen gekommen“, antwortete Brenner. „Wann haben Sie Sarah zum letzten Mal gesehen?“

„Das war am Sonntag“, antwortete Mira Luttmann. „Aber Sie sagen das so, als sei sie tot. Ihr ist doch nichts zugestoßen, oder?“

„Wie gesagt, Frau Luttmann, wir wissen derzeit nur, dass Sarah seit ein paar Tagen spurlos verschwunden ist. Ihre Mutter hat uns erzählt, dass Sie sich auf die Suche nach ihr gemacht haben.“

„Ja, das ist richtig. Ich habe mir Sorgen um sie gemacht, weil sie am Dienstag nicht zur Vorlesung gekommen ist."

„Das war der 17., richtig?", hakte Brenner nach.

„Ja, stimmt. Am Mittwoch habe ich dann alle unsere Freundinnen angerufen. Aber die wussten auch nicht, wo Sarah ist. Wir waren am Montagnachmittag im Café ‚Weitblick' verabredet, aber ich musste absagen, weil mein Vater plötzlich einen Migräneanfall bekommen hatte. Ich habe sie auf dem Handy angerufen und ihr gesagt, dass ich nicht zur Promenade kommen kann. Sie hat gesagt, dass sie bereits im Café sitzt. Dann hat sie meinem Vater gute Besserung gewünscht und gemeint, wir würden uns ja morgen in der Hochschule sehen. Das war das letzte Mal, dass ich mit Sarah gesprochen habe."

„Am Abend haben Sie dann Sarahs Mutter informiert …"

„Ja, ich hatte so ein ungutes Gefühl. Irgendwie habe ich gehofft, dass Sarah bei ihrer Mutter ist. Aber auch da war sie nicht."

„Hat Sarah einen Freund?", wollte Herma van Dyck wissen.

Mira Luttmann schüttelte verneinend den Kopf. „Sie hatte mal einen. Aber das ist schon lange vorbei. Sie war seit einem Jahr solo, hat sich voll und ganz auf ihr Studium konzentriert."

„Sie haben also keine Idee, wo Sarah sein könnte?", hakte Herma nach.

„Seit Tagen zerbreche ich mir darüber den Kopf. Ich denke nach, überlege, aber mir fällt nichts ein. Sarah ist nicht der Typ, der so einfach von der Bildfläche verschwindet. Ihr muss etwas passiert sein. Sie müssen sie schnell finden."

„Wir tun, was wir können. Aber wir sind auf die Mithilfe von Zeugen angewiesen", sagte Herma van Dyck.

„Wenn mir noch etwas einfällt, werde ich mich sofort bei Ihnen melden", versprach Mira Luttmann.

„Ich lasse Ihnen mal meine Karte da", sagte der Erste Kriminalhauptkommissar. Brenner zog eine Visitenkarte aus seinem Portemonnaie und legte sie auf den Wohnzimmertisch aus Eichenholz.

Die Ermittler standen auf und gingen zur Korridortür. Sie verabschiedeten sich von Mira Luttmann und machten sich auf den Weg zur Dienststelle.

„Das war ja nicht gerade ergiebig", stellte Herma van Dyck fest und biss sich nachdenklich auf die Unterlippe.

„Tja, so ist das oft bei Vermisstensachen. Wenn der erste Zeuge uns schon sagen könnte, wo sich der Verschwundene aufhält, könnten wir diese Fälle ja innerhalb weniger Minuten lösen. Aber so leicht ist es in der Regel nicht. Wir werden wohl die Öffentlichkeitsfahndung in den Medien abwarten müssen."

Kapitel 16

Als Brenner am nächsten Morgen ins Büro kam, holte er sich zuallererst die Deister- und Weserzeitung aus dem Aufenthaltsraum und blätterte sie durch. Auf der ersten Lokalseite war ein Foto von Sarah Brooks zu sehen. Die Überschrift des Textes lautete: „Sarah B. – verzweifelt gesucht."

Dazu hatte der Polizeireporter folgenden Text geschrieben:

Hameln. Seit vier Tagen wird die 19 Jahre alte Hamelnerin Sarah B. vermisst. Die Studentin wurde zuletzt am Montagnachmittag gegen 16 Uhr im Café „Weitblick" am Stockhof gesehen. Seitdem ist sie wie vom Erdboden verschluckt. Die Polizei hält sich mit Informationen zurück, sie schließt offenbar ein Verbrechen nicht aus. Der Sprecher der Inspektion Hameln, Hauptkommissar Peter Jensen, sagte gestern: „Wir ermitteln in alle Richtungen." Die Durchsuchung der Wohnung habe allerdings keine Anhaltspunkte für ein Fremdverschulden ergeben. Auf die Frage, ob die Polizei ein Gewaltverbrechen für möglich hält, sagte Jensen: „Wir können das nicht ausschließen." Wer weiß, wo sich Sarah B. aufhält, wird gebeten, sich mit den Ermittlern des 1. Fachkommissariats des Zentralen Kriminaldienstes in Hameln unter der Telefonnummer 05151/933-222 in Verbindung zu setzen. Der Leiter des unter anderem für Mord und Totschlag zuständigen 1. Kommissariats, Kurt Brenner, fragt: „Wer hat Sarah B. in Begleitung einer anderen Person gesehen?"

Brenner legte die Zeitung zur Seite, trank einen großen Schluck Kaffee aus seinem Henkelmann und verbrannte sich dabei die Zunge. Er freute sich, dass die Zeitung den Bericht über den Vermisstenfall auf der ersten Lokalseite platziert hatte. Aber es ärgerte ihn, dass der Reporter den Eindruck erweckt hatte, Sarah Brooks sei einem Gewaltverbrechen zum Opfer gefallen. Dafür gab es noch keine Anhaltspunkte. Was, wenn die junge Frau einen dieser Billigflieger genommen hatte und sich eine kurze Auszeit vom Studium gönnte? Das hatte es alles schon gegeben.

In der Morgenkonferenz, an der alle sieben Kommissariatsleiter und der Leiter des Zentralen Kriminaldienstes teilnahmen, berichtete Brenner über den Fall Sarah Brooks und die bevorstehende Leichensuche an der Humme. Die Kollegen hörten aufmerksam zu. Es waren ohnehin die spannendsten Fälle des heutigen Tages. In der Nacht waren unbekannte Täter in drei Kindergärten eingestiegen und hatten Geld aus Sparschweinen und Kaffeekassen erbeutet. Die Tatortgruppe hatte die Einbrüche bereits aufgenommen. Um diese Fälle würden sich die Kollegen vom Fachkommissariat 2 kümmern.

„Kurt, wenn du personelle Unterstützung brauchst, lass es mich wissen", sagte Kriminaloberrat Andreas Kaufmann, der Leiter des ZKD.

„Mache ich", erwiderte der Erste Kriminalhauptkommissar Kurt Brenner.

„Zurzeit kriegen wir das aber noch ohne Hilfe hin. Der Fall Brooks ist bislang nur eine Vermisstensache – und bleibt es hoffentlich auch. Und in der Causa Humme wird es ja erst so richtig spannend, wenn die Kollegen von der Tauchergruppe fündig werden und die Rechtsmediziner Fremdverschulden nicht ausschließen können. Aber vielen Dank für das Angebot."

Im Laufe des Tages gingen bei der Leitstelle der Polizei an der Ruthenstraße drei Hinweise zum Aufenthaltsort von Sarah Brooks ein. Eine ältere Dame teilte mit, sie habe die Studentin am Mittwoch in Cala Millor auf Mallorca gesehen. Sie arbeite dort als Kellnerin im Café „Sol y Mar". Ein Senior sagte am Bürgertelefon, er habe die Vermisste auf der Terrasse des Cafés „Weitblick" in Hameln gesehen. Sie habe dort allein an einem Tisch gesessen. Eine 17 Jahre alte Schülerin erzählte dem Disponenten, ihr sei ein Mädchen, das so ausgesehen habe wie die Frau auf dem Bild in der Zeitung, am Montagnachmittag gegen 17 Uhr in Begleitung eines jungen Mannes in Höhe des Dampferanlegers entgegengekommen.

Kurt Brenner ging die Hinweise aus der Leitstelle durch. Er rief seine Mitarbeiter um 14.30 Uhr zusammen und berichtete ihnen, was die Öffentlichkeitsfahndung bislang ergeben hatte.

„Ist nicht viel, was wir haben", kommentierte Herma van Dyck die bisherigen Ermittlungsergebnisse.

„Verdammt, wir haben fast gar nichts", sagte Brenner. „Diese Sarah Brooks kann doch nicht spurlos verschwunden sein. Wir müssen alles daransetzen, sie zu finden. Langsam denke ich, sie ist Opfer einer Gewalttat geworden. Anders kann ich mir das nicht erklären."

Dann verteilte Brenner die Aufgaben an seine Mitarbeiter.

„Kann jemand von euch Spanisch?", fragte Brenner und sah in die Runde. Dina hob zögerlich die rechte Hand und sagte: „Un poco."

„Und das heißt?", wollte Brenner wissen.

„Ein bisschen", antwortete Dina.

„Okay, dann gehst du der Spur auf Malle nach", sagte Brenner.

„Norbert, du kümmerst dich um den alten Mann, der Sarah im ‚Weitblick' erkannt haben will. Ich werde die Schülerin befragen, die glaubt, unsere Vermisste in Begleitung eines Mannes gesehen zu haben. Dann an die Arbeit. Um 17 Uhr treffen wir uns hier wieder zur Lagebesprechung. Vielleicht haben wir ja dann etwas Handfestes."

Die Kriminalisten setzten sich an ihre Schreibtische und arbeiteten routiniert die Spuren ab. Als sie sich zwei Stunden später wieder im Konferenzraum trafen, hatte niemand das Gefühl, einen Durchbruch geschafft zu haben. Dina hatte sich im Internet die Telefonnummer des mallorquinischen Restaurants „Sol y Mar" herausgesucht und mit dem Inhaber gesprochen. Der Mann hatte ihr gesagt, dass seine Kellnerin aus Koblenz stammt und bereits seit vier Monaten für ihn arbeitete. Damit stand fest: Die junge Frau war nicht Sarah Brooks. Auch Norbert konnte nichts zur Aufhellung des Falles beitragen. Es sah zwar so aus, als habe der alte Mann Sarah tatsächlich im Café „Weitblick“ gesehen, aber das brachte die Ermittlungen nicht voran. Lediglich die Spur, die Kurt Brenner verfolgt hatte, schien vielversprechend. Die Schülerin hatte Sarah Brooks tatsächlich gesehen. Der junge Mann, der neben ihr in Richtung Rattenfänger-Halle gegangen war, habe blonde Haare gehabt, eine Bluejeans und ein schwarzes Freizeithemd getragen. Die Zeugin schätzte das Alter des Mannes auf 25 bis 35 Jahre. An mehr konnte sie sich aber nicht erinnern.

„Tja, wenn es Sarah Brooks war, dann haben wir jetzt zumindest einen Anhaltspunkt“, sagte Hauptkommissarin van Dyck.

„Was bringt uns das?“, fragte Kriminaloberkommissar Norbert Enkelmann.

„Na, immerhin wissen wir jetzt, dass Sarah Brooks nicht allein war, als sie das Café verließ“, sagte Brenner. „Im Moment bringt uns das allerdings nicht weiter. Ich denke, wir sollten versuchen, von dem Mann eine Phantomskizze machen zu lassen. Aber das gehen wir am Montag an. Jetzt ist erst einmal Wochenende. Ich wünsche euch einen schönen Feierabend.“

KAPITEL 17

Er hatte abgewartet, bis es dunkel geworden war und nicht mehr so viele Leute auf der Straße waren. Nach Mitternacht war er in seinen Keller gegangen, hatte Sarahs Leiche in einen Teppich eingerollt und die Tote auf den Steinstufen ins Freie gezogen. Seinen alten VW Golf hatte er bis dicht vor die Haustür gefahren. Er wuchtete die schwere Rolle in seinen Kofferraum, knickte die Enden des alten Läufers ein wenig um, sodass er hineinpasste, drückte die Heckklappe leise zu und blickte an der Fassade empor. Die Fenster im Erdgeschoss waren dunkel. In der Wohnung der neugierigen Alten, die dort wohnte, brannte kein Licht. Dennoch beschlich ihn ein Gefühl der Ungewissheit. Vielleicht hatte irgendwo in der Nachbarschaft jemand hinter der Gardine gestanden und ihn beobachtet. Das Risiko hatte er eingehen müssen. Er wischte sich die Schweißperlen von der Stirn und trocknete anschließend seine nasse Hand an seiner Latzhose ab. Dann setzte er sich hinter das Steuer seines 14 Jahre alten Autos und fuhr los. Sein Ziel war wieder der Klütwald. Er kannte das Gebiet rund um die Riepenteiche wie seine Westentasche. Im vergangenen Jahr hatte er dort zweimal pro Woche gejoggt. Weiter oben, wenn man in Richtung Finkenborn fuhr, zweigte ein Waldweg scharf nach rechts ab. Er führte zu einem alten Bombentrichter aus dem Zweiten Weltkrieg, der inmitten eines alten Buchenwaldes lag. Er fuhr an der Abzweigung zu dem Waldgebiet ab, in dem er den Koffer, in dem sich Marijas Torso befand, vergraben hatte.

Als er von der asphaltierten Riepenstraße in den geschotterten Roten Weg abbog, schaltete er die Scheinwerfer aus. Das Licht des Mondes, der durch die dünnen Schleierwolken hindurchschien, reichte gerade so aus, um nicht vom Weg abzukommen. Manchmal hatte er allerdings Schwierigkeiten, die dicken Baumstämme, die Forstarbeiter am Wegesrand aufgestapelt hatten, zu erkennen. Einmal hätte er beinahe einen dieser Stapel gerammt. Nach drei Minuten hatte er den Krater erreicht, dessen Wand zum Forstweg hin eingebrochen war. Er stoppte, schaltete den Motor seines Wagens aus, kurbelte ein Seitenfenster herunter und horchte in die Stille hinein. Aus der Ferne waren leise die Autos der Nachtschwärmer zu hören, die jetzt durch die Stadt rollten. Ein Käuzchen rief. Er schärfte seine Sinne, horchte ins dunkle Nichts hinein. Saß da womöglich ein Jäger auf einem Hochsitz? Irgendwie war die Stimmung in dieser Finsternis doch etwas unheimlich. Er wollte nichts dem Zufall überlassen. Auf der Rücksitzbank lagen zwei alte Autoreifen, die er aus seinem Keller mitgenommen hatte. Er holte sie aus dem Auto und trug sie zum Trichterrand, von wo aus er sie in den Krater hineinrollen ließ. Obwohl es eisig kalt geworden war, schwitzte er am ganzen Körper. Nun musste er die schwere Fracht aus dem Wagen hieven. Sarah Brooks wog bestimmt 60 Kilo. Zusammen mit dem Teppich mochten es 70 Kilo sein, die er jetzt hinein in den Bombenkrater ziehen musste. Er hatte Schwierigkeiten, den Leichnam aus dem Kofferraum zu heben. Er zog die Teppichrolle über den Kofferraumrand und ließ das hintere Ende einfach auf den steinigen Waldweg fallen.

Wieder rief das Käuzchen. Es kam ihm so vor, als spiele er die Hauptrolle in einem dieser düsteren Horrorfilme, die er so sehr liebte. Seine Fingernägel krallten sich in den Stoff. Mit beiden Händen riss er an dem Teppich und zog ihn mit aller Kraft, die in ihm steckte, in den Trichter. Aus Ästen und Zweigen, die Forstarbeiter von gefällten Bäumen abgeschnitten und auf dem mit Laub bedeckten Waldboden liegen gelassen hatten, und mit den mitgebrachten Reifen schichtete er einen kleinen Scheiterhaufen auf. Darauf legte er die eingerollte Leiche. In seiner Vorstellung lag Sarah in einem Kokon. Er würde ihr helfen, sich zu verwandeln. Schönheit ist vergänglich, dachte er. Du wirst dich gleich verpuppen, meine liebe Sarah, sagte er zu sich selbst und lachte höhnisch auf.

Er zog den Reißverschluss der Brusttasche seiner fleckigen blauen Latzhose mit Daumen und Zeigefinger vorsichtig auf und zog ein weißes Taschentuch heraus. Darin hatte er zu Hause den goldenen Siegelring eingeschlagen, den er der schönen Schwarzhaarigen am Weserufer abgenommen hatte. Vorsichtig wickelte er seine Trophäe aus. Er berührte den Blutjaspis, befummelte den Doppeladler, den ein Juwelier aus dem Stein herausgearbeitet hatte, und erinnerte sich an die Nacht, in der er seiner Besitzerin den Tod gebracht hatte. Er wehrte sich gegen den Film, den sein Gehirn abspulen wollte. Dafür hatte er jetzt keine Zeit. Auch ein rotes Grablicht hatte er mitgebracht. Er schraubte den goldfarbenen Deckel ab und zündete mit seinem Sturmfeuerzeug den Docht an. Dann verschloss er die Lampe wieder und platzierte sie unter einer Fichte, die etwa zehn Meter neben dem Scheiterhaufen stand. Das flackernde Licht mit dem Doppeladler sollte sein Markenzeichen werden. Er grinste in sich hinein. Der rote Schein des Totenlichts würde die Mordermittler vor ein Rätsel stellen. Er wollte mit ihnen spielen, sie in die Irre führen. Zufrieden betrachtete er die Szenerie. Mit dem Feuerzeug erhitzte er vorsichtig den Blutjaspis des Siegelrings. Dann drückte er den heißen Edelstein gegen die rote Kunststoffhülle des Grablichts. Das Relief des Doppeladlers hinterließ darin einen gut sichtbaren Abdruck. Das Brandzeichen war gelungen. Er ärgerte sich nur darüber, dass Reste des geschmolzenen Plastiks an dem Schmuckstein kleben geblieben waren. Mit seinem Daumennagel prüfte er, ob sich die inzwischen erkaltete Plaste leicht entfernen ließ. Er würde den Ring daheim gut putzen müssen. Im Internet hatte er gelesen, dass man dem Blutjaspis im Mittelalter besondere Kräfte zugesprochen hatte, da man glaubte, bei den roten Stellen im Stein würde es sich um das Blut Jesu Christi handeln. Bei dem Gedanken schüttelte er verächtlich seinen Kopf. Die Leute haben den Pfaffen damals aber auch jeden Scheiß abgenommen, dachte er.

Er steckte Feuerzeug und Ring in seine Brusttasche, ging zurück zu seinem Auto, um den Reservekanister aus dem Kofferraum zu holten. Er war randvoll. Fünf Liter Benzin, die mussten reichen. Er goss die Flüssigkeit über den Scheiterhaufen und legte dann eine dünne Benzinspur bis zum Rand des Waldweges. Danach verstaute er den Kanister wieder im Wagen und setzte sich hinter das Steuer. Bevor er die Lunte anzünden würde, wollte er sichergehen, dass seine alte Klapperkiste ansprang. In einer Rechtskurve wendete er seinen dunkelroten VW Golf und fuhr dann zurück zum Bombentrichter. Den Motor ließ er laufen. Er wusste nicht, ob der Feuerschein von der Stadt aus zu sehen sein würde. Falls ja, würden Feuerwehr und Polizei nicht lange auf sich warten lassen. Er stieg aus, zündete ein Papiertaschentuch an und warf es in Richtung der Lunte. Explosionsartig und fauchend verbrannten die Benzindämpfe, die über der Benzinspur und dem Scheiterhaufen aufgestiegen waren. Ein großer Feuerpilz erhellte kurz den Nachthimmel, dann stieg pechschwarzer Rauch auf. Er konnte die große Hitze spüren. Es sah so aus, als brenne ein Osterfeuer. Nicht weit davon entfernt flackerte das Grablicht. Es projizierte den Doppeladler auf den Stamm der Fichte. Gern hätte er dieses Schauspiel noch länger verfolgt. Aber er musste sich sputen, denn er wollte nicht Bekanntschaft mit der Polizei machen. Eiligen Schrittes ging er zurück zum Wagen, setzte sich hinter das Steuer, löste die Handbremse, legte den ersten Gang ein und gab Gas.

Kapitel 18

Das Klingeln ihres Handys riss sie aus dem Schlaf. Herma blinzelte verschlafen zur Zimmerdecke und stellte fest, dass es schon hell geworden war. Sonnenstrahlen fielen durch die halb geöffneten Jalousien in ihr Schlafzimmer. Sie erschrak. Sofort stieg ihr Blutdruck in die Höhe. Hatte sie etwa verschlafen? Herma stieg aus dem Bett, ging wackelig zu ihrer Louis-Philippe-Kommode aus kubanischem Mahagoni. Auf dem Möbel, das sie vor vielen Jahren bei ihrem Lieblingsantikhändler Heino Onnen in Neugarmssiel gekauft hatte, lag ihr iPhone. Sie hatte es am Abend dorthin gelegt, um sich zum Aufstehen zu zwingen, wenn es bimmelt. Sie machte das schon seit Jahren so. Und das hatte einen guten Grund. Als sie noch bei der Polizeiinspektion Aurich/Wittmund gearbeitet hatte, war ihr einmal ein Missgeschick passiert. Ihr Handy lag damals immer griffbereit auf dem Nachtschrank. Ein Fehler, wie sich herausstellen sollte. Rolf Zühlsdorff, ein Kollege aus der Leitstelle Auster, hatte sie über einen Leichenfund in Norden informiert und ihr ausgerichtet, sie möge direkt zum Tatort kommen, um dort ihre Kollegen zu treffen. Sie hatte zugesagt, das Handy zurückgelegt und noch einmal kurz die Augen zugemacht. Erst zwei Stunden später war sie damals aufgewacht.

Herma hatte die Kommode erreicht. Schlaftrunken ging sie an ihr Telefon. Sie gähnte. „Moin, wer stört so früh am Morgen?“, fragte sie. Harm Harmsen war dran. „Moin, Herma. Ich bin's … Habe ich dich geweckt? Ist schon halb sechs durch. Musst du nicht ins Büro?“

Die Hauptkommissarin streckte sich. Wieder musste sie herzhaft gähnen. „Doch, doch … Aber erst in einer Stunde oder so …“, beeilte sie sich zu sagen. „Was ist denn los? Weltuntergang?“

„Nein, du Langschläferin“, trällerte Harmsen vergnügt durchs Telefon. Der Seebär hatte offenbar richtig gute Laune. Er musste Frühaufsteher sein. „Rate mal.“

„Du leidest an seniler Bettflucht …“

Das hatte gesessen. Sie hörte Harmsen ausatmen. „Aua! Das hast du gesagt, weil ich dich eine Langschläferin genannt habe, oder?“

Herma war jetzt wach. Ihr Kreislauf hatte sich stabilisiert, ihr Magen verlangte nach einem Tee. „Quatsch, Harm. Was ist denn los? Spuck es schon aus.“

Der Taucher holte Luft. „Also, nach unserem letzten Gespräch habe ich gestern mal den Kollegen Alfred Greve privat angerufen. Er leitet die Tauchergruppe in Hannover. Der Alfred und ich, wir kennen uns schon ewig. Ich habe ihm von deiner Anforderung erzählt und ihn gebeten, dir zu helfen. Er wird dich heute gegen sieben im Büro anrufen. Wenn heute nichts Dringendes anliegt, könnten die Jungs am Mittag in Hameln sein. Die sind allerdings nur zu dritt, weil einige Kollegen krank oder im Urlaub sind. Ich habe angeboten, den vierten Mann zu machen. Wie findest du das?"

„Ja, prima. Schön, wenn du dir das antun willst …", sagte Herma.

„Deine Begeisterung hält sich in Grenzen, oder?", wollte Harm Harmsen wissen. Er klang beleidigt.

„Blödsinn." Herma musste schon wieder gähnen. „Ich bin einfach noch nicht richtig wach. Ohne ein Tässchen Tee bin ich zu nichts zu gebrauchen. Ich freue mich. So, aber jetzt Schluss mit lustig. Ich muss jetzt schnell unter die Dusche, sonst komme ich noch zu spät zur Arbeit. Wir sehen uns dann nachher in Hameln. Bis bald. Und: Fahr vorsichtig!"

„Mache ich, Herma. Bis denne!"

Nach einem schnellen Frühstück mit drei Tässchen Broken Silber mit einem Stück Kluntje und etwas Sahne zog Herma die Tür hinter sich zu und schloss ab. Wie ein Gummiball sprang sie die Marmortreppen hinunter. Sie war jetzt putzmunter und sprühte vor Energie.

Herma setzte sich in ihren Yeti, ließ den Motor an und fuhr zum Zentralen Kriminaldienst an der Zentralstraße. Wenige Minuten später erreichte sie den Innenhof und stellte ihren Wagen unter einem knorrigen Ahornbaum ab. An der Tür aus Aluminium und Sicherheitsglas tippte sie den Öffnungscode ein. Es summte – und die schwere Tür sprang auf. Die Mordermittlerin blickte auf ihre Armbanduhr. Viertel vor sieben. Sie lag gut in der Zeit. Noch 15 Minuten bis Dienstbeginn. Die Hauptkommissarin ging zum Fachkommissariat 5, das ebenso wie das für Mord und Totschlag zuständige FK 1 seine Diensträume im Erdgeschoss hatte. Die Frauen und Männer vom 5. sicherten nicht nur Finger- und DNA-Spuren an Tatorten, sie werteten auch elektronische Datenträger aus. Den KT-Spezialisten entging nichts. Sie entdeckten selbst die allerkleinsten Blut- und Spermatropfen, die Verbrecher an Tatorten hinterlassen hatten, fanden Härchen und winzige Hautschuppen und sicherten mit Klebefolie kleinste Fasern.

Als Herma an der Tür des Kriminallabors klopfte, hörte sie eine Frauenstimme. „Herein, wenn's kein Schneider ist."

Die Stimme gehörte Kriminaltechnikerin Marina Lenze. Sie saß gebeugt über einem Mikroskop und betrachtete einen Spurenträger.

„Moin, Marina", grüßte Herma ihre Kollegin.

„Hallo", erwiderte die Spurensucherin, ohne aufzugucken. „Warte kurz, ich bin gleich fertig …"

Herma winkte ab. „Kein Problem … Aber verrätst du mir, was du gegen Schneider hast?"

Während Marina Lenze an einem Rädchen die Vergrößerung des Mikroskops verstellte, kam ihre Antwort pfeilschnell. „Also, gegen Schneider habe ich nichts. Aber gegen Gevatter Tod. Der läuft mir in meinem Job nämlich ein bisschen zu oft über den Weg, weißt du."

Die Mordermittlerin runzelte die Stirn. „Ich verstehe nur Bahnhof. Hilf mir mal aufs Pferd, bitte."

Die Kriminaltechnikerin unterbrach ihre Spurensuche. Sie erhob sich von ihrem Drehstuhl und reichte Herma die Hand. „Guten Morgen, Herma. Sorry, ich war abgelenkt. Also, ursprünglich hieß der Spruch ‚Herin, wans nit der Schnitter is!'. Ein Schnitter war früher jemand, der bei der Ernte Getreide oder Gras mit Sichel oder Sense mähte. Im übertragenen Sinne wurde auch der Tod so genannt. Daher kommt das. Du kennst doch die Darstellung des Todes als Sensenmann, oder?"

Herma nickte anerkennend. „Was du alles weißt. Respekt. Das muss ich mir merken." Ohne eine Gesprächspause zu machen, kam Herma zum Grund ihres Besuches. „Ich muss nachher ins Dickicht abtauchen. Und da dachte ich, ich könnte mir bei euch einen Overall ausleihen. Habt ihr vielleicht einen in meiner Größe?"

Marina musterte Herma von oben bis unten, schätzte blitzschnell die Konfektionsgröße der Mordermittlerin ein.

„38 oder 40?"

„Kommt hin", antwortete Herma.

„Meinst du so einen weißen Strampelanzug, wie wir ihn an Tatorten tragen, um keine Spuren zu legen?"

Herma zuckte mit den Schultern. „Ja, keine Ahnung, was ihr halt so habt."

Die KT-Spezialistin legte ihren Kopf auf die Seite. „Na, wo soll's denn nachher hingehen? Was für ein Dickicht meinst du?"

„Wouldham Park. Ohrsche Landstraße. Ich muss durchs hohe Gras und mich durch Brombeergestrüpp kämpfen … Und dann sind da noch jede Menge Zecken und Mücken, die im Unterholz auf mich lauern. Ich war gestern schon mal da und weiß, wovon ich spreche. Der Ortstermin hat Spuren hinterlassen." Herma schob den rechten Ärmel ihrer Bluse hoch und zeigte Marina die Quaddeln und Kratzer auf ihrem Unterarm.

Marina schaute mitleidig drein. „Du Arme. Dann brauchst du was Besseres. Mit diesen blöden Papieranzügen kannst du definitiv nicht durchs Gebüsch kriechen. Die Dinger reißen leicht auf." Marina Lenze öffnete einen Schrank, in dem sie ihre Schutzkleidung aufbewahrte. Herma konnte nur ein Paar grüne Gummistiefel sehen.

„Hier, der müsste dir passen", sagte Marina und reichte Herma eine Panzerkombi mit Kapuze. „Glaub mir, da sticht keine Mücke durch. Und Dornen können dir auch nichts mehr anhaben." Die Kriminaltechnikerin zeigte auf die Gummistiefel. „Nimm auch die mit. Dann bist du rundum gut geschützt."

Die Mordermittlerin freute sich. Sie hätte Marina knutschen können. „Danke, ich weiß gar nicht, was ich sagen soll."

Marina Lenze zog eine Schnute und winkte ab. „Lass stecken. Passt schon. Mach dir da mal keine Gedanken. Wenn ich mal etwas von euch brauche, komme ich zu dir. Eine Hand wäscht die andere."

Herma legte den schweren Overall über ihren linken Arm, schnappte sich die Gummischuhe und machte sich auf den Weg in ihr Büro. Auf dem Flur traf sie Brenner. Ihr Chef hob seine Augenbrauen an und grinste breit. „Moin, Herma! Na, alles klar fürs Gefecht?“

Die ostfriesische Kommissarin nickte nur. Sie hatte jetzt keine Lust auf Small Talk. Brenner wusste nur zu genau, wie ihre Arme aussahen.

Herma guckte auf die Uhr. Es war kurz vor sieben. Die ersten Kollegen schlenderten bereits über den Flur und steuerten mit ihren dampfenden Kaffeepötten den Besprechungsraum an. Ein allmorgendliches Ritual im FK 1. Die Ermittler berichteten über den Verlauf ihrer Fälle, besprachen mit dem Chef für Mord und Totschlag das weitere Vorgehen. Herma legte die Panzerkombi auf ihren Schreibtisch, stellte die klobig wirkenden Gummitreter daneben und ging schnellen Schrittes zum Meeting. Wegen ihres Ausflugs zur Kriminaltechnik hatte sie keine Zeit mehr gehabt, sich einen Ostfriesentee aufzubrühen. Sie ärgerte sich, dass sie nicht etwas früher zum Dienst gekommen war. Die Mordermittlerin setzte sich zwischen Katharina und Peter. Beide schienen im Aktenstudium vertieft zu sein. Auf dem mit Linoleum ausgelegten Flur, der im Neonlicht glänzte wie eine Fettschwarte, waren Schritte zu hören. Der Chef war im Anmarsch. Wie eine graue Eminenz schritt Brenner durch die Tür und machte sie hinter sich zu. Er setzte sich an die Stirnseite des Tisches, nahm seine goldumrandete Lesebrille von der Nase, legte sie vor sich auf einen roten Aktendeckel, stieß ein „Guten Morgen“ aus.

„So, dann wollen wir mal. Ich habe schon mal die Lage studiert. Die Nacht war ruhig. Keine Leiche, kein

Feuer, keine Sexualstraftat ... Und das ist gut so. Wir haben eh genug zu tun." Brenner kam gleich zur Sache. Er schaute Katharina an, die die Kollegen vom Polizeikommissariat Holzminden bei einem Mordfall in Grünenplan unterstützte. Am 3. Januar war in dem ruhigen 2400-Seelen-Dorf ein afghanischer Flüchtling durchgedreht. In rasender Wut hatte er seine Ehefrau vor den Augen seiner drei kleinen Kinder brutal getötet. Dem zu Hilfe geeilten Vermieter war es nicht gelungen, den Gewaltexzess des Mannes zu verhindern.

„Gibt's Neuigkeiten im Fall Grünenplan?", wollte der FK-1-Chef wissen. Katharina schreckte hoch. „Nein, Kurt. Eigentlich nicht. Die Beweislage ist erdrückend. Wir können die Akten bald an die Staatsanwaltschaft Hildesheim schicken. Die StA hat uns noch mit ein paar Nachermittlungen beauftragt. Herkunft, Einreise, Flüchtlingsstatus und so weiter. Es gibt da aber nicht ganz so viele Details. Wir wissen nur, dass die Familie im September 2015 aus dem Iran nach Deutschland eingereist ist und erst seit Anfang 2016 hier bei uns lebt."

Brenner hob abwehrend die Hände. „Okay, okay. Wir müssen uns noch um andere Fälle kümmern."

Die Kriminaloberkommissarin nickte. „Ja, klar. Eine Sache würde ich aber gern noch loswerden. Das erscheint mir wichtig zu erwähnen. Vor dem Mord ist die Polizei zweimal zu dem Haus gerufen worden. Und zwar wegen häuslicher Gewalt. Im Herbst 2017 hat die Frau den Entschluss gefasst, sich von ihrem offenbar gewalttätigen Mann zu trennen. Sie hat ihm das in einer Beratungsstelle eröffnet. Ein Dolmetscher sagt aus, der Tatverdächtige habe das damals so kommentiert: ‚Schade, dass wir nicht in Afghanistan sind, da würde ich sie umbringen.'"

Betretenes Schweigen machte sich breit. Wäre jetzt eine Stecknadel zu Boden gefallen, hätte man den Aufprall sicher hören können.

Brenner unterbrach die Stille, indem er die Luft im Raum hörbar scharf einsog. „Schrecklich, Katharina. Was willst du uns damit sagen?"

„Na ja, es war quasi ein Mord mit Ansage. Es gab Menschen, die wussten, dass sich da womöglich etwas Unheilvolles zusammenbraut. Aber niemand konnte etwas dagegen tun."

Herma mischte sich ein. „Mein Gott, wie furchtbar. Das ist ja fast so wie im Fall Kader K. Was hat denn der Typ seiner Frau angetan?"

Katharina zog ein Foto aus der Akte, hielt es mit ihrer rechten Hand hoch. Es zeigte ein Paar Trekkingschuhe. „Der Täter hat zur Tatzeit diese Wanderschuhe getragen. Damit soll er immer wieder auf Kopf, Hals, Gesicht und Oberkörper des wehrlosen Opfers eingetreten haben. Die Frau hat nach Angaben der Rechtsmediziner unter anderem Rippenbrüche, einen Leberriss und durch Sauerstoffmangel eine ganz erhebliche Gehirnschädigung erlitten …"

„Durch Sauerstoffmangel?", wollte Herma wissen.

„Ja, er soll sich längere Zeit auf den Hals der Frau gestellt haben. Unfassbar brutal, oder?" Katharina schüttelte den Kopf.

Herma legte ihre Hand auf Katharinas Schulter. Sie spürte, dass ihre junge Kollegin schwer an der äußerst brutal ausgeführten Tat zu knapsen hatte. Sie war sehr mitfühlend.

„War wahrscheinlich wieder so ein Ehrenmord-Ding", warf Peter Höpfner ein. Brenner stoppte das Gespräch. „Keine Spekulationen, bitte. Bleiben wir bei den Fakten."

Der Kriminalhauptkommissar mit den stahlblauen Terence-Hill-Augen presste die Lippen aufeinander und fuhr sich mit Daumen und Zeigefinger über den Mund, um anzudeuten, dass seine Lippen verschlossen waren. Katharina drehte sich zu Peter um. „Ehrlich gesagt: Wir wissen es nicht. Aber sie soll einem Sprachmittler Avancen gemacht haben. Das hat dem Ehemann bestimmt nicht gefallen. Davon dürfen wir ausgehen."

Brenner kratzte sich an der Stirn. „Herrschaften, wenn hier heute jeder so viel über seinen Fall erzählt, dann sitzen wir noch heute Abend hier. Ich denke, wir haben alle noch eine Menge zu tun."

Er schaute KHK van Dyck an. „Herma, was machen die Taucher? Bekommen wir welche? Falls ja – wann? Bitte nur einen Kurzvortrag."

Herma nickte; sie antwortete im Telegrammstil. „Ja, wir bekommen Taucher. Vermutlich treffen die Jungs am Nachmittag ein. Das hat mir jedenfalls heute Morgen der Kollege Harmsen aus Oldenburg inoffiziell mitgeteilt. Ich warte jetzt auf den Anruf von der Zentralen Polizeidirektion."

Brenner musste lachen. Er wusste, dass Herma etwas für den Kollegen aus dem Norden übrighatte. „Hört, hört. Harmsen, der alte Charmeur. Hast du wohl deine Beziehungen spielen lassen, Herma. Halt mich bitte auf dem Laufenden. Ein Tipp. Sprüh dich ein, damit nicht wieder die Mücken über dich herfallen. Meine Frau hat mir etwas für dich mitgegeben. Anti-Brumm heißt das Zeug. Beknackter Name, hilft aber. Steht bei mir auf dem Schreibtisch. Kannst du dir nehmen."

„Danke, Kurt. Wie lieb von deiner Frau. Drück sie bitte von mir."

Hermas Handy begann zu vibrieren. Sie hatte es vor der Morgenkonferenz auf lautlos gestellt. Herma zog das iPhone aus der Hosentasche und schaute auf das Display. Die Vorwahl 0511 verriet ihr: Der Anruf kam aus Hannover. Das mussten die ZPD wegen der Taucher sein. Herma hielt das Telefon hoch und verabschiedete sich mit den Worten: „Ist wichtig …" Auf dem Flur ging sie dran. „Moin, hier spricht KHK Herma van Dyck, Fachkommissariat 1, Hameln."

Eine dunkle Männerstimme war zu hören. „Guten Morgen, Frau Kollegin. Hier spricht Greve. Alfred Greve. Ich bin der Leiter der Tauchergruppe in Hannover. Herr Harmsen hat mich darüber informiert, dass Sie in Hameln einen Taucheinsatz planen … Wir sollen eine Leiche finden, die in einem Flüsschen namens Humme vermutet wird."

„Ja, das ist korrekt. Wann könntet ihr denn hier sein?"

„Nun mal langsam, Frau Kollegin. So schnell schießen die Preußen nicht. Ein paar Angaben brauchen wir schon noch."

„Sollen Sie haben, Herr Greve", sagte Herma. „Ich schicke Ihnen den Bericht per Mail. Dann können Sie sich einlesen."

Greve räusperte sich. „Nicht nötig. Ein paar Stichworte reichen mir." Herma erzählte dem Obertaucher alles, was sie wusste. Sie erwähnte auch den Fund der Frauenhaare in der Weser und den seinerzeit erfolglosen Taucheinsatz der Oldenburger, der im November 2016 stattgefunden hatte. Nach wenigen Minuten unterbrach Greve den Redefluss der Mordermittlerin. Er hatte genug gehört.

„Okay. Das hört sich ja nicht sonderlich kompliziert an. Sie haben Glück. Es sind nicht alle meine Männer krank oder im Urlaub. Wir können heute gegen Mittag bei Ihnen in Hameln sein. Harm kommt auch dazu. Er wird uns unterstützen. Passt Ihnen das in den Kram?"

Herma beeilte sich, „Ja" zu sagen. Das Gespräch war beendet.

Die Mordermittlerin machte zwei Luftsprünge und grinste wie ein Honigkuchenpferd. Zum einen ging es voran, war sie am Nachmittag schlauer. Zum anderen freute sie sich auf ein Wiedersehen mit dem Seebären.

Kapitel 19

Es war 13 Uhr, als die Tauchergruppe aus Hannover an der Ohrschen Landstraße eintraf. Die Froschmänner waren mit einem grünen Taucherbasisfahrzeug, einem Motorboot und einem weißen Krankenwagen angerückt. Sie standen vor einem massiven Metalltor aus verzinktem Stahl, das mit drei Reihen Stacheldraht gesichert war. Ein kreisrundes weiß-rotes Schild, auf dem der Kopf eines Schäferhundes und ein Polizeistern mit dem Niedersachsen-Pferd zu sehen waren, warnte vor dem unbefugten Betreten des weitläufigen Geländes. „Vorsicht! Diensthunde", stand dort in schwarzen Lettern. Obertaucher Greve drückte genau in dem Moment auf die Hupe, als Mordermittlerin Herma van Dyck mit einem Zivilwagen der Polizeiinspektion Hameln-Pyrmont/Holzminden von der Bundesstraße in die Einfahrt zum ehemaligen Wouldham Park abbog.

Die Ermittlerin stieg aus und ging auf den Mercedes-Lastwagen zu, in dem Taucherleiter Greve saß. „Moin, KHK van Dyck, FK 1", stellte sich die Kriminalhauptkommissarin vor. „Ich bin die Sachbearbeiterin. Und Sie sind …?"

Greve öffnete wortlos die Lkw-Tür, kletterte umständlich zu ihr herunter und begrüßte Herma. „Guten

Tag. Greve mein Name. Polizeihauptkommissar. Ich glaube, wir haben heute Morgen telefoniert."

Herma nickte. „Ja, das ist so." Taucherleiter Greve zeigte auf das Tor. „Haben Sie einen Schlüssel?"

„Nein", antwortete Herma. „Es müsste aber gleich jemand kommen. Ich habe uns bei den Kollegen von der Diensthundführergruppe Hameln bereits telefonisch angekündigt. Die fangen wahrscheinlich erst noch ihre Kampfhunde ein. Danach lassen die uns rein."

Der Taucherleiter nickte. „Ja, besser ist das."

Greve war ein hochgewachsener Mann. Er mochte Mitte 50 sein. Seine Haare waren grau, auf dem Kopf bildete sich eine Platte. Auf Herma wirkte der PHK wie ein Mann der Tat. Small Talk war wohl nicht sein Ding. Greve hatte offenbar keine Fragen. Er wartete und schwieg, schaute auf das Gittertor.

„War mal ein Militärgelände", sagte Herma, um die Stille zu unterbrechen.

„Hm, sehe ich", meinte Greve. Danach mimte er wieder den großen Schweiger.

In der Ferne tauchte eine Gestalt auf, die schwarze Stiefel trug. Herma kniff die Augen zusammen. Sie konnte nicht genau erkennen, wer sich ihnen auf der zweispurigen Asphaltstraße näherte, die das ehemalige Sperrgebiet mit der Bundesstraße 1 verband. Von der Statur her konnte es sich um Messerschmidt handeln. Die Person zog ein schweres Schiebetor auf, ging dann zielstrebig auf das Haupttor zu. Diensthundführer Messerschmidt kam lächelnd daher. Durch das verschlossene Gittertor rief er seinen Kollegen ein lautes „Moinsen“ zu. Sein Gruß wurde erwidert.

Greve räusperte sich. „Ist ja gesichert wie Fort Knox … Lagert ihr hier etwa Goldbarren?“

„Nö, das nicht. Aber hier soll ja auch nicht jeder rumlaufen.“ Messerschmidt verzog das Gesicht, so, als verspüre er einen Schmerz. „Könnte blutig ausgehen, wenn wir mit unseren Schutzhunden trainieren. Nicht für uns, für den Eindringling, meine ich.“

„Aha. Ich gehe mal davon aus, dass ihr eure Beißer eingesperrt habt“, sagte Greve. Es war eine Feststellung, die wie eine Frage klang. Messerschmidt ging nicht darauf ein. Er schien amüsiert zu sein. Der Froschmann hatte Respekt vor Polizeihunden. Und das freute ihn.

Der Hundeführer zeigte in Richtung Weser. „So, ihr fahrt in diese Richtung. Nach etwa 300 Metern biegt ihr links ab. Da kommt dann eine alte Militärbrücke. Da bitte anhalten. Ich komme dann zu euch.“

Herma stieg in ihren Z-Wagen. „Soll ich dich mitnehmen?“, fragte sie Messerschmidt. Doch der winkte nur ab. „Nee. Lass man. Ich schließe nur noch schnell die beiden Tore – und dann bin ich ja auch schon fast am Treffpunkt.“

„Okay, wie du meinst.“ Herma zog die Fahrertür zu und gab Gas. Ungewollt legte sie einen Kavaliersstart hin. Im Rückspiegel ihres PS-starken VW Passat sah die Mordermittlerin durch eine Staubwolke, dass sie dafür von Messerschmidt ein Kopfschütteln erntete.

„Sorry", sagte sie leise zu sich selbst. „Ich bin halt sehr temperamentvoll." Herma van Dyck war eine gute Autofahrerin. Sie liebte es, schnell zu fahren – wo immer sie durfte, gab sie Vollgas. Sie dachte an ihren Vater, der in seinen besten Jahren an Rennen teilgenommen hatte. Er hatte sie oft mitgenommen. Herma hatte schon als Kind den Geruch von Autoabgasen, Motorenöl und Gummiabrieb gemocht. Papa Tammo lebte nicht mehr. Er war vor drei Jahren nach zwei Schlaganfällen und einem langen Siechtum in einem Pflegeheim gestorben. Herma wischte sich eine Träne aus dem Augenwinkel. Ihr alter Herr und sie hatten sich immer gut verstanden – bis zuletzt. Tammo fehlte ihr. Ihn hatte sie immer um Rat fragen können.

Herma van Dyck zwang sich, nicht mehr an ihren toten Papa zu denken. Sie musste sich jetzt auf ihre Arbeit konzentrieren. Da war keine Zeit für sentimentale Gedanken. Die Tauchergruppe der Polizei Niedersachsen wartete vor der Brücke. Der Belag aus blanken Aluminiumplatten glänzte in der Sonne wie frisch poliertes Sterlingsilber.

Die Polizeitaucher hatten ihre Fahrzeuge verlassen und einen Halbkreis gebildet.

„Kollege Greve, wo ist denn Harm Harmsen? Sollte der nicht auch hier sein?", fragte Herma.

„Doch, schon. Der verspätet sich etwas. Saß im Stau auf der Autobahn fest. Muss aber gleich hier sein. Vor etwa einer Stunde war Harm in Bad Oeynhausen. Ohne ihn fangen wir eh nicht an."

„Wieso?“, wollte Messerschmidt wissen, der inzwischen die alte Pionierbrücke erreicht hatte.

„Weil wir nicht vollzählig sind“, antwortete Greve.

Messerschmidt pfiff durch die Zähne. „Na, guck mal einer an. Für mich sieht das hier aus wie eine ganze Armada.“

Der Chef der Polizeitaucher wusste nicht, was er von dieser Bemerkung halten sollte. Wollte ihn dieser Hundeausführer hochnehmen? Greve wirkte angesäuert. Er versuchte, ruhig zu bleiben.

„Ein Polizeitauchteam besteht aus dem Tauchergruppenführer, dem Polizeitaucher, dem Sicherungstaucher, dem Leinenführer sowie einem Taucherrettungssanitäter. Und uns fehlt noch der Sicherheitsmann. Der kommt extra aus Oldenburg, weil wir derzeit wegen Krankheit und Urlaub etwas ausgedünnt sind. Alles klar?“

Messerschmidt hob abwehrend die Hände. „Alles gut. Ich wollte euch Jungs nicht auf die Füße treten.“

Herma griff schlichtend ein. „Meine Herren, genug der Sticheleien. Wir sind doch alle erwachsen. Ich schlage vor, wir schauen uns jetzt gleich mal die Humme-Mündung an. Doch bevor wir loslegen, ziehe ich mich kurz um.“ Herma verschwand hinter dem Zivilwagen, öffnete die Kofferraumklappe, zog rasch ihre Turnschuhe aus und schlüpfte dann in Panzerkombi und Gummistiefel. „So, Herrschaften, jetzt kann's losgehen. Kollege Messerschmidt führt uns jetzt bitte mal durchs Dickicht.“

„Jawoll, Frau Kriminalhauptkommissarin", bölkte POK Messerschmidt grinsend und salutierte zum Spaß.

Greve verdrehte die Augen und murmelte etwas in sich hinein. Es klang wie „Autsch. Ich glaube, ich bin im falschen Film".

Im Entengang kämpften sich die Polizisten durch hohes Gras, Birkenschösslinge, Dornengestrüpp, Brennnesseln und wild wuchernde Weiden. Nach wenigen Minuten standen sie am steilen Flussufer. Herma überließ Messerschmidt das Wort. Der Diensthundführer wies die Taucher in die Lage ein.

In der Zwischenzeit hatte auch Harm Harmsen das ehemalige Militärgelände erreicht. Er stand vor einem verschlossenen Tor. Der Seebär wählte Hermas Nummer. Es klingelte nur zweimal, da hatte die Mordermittlerin das Gespräch auch schon angenommen. „Moin, Harm. Bis du in Hameln?", wollte sie wissen.

„Ja, ich stehe vor einem großen Tor und komme nicht rein."

„Warte einen Moment. Ich hole dich ab."

„Ulli", rief Herma. Messerschmidt drehte sich zu ihr um. „Ja, was ist denn los?"

„Kommst du mal bitte …? Wir müssen den Taucher am Tor abholen."

„Ja, ich komme gleich zu dir." Der Diensthundführer schaute in die Runde. „Noch Fragen?"

Die Taucher schwiegen. Ihr Chef antwortete für sie: „Nein, alles verstanden."

Während sich die Polizeitaucher aus Hannover auf ihren Einsatz vorbereiteten, fielen sich Harm und Herma am Eingangstor in die Arme. Messerschmidt erinnerte die Szene an einen kitschigen Liebesfilm.

Zu dritt fuhren sie mit Hermas Zivilwagen zur Flussmündung.

„Schön, dass du nach Hameln gekommen bist", sagte sie. Harm grinste. „Versprochen ist versprochen und wird nicht gebrochen."

„Wir können ja heute Abend bei einem Glas Rotwein 'ne Pizza verputzen", schlug Herma vor.

Harmsen freute sich. „Gern. Aber erst die Arbeit, dann das Vergnügen", meinte er.

„Ja, klar. Die anderen Taucher warten schon auf dich."

Hermas Handy klingelte. „Wer ist denn das schon wieder?" Die Mordermittlerin zog ihr iPhone aus der Brusttasche des Overalls und schaute auf das Display. Ihr Chef wollte etwas von ihr. Herma schob das grüne Hörersymbol mit ihrem Zeigefinger zur Seite und hielt sich das Smartphone während der Fahrt ans Ohr. „Moin, Kurt. Die Taucher sind startklar. Die …" Weiter kam die Ermittlerin nicht. Brenner fiel ihr ins Wort. „Wir haben eine Leiche. Ist 'ne üble Sache. Sieht nach einem Tötungsdelikt aus. Ich brauche dich hier am Fundort."

„Ja … Äh … Und der Taucheinsatz?", wollte Herma wissen.

„Der kann ja parallel laufen. Du musst den Jungs ja nicht unbedingt beim Suchen zuschauen. Überlass das dem Messerschmidt. Der soll dich anrufen, wenn die was finden."

„Okay. Wo soll ich hinkommen?"

„In den Klütwald. Fahr die Riepenstraße hoch. Ziemlich weit oben geht es rechts ab in den Wald. Ich glaube, der Waldweg heißt Roter Weg oder so ähnlich. Ich sende dir sicherheitshalber meinen Standort per WhatsApp. Bis gleich. Beeil dich bitte."

Bevor Herma etwas erwidern konnte, hatte Brenner schon aufgelegt. Die Stimme ihres Chefs klang sonderbar. Der Leiter des Mordkommissariats war eigentlich die Ruhe selbst. Irgendetwas musste ihm ganz schön an die Nieren gegangen sein. Herma malte sich aus, was sie im Wald erwarten würde. Es musste schlimm aussehen. Das stand fest. Und noch etwas war klar. Aus dem Rendezvous mit dem Seebären würde nichts werden. „Verdammte Scheiße", zischte Herma, als sie den ehemaligen Truppenübungsplatz verließ und mit Blaulicht und Sirene den Klüt ansteuerte. „Dieser Job frisst dich auf und zerstört jede Beziehung."

Kapitel 20

Der Leichenfundort war nicht weit entfernt vom Wouldham Park. Herma musste nur ein paar 100 Meter bis zum Fort Luise fahren und von dort nach links auf die Wangelister Straße abbiegen. Das Navi hatte sie nicht programmieren müssen – mittlerweile kannte sich die Ostfriesin schon gut in Hameln aus. In den vergangenen anderthalb Jahren war sie ganz schön rumgekommen im Weserbergland - sowohl dienstlich als auch privat. Sie hatte ein gutes Orientierungsvermögen, konnte sich Straßen und Orte gut einprägen. An der großen Gabelung, auf der sich die viel befahrenen Bundesstraßen 1 und 83 trennen, musste die Kriminalhauptkommissarin höllisch aufpassen. Für sie zeigte die Ampel Rot. Mit Blaulicht und Martinshorn tastete sich die Mordermittlerin vorsichtig ins Verkehrsgewusel vor. Autofahrer und Brummikapitäne stoppten und gewährten ihr freie Fahrt. Von der Wangelister bog sie schon bald nach rechts in den schmalen Kapellenweg ein und erreichte nach wenigen Sekunden die Waldstraße, die hoch zum Finkenborn führte. Herma schaltete die Polizeisirene aus, ließ aber das Blaulicht weiter aufblitzen. Im Wald hätte sie mit der lauten Fanfare nur die Tiere erschreckt. In Serpentinen ging es bergauf. Lichtstrahlen, die durch Löcher im Blätterdach des Stadtwaldes fielen, bildeten kreisrunde Sonnentaler. Herma mochte diese Lichtflecke, bei denen es sich um direkte Abbildungen der Sonne handelte. Die Entstehung dieser Sonnenbilder beruhte auf dem Prinzip einer Lochkamera. Während der Passat der Ermittlerin mit hochtourigem Motor den Berg erklomm, dachte Herma an die Schönheit der Natur. Man ist viel zu selten draußen, sitzt zu oft hinter dem Schreibtisch und beschäftigt sich mit den dunklen Seiten des Lebens, dachte sie. Auf dem Asphalt vor ihr tanzten die Schatten der Blätter im Wind. In einiger Entfernung lief vor ihr ein Reh über die Straße. Herma kannte die Strecke wie ihre Westentasche. Jeden Samstag fuhr sie hinauf in den Riepen, um dort Teewasser aus dem Kuttenborn zu schöpfen. Diesmal bog sie nicht nach links in Richtung Riepenburg ab. Sie folgte dem Straßenverlauf und erreichte kurz vor dem Finkenborn die Abzweigung, von der Brenner gesprochen hatte. Ein silber-blauer Funkwagen versperrte die Zufahrt. Zwei Kollegen des Einsatz- und Streifendienstes grüßten sie freundlich. „Na, auch zum Scheiterhaufen unterwegs?", fragte ein junger Kommissar, von dem sie nur wusste, dass er von seinen Kollegen aus irgendeinem ihr unbekannten Grund Napoleon genannt wurde. Vielleicht lag es ja an seiner Körpergröße. Der Streifenbeamte war kaum größer als 1,60 Meter. Herma hatte keine Ahnung, was dieser Silberstern-Napoleon andeuten wollte, sie mochte sich aber auch nicht die Blöße geben, zuzugeben, dass sie nichts von einem Scheiterhaufen wusste. Kurt hatte ihr nichts davon erzählt. Sie presste nur ein „Moin, Kollegen“ hervor und nickte dem Beamten zu. Der Napoleon setzte grinsend den Streifenwagen zurück, sodass Herma passieren konnte. Der unbefestigte Weg schlängelte sich tief in den Wald hinein. An den Rändern des schmalen Pfades hatten Forstarbeiter mächtige Buchenstämme zum Abtransport bereitgelegt. Links von ihr ging es steil bergauf, rechts von ihr fiel das Gelände ab. Herma steuerte den Zivilwagen noch einige 100 Meter durch den Laubwald. Buchen, Eichen und Esskastanien wechselten sich ab. Als Herma eine Linkskurve durchfahren hatte, entdeckte sie endlich die Fahrzeuge des Zentralen Kriminaldienstes. Sie stellte ihren Wagen hinter dem VW-Transporter der Kriminaltechnik ab, stieg aus und erreichte nach wenigen Schritten einen Krater, dessen Wand zum Forstweg hin eingebrochen war. Der feine Geruch von Knoblauch, den die Bärlauchpflanzen verströmten, die es hier zuhauf gab, wurde – je näher sie kam – von Benzindämpfen überlagert. Es roch nach verbranntem Fleisch. Herma hielt sich die linke Hand vor Mund und Nase. Vor ihr lagen zwischen verbrannten Ästen und Zweigen die verkohlten Überreste eines Menschen. Die Leiche war bis zur Unkenntlichkeit verbrannt, dennoch waren die Umrisse eines Körpers noch deutlich zu erkennen. Die Arme zeigten gen Himmel, die Beine waren seltsam verdreht. Kriminaltechnikerin Marina Lenze hatte sich wieder in ihre Schutzkleidung gezwängt. Sie trug einen weißen Overall mit Kapuze, blaue Einmalhandschuhe und eine OP-Maske. Ihren Stiefeln hatte sie Überschuhe aus blauem Plastik übergestülpt. Die Spezialistin hockte neben der Leiche, machte Detailfotos. Fußspuren und ein ausgebranntes Grablicht, das abseits unter einer hohen Fichte stand, hatte Marina mit gelben Nummernkarten markiert.

Kurt Brenner trug ebenfalls Schutzkleidung. Für Außenstehende mochte es so aussehen, als wolle sich der Erste Kriminalhauptkommissar nicht schmutzig machen. Eingeweihte wussten: Der Chefermittler war peinlich darauf bedacht, am Fundort keine eigenen Spuren zu hinterlassen und damit keine falsche Fährte zu legen. Man konnte einen Tatort rasch versauen, indem man sich ihm unbedarft näherte. Herma blieb hinter dem rot-weißen Flatterband, das Marina und ihr Kollege Axel Kerner zwischen zwei Bäumen gespannt hatten. Die Kriminaltechnische Assistentin und der Kriminaloberkommissar waren ein eingespieltes Team.

Brenner bückte sich und schlüpfte unter dem Trassierband hindurch. Er zog die Einmalhandschuhe aus und reichte Herma zur Begrüßung die Hand. „Hallo, Herma, schön, dass du gleich kommen konntest", sagte der Chef und lächelte ihr zu. „Hast du gleich hergefunden?" Herma hörte zwar die Frage, antwortete aber nicht sofort. Ihr Blick war auf die verkohlte Leiche gerichtet. „Ich hatte dir die Koordinaten aufs Handy geschickt", schob Brenner hinterher.

„Äh … Ja, Kurt. Danke. Aber die brauchte ich gar nicht. Ich hole mir doch von hier das Teewasser."

Brenner schaute van Dyck ungläubig an. „Von hier? Aus der Köttelbeeke?"

Herma schüttelte mit dem Kopf. „Nein, nicht direkt von hier. Allerdings aus diesem Waldgebiet. Aber sag mal: Was haben wir?"

Brenner räusperte sich, zog den Mundschutz aufs Kinn und fasste kurz zusammen. „Heute Vormittag hat der Revierförster diesen Brandort entdeckt." Der Erste Kriminalhauptkommissar hielt kurz inne und zeigte auf die Stelle, die aussah wie ein heruntergebranntes Osterfeuer. Dann setzte Brenner seine Ausführungen fort. „Bei näherem Hinschauen hat er in der Asche etwas Verkohltes entdeckt, das ihm verdächtig vorkam. Deshalb hat er die Polizei gerufen. Die Tatortgruppe hat sich zunächst ein Bild von der Situation gemacht und dann das FK1 verständigt. Die Kollegen waren sich sicher, dass die Überreste nicht von einem Tier stammen."

Herma dachte einen Moment lang nach und rieb sich dabei das Kinn. „War der Brandort kalt?", wollte sie wissen.

Brenner nickte. „Ja, überwiegend. Es gibt in der Mitte eine Stelle, die sich noch warm anfühlt. Das muss hier schon gestern oder vorgestern gebrannt haben. Mich wundert, dass niemand den Feuerschein gesehen hat. Das muss doch heller als ein Leuchtfeuer gewesen sein. Wir befinden uns hier immerhin 200 Meter über dem Meeresspiegel, also weit über den Dächern der Stadt."

Kriminaltechnikerin Marina Lenze hatte das Gespräch der Mordermittler belauscht. Sie mischte sich ein. „Kurt, ich glaube, dafür gibt es eine einfache Erklärung. Der Täter hat den Scheiterhaufen in einem Bombentrichter aufgeschichtet. Das Loch ist zu drei Seiten hin abgeschirmt. Und dort, wo die Kraterwand eingebrochen ist, befindet sich nur dichter Wald. In südöstlicher Richtung ist keine Bebauung. Wenn der Täter das Feuer zu nachtschlafender Zeit angezündet hat – und davon gehe ich aus –, konnte niemand den Flammenschein sehen. Das ist ein idealer Ort, um eine Leiche zu verbrennen."

„Ja, da hast du recht, Marina. Da ist was dran", sagte Brenner. „Wenn überhaupt, dann hätte nur jemand etwas unten im Tal sehen können, also jemand, der im Bereich Klein Berkel wohnt. Ich denke, im Neubaugebiet Wangelister Feld oberhalb der B1 sollten wir mal Klinken putzen gehen und die Bewohner befragen. Vielleicht hat ja doch jemand verdächtige Beobachtungen gemacht. Dann könnten wir wenigstens die Tatzeit eingrenzen."

Herma sah Marina erwartungsvoll an. „Und? Wissen wir schon, ob es eine männliche oder eine weibliche Leiche ist?"

Der Ermittlerin kam der Vermisstenfall Sarah Brooks in den Sinn.

Marina blickte nach unten und malte mit der Fußspitze Striche in den Waldboden. „Tja, wisst ihr: Ich bin keine Rechtsmedizinerin. Ich kann nur spekulieren. Es ist ja nicht mehr allzu viel übrig. Habt ihr ja selbst gesehen, oder?“

Brenner wurde ungeduldig. „Wir wollten keine Expertise von dir. Uns reicht fürs Erste deine persönliche Einschätzung.“

„Okay, aber ohne Gewähr … Ich vermute, dass wir es mit einer Frauenleiche zu tun haben. Ich habe bei der Leiche einen Messingknopf von ‚Paula‘ gefunden. Meines Wissens ist das ein deutscher Hosenhersteller, der ausschließlich für Frauen produziert. Könnte natürlich auch sein, dass der Knopf da schon vorher lag oder dass ein Mann eine Damenhose getragen hat …“

„Oder dass der Knopf von der Täterin stammt“, warf Herma ein.

Brenner wackelte mit dem Kopf. „Möglich ist natürlich alles. Aber dass eine Frau eine Leiche auf einem Scheiterhaufen verbrennt, wäre schon sehr ungewöhnlich. Das ist doch eher männertypisch, nicht wahr?“

„Ist das so?“, hakte die KT-Spezialistin nach. Ihre Stimme klang aufgekratzt und spitz.

„Ja, das ist so, liebe Marina. Das sagen übereinstimmend alle Statistiken. Tötungskriminalität ist vornehmlich Männersache. Nur 15 Prozent der bei Mord überführten Täter sind Frauen, bei Totschlag und Tötung auf Verlangen sind es lediglich zwölf Prozent.“

Klugscheißer, dachte Marina, sprach das Wort aber nicht aus. „Gut, dann weiß ich das jetzt. Ich habe noch zu tun. Ihr entschuldigt mich.“

Marina machte auf dem Absatz kehrt, ging ein paar Schritte in Richtung Krater, drehte sich dann aber noch einmal um. „Ach, Kurt. Hast du dir das Grablicht mal aus der Nähe angeschaut?“ Die Kriminaltechnische Assistentin zeigte auf die Fichte.

„Nein, ich wollte keine Spuren verwischen. Was ist denn damit?“

Marina winkte die Mordermittler zu sich. „Na, dann kommt mal mit. Das müsst ihr euch angucken.“

Brenner und van Dyck schauten sich fragend an. Neugierig folgten sie Marina zu dem Nadelbaum, unter dem das ausgebrannte Totenlicht stand.

„Na, fällt euch was auf?“, fragte Marina triumphierend.

Herma beugte sich weit herunter. „Darf ich das Teil anfassen?“

„Wenn du Handschuhe und Mundschutz trägst, dann ja.“

„Wieso Mundschutz?“

„Weil sich an dem Leuchten-Dingsda die DNA des Täters befinden könnte. Ich möchte nicht deinen Speichel oder deinen Schweiß sichern müssen, nur um irgendwann einmal per Zufall zu erfahren, dass du ihn dort hinterlassen hast“, klärte die Kriminaltechnikerin Herma auf.

Die Mordermittlerin schlug sich gegen die Stirn. „Ja, logisch. Hatte wohl gerade einen kleinen Blackout. Sorry.“

„Komm mit mir zum Tatortwagen. Da statte ich dich erst einmal komplett aus. Overall, Überzieher, Schuhe, Handschuhe und so weiter.“

Kurze Zeit später stand Herma verkleidet vor dem Grablicht. Der Papieroverall spannte am Rücken. Er war eine Nummer zu klein. Sie kam sich vor, als habe man ihr eine Zwangsjacke verpasst. KHK van Dyck ging in die Hocke, schaute sich die Grableuchte zunächst aus der Distanz an. Sofort fiel ihr Blick auf das Zeichen, das jemand in den roten Kunststoff eingebrannt hatte.

„Hm … Was soll das darstellen? Ist das ein Engel mit Flügeln?"

Kurt Brenner stand neben ihr. Er bückte sich zu ihr herunter und griff nach dem Totenlicht. „Aus der Nähe betrachtet sieht das aus wie die Schwingen eines Adlers. Ja, das könnte ein Doppeladler sein. Hier, schau mal, der Vogel hat zwei Köpfe. Ich glaube, der Mörder oder die Mörderin will uns damit etwas sagen."

Herma zog die Augenbrauen zusammen. Falten bildeten sich auf ihrer Stirn. „Ja, das ist vielleicht sein Zeichen. Ich denke, er markiert seine Taten. So wie Graffitisprayer am Tatort Tags hinterlassen."

Auf Brenners Nase hatten sich feine Perlen gebildet. Sie glitzerten in der Sonne. Der FK-1-Leiter stellte das Grablicht zurück und ging wieder hinter die Absperrung. Er wollte am Fundort keine Schweißtropfen verlieren.

„Wenn deine Annahme zutreffen sollte, ist das nicht die letzte Leiche, die er uns auf den Präsentierteller legen wird. Der will mit uns spielen. Keine schöne Vorstellung."

„Aber was will er uns mit dem Doppeladler sagen?"

„Keine Ahnung, Herma. Ich bin kein Experte, aber Doppeladler zieren schon seit Jahrhunderten Wappen von Städten, Staaten und Herrschaftshäusern. Adler sind die Könige der Lüfte und waren in vielen Kulturen Symbol für hochstehende Götter. Zwei Köpfe symbolisieren ein duales Prinzip der Herrschaft, also Kaiser und König. Aber – wie gesagt – so ganz sattelfest bin ich da auch nicht. Ich glaube, Albanien führt den Doppeladler auf seiner Nationalflagge. Erinnerst du dich an den Barmann, der hinter dem Tresen der Kneipe ‚Zur Motte' gefunden wurde?"

„Du meinst das fürchterlich zugerichtete Opfer aus der Gertrudenstraße, richtig?"

Brenner nickte. „Ja, genau. Der stammte aus Albanien. Bei den Ermittlungen zu diesem Tötungsdelikt habe ich mich seinerzeit auch mit der Nationalflagge beschäftigt. Deshalb weiß ich das noch."

Herma verscheuchte mit hektischen Handbewegungen eine goldgrün glänzende Schmeißfliege, die um sie herumbrummte und auf ihrer Nase landen wollte. „Die Leichen-Erstbesiedler sind auch schon da", sagte sie angewidert. „Ich hasse diese ekelhaften Viecher." Brenner lächelte. „Leben und leben lassen. Diese Fliegen riechen den Tod meilenweit gegen den Wind. Sie sind unsere ständigen Begleiter. Ob wir es nun wollen oder nicht …"

Die Ostfriesin schüttelte sich. „Ja, stimmt, man muss sie deshalb aber nicht mögen." Herma warf einen Blick auf das Grablicht. Sie dachte angestrengt nach. „Zu diesem Doppeladler fällt mir noch was ein, Kurt. Ich glaube, Russland hat dieses komische Wesen mit zwei Köpfen nach dem Untergang der UdSSR wieder im Staatswappen aufgenommen." Die Ermittlerin rieb sich nachdenklich das Kinn. „Aber das Wissen um den doppelköpfigen Adler hilft uns nicht weiter. Die Frage ist nicht: Was bedeutet diese Darstellung, sondern: Weshalb macht sich der Täter die Mühe und brennt den Vogel extra in ein Grablicht ein, das er dann neben einer brennenden Leiche aufstellt?"

„Tja …", stieß Brenner, während er sich mit dem Ärmel die Schweißtropfen von der Stirn wischte, einen Seufzer aus. „Ich denke, du liegst mit der Vermutung richtig, dass der Täter eine Signatur hinterlässt. Das könnte so eine Art Markenzeichen von ihm sein. Dieser Kerl kommuniziert mit uns. Er will uns sagen: Das war ich."

Ein weißer VW Golf näherte sich dem Leichenfundort. „Wer hat denn den durchgelassen?", fragte Kriminaltechniker Axel Kerner in die Runde.

„Vielleicht ist das die Presse …", meinte Herma.

Ihr Chef grinste. „Nee, ganz sicher nicht. Die Dewezet war vorhin schon hier. Der Polizeireporter hat ein paar Fotos gemacht und mir die eine oder andere Frage gestellt. Dann ist der wieder abgezischt."

Der Fahrer parkte seinen VW Golf hinter dem Zivilwagen, mit dem Herma gekommen war, stieg aus und kam näher. Der Mann war etwa 60 Jahre alt, hatte schütteres Haar, wache Augen und ein gütiges Gesicht. Er trug einen braunen Anzug und schleppte sich mit einem Alukoffer ab. Brenner hatte ihn längst erkannt und ging dem Mann ein paar Schritte mit ausgestrecktem Arm entgegen. Unter seinen Schuhen zerbrachen knisternd ein paar dürre Zweige. „Guten Tag, Herr Dr. Mertens. Ich hoffe, es geht Ihnen gut." Brenner erwartete darauf keine Reaktion. Er legte sofort los und zeigte auf Herma. „Darf ich vorstellen: Das ist meine Kollegin KHK Herma van Dyck." Mit seinem Kopf machte Brenner eine schnelle Bewegung hinüber zu Dr. Mertens. „Herma, das ist Dr. Karl Mertens, Leitender Oberarzt am Institut für Rechtsmedizin der Medizinischen Hochschule in Hannover. Dr. Mertens und ich arbeiten schon seit vielen Jahren zusammen. Er ist der beste Anwalt der Toten, den ich kenne. Äußerst gewissenhaft und sehr korrekt. Wenn jemand einer Leiche ihr Geheimnis entlocken kann, dann ist er das."

Der hochgelobte Gerichtsmediziner hob abwehrend die Hände. Er quälte sich ein Lächeln heraus. Dr. Mertens war ein durch und durch bescheidener Mensch, er stand nicht gern im Rampenlicht – als Arzt arbeitete er lieber im Hintergrund und trug mit seinem Fachwissen zur Lösung eines Falles bei. Im Sektionssaal des Instituts fühlte sich Mertens am wohlsten.

„Herr Brenner übertreibt mal wieder maßlos", sagte der Gerichtsmediziner bescheiden und lächelte verlegen. „Zaubern kann ich auch nicht."

Während eine Amsel hoch über ihren Köpfen begann, ein Lied zu zwitschern, wies Brenner den forensischen Mediziner in die Lage ein. Er erzählte

Dr. Mertens alles, was die Kriminaltechniker bislang herausgefunden hatten.

„Na gut. Dann ziehe ich mir erst einmal den Strampelanzug an. Und dann kümmere ich mich um meinen Patienten“, sagte der Rechtsmediziner und ging zurück zu seinem Wagen. Seinen Koffer, in dem er sein Handwerkszeug verstaut hatte, ließ er bei Brenner und Herma stehen. Als Dr. Mertens sich der Leiche näherte, hielt er ein altertümlich anmutendes Diktiergerät in seiner rechten Hand. Er schaute sich den Fundort genau an, umrundete ihn, wobei er darauf achtete, nicht gegen eine der Spurenkarten zu treten, die Kriminaltechniker an 16 Stellen aufgestellt hatten. Dr. Mertens schien sich jedes Detail einzuprägen. Dann und wann drückte er auf die schwarze Taste des Diktiergeräts und murmelte etwas ins Mikrofon, das nur Marina Lenze verstehen konnte, die ihm nicht von der Seite wich. Die Kriminaltechnische Assistentin fotografierte jeden noch so kleinen Schritt der Untersuchung.

„Na, ich bin ja mal gespannt, was der große Experte jetzt bei der ersten Leichenschau am Fundort herausfindet“, meinte Herma und sah Brenner an. Der oberste Mordermittler zuckte mit den Schultern. „Abwarten, Herma. In einer halben Stunde wissen wir hoffentlich mehr.“

Brenner ging ein paar Schritte vorwärts, blieb dann aber plötzlich stehen. Herma sah, dass ihr Chef angestrengt nachdachte. Sie kannte diesen ins Leere gerichteten Blick.

„Scheiße“, presste der Erste Kriminalhauptkommissar hervor. Wütend auf sich selbst, kickte er mit dem rechten Schuh einen Kieselstein weg. Brenner stöhnte. „Mir ist gerade eingefallen, was wir vergessen haben, als wir uns die Studentenbude von Sarah Brooks angeschaut haben.“

„Was denn, Kurt?“, wollte Herma wissen. „Da war doch nichts Besonderes.“

Brenner hob den Zeigefinger seiner rechten Hand. „Doch, da war was. In dem winzigen Bad. Stand da nicht ein weißer Becher auf dem Rand des Waschbeckens? Und steckte da nicht eine rote Zahnbürste drin?“

Herma kramte ihre Digitalkamera aus der Jackentasche. „Warte mal, Kurt. Das haben wir gleich.“ Die Mordermittlerin hatte den Speicherchip noch nicht gewechselt. Sie drückte ein paar Tasten und scrollte durch das Archiv. Ein paar Sekunden später hatte sie gefunden, wonach sie gesucht hatte. „Ja, stimmt. Auf dem Rand steht ein Zahnputzbecher mit Bürste.“ Herma schaute Kurt fragend an. „Du meinst, wir hätten sie für einen DNA-Abgleich eintüten sollen …“

„Natürlich. Das haben wir aber nicht gemacht. Wir haben uns wie Anfänger benommen.“

„Reg dich doch nicht so auf, Kurt. Das kann doch jedem passieren. Es gab keine Anzeichen für ein Gewaltdelikt. Wozu sollten wir da schon Haare oder irgendwelche Bürsten sichern. Ich rufe gleich die Kollegen im FK an und bitte sie, die Zahnbürste zu holen. Die Adresse war Alte Marktstraße 97, richtig?“

„Hm …“, brummte Brenner. „97, die Hausnummer ist korrekt.“ Türöffnung, ging Brenner durch den Kopf. „Sag denen, die sollen gleich die Feuerwehr mitnehmen. Sonst stehen die Kollegen vor verschlossenen Türen.“

„Ja, das mache ich.“ Herma hielt bereits ihr iPhone in der Hand und tippte Peters Dienstnummer ein. „Kurt, noch eine Frage: Soll die Zahnbürste gleich zum Leichenfundort gebracht werden?“

Brenner hatte bereits das Absperrband erreicht und schaute dem Rechtsmediziner interessiert bei der Arbeit zu. Er drehte sich kurz zu Herma um und rief ihr zu: „Ja, bitte. Dann kann Dr. Mertens das Asservat gleich mit ins Institut nehmen.“ Der Leitende Oberarzt aus Hannover musste diesen Satz gehört haben, er reagierte aber nicht darauf, setzte stattdessen unbeirrt seine Untersuchungen an der Leiche fort. Neugierig schien er nur in Bezug auf die Tote zu sein. Nachdem Dr. Mertens Arme, Beine, Oberkörper und Kopf in Augenschein genommen hatte, holte er zwei Thermometer aus seiner Tasche. Das eine steckte er in die sterblichen Überreste, mit dem anderen nahm er eine Messung der Außentemperatur vor. Die beiden Werte sprach er ins Mikrofon. Die Körperkerntemperatur der verkohlten Leiche würde den Todeszeitpunkt ganz sicher nicht preisgeben. Das wusste Dr. Mertens natürlich. Aber man konnte nie wissen, wozu die Messwerte vielleicht später noch gut waren. Der Rechtsmediziner verstaute seine Instrumente und stiefelte zurück zum

Waldweg, auf dem Brenner auf ihn wartete. Dabei achtete er peinlich genau darauf, durch seine Tritte keine Spuren zu vernichten. Dr. Mertens stellte den Koffer ab, streifte die Einmalhandschuhe von seinen Händen und zog den Mundschutz unter das Kinn. „Tja, was soll ich sagen? Es handelt sich um eine äußerlich verkohlte weibliche Leiche. Alter unbekannt. Aber eher jung, würde ich tippen. Dazu muss ich aber weitere Untersuchungen anstellen. Das kann ich nicht hier machen. Ich muss mir die Knochen genauer anschauen. Das geht nur im Institut. Wenn man mal von der Brandzehrung absieht, kann ich zum jetzigen Zeitpunkt keine konkreten Hinweise auf Fremdverschulden feststellen."

Brenner rieb sich das Kinn. „Ob das Mädchen noch gelebt hat, als es angezündet wurde, können Sie nicht sagen?"

„Nein, nicht hier und jetzt. Ich muss mir erst die Lunge – oder was davon übrig geblieben ist – anschauen. Vorerst kann ich nur sagen: Später mehr. Je eher ich die Leiche auf meinem Tisch habe, desto früher kann ich Ihnen erste Ergebnisse liefern."

Der Chef der Mordermittler hakte noch einmal nach. „Ist klar, Doc. Aber das Geschlecht konnten Sie sicher bestimmen?"

Der Rechtsmediziner nickte zustimmend mit dem Kopf. „Ja, gewiss. Das verraten mir unter anderem die Kopf- und die Beckenform der Leiche."

Der Chef vom Mord und Totschlag war alles andere als begeistert. Nach der ersten rechtsmedizinischen Leichenschau war er nicht viel schlauer als vorher. Immerhin wusste er jetzt, dass es sich bei der Brandleiche um die Überreste einer Frau handelte. Dr. Mertens sah ihm die Enttäuschung an. „Herr Brenner, wir müssen die Autopsie abwarten." Der Rechtsmediziner schaute auf seine Armbanduhr. „Heute wird das aber nichts mehr. Ich mache mich gleich morgen Vormittag dran. Versprochen. Sagen wir um neun …"

Brenner schaute dem Rechtsmediziner in die Augen. „Ja, natürlich. Wir werden um 9 Uhr bei Ihnen im Institut sein. Danke, dass Sie gleich zu uns rausgekommen sind." Der EKHK biss sich nachdenklich auf die Unterlippe und schob noch rasch eine Frage nach. „Doc, wird es für eine DNA-Analyse reichen?"

Dr. Mertens legte die Hand auf die Schulter des hochgewachsenen Kommissariatsleiters. Dabei musste sich der deutlich kleinere Forensiker auf die Zehenspitzen stellen. „Ich kann es nicht mit Bestimmtheit sagen, aber ich denke, ja. Bringen Sie morgen etwas für den DNA-Abgleich mit. Eine Vergleichsspur, mit der wir arbeiten können. Nach der Sektion wissen wir mehr." Dr. Mertens verabschiedete sich. „Auf mich wartet noch eine Leiche im Kühlfach 4", sagte er, als er seinen Koffer zu seinem VW Golf schleppte. „Ich muss mich sputen. Die Mordkommission in Nienburg wartet auf den vorläufigen Befund."

Brenner sah dem Rechtsmediziner nach. Er war in Gedanken versunken.

Hermas Handy klingelte. Messerschmidt war dran. Seine Stimme überschlug sich. Kein Zweifel: Der Diensthundführer klang aufgeregt. „Hallo, ich bin's", meldete sich der POK. „Wir haben was. Also, die Taucher sind fündig geworden. Da steckt eine Plastiktüte im Schlamm. Ich glaube, du solltest schnell mal zu uns kommen und dir das ansehen."

Die Ermittlerin verstand nur Bahnhof. „Wie, was? Plastiktüte? Was ist denn drin?"

„Das wissen wir noch nicht so genau. Aber der Obertaucher Greve meint, es seien wohl Knochen zu sehen. Bring gleich einen von der KT mit." Messerschmidt hatte bereits aufgelegt, bevor Herma etwas erwidern konnte.

Eiligen Schrittes ging die Hauptkommissarin zu ihrem Chef, um ihm Bericht zu erstatten. Sie riss Brenner aus seinen Gedanken. „Du, Kurt … Brauchst du mich hier noch? Ich müsste mal rasch zum Wouldham Park. Die Taucher haben eine Tüte mit Knochen entdeckt."

Der FK-1-Leiter verdrehte die Augen und stöhnte für alle hörbar auf. „Scheiße … Auch das noch. Zwei Tötungsdelikte an einem Tag. Das hat uns gerade noch gefehlt. Na toll."

Herma wartete immer noch auf eine Antwort. „Und? Brauchst du mich hier noch?"

„Nein, nein", beeilte sich Brenner zu sagen. „Fahr du nur. Ruf mich bitte gleich an, wenn du neue Erkenntnisse hast."

Die Ostfriesin signalisierte ihre Zustimmung mit einer Geste. Im Weggehen hielt sie den rechten Daumen hoch.

So schnell sie konnte, steuerte Herma das Militärgelände an. Auf Blaulicht und Sirene verzichtete sie. Das Tor stand offen. Acht Minuten später erreichte sie die Humme-Mündung. Als Erstes umarmte sie Harmsen. „Tut mir leid, Harm. Wir haben einen Leichenfund im Wald. Und jetzt auch noch das. Das mit der Pizza und dem Rotwein müssen wir verschieben."

Der Seebär war nicht begeistert, er ließ sich aber nichts anmerken. „Klar, wie schon gesagt: Erst die Arbeit, dann das Vergnügen. Aufgeschoben ist ja nicht aufgehoben …"

„Was haben wir?", fragte Herma und schaute dabei Taucherleiter Greve an. Doch Harmsen ergriff das Wort. „Ein Taucher hat unterhalb einer Spundwand eine mit Panzerband umwickelte Plastiktüte entdeckt. Sie steckte im Schlick. Wir haben sie hochgeholt und hineingeschaut. Neben Schlamm und Haaren dürften sich darin ein menschlicher Schädel und diverse kleinere Knochen befinden."

„Wo ist die Tüte jetzt?", wollte die Mordermittlerin wissen.

„Wir haben sie in einen Eimer gelegt. Der steht da vorn auf der Brücke." Harmsen zeigte auf die alte Militärbrücke. Herma streifte sich ein Paar blaue Einmalhandschuhe über und näherte sich dem Plastikeimer. Als sie in die Tüte blickte, sah sie zunächst nur einen braunen Klumpen. Erst bei näherem Hinsehen erkannte die Kriminalhauptkommissarin lange schwarze Haare und ockerfarbene Knochenfragmente.

„Okay, das muss sich ein Gerichtsmediziner anschauen", stellte KHK van Dyck fest. „Da wühle ich nicht drin rum."

Herma wurde von mehreren Tauchern umringt. Sie schaute zufrieden in die Runde und dankte den Männern für ihren Einsatz. „Jungs, das habt ihr ganz prima gemacht." Dann zückte die Ermittlerin ihr Handy und erstattete Kurt Brenner Bericht.

Der Leiter des 1. Fachkommissariats schlug vor, den Eimer mitsamt seinem makabren Inhalt von einem Bestatter holen zu lassen – er sollte sofort zum Institut für Rechtsmedizin nach Hannover gebracht werden. „Zu blöd, dass Dr. Mertens schon weggefahren ist. Der hätte die Leichenteile gleich mitnehmen können", meinte Brenner.

„Ach, Herma … Eine Bitte noch. Um 20 Uhr treffen wir uns im Besprechungsraum. Sag doch bitte den anderen Bescheid."

Die Mordermittlerin quittierte die Ansage ihres Chefs mit einem schlichten „Ja". Als sie das Handy zurück in ihre Jackentasche steckte, fiel ihr ein, was sie vergessen hatte, Kurt zu fragen. Sie zog ihr iPhone noch einmal heraus und drückte rasch auf Wahlwiederholung. Brenner nahm das Gespräch sofort an.

„Na, Herma. Was gibt's denn noch?", fragte der EKHK. „Ich wollte dich nur fragen, ob du schon einen Bestatter für die Brandleiche bestellt hast. Falls nicht, könnte der doch gleich auf dem Weg zu dir bei mir den Eimer abholen. Die Tote aus dem Wald und der Kopf aus der Humme müssen doch eh in dasselbe Institut für Rechtsmedizin, oder?"

„Na klar. Logisch. Kannst du das in die Wege leiten?"

„Mache ich. Wann soll der Bestatter denn bei dir im Klüt sein?"

„Ich denke, wenn der in einer halben Stunde hier oben ist, kann er die Tote gleich mitnehmen."

„Okay, ich organisiere das. Wir sehen uns dann im Kommissariat. Tschüss, Kurt!"

Herma ging zu ihrem Zivilwagen, schnappte sich das Handfunkgerät und rief die Leitstelle. „Süntel von 47-70!"

„Hier ist Süntel, kommen Sie", schallte es aus dem Lautsprecher. Die Verständigung war klar und deutlich. Seit die Polizei digitale Technik einsetzte, hörten sich die Funksprüche an, als stünden die Kollegen nur ein paar Meter weiter. Herma erkannte sofort die Stimme von Herbert Brandt. Herma und der Kommissar vom Lagedienst duzten sich zwar, aber auf Funk war man per Sie.

„Süntel, der 47-70 benötigt einen Bestatter. Der möge bitte sofort zum Wouldham Park an der Ohrschen Landstraße kommen. Danach wird der Leichenwagen dann auf dem Klüt benötigt."

„Das ist verstanden, 47-70. Frage: Soll der Bestatter zwei Särge mitbringen?"

„Negativ, Süntel. Ein Transportsarg reicht aus. Aber es wäre von Vorteil, wenn der Bestatter zusätzlich noch einen Leichensack mitbringt."

„Verstanden“, quittierte Brandt.

Herma wandte sich Taucherleiter Greve zu. „Im Namen des FK1 danke ich Ihnen und Ihren Männern für Ihre Unterstützung. Sie können dann Feierabend machen.“

Greve leckte sich zufrieden über die Lippen. „Stets zu Diensten. Dann frohes Schaffen noch.“

Herma schaute zu Harm, der am Tauchereinsatzwagen stand und sich gerade aus dem Neoprenanzug schälte. Sie sah seine muskulösen Arme und entdeckte ein kleines Tattoo auf seinem rechten Oberarm. Als sie sich ihm näherte, sah sie, dass es sich um einen Oktopus handelte, dessen Arme einen Anker umschlungen hatten. Ein schöner Mann, dachte Herma. Schade, dass wir uns heute Abend nicht sehen werden. Nur mit einer Unterhose bekleidet stand der Seebär vor ihr und lächelte sie an. „Sorry“, sagte Herma mit gesenktem Kopf. „Du siehst ja selbst … In Hameln tobt das Verbrechen. Wir holen das nach … Okay?“

Harmsen schwieg. Er umfasste ihr Gesicht mit beiden Händen und sah ihr ein, zwei Sekunden lang tief in ihre blau-grünen Augen. Als er Herma losließ, beugte er sich zu ihr nach vorn und küsste sie auf ihren Hals. Mit seinen Lippen spürte er das heftige Pochen ihres Pulses. „Bis bald, Herma. Wir telefonieren …“, sagte er zum Abschied.

„Ja, ganz sicher“, hauchte ihm Herma ins Ohr. Dann drehte sie sich um und ging zu ihrem Dienstwagen. Sie blickte nicht zurück. Die Mordermittlerin war hin- und hergerissen. Einerseits freute sie sich darauf, an der Lösung von zwei spannenden Fällen mitarbeiten zu können, andererseits ärgerte es sie, dass aus dem romantischen Abend mit Harm nichts wurde.

Auf dem Weg zur Zentralstraße, wo sich der Dienstsitz des Zentralen Kriminaldienstes befand, dachte Herma über den Tag nach. Er war so ganz anders verlaufen als geplant. Auf einen Fund an der Humme hatte sie gehofft. Aber jetzt mussten sie sich auch noch um eine verbrannte Frau kümmern. Herma ahnte, dass es sich bei der Toten um Sarah Brooks handelte. Sie dachte an die Mutter der jungen Frau, hoffte, dass sich ihr Verdacht nicht bestätigen würde.

Vor dem Eingang des Polizeigebäudes traf Herma ihren Kollegen Höpfner. Der Kriminalhauptkommissar hatte sich gerade ein belegtes Brötchen gekauft und war auf dem Weg zurück in sein Büro.

„Hallo, Herma. Na, ihr macht ja Sachen …", begrüßte sie Peter. „Hab schon gehört. Du hast noch 'ne Leiche aus dem Wasser gezogen. Als wenn eine nicht schon genug wäre. Den Feierabend können wir uns ja wohl abschminken, oder?"

Die Mordermittlerin setzte ihre Unschuldsmiene auf und breitete die Arme aus. „Schau mich nicht so vorwurfsvoll an. Ich kann nichts dafür."

Peter Höpfner spielte den Verständnisvollen. „Nee, schon klar. Dir macht das alles nichts aus. Du bist ja auch mit deiner Arbeit verheiratet. Aber bei mir hängt der Haussegen schief, wenn ich meiner Frau gleich beichte, dass ich heute mal wieder erst um Mitternacht nach Hause komme und aus dem geplanten Kinoabend nichts wird. Anja lässt sich bald von mir scheiden. So sieht das nämlich bei mir aus."

Herma tippte den Türcode ein. Ein lauter Summton war zu hören. Die Panzerglastür der Sicherheitsschleuse sprang auf. „Wie lange es heute Abend dauern wird, kann ich dir auch nicht sagen. Kurt hat für 20 Uhr eine Besprechung anberaumt. Ich schätze, er wird Aufgaben verteilen – und dann ist Schicht im Schacht."

Peter Höpfner biss ein Stück von seinem Käsebrötchen ab und kommentierte die Mutmaßung mit vollem Mund: „Na, dein Wort in Gottes Ohr."

Wenig später kehrte auch Kurt Brenner in sein Büro zurück. Er ging schnellen Schrittes über den langen Flur. Das grelle Licht der Deckenlampen projizierte gleißend helle Punkte auf den blank polierten Linoleumbelag. Ohne seine Jacke auszuziehen, setzte er sich hinter seinen Schreibtisch und zog das Telefon zu sich heran. Der EKHK wählte die Nummer von Staatsanwältin Miriam von der Heide.

Es klingelte dreimal. Dann hob die Juristin ab und eine jugendlich wirkende Frauenstimme war zu hören. „Von der Heide, Staatsanwaltschaft Hannover, guten Tag!"

„Hallo, Miriam, hier ist Kurt", hob Brenner an. Er klang gestresst und ungeduldig. „Ich weiß nicht, ob es schon zu euch in Hannover durchgedrungen ist – bei uns überschlagen sich gerade die Ereignisse. In unserem schönen Stadtwald hat jemand eine Frau verbrannt, und in einem kleinen Fluss haben wir einen abgetrennten Kopf entdeckt."

Brenner machte eine Pause. Die Staatsanwältin schwieg einen Moment lang. Er wartete auf eine Reaktion. Doch statt einer Antwort hörte der EKHK nur ein stoßartiges Ausatmen. Miriam von der Heide rauchte.

Der Mordermittler mimte den Ungeduldigen. „Miriam, hast du mich gehört?"

„Ja, Kurt. Klar. Danke für die Info. Ich dachte, da käme noch was hinterher. Deshalb habe ich noch nichts erwidert."

„Wir haben bislang nicht viel. Der Rechtsmediziner hat sich die Brandleiche schon mal am Fundort näher angeschaut. Woran die Frau gestorben ist, kann er nicht sagen. Und wie der Kopf in die Tüte gekommen ist, wissen wir auch nicht. Was wir aber mutmaßen können, ist, dass wir es mit zwei Tötungsdelikten zu tun haben. Die Obduktion ist für morgen, 9 Uhr, geplant. Ich benötige rasch eine staatsanwaltliche Anordnung – per Fax am besten."

„Hm … Sollst du haben", sagte die Staatsanwältin. „Ich bereite alles vor. Du hast die Unterlagen in einer Stunde auf dem Tisch. Kurt, bevor du auflegst: Könnte es sich bei einer der Leichen um die sterblichen Überreste der Vermissten handeln? Wie hieß sie doch gleich?"

„Sarah Brooks", antwortete Brenner und schob die Antwort gleich hinterher. „Ja, möglich wär's. Aber – wie schon gesagt: Wir stehen noch ganz am Anfang unserer Ermittlungen. Den Kopf haben wir uns noch nicht einmal näher angeschaut. Das wollen wir morgen gemeinsam mit dem Rechtsmediziner machen."

„Gut, ich ordne jetzt zwei Obduktionen an, und du hältst mich bitte auf dem Laufenden. Ich warne schon mal unsere Pressestelle vor. Zwei Leichen, gefunden im Feuer und im Wasser, das regt sicher die Fantasie der Journalisten an. Hab ihr schon eine Presseaussendung gemacht?"

Brenner musste herzhaft gähnen. Er war müde. „Nein, noch nicht. Wir wollen erst die Mutter der Vermissten vorwarnen. Ich möchte vermeiden, dass Frau Dr. Brooks morgen früh von den Leichenfunden aus der Zeitung erfährt. Eine Erstmeldung geht aber noch heute Abend an die Presse raus. Wir brauchen dringend Zeugenhinweise."

Die Staatsanwältin zog genüsslich an ihrer Zigarette – sie schien den nikotinhaltigen Rauch zu inhalieren. „Gut, ich denke, wir haben alles Nötige besprochen. Melde dich, Kurt. Wenn's wichtig ist, auch nachts. Du hast ja meine Handynummer."

„Mache ich, Miriam. Tschüss." Brenner legte auf und schaute auf seine Armbanduhr. Noch 45 Minuten bis zur Besprechung.

Der Erste Kriminalhauptkommissar verschränkte seine Hände im Nacken und ließ sich in seinen Drehstuhl zurückfallen. Er dachte nach. Sie hatten bislang kaum Ermittlungsansätze. Das Meeting würde kurz ausfallen. Sie mussten auf die Ergebnisse der Autopsien warten.

Der FK-1-Leiter machte sich gerade, streckte sich, nahm dann den Hörer ab und wählte die Kurzwahl des Chefs der Polizeiinspektion Hameln-Pyrmont/Holzminden. Der „Alte" saß im selben Gebäude, zwei Etagen über ihm. Brenner setzte Kriminaldirektor Reinhard Landmann kurz ins Bild. Viel Neues gab es allerdings nicht zu berichten. Danach sprach Brenner mit Kriminaloberrat Andreas Kaufmann, der dem Zentralen Kriminaldienst Hameln vorstand, das weitere Vorgehen ab.

„Kurt, wenn sich bestätigt, dass wir es in beiden Fällen mit Kapitalverbrechen zu tun haben, dann setze ich morgen zwei Mordkommissionen ein", stellte ZKD-Leiter Kaufmann klar. „Das könnt ihr unmöglich im eigenen Saft kochen. Ihr braucht personelle Verstärkung. Wir ziehen Kollegen aus den anderen Kommissariaten ab."

Brenner rieb sich die Augen und kommentierte Kaufmanns Aussage nur mit einem zustimmenden „Ja, okay".

Der große grüne Zeiger seiner Armbanduhr näherte sich der Zwölf. Es war kurz vor 20 Uhr. Brenner ging in die Küche und schenkte sich einen Kaffee ein. Mit einem roten Aktendeckel unter dem Arm und einem dampfenden Henkelmann in seiner Rechten betrat er den Besprechungsraum. Wer nicht im Urlaub oder krank war, saß am Tisch und wartete auf die

Anweisungen des Chefs. Brenner hatte gerade Platz genommen und seinen Kaffeepott abgestellt, als ein leises Knarren zu hören war. Kriminaldirektor Landmann kam herein. Er hatte den ZKD-Chef im Schlepptau.

„Guten Abend", begrüßte Landmann die Frauen und Männer des FK 1. Dabei hob er seine rechte Hand und sagte: „Lassen Sie sich bitte nicht von unserer Anwesenheit stören. Wir spielen nur Mäuschen."

Kurt Brenner pustete den Kaffee an und gönnte sich einen Schluck. Er kam gleich zur Sache. „Ich denke, ihr habt euch schon untereinander ausgetauscht und seid alle auf demselben Ermittlungsstand." Brenner sah in die müden Gesichter seiner Mitarbeiter, die kollektiv nickten. „Gibt es Fragen?"

KHK Peter Höpfner meldete sich. „Was wissen wir über den Kopf?"

Brenner schaute Herma an und nickte ihr zu. Die ostfriesische Kommissarin schnalzte mit der Zunge. „Dass während eines Trainings sieben Leichenspürhunde an der Humme-Mündung angeschlagen haben, wisst ihr ja sicher alle. Deshalb haben wir den Sektor heute von Polizeitauchern absuchen lassen. Die haben eine mit Klebeband umwickelte Tüte zutage gefördert – sie ist, soweit ich das erkennen konnte, mit Schlamm, Haaren, einem menschlichen Schädel und Knochen gefüllt. Um keine Spuren zu vernichten, habe ich darauf verzichtet, den Inhalt näher anzuschauen. Das sollen besser die Gerichtsmediziner machen. Zusammenfassend kann ich nur sagen: Wir wissen, Stand jetzt, reichlich wenig über diesen Fund. Leider."

Brenner mischte sich sein. „Bei der Brandleiche sieht es nicht viel anders aus. Es handelt sich um eine Frau. Okay, das wissen wir. Aber weder die KT noch der Rechtsmediziner haben bei einer ersten Leichenschau Hinweise entdeckt, die auf die Art der Tötung hindeuten. Wir können zum jetzigen Zeitpunkt nicht ausschließen, dass sie noch lebte, als sie mit Benzin überschüttet und angezündet wurde."

Hauptkommissar Peter Höpfner hakte nach: „Wie ist das weitere Vorgehen?"

Brenner schien genervt von der Fragerei. „Wir ermitteln, suchen Zeugen, führen Befragungen durch – und, und, und … Wie immer … Das volle Programm. Peter, du schnappst dir bitte ein paar Kollegen vom Einsatz- und Streifendienst. Ich möchte wissen, ob beziehungsweise wann jemand in Wangelist oder in Klein Berkel Feuerschein gesehen hat. Dina, könntest du bitte gleich morgen früh den Förster vernehmen, der die Brandleiche entdeckt hat. Vielleicht ist dem ja über Nacht noch etwas eingefallen, was uns weiterhelfen könnte. Und frag den Grünrock, ob es rund um den Fundort Wildkameras gibt. Vielleicht haben wir ja Glück. Herma und ich fahren gleich morgen früh zur Medizinischen Hochschule nach Hannover und beobachten die Obduktionen. Danach wissen wir hoffentlich mehr. Ach ja, euch zur Kenntnis: Wir bitten die Bevölkerung um Mithilfe. Unser Sprecher Peter Jensen arbeitet bereits an einem Zeugenaufruf. Er wird die Pressemitteilung breit streuen. Rundfunk, TV, Print, Online, Facebook, Twitter und was es da sonst noch so gibt. Vielleicht hat ja jemand sachdienliche Hinweise. Und ich fahre gleich zu Frau Dr. Brooks, informiere sie über die Leichenfunde und bereite sie auf das Schlimmste vor. Sie soll wissen, dass wir prüfen, ob ihre Tochter tot ist. Ich denke, das ist nur fair.“ Brenner schlug mit der flachen Hand auf die Tischplatte, um das Ende der Besprechung anzukündigen. „Okay, Kollegen. Morgen um 15 Uhr treffen wir uns hier in diesem Raum wieder und tragen unsere Erkenntnisse zusammen. Jetzt machen wir erst einmal Feierabend. Schlaft euch aus. Uns stehen anstrengende Tage, vielleicht sogar Wochen, bevor.“

Kapitel 21

Als Herma gegen halb sechs zur Arbeit fuhr, lag der Frühnebel noch wie ein bleierner Schleier über dem Wesertal. Die Sonne war gerade dabei, sich mühsam durch den aus den Wäldern aufsteigenden Wasserdampf zu kämpfen. In der Nacht musste es geregnet haben. Mit der zunehmenden Wärme verdunstete die Feuchtigkeit langsam und stieg in Schwaden den Himmel empor. Die Menschen, die sich zu dieser frühen Stunde hektisch durch „Little Istanbul", die Multikulti-Meile an der Deisterstraße, bewegten, strömten wie Ameisen ihrem Ziel entgegen. Sie nahmen keine Notiz von den Schönheiten der Natur. Die meisten, die an der belebten Ein- und Ausfallstraße lebten oder arbeiteten, hörten die Bezeichnung „Little Istanbul" nicht gern. Vielleicht lag es daran, dass hier nicht nur Türken, sondern auch Afghanen, Italiener, Kurden, Libanesen, Syrer und Deutsche friedlich nebeneinander existierten. Insofern war der Begriff „Istanbul" zu kurz gegriffen. In manchen Ohren klang er sogar fremdenfeindlich. In Höhe der Aral-Tankstelle musste die Ermittlerin vor einer Fußgängerampel stoppen. Durch die Windschutzscheibe, auf der ein dünner schmieriger Film aus Pollen und Straßenstaub klebte, sah sie ein Gewusel aus

Menschen. Es waren Frauen mit Kopftüchern, die leere Jutebeutel in ihren Händen hielten, Männer mit Schlips und Kragen und Kinder, die Ranzen auf ihren Rücken trugen und mit gesenktem Kopf in Smartphones starrten – ohne dabei ihre Umwelt wahrzunehmen. Ein jeder schien in Gedanken vertieft zu sein. Die einen wollten wohl einkaufen, die anderen zur Arbeit oder zur Schule gehen. Als die Ampel auf Grün sprang, gab Herma vorsichtig Gas. Sie wusste aus eigener Erfahrung, dass nicht selten ein paar Leichtsinnige vor die anfahrenden Fahrzeugkolonnen sprangen, um noch rasch bei Rot über die dreispurige Bundesstraße zu sprinten. Sie vertrauten wohl darauf, dass die Autofahrer schon warten würden. Ihr Blick wechselte von der Ampel auf ihre Armbanduhr. Gleich Viertel vor sieben. Die Mordermittlerin war gespannt auf das, was sie heute im Sektionssaal erwartete. Sie hoffte, dass dieser von Brenner hochgelobte Anwalt der Toten ihnen Ermittlungsansätze lieferte. Ohne Kriminaltechniker, Biologen, Laboranten, Gerichtsmediziner und Zeugenhinweise waren sie aufgeschmissen. Das war jedem klar, der im FK 1 arbeitete. Die ersten 48 Stunden waren die entscheidenden. Danach wurde jede Spur von Tag zu Tag kälter. Irgendwann konnten sie nur noch darauf hoffen, dass ihnen Kommissar Zufall zu Hilfe kam. Als die Kriminalhauptkommissarin vom Ostertorwall nach links in die Hafenstraße einbog und an der Rattenfänger-Halle, die einige Hamelner wegen ihrer markanten Dachkonstruktion spöttisch als Fünf-Särge-Halle bezeichneten, vorbeifuhr, musste sie an den Bestatter denken, dem sie vor nicht einmal 15 Stunden auf dem ehemaligen Wouldham Park eine verschlammte Plastikeinkaufstüte mit einem makabren Inhalt übergeben hatte.

Hermas Blick fiel auf eine Hausfassade, die über Nacht von einem Unbekannten mit einem Spruch versehen worden war. „Das Leben ist kein Wunschkonzert, das Leben ist ein Wunderwerk“, hatte der Sprayer in großen schwarzen ungelenken Lettern an die Wand gesprüht. Eigentlich hasste die Polizistin Graffiti. Für sie erfüllten sie den Straftatbestand der Sachbeschädigung. Aber diese Sprayer-Weisheit gefiel ihr gut – der Satz regte sie zum Nachdenken an. Während die Motdermittlerin auf der Kaiserstraße ihrer Arbeitsstelle entgegenfuhr, kam ihr wieder das Verbrechen in den Sinn, das am 20. November 2016 in der Südstadt unweit des Polizeikommissariats an einer jungen Deutsch-Kurdin verübt worden war. Auf dieser Straße war das beinahe zu Tode geschleifte Opfer gefunden worden. Ja, wie wahr – das Leben ist endlich, sagte Herma leise zu sich selbst. Zum Glück dachte kaum jemand länger darüber nach. Und es war auch gut so, dass die meisten Menschen unbeschwert in den Tag hineinlebten. Ihr war das nicht vergönnt. Dafür beschäftigte sie sich zu oft mit dem Tod. Hermas Gedanken kreisten um den verwesten Kopf aus der Humme und die verkohlte Frauenleiche aus dem Wald, die seltsam verdreht auf dem noch warmen hellgrauen Aschebett gelegen hatte. Die Arme zum Himmel gereckt, die Hände zu Fäusten verkrampft. Die Mordermittlerin schüttelte sich in der Hoffnung, diese furchtbaren Bilder aus ihrem Kopf zu bekommen. Aber sie hatten sich schon viel zu tief in ihr Gehirn eingebrannt und sie in der Nacht bis in ihre Träume verfolgt. Herma nahm sich vor, mit keinem Kollegen darüber zu sprechen. Sie fürchtete sich davor, zum Polizeipsychologen geschickt zu werden. Am Ende würde sie noch von irgendeinem Seelenklempner als nicht geeignet für diesen Job gehalten werden. Sie glaubte zu wissen, wie so was läuft. Herma stellte sich den Psychologen als alten weißhaarigen Mann mit Nickelbrille vor, der sie verständnisvoll anblickte, um ihr dann zu eröffnen, dass sie nicht hart genug für diese Art von Ermittlungsarbeit sei. Sie hörte den Alten sagen: „Sie dürfen das Grauen nicht an sich ranlassen. Wenn Sie jede Leiche gedanklich mit nach Hause nehmen, werden Sie früher oder später daran zugrunde gehen." Herma rieb sich die Augen, um diese albtraumhafte Vorstellung loszuwerden. Nein, ich bin nicht zu sensibel, ich fühle eben nur mit, dachte sie, als sie ihren schwarzen Yeti vor das graue Rolltor zum Innenhof des Zentralen Kriminaldienstes fuhr. Die Kommissarin ließ die Seitenscheibe herunter, steckte den Arm hindurch und tippte den Türcode ein. Es summte. Ein gelbes Rundumlicht blitzte auf. Das schwere Metalltor schob sich lautlos zur Seite und machte den Weg frei. Wie immer schaute Herma bei der Einfahrt noch längere Zeit in den Rückspiegel. Sie wollte nicht, dass sich jemand hinter ihr auf das Gelände schlich. Erst als das Tor wieder vollständig geschlossen war, parkte sie ihren Wagen ein und stieg aus. Sie beschloss, positiv zu denken. Ja, es stimmt. Das Leben ist ein Wunderwerk, dachte sie, als sie das Gebäude betrat. Zielstrebig und mit großen Schritten steuerte sie ihr Büro an. Auf dem Weg dorthin musste sie noch zwei besonders gesicherte Türsperren per Codeeingabe überwinden.

In der Teeküche des 1. Fachkommissariats blubberte schon die alte verkalkte Kaffeemaschine. Es hörte sich so an, als spucke sie das heiße Wasser stoßweise aus. Herma beschloss, sich rasch einen Broken Silber aufzubrühen. Für solche Fälle bewahrte sie einen großen Henkelmann mit eingelassenem Teesieb in ihrer Schreibtischschublade auf. Der Pott war selbstverständlich aus Porzellan und mit der ostfriesischen Rose verziert. Da das weiche Quellwasser aus dem Kuttenborn zur Neige gegangen war, füllte Herma den Wasserkocher mit kohlensäurefreiem Mineralwasser aus der Glasflasche. Es war sozusagen eine Teezeremonie für Eilige. Aber immerhin: Herma zauberte sich auf die Schnelle einen Ostfriesentee – mit Kandis und einem Löffel Sahne. Mit ihrem dampfenden Teepott in der Hand betrat KHK van Dyck ihr Büro. Brenner und die anderen FK-Leiter saßen schon in der Morgenlage beisammen und ließen sich von den Kollegen der Analysestelle über die nächtlichen Einsätze informieren. Herma pustete den heißen dunkelbraunen Tee an, um sich nicht den Gaumen zu verbrennen. Dann nahm sie vorsichtig einen Schluck. Die Assam-Mischung hatte sie nur drei Minuten ziehen lassen – sie sollte anregend wirken. Ihr und den anderen stand ein anstrengender Tag bevor.

Die Mordermittlerin holte tief Luft, stützte ihre Ellenbogen auf der Tischkante ab, stieß einen Seufzer aus und dachte angestrengt nach. Dabei starrte sie ausdruckslos durch die geöffnete Tür auf den Flur. Nachher im Rechtsmedizinischen Institut bloß nicht vergessen, alle Fragen zu stellen, dachte sie. Klar, den ungefähren Todeszeitpunkt zu kennen, war äußerst wichtig – das galt für jede Todesursachen-Ermittlung. Auch in den beiden aktuellen Fällen war das so. Wenn die schwarzen Haare, die Ende 2016 aus der Weser gefischt wurden, zu dem Kopf aus der Tüte gehörten, lag die Tote schon mindestens seit anderthalb Jahren im Wasser. Die unbekannte Person musste demnach im Herbst 2016 oder davor ums Leben gekommen sein. Etwa zu der Zeit, als der Fall Kader K. weltweit für Aufsehen und Entsetzen gesorgt hatte. Vielleicht war der Kopf aber auch schon einige Monate zuvor vom Rumpf getrennt worden. Aber womit? Hatte der Täter ein Messer oder ein Beil benutzt? Sie wussten es nicht. Über die Brandleiche war bislang nur bekannt, wann ungefähr der Täter sie ins Feuer gelegt haben musste. Darauf ließen die Dicke der verbrannten Äste und der Verkohlungsgrad der Toten schließen. Experten konnten errechnen, wie lange Vegetation und Mensch gebrannt hatten. Ob Dr. Mertens jedoch herausfinden konnte, wann die Frau gestorben war und woran – das stand in den Sternen. Herma war versucht, ihr Handy aus der Handtasche zu kramen, die Funktion Notizen aufzurufen und sich ein paar Stichworte aufzuschreiben. Sie verwarf diesen Gedanken aber gleich wieder, denn sie musste einsehen, dass es im Moment nichts gab, was sie hätte notieren können. Sie mussten abwarten, was der Rechtsmediziner herausfand. Sie hasste Fälle, bei denen sie darauf hoffen mussten, dass Forensiker im Kriminallabor auf irgendetwas stießen, das sie weiterbrachte. Das konnten winzige Blutstropfen, aber auch Sperma, Haare, Hautschuppen oder klitzekleine Stofffasern sein, die ein Mörder am Tatort verloren hatte. Ihr Chef hatte ihr erzählt, dass vor einigen Jahren einem Serienräuber, der in Hameln und in Emmerthal mehrere Banken überfallen hatte und dem es immer wieder gelungen war, wie ein Phantom durch das eng geknüpfte Fahndungsnetz zu schlüpfen, ausgerechnet seine eigene Katze zum Verhängnis geworden war. Der Mann hatte an allen Tatorten Haare seines Stubentigers, die sich an seiner Hose befunden hatten, verloren. Als man ihn endlich geschnappt hatte, konnten ihm die Fahnder jeden einzelnen Raub nachweisen.

Abwarten und Tee trinken. Das war ein schöner Spruch. Aber Geduld war nicht gerade Hermas Stärke. KHK van Dyck wusste das. Sie beneidete Brenner darum, dass er die Fälle mit Gelassenheit anging. Übereilte Schritte waren ihm fremd. Er zog auch nur sehr selten voreilige Schlüsse. Der oberste Mordermittler von Hameln dachte erst nach und handelte dann. Überlegt und konsequent. Dieser Ruf eilte ihm voraus. Dabei hoffte auch der Erste Kriminalhauptkommissar auf schnelle Ermittlungserfolge. Sie verschafften ihm Genugtuung. Der alte Hase hatte im Laufe seiner Dienstzeit jede Menge Erfahrungen gesammelt. Ihm konnte so leicht keiner ein X für ein U vormachen. Er war stolz darauf, dass sein Fachkommissariat im vergangenen Jahr im Deliktfeld Mord und Totschlag wieder einmal eine 100-prozentige Aufklärungsquote hingelegt hatte. Und er wurde nicht müde, das bei jeder passenden Gelegenheit zu erwähnen.

Herma leerte ihren Teepott und schaute dabei etwas ratlos aus. Die Zeiger ihrer Armbanduhr zeigten halb acht an. Sie wurde langsam ungeduldig. Dr. Mertens hatte die Obduktion der Brandleiche für neun Uhr angesetzt. Sie mussten sich also sputen. Wenn es unterwegs keinen Stau nach einem Unfall oder dichten Messeverkehr gab, konnte man das Institut für Rechtsmedizin der Medizinischen Hochschule in etwas mehr als einer Stunde mit dem Auto erreichen. Herma erwischte sich dabei, wie sie ungeduldig mit den Füßen wippte. Sie zwang sich, die nervösen Zuckungen zu unterdrücken.

Ein paar Minuten später hörte sie die Schritte ihres Chefs, die über den Flur hallten und immer lauter wurden. Brenner schaute in ihr Büro und begrüßte sie. „Guten Morgen! Na, gut geschlafen?"

Herma saß wie gelähmt auf ihrem Stuhl. Ihr Chef legte den Kopf schräg und zog die Augenbrauen hoch. „Was?"

Herma strich sich eine Strähne hinter das Ohr und wischte mit ihren Zeigefingern die Augenwinkel, in denen sich Schlafsand gesammelt hatte, aus. Ihre Blicke trafen sich. „Moin! Kurt, hast du gesehen, wie spät es ist? Es wird echt Zeit. Wir müssen."

Brenner presste die Lippen aufeinander und nickte dazu. „Ruhig Blut, du verrücktes Huhn. Wir werden pünktlich in Hannover sein. Und falls nicht …", der Chef zuckte mit den Schultern, „… rufen wir von unterwegs an. Der Doc wird uns schon nicht den Kopf abreißen."

Brenner machte Anstalten, zu gehen. Die rechte Hand auf der Klinke, so, als wolle er die Tür hinter sich ins Schloss ziehen, den Rücken zu ihr gewandt, hielt er plötzlich inne. Er schien zu spüren, dass Herma ihn schweigend mit hochgezogenen Augenbrauen beobachtete und dabei verständnislos mit dem Kopf schüttelte. Es dauerte zwei, drei Sekunden, bis er sich umdrehte. „Okay, okay ..." Brenner hob die Hände, so als wolle er sich ergeben. „Das mit dem Kopf abreißen war geschmacklos. Sorry. Aber Humor ist mein schärfstes Schwert. Man darf …" Herma fiel ihrem Chef ins Wort. „… nicht jeden Toten an sich heranlassen, richtig? Das wolltest du doch sagen, Kurt, oder?"

„Ja, exakt. Genauso ist es. Beherzigst du das nicht, gehst du eines schönen Tages daran zugrunde."

Das Ermittlerduo verließ das mit braunen Sandsteinplatten behängte Dienstgebäude des Zentralen Kriminaldienstes und suchte nach dem zivilen Dienstwagen, den Brenner für die Fahrt zur Carl-Neuberg-Straße 1 in Hannover ausgesucht hatte. Der Z-Wagen stand auf einem Parkplatz im Innenhof, ganz in der Nähe der engen Durchfahrt, die polizeiintern als Nick-Knatterton-Tunnel bezeichnet wurde und den Hof des weiß-blau gestrichenen Gebäudes des Einsatz- und Streifendienstes mit dem der Kriminalpolizei verband. „Ah, da ist er ja." Der Erste Kriminalhauptkommissar zeigte mit dem Autoschlüssel auf einen dunkelroten Audi A4 mit LIP-Kennzeichen. „Lipper Kennzeichen?" Herma schaute Brenner ungläubig an. „Ja, das ist ein Tarnkennzeichen", antwortete Brenner und schaute seine Kollegin fragend an. „Wieso?" Herma machte eine wegwerfende Handbewegung. „Ach, nur so. Ich dachte immer, die Lipper können nicht Auto fahren."

„Schon möglich. Aber wir sind ja keine Lipper, oder?"

Herma musste laut loslachen. „Nein, ganz sicher nicht."

Brenner öffnete den Audi per Fernbedienung und zwängte sich hinter das Steuer. Wer auch immer diesen Wagen vor ihm gefahren hatte, musste ein Zwerg sein. Der Chef vom Mord und Totschlag maß fast zwei Meter und hatte auffallend lange Beine. Der EKHK schob den Fahrersitz ganz nach hinten, bis er einrastete. Erst jetzt konnte er bequem sitzen. Herma kannte solche Probleme nicht. In ihrem Pass war vermerkt, dass sie 1,72 Meter groß war. Aber das war gemogelt. In Wirklichkeit kratzte die Ostfriesin an der 1,70-Meter-Marke.

Der Leiter des FK1 schob den Schlüssel ins Zündschloss, schnappte sich das Funkgerät, drückte auf die Sprechtaste und meldete sich bei der Leitstelle an. „Süntel, von 70-71!“ Zwei Sekunden dauerte es, da war eine Frauenstimme zu hören. „Hier ist Süntel, 70-71, sprechen Sie!“ Brenner musste niesen. „Der 70-71 ist auf dem Weg nach Hannover. Ermittlungen“, erklärte der EKHK. „Das ist verstanden“, quittierte die Leitstellenbeamtin. Die Stimmen aus dem leise gestellten Digitalfunkgerät und das Schnurren des Motors begleiteten die Mordermittler auf der Fahrt zur Gerichtsmedizin.

Herma van Dyck dachte nach, auch Kurt Brenner war in Gedanken. 37 Kilometer schwiegen sie sich an. Brenner steuerte die MHH über die Bundesstraße 217 an. Mit der rechten Hand lockerte er seinen Hemdkragen, mit der linken hielt er das Steuer fest. Er starrte auf die Straße, sagte kein Wort. Die Augen der Mordermittlerin waren schwer wie Blei. Herma war müde. Die halbe Nacht hatte sie wach gelegen, sich in ihrem Bett hin und her gewälzt. Schlaflos in Hameln – sie musste lächeln, als ihr der Spruch in den Sinn kam. Herma hatte versucht, sich in den oder die Täter hineinzuversetzen. In ihrem Kopf waren in rascher Folge bunte Bilder entstanden, die sich langsam auflösten, um sich danach wieder zu neuen Filmen zusammenzusetzen. Aber all das waren nur wilde Spekulationen. Mehr nicht. Van Dyck musste sich eingestehen, dass sie rein gar nichts über die Mörder und ihre Motive wusste. In ihrem Kopf ging es auf und ab wie auf einem Trampolin. Herma fragte sich gerade, was der Täter ihnen mit dem Grablicht und dem Doppeladler, den er im geschmolzenen Plastik hinterlassen hatte, sagen wollte, als sie von einem roten Blitz getroffen wurde. Bevor sie etwas sagen konnte, hörte sie ihren Chef fluchen. „Scheiße! Scheiße! Verfluchte Scheiße!"

„Was ist denn los, Kurt?"

Brenner winkte ab. „Ach, ich ärgere mich über mich selbst. Wir sind in Ronnenberg, und jeder Hinz und Kunz weiß, dass hier ein Starenkasten steht. Und ich bin so blöd und fahre hier zu schnell … So ein Mist", schimpfte der FK-1-Chef.

„Wie schnell warst du denn?", wollte Herma wissen.

„Keine Ahnung. So zwischen 60 und 70, schätze ich. So eine Kacke."

Herma musste lächeln. Ihr Chef verlor doch tatsächlich die Beherrschung. So kannte sie ihn gar nicht. „Mensch, Kurt. Das ist doch halb so wild. Erstens sind wir im Dienst und haben es eilig. Zweitens würde das nicht einmal einen Punkt in Flensburg geben."

„Ja, du hast ja recht. Ich werde nachher gleich mal mit den Kollegen in Ronnenberg sprechen. Wir sind im Einsatz."

Brenners Gesicht hellte sich wieder etwas auf.

In Hannover blieben sie auf der Bundesstraße 217 und folgten der Hamelner Chaussee. Am Ricklinger Kreisel nahm Brenner die dritte Ausfahrt und wechselte auf die B6. „Pass auf, an der Friedrich-Ebert-Straße steht noch so ein Blitzer“, warnte ihn Herma. Brenner nickte nur kurz. „Ich weiß. Danke.“

Herma leckte sich mit der Zunge über die Lippen und warf ihrem Chef einen Seitenblick zu. „Nicht dafür.“

„Hoffentlich sind wir nach der Obduktion etwas schlauer“, meinte Brenner unvermittelt.

„Ja, das hoffe ich auch“, antwortete Herma. „Ich frage mich die ganze Zeit, was uns der Täter mit dem Doppeladler sagen will.“

„Darüber denke ich auch nach“, sagte Brenner. „Wir werden sicher noch dahinterkommen. Wäre doch gelacht, wenn wir die Fälle nicht aufklären können. Vorerst müssen wir wohl davon ausgehen, dass wir es mit einem Serientäter zu tun haben, der seine Taten mit diesem Zeichen markiert. Er ist wahrscheinlich stolz auf das, was er tut, und will unsere Aufmerksamkeit auf sich lenken. Ein Katz-und-Maus-Spiel. Das ist es, was ich zum jetzigen Zeitpunkt vermute. Wir müssen uns damit abfinden, dass wir im Moment mehr Fragen als Antworten haben.“

„Ja, dieser Meinung bin ich auch“, sagte Herma. Sie kaute auf einem Fingernagel. Eine Frage brannte ihr im wahrsten Sinne des Wortes auf den Nägeln. „Sag mal, Kurt, gestern, als wir uns am Leichenfundort im Wald getroffen haben und ich dir erzählt habe, dass ich regelmäßig im Klüt bin, um Teewasser aus dem Wald zu holen, da hast du mich ganz entsetzt angeschaut und irgendetwas von einer Köttelbeeke gefaselt. Ich habe nicht verstanden, was du mir damit sagen wolltest … Was zum Teufel hatte das zu bedeuten?“

Brenner musste laut lachen. Es dauerte ein paar Herzschläge, bis er sich wieder eingekriegt hatte. Mit dem Handrücken wischte er sich eine Träne von der Wange. Hermas Blick hatte sich verdüstert. Sie fühlte sich von ihrem Chef respektlos behandelt. „Was ist so lustig daran?“, fauchte sie ihn an.

„Nichts, nichts“, beeilte sich Brenner zu antworten. Aus dem Augenwinkel sah er, dass Herma sauer war. „Das hat nichts mit dir zu tun. Mich wundert nur, dass dich das immer noch umtreibt.“

„Na ja, ich hole schließlich mein Wasser aus dieser Quelle.“

„Nein, sei unbesorgt. Das tust du nicht. Du fährst doch immer zur Riepenburg, oder?“

„Ja, stimmt. Und?“

„Der Kuttenborn, aus dem du dein Teewasser schöpfst, und das Bächlein, an dem die Brandleiche gefunden wurde, haben nichts miteinander zu tun. Ehrlich gesagt, ich weiß auch nicht so genau, warum das Rinnsal am Roten Weg Köttelbeeke genannt wird. Ich habe aber eine Vermutung. Da oben hat der NDR für ‚Das Erste‘ eine Tatort-Folge mit dieser LKA-Ermittlerin gedreht. Wie heißt die doch gleich?“

„Charlotte Lindholm?“

„Ja, genau. Maria Furtwängler spielt die Ermittlerin vom Landeskriminalamt, die den Landeiern von der Polizei zeigt, wo’s ermittlungstechnisch langgeht. Also, genau dort, wo der Bach langplätschert, lag damals eine Filmleiche.“ Brenner kratzte sich am Kopf. „Ist bestimmt schon 14 Jahre her. Die Folge hieß ‚Märchenwald'. Na ja, jedenfalls haben die dort oben gedreht, wie Spuren gesichert werden, und den Bach immer Köttelbeeke genannt. Das ist bei mir …", Brenner tippte sich an die Stirn, „… da oben hängen geblieben."

„Hm, und ich dachte schon, du meintest den Kuttenborn."

Ihr Chef winkte ab. „Ach was. Ich glaube auch nicht, dass in dem Bächlein irgendwelche stinkenden Hinterlassenschaften schwimmen. Die Beeke sieht kristallklar aus."

„Hast du die Lindholm, also, ich meine natürlich die Furtwängler, damals persönlich kennengelernt?"

Brenner nickte. „Ja, ich war mehrmals am Set. Im Klütwald, am Hohenstein und in Bad Pyrmont. Da haben die überall gedreht. Die Furtwängler sieht nicht nur sehr gut aus, die ist auch sehr sympathisch und sehr intelligent. In ihrer Freizeit engagiert die sich für Menschen in Not. Ich glaube, bei ‚Mediziner ohne Grenzen' oder so. Die ist ja eigentlich Ärztin."

„Echt?" Herma war erstaunt. „Wusste ich gar nicht. Als Schauspielerin finde ich sie auch gut. Die spielt ja in vielen Filmen mit. Aber die Rolle, die sie im Tatort verkörpert, ist ja wohl echt scheiße. Unrealistisch. Als ob die vom LKA so eine Tussi entsenden würden, die uns Mordermittlern auf dem platten Land zeigt, was gute Polizeiarbeit ist. So ein Quatsch. Die stellen uns so dar, als wären wir unterbelichtete Dorfsheriffs. Ich finde, diese Filmfritzen könnten auch mal besser recherchieren."

„Tja, was soll's. Reg dich nicht auf. Im Fernsehen geht es nur um Unterhaltung und möglichst hohe Einschaltquoten. Wie die Polizei wirklich arbeitet, wird doch nur äußerst selten gezeigt. Damit müssen wir uns abfinden. Ist vielleicht auch zu langweilig und passt nicht in ein 90-Minuten-Format." Nach einer kurzen Pause setzte Brenner das Gespräch fort. „Aber es war damals schon interessant, wie die so ein Projekt angehen. Waren ja bekannte Schauspieler dabei. Hannes Jaenicke, Ingo Naujoks, der diesen Schriftsteller verkörpert, und Charly Hübner."

„Charly Hübner? Kenne ich nicht."

„Doch, doch", sagte Brenner. „Den kennst du, wenn du ihn siehst. Damals spielte er noch den Schutzmann aus Hameln, der der großen LKA-Ermittlerin assistieren durfte. Seit ein paar Jahren hat er in dem ‚Polizeiruf' aus Rostock selbst eine Hauptrolle – der mimt den zwielichtigen Hauptkommissar Bukow."

„Ach ja, den kenne ich. Stimmt. Ich sehe, Kurt, du bist ein echter Tatort-Fan. Du kennst dich aus."

Brenner hob die rechte Hand, als wolle er einen Schwur ablegen. „Das wäre wohl zu viel des Guten. Aber ich gebe zu, den einen oder anderen Tatort schaue ich mir zur Entspannung an. Das gehört am Sonntagabend einfach dazu. Wenn ich nicht gerade zu einem Leichenfundort gerufen werde."

„Na ja, das kommt ja nicht gerade oft vor", meinte Herma schmunzelnd. Brenners Antwort kam pfeilschnell. „Zuletzt am 20. November 2016, als Nurettin Burov seine Ex-Frau Kader ermorden wollte. Und neulich, als wir zu dem Toten in der Kleingartenkolonie gerufen wurden. Du weißt schon: Später hat sich herausgestellt, dass er an einer Kohlenmonoxid-Vergiftung gestorben ist. Der hatte einen Holzkohlengrill in seiner Laube angezündet. Das war zur besten Tatort-Zeit. Und wenn ich noch weiter nachdenke, dann …" Der Erste Kriminalhauptkommissar lief zur Höchstform auf. Herma unterbrach ihn. „Ist ja gut, Kurt. Ich nehme alles zurück und behaupte das Gegenteil."

Brenner hatte die Ausfahrt in Richtung City genommen und lenkte den Zivilwagen über die Lavesallee. Dabei behielt er den Tacho im Blick. Der Kriminalist wollte heute nicht noch einmal geblitzt werden. Hannover war voll von Kästen und Säulen, die Geschwindigkeits- und Rotlichtverstöße aufzeichneten. Das wusste er – nicht erst seit heute. Und das ärgerte ihn nach wie vor.

Während Brenner in sich hineingrübelte, tastete Herma mit ihrem linken Arm die Rücksitzbank ab. Sie hatte plötzlich das Gefühl, etwas vergessen zu haben. Hatte sie die DNA-Tasche mit der Zahnbürste der spurlos verschwundenen Hamelnerin Sarah Brooks mitgenommen? Das Herz der Mordermittlerin schlug so heftig, dass sie befürchtete, ihr Chef könne ihren Herzschlag hören. Sie atmete hörbar auf, als ihre Finger die Spezialtüte erreichten, die sie vor etwa einer Dreiviertelstunde dort abgelegt hatte. „Puh, Gott sei Dank", stieß sie erleichtert einen Seufzer aus. Brenner hatte das

Gefummel hinter sich bemerkt und meldete sich zu Wort: „Ist was?“

„Alles gut“, presste Herma hervor. „Ich dachte nur, ich hätte vergessen, den DNA-Beutel mitzunehmen.“

„Und? Haben wir ihn dabei?“, wollte Brenner wissen.

„Ja, haben wir. Man wird halt älter und vergesslich.“

Ihr Chef kommentierte diese Aussage mit einem kurzen „Soso“.

Wie der Name schon sagte, wurden Asservate, an denen ein genetischer Code vermutet wurde – sei es vom Täter oder von einem Opfer – in speziellen Kunststoffbeuteln transportiert. Das Besondere an diesen Tüten war, dass sie nach Herstellerangaben garantiert DNA-frei hergestellt worden waren und nicht luftdicht verschlossen werden konnten. Genetisches Material sollte sich darin nicht verändern können. Die Beschriftung des Beutels, in dem die Zahnbürste von Sarah Brooks steckte, verriet, dass es sich um die Vergleichsprobe 001 handelte.

Wieder strömte eine wahre Flut von Gedanken durch Hermas Kopf. Sie musste unbedingt noch diesen Doktor Dingenskirchen vom LKA Niedersachsen anrufen. Der Biologieoberrat, an dessen Husten sie sich zwar noch gut erinnern konnte, nicht aber an seinen Namen, hatte seinerzeit die Haare untersucht, die der Angler Holzmann an einem trüben Herbsttag aus der Weser gefischt hatte. Er musste die DNA, die er aus den Haarwurzeln gewonnen hatte, rasch per Fax oder E-Mail zum Institut für Rechtsmedizin schicken.

Vielleicht gehörten die langen schwarzen Frauenhaare ja zu dem Schädel aus der Humme. Sollte es Dr. Mertens gelingen, aus dem verwesten Kopf DNA zu generieren, würden sie bald darauf eine Antwort haben. Herma kramte ihr Handy aus der Handtasche und suchte in ihrem Adressbuch nach der Nummer des LKA. Während sie das tat, versuchte sie sich krampfhaft an den Namen des hustenden Wissenschaftlers zu erinnern. Er wollte ihr partout nicht einfallen. Sie wandte sich Kurt zu, der mit beiden Händen das Lenkrad fest umklammert hatte und sich gerade nachdenklich über die Lippen leckte. Herma überlegte einen Moment lang, ob sie ihren Chef aus seinen Gedanken reißen sollte. Sie entschied sich, es zu tun.

„Kurt, sag mal, erinnerst du dich noch an den LKA-Mann, der die Haare aus der Weser analysiert hat?"

Brenner schaute kurz nach rechts. „Nein, keine Ahnung. Das war deine Baustelle. Der hat doch seinerzeit nur mit dir Kontakt gehabt."

„Ja, ja, das stimmt." Herma sah verzweifelt aus. „Sein Name ist mir entfallen. Zu blöd."

Brenner runzelte die Stirn. „Der ist doch Biologe, oder? Frag dich einfach durch. Wird schon nicht so viele von der Sorte geben."

Herma nickte zustimmend. „Habe ich mir auch schon gedacht. Ich rufe da jetzt mal an, okay?"

„Na klar, mach das", brummte Kurt Brenner. Er dachte längst wieder über die nächsten Schritte nach, die jetzt zu tun waren.

„Landeskriminalamt Niedersachsen“, flötete eine offenbar junge Frau ins Telefon und schob im selben Augenblick eine Frage nach, die sie wohl 200-mal am Tag stellte: „Was kann ich für Sie tun?“

„Moin, KHK Herma van Dyck vom FK 1 in Hameln spricht. Bitte verbinden Sie mich mit dem Labor. Ich möchte einen Biologieoberrat sprechen, der im vergangenen Jahr für uns eine DNA-Analyse erstellt hat. Leider kann ich mich im Moment nicht an seinen Namen erinnern.“

Herma hatte Worte wie „Verehrte Frau Hauptkommissarin, haben Sie eine Ahnung, wie viele Analysen pro Jahr im LKA gemacht werden?“ erwartet. Aber das Gegenteil war der Fall. „Kein Problem“, schien die Telefonistin in ihr Headset zu singen. „Ich verbinde mit der Abteilung B13-16. Bleiben Sie dran.“ Es knackte, dann ertönte eine Melodie. Sie kannte das Lied. Es war der Kriminaltango. Na, Humor haben die jedenfalls beim Landeskriminalamt, dachte Herma und summte den Klassiker mit. Brenner wunderte sich, sagte aber nichts.

Herma schaute verdutzt drein. Woher wusste diese Frau, mit wem sie verbinden sollte?, fragte sie sich.

Ihr Chef konnte offenbar Gedanken lesen. „Und?“, fragte Brenner. „Wussten die, mit wem du sprechen möchtest?“

Van Dyck nickte. „Scheinbar schon. Warten wir's ab. Entweder hat die Frau übersinnliche Fähigkeiten – oder die haben da nicht so viele Biologen, die sich auf DNA-Abgleiche spezialisiert haben.“

Brenner musste lachen. „Ich tippe mal auf Letzteres."

Eine halbe Minute war vergangen, als die Musik unterbrochen wurde und Herma ein Räuspern hörte. Es kam ihr bekannt vor.

„Ähm ... Dr. Bruns hier. LKA Niedersachsen. Wer spricht?"

„Moin, Herr Dr. Bruns. Hier ist Herma van Dyck vom FK1 in Hameln. Wir hatten schon mal im letzten Jahr das Vergnügen."

Der Biologieoberrat stutzte. „Van Dyck? Ja, kann schon sein. Wissen Sie, wie viele Menschen hier täglich anrufen? Sie müssen mir verzeihen. Da kann ich mir nicht jeden Namen merken. Tut mir leid. Sie müssen mir schon auf die Sprünge helfen, gute Frau."

Das antiquiert klingende „gute Frau" überhörte die Kriminalhauptkommissarin geflissentlich. Herma vernahm, dass sich Dr. Bruns schnäuzte. Entweder war dieser Forensiker chronisch erkältet – oder er hatte sich wieder einmal irgendwo in den Weiten seines Labors einen Schnupfen geholt. Im vergangenen Jahr hatte er immer husten müssen. Daran erinnerte sie sich genau. Die Hauptkommissarin erklärte dem Wissenschaftler, worum es ging. Doch Dr. Bruns schien auf dem Schlauch zu stehen. „Und wie kann ich Ihnen jetzt helfen?", wollte er wissen. Mein Gott, der kapiert aber auch gar nichts, dachte van Dyck. Sie stellte sich Dr. Bruns als zerstreuten Professor vor. Mit ruhiger Stimme startete sie einen neuen Erklärungsversuch.

„Lieber Herr Doktor, es wäre uns sehr geholfen, wenn Sie das Ergebnis der DNA-Untersuchung von damals umgehend an das Rechtsmedizinische Institut der MHH faxen oder mailen könnten."

Bruns räusperte sich. Endlich hatte er verstanden, worum es der Hauptkommissarin ging. Der Biologe versprach, in den Akten nach der Probe aus Hameln zu suchen und das Ergebnis der Analyse so schnell wie möglich an die Kollegen von der Gerichtsmedizin zu schicken. Herma bedankte sich artig und wünschte dem LKA-Forensiker noch einen schönen Tag. Dr. Bruns schien gerade eine Kröte zu verschlucken. Krächzend verabschiedete er sich mit den Worten: „Und grüßen Sie mir den Rattenfänger von Hameln, wenn Sie ihn sehen." Dasselbe hatte der Oberrat schon im Mai 2017 zu Herma gesagt. Damals hatte Bruns ihr telefonisch vorab mitgeteilt, dass der Haarabgleich der vom Landeskriminalamt Niedersachsen durchgeführten Erbgutbestimmung mit der DNA-Analyse-Datei des BKA in Wiesbaden leider keinen Treffer ergeben hatte.

KHK van Dyck drückte auf den roten Knopf im Display ihres iPhones und beendete das Gespräch.

„Na, hat der Doktor endlich geschnallt, worum es geht?"

Herma winkte ab. „Mannomann, der war wirklich schwer von Kapee. Aber er hat versprochen, die Ergebnisse zum Institut zu schicken. Was will man mehr?"

Sie hatten das Zentrum von Hannover hinter sich gelassen und bereits Groß-Buchholz erreicht. Jetzt bogen sie in die Karl-Wiechert-Allee ein, von der die Carl-Neuberg-Straße abging. Die zahlreichen Gebäude aus Beton und Glas, die auf dem riesigen Campus der Medizinischen Hochschule standen, erhoben sich im Gegenlicht wie Riesen aus dem Einheitsgrau der Großstadt.

Es war 8.45 Uhr, als sie das Gebäude I6 der MHH erreicht hatten.

Kapitel 22

Sie lehnte an einem nur 2,20 Meter hohen kreisrunden Turm aus roten Klinkern und war splitternackt. Lediglich ihr langes vom Sturm zerzaustes Haar bedeckte eine Brust und ihre Scham. Sie blickte ausdruckslos aus toten Augen über das aufgewühlte Wasser des Jadebusens auf die Einfahrt des Nassauhafens. Seit 24 Jahren begrüßte die Windsbraut die einfahrenden Seefahrer in Wilhelmshaven. Die lebensgroße Bronzeskulptur des Künstlers Hartmut Wiesner hatte die örtliche Sparkasse der Stadt 1994 zur 125-Jahr-Feier gestiftet. An der Rückseite des kleinen Klinkerbaus befand sich eine Treppe, die zu einer kleinen Plattform mit einer Sitzbank führte. Von dort hatte man einen schönen Blick über den Hafen. Ganz in der Nähe befand sich steuerbords der berühmte Helgoland-Kai. Von dieser Position aus lag auf der Backbordseite die Nassaubrücke, die im Laufe der Jahre eine grüne Patina angesetzt hatte. Ein Schlepper, ein Kranschiff, ein Frachtkahn, ein orangefarbenes Lotsenboot und das Seenotrettungsboot „Otto Behr" lagen vertäut am Kai und dümpelten vor sich hin. Anfang April hatte die Jadestadt zu den Wilhelmshavener Schweinswaltagen eingeladen. Rund um die Windsbraut herrschte vor ein paar Wochen noch geschäftiges Treiben. Naturliebhaber von nah und fern zog es zur Hafenkante. Die meisten hatten Fernrohre und Kameras mit langen Teleobjektiven dabei. Jeder wollte einen Wal sehen. Es gab sogar einen Typen, der als Ausrufer fungierte. Wann immer er irgendetwas Dunkles erspähte, rief er: „Da bläst er!“ Nicht immer war es die Rückenflosse eines Schweinswals, die er gesehen hatte. Häufig handelte es sich um Wasservögel, die auf der Jagd nach kleinen Fischen Tauchgänge machten. Aber den Touristen machte das Spektakel Freude – auch wenn die wenigsten am Abend behaupten konnten, sie hätten einen Wal gesehen.

Er hatte für diese Nabu-Heinis, die sich seiner Meinung nach nur wichtigtaten, und für diese tumben Touris, die orgiastische Schreie ausstießen, wenn sie in der Ferne einen dunklen Schatten zu erkennen glaubten, nicht sonderlich viel übrig. Er hasste dieses Spektakel. Es nervte ihn, wenn er nicht einsam vom Turm über das Haupt der Windsbraut aufs Wasser hinausschauen konnte. Diese Affen, die seit zwei Jahren mit ihren langen Fernrohren, Dreibein-Stativen und Campingstühlen mit Bierhaltern zu den Molenköpfen zogen, störten ihn beim Nachdenken. Er wollte die Skulptur verschönern. Sie sollte durch ihn noch bekannter werden und der Menschheit in Erinnerung bleiben. Vor ein paar Jahren hatte er diesen Ort für sich entdeckt. Hierher hatte er sich zurückgezogen, wenn der Druck in seinem Kopf wieder einmal zu groß geworden war. Einmal hatte er eine Katze gefangen, sie ins Hafenbecken geworfen und dem Tier beim Ertrinken zugeschaut. Das Gefühl der Allmacht hatte ihm Befriedigung verschafft. Zumindest eine Weile lang. Mittlerweile fühlte er sich zu Größerem berufen. Drei Frauen hatte er schon getötet. Die Zeit des Experimentierens war vorbei. Er wollte ein Kunstwerk schaffen. Hier, am kleinen Aussichtsturm, wollte er eine zweite Windsbraut installieren. Neben ihr sollte ein rotes Grablicht flackern. Ein solches Totenlicht und den Siegelring mit dem Doppeladler hatte er vor seiner Abfahrt aus Hameln unter dem Reserverad seiner Klapperkiste versteckt.

Die Presse hatte sein letztes Werk gefeiert. Jedenfalls nahm er das so wahr. Ganz oben auf der Titelseite der Deister- und Weserzeitung, die er am Morgen gegen sechs in freudiger Erwartung aus seinem Briefkasten gezogen hatte, zeigte ein fünfspaltiges Foto den Ort im Klüt, an dem er Sarah Brooks verbrannt hatte. Die Schlagzeile lautete: „Scheiterhaufen-Mord in Hameln – Förster entdeckt verkohlte Leiche im Wald". Schon mal gut, hatte er gedacht, gegrinst und dann ein irres Lachen ausgestoßen.

Noch im Treppenhaus hatte er hastig weitergeblättert und auf der ersten Hameln-Seite gefunden, wonach er gesucht hatte. Er hatte den Text verschlungen, jede Zeile zweimal gelesen und den Bericht in sich aufgesaugt. Die Fotos, die Kriminaltechniker in weißen Overalls und ein paar Streifenwagen im Wald zeigten, hatte er genau studiert und sich darüber geärgert, dass der Kriminalreporter das Grablicht, in dem sich seine

Signatur befand, mit keinem Wort erwähnt hatte. Ärgerlich hatte er die Zeitung auf den abgewetzten und mit Krümeln übersäten Teppich geworfen, der unter seinem Küchentisch lag, die Dewezet aber gleich wieder aufgehoben und die zerknitterten Seiten mit der rechten Hand glatt gestrichen. Der Zeitungsbericht machte ihn bedeutsam. Davon war er überzeugt. Er hatte eine Schere aus der Tischschublade gekramt, das Titelfoto und den Aufmacher auf der Hameln 1 ausgeschnitten und die Berichte in die Schatulle zu dem Siegelring und den Ohrsteckern gelegt, die er seinen Opfern abgenommen hatte. Er konnte es sich nicht verkneifen, die Fotos zu betrachten, die er von den toten Frauen gemacht hatte. Mit zwei Fingern fischte er sein Smartphone aus der Gesäßtasche und rief sein Lieblingsfotoalbum auf.

Beim Frühstück war er zu dem Schluss gekommen, dass der Boden unter seinen Füßen zu heiß geworden war. Dabei mochte er das Spiel mit dem Feuer. Er zog eine fiese Grimasse und lachte laut prustend los – ja, er wollte spielen, er wollte die Polizisten zur Weißglut bringen, ihnen zeigen, wer der Bessere war. In diesem Moment hatte er beschlossen, in seine alte Heimat zurückzukehren. Dabei musste er höllisch aufpassen, nicht erkannt zu werden. Er hatte sich den Kopf kahl geschoren und seinen Bart abrasiert.

Zur Tarnung trug er eine Hornbrille mit Fensterglas, die seine dicken mit roten Äderchen durchsetzten Tränensäcke verdeckte, und einen dunkelblauen Anzug, der ihn wie einen Staubsaugervertreter aussehen ließ. Mit seinem dunkelroten VW Golf, der nur noch von Rost und Dreck zusammengehalten wurde, war er hinauf in den hohen Norden gefahren, seiner geliebten Nordsee entgegen. An diesem Tag kehrte ein Totgeglaubter zurück an seinen Lieblingsort. Bernd Melchior hatte die Windsbraut angesteuert, um sich den Nordseewind, den er schon so lange vermisst hatte, um die Nase wehen zu lassen. Angekommen am Turm, hatte er die Nackte umarmt. Jetzt musste er nur noch eine passende Zwillingsfrau für sie finden. Er würde mit seiner Beute hierher zurückkehren und die Schöne verwandeln – so, wie er es sich in seinen Träumen ausgemalt hatte. Alle würden sie von seinem Werk sprechen. Davon war er überzeugt. Diesmal werden sie verstehen, dass der Doppeladler erneut seine blutigen Schwingen ausgebreitet hat, dachte er freudig erregt.

Wie ein Möchtegern-Neptun saß er auf dem kleinen Klinkerturm und blickte von seinem Ausguck, den er als Thron bezeichnete, auf die Jade. Für ihn war das ein erhabenes Gefühl. Ein Gefühl der Macht. Die Wellen, die der auffrischende Wind vor sich hertrieb, plätscherten sanft gegen die Kaimauer. Während er so dasaß und über sich, Gott und die Welt sinnierte, fühlte er sich plötzlich beobachtet. Er blickte sich hektisch um, kniff dabei die Augen zusammen, konnte aber keine Menschenseele entdecken. Was er nicht sah – über ihm kreiste lautlos eine Sturmmöwe. Als sie einen kurzen schrillen Schrei ausstieß, kackte sie ihm auf die Glatze, die im Licht der untergehenden Sonne glänzte wie eine polierte Billardkugel, die jetzt allerdings einen Schönheitsfehler hatte. Auf seinem Kopf lief der Möwenschiss wie ein aufgeschlagenes Ei auseinander. „Verpiss dich, du blödes Mistvieh", schrie Melchior, zog hektisch ein Tempo aus seiner Hosentasche und wischte sich die grünlich-weiße Vogelscheiße von seiner Platte. Die Möwe stieß einen zweiten Schrei aus. Für ihn hörte sich das an, als lache ihn dieser beschissene Kackvogel auch noch aus. Er fühlte sich gekränkt. Wäre er in der Lage gewesen, die Sturmmöwe zu fangen, hätte er ihr mit seinem Leatherman, den er am Gürtel trug, die Beine abgeschnitten und ihr langsam den Kopf abgerissen. Aber er kam nicht an sie heran. Die Möwe stieg rasch in höhere Gefilde auf, zog noch ein paar Kreise über dem Mann, der Böses im Schilde führte, und stieg gen Himmel auf, der sich innerhalb von wenigen Minuten verfinstert hatte. Lange würde Melchior nicht mehr hierbleiben können. Schon waren die ersten Wetterleuchten zu sehen, drang aus der Ferne ein Grollen zu ihm herüber. Schon bald würde ein schweres Gewitter von See kommend über das Land ziehen. Dessen war er sich sicher. Er hatte das schon oft erlebt. Erinnerungen an Sturmfahrten und den Untergang des Kutters, bei dem er um ein Haar sein Leben verloren hatte, wurden wach. Sein Tod war damals nicht angezweifelt worden. Bereits ein Jahr nach der Havarie hatte er gelesen, dass ihn das Standesamt für tot erklärt hatte. „Hahaha" – sein Lachen triefte vor Spott und Hohn. So einfach war es in Deutschland, als Toter ein neues Leben anzufangen.

Endlich konnte er seine Triebe und Träume ausleben. Den hart arbeitenden Biedermann mit Schwielen an den Händen gab es nicht mehr. „Es lebe Bernd Melchior“, rief er dem Wind entgegen, der merklich aufgefrischt hatte. Dabei hielt er ein imaginäres Glas in seiner rechten Hand und prostete der Windsbraut zu, die vor ihm stand und wie er hinausblickte auf das Wasser. Schon lösten sich dicke Regentropfen aus den dunklen Wolken, die sich über der Jade kilometerhoch aufgetürmt hatten. Er zog sich den Kragen hoch, stieg die Treppenstufen hinab und eilte schnellen Schrittes zu seinem Auto, das er unterhalb des DGzRS-Schuppens abgestellt hatte. Auf die Deutsche Gesellschaft zur Rettung Schiffbrüchiger, die alle im hohen Norden nur „die Gesellschaft“ nannten, würde in dieser Nacht bestimmt jede Menge Arbeit zukommen. Zahlreiche Schiffe waren noch auf dem Meer, dabei braute sich da draußen etwas zusammen. Die Wellenkämme wurden bereits vom Wind abgerissen. Die Nordsee konnte bei solchen Gewitterlagen rasch zur Mordsee werden. Er wusste das nur zu gut. Mehrmals war er dem Tod von der Schippe gesprungen. Er schaute zurück zur „Otto Behr“, die schaukelnd am Anleger lag. Die Seenotretter fuhren bei Wind und Wetter raus, um Leben zu retten. Das war ihre Aufgabe. Seine Mission brachte Tod und Verderben. Der Unterschied zwischen ihm und den Männern in Rot konnte größer nicht sein. Die letzten Meter rannte er zu seinem Wagen, vorbei an einem Kranschiff der Hansetaucher. Die Arbeiter, die mit einem gelben Gittermastkran von Bord des Pontons lange verrottete Holzdalben aus dem Schlick zogen, schien das Schietwetter nicht zu stören. Sie malochten unbeirrt weiter. Der Himmel hatte nun vollends seine Schleusen über Wilhelmshaven geöffnet. Die Regentropfen, die jetzt an der Windsbraut hinunterliefen, ließen sie aussehen, als weine sie dicke Tränen.

Kapitel 23

Als sie im Erdgeschoss des Gebäudes I6 die Glastür zum Sektionssaal aufdrückte, stieg ihr sofort ein süßlicher Geruch in die Nase, der – je näher sie dem klobig wirkenden Sektionstisch aus poliertem Edelstahl kam – rasch von etwas Stechendem überlagert wurde. Es war wohl die Chemikalie Formalin, in die die Gerichtsmediziner Gewebeproben einlegten, um sie für spätere Untersuchungen zu konservieren. KHK Herma van Dyck musste die Übelkeit unterdrücken, die im selben Moment in ihr aufstieg. Aus dem Augenwinkel sah sie, dass ein Mann im hellgrünen Kittel eine verkohlte Leiche aus einem bereits geöffneten Kühlfach auf eine Transportbahre schob. Obwohl die Mordermittlerin die Tote bereits am Fundort im Wald gesehen hatte, vermied sie es, den an einigen Stellen aufgeplatzten und verdrehten Frauenkörper anzuschauen. Beinahe hätte Herma die Stufe übersehen, die zwei Meter hinter der Eingangstür in den 30 Zentimeter tiefer liegenden von Neonröhren ausgeleuchteten Saal führte. Nachdem sie vor der Stufe ins Straucheln gekommen und gerade noch rechtzeitig von Brenner aufgefangen worden war, starrte sie zwei, drei Sekunden lang auf den mit unzähligen kleinen grau-weißen Mosaikfliesen ausgelegten

Fußboden. Vor ihren Augen verschwammen die Quadrate zu einer unscharfen Fläche. Ihr wurde schwindelig. Herma fürchtete, in wenigen Sekunden ohnmächtig zu werden – sie stützte sich auf einem Schreibtisch ab, der, nur anderthalb Meter vom Sektionstisch entfernt, auf einem Podest stand und an dem für gewöhnlich Polizisten Platz nahmen, die die Obduktionen verfolgten. Auf der ansonsten leeren Tischplatte stand lediglich ein Telefonapparat. Brenner hatte den Schwächeanfall seiner Mitarbeiterin bemerkt, sagte aber nichts, um die Blicke der Rechtsmediziner und Präparatoren nicht auf Herma zu lenken. Er ging zielstrebig an Herma van Dyck vorbei, streckte seine rechte Hand aus und begrüßte Dr. Mertens mit Handschlag.

„Guten Morgen, Doc. Alles klar? Sie sehen müde aus. Hatten Sie noch eine lange Nacht?"

Der stellvertretende Institutsleiter stieß lächelnd einen leisen Seufzer aus und strich unbewusst mit Daumen und Zeigefinger an seinem Hals entlang. „Ja, das kann man wohl sagen. Bin noch auf der Rückfahrt aus Ihrem schönen Stadtwald nach Misburg gerufen worden. Eine tote Frau am Straßenrand, Ende 40. Vermutlich erdrosselt. Hatte dann noch die Obduktion für Ihre Nienburger Kollegen zu machen. Um 22 Uhr musste ich dann nach Hildesheim fahren. Habe in einer Polizeiwache eine körperliche Untersuchung durchgeführt. Diesmal war es ein Mann, der einer Gewalttat beschuldigt wird." Dr. Mertens klopfte seine Kitteltaschen ab. „Ja, wo habe ich denn das

Diktiergerät gelassen?" Der Rechtsmediziner schaute sich um, ließ seinen Blick über Sektionstische, Transportbahren und Mauervorsprünge schweifen, entdeckte das Aufnahmegerät auf der Fensterbank. Es lag gleich neben der Waage, auf der die den Toten entnommenen Organe gewogen wurden. Auf einer weißen Tafel standen ihre Namen in schwarzen Druckbuchstaben aufgelistet: Gehirn, Herz, Lunge, Leber, Milz, die Nieren und für was sich die Forensiker sonst noch so interessierten. Hinter jedem Organ hatte jemand mit einem schwarzen Filzstift eine Grammzahl vermerkt. Präparator Hermann Schmidt wischte die Gewichtsangaben gerade mit einem feuchten Schwamm weg. Die Notizen stammten noch von einer Polizeileiche, die Dr. Mertens am Vormittag des Vortages auf diesem Edelstahltisch untersucht hatte – kurz bevor er von EKHK Brenner nach Hameln in den Klüt gerufen worden war. Gerichtsmediziner bezeichneten die Toten, die von Polizisten beschlagnahmt worden waren, salopp als Polizeileichen. Der Ehemann hatte die Enddreißigerin am frühen Morgen leblos im Bett gefunden und noch versucht, seine Frau wiederzubeleben. Der Notarzt hatte eine unnatürliche Todesart attestiert, und der von Todesursachen-Ermittlern der Polizei befragte Hausarzt konnte sich nicht erklären, warum seine scheinbar gesunde Patientin so plötzlich gestorben war. Dadurch war die Tote aus dem Steintor-Viertel zu einem Fall für die Rechtsmedizin geworden. Dr. Mertens und sein Kollege Dr. Klaus Martin hatten zuallererst jeden

Quadratzentimeter Haut der Leiche nach Auffälligkeiten wie ungewöhnlichen Verfärbungen oder Einstichstellen abgesucht, danach jedes Organ entnommen und in Scheiben geschnitten und die Schlagadern sowohl von innen als auch von außen inspiziert. Am Ende waren es die Augen und das Gehirn, die ihr Geheimnis preisgaben. Die Pupillen waren geweitet, die Lungenflügel mit Wasser gefüllt. Beides sind Indizien für Vergiftung oder Ersticken. Dr. Mertens hatte in sein Diktiergerät eine Empfehlung für weitergehende toxikologische Untersuchungen gesprochen.

Herma hatte in der Zwischenzeit die Kontrolle über ihren Körper zurückerlangt und die Übelkeit besiegt. Mit ausdruckslosem Blick sah die Mordermittlerin dem Präparator dabei zu, wie er die letzten Spuren der Grammzahlen von der Tafel wischte. Van Dyck fühlte sich an ihre Schulzeit erinnert. Sie ließ ihren Blick durch den großen komplett weiß gekachelten Raum mit den riesigen Fenstern aus Milchglas schweifen, in dem fünf baugleiche Sektionstische standen. Auf einem lag eine weiße Plastiktüte, an der verkrustete Schlickreste klebten. Herma kannte den Inhalt. Aus Wortfetzen, die sie aus dem Gespräch zwischen Brenner und Mertens aufgeschnappt hatte, wusste sie, dass der abgetrennte Kopf gleich nach der Brandleiche an der Reihe war.

„So, dann fangen wir mal an", hörte sie Dr. Karl Mertens sagen. Herma wurde abrupt aus ihren Gedanken gerissen. Mit beiden Zeigefingern wischte sie sich rasch die von eingetrockneter Tränenflüssigkeit und Make-up verklebten Augenwinkel aus und ging zu dem Untersuchungstisch, an dem bereits Brenner stand. Ihr Chef hatte die Hände auf den Rücken gelegt und beobachtete Präparator Schmidt dabei, wie er die im grellen Licht der Deckenlampen funkelnden Instrumente bereitlegte – es waren scharfe Skalpelle, kleine Messer, große Scheren, ein Brustkorb-Spreizer und eine Bügelsäge.

Dr. Mertens legte zunächst seinen grünen Mundschutz an und zog sich dann gelbe OP-Handschuhe über. Über dem hellgrünen Kittel trug er eine weiße Schürze aus hauchdünnem Kunststoff. Seine Augen hatten an diesem Tag bereits die sterblichen Überreste von 25 Menschen gesehen. Um 6.50 Uhr hatte der Rechtsmediziner im Krematorium in Lahe damit begonnen, amtliche Leichenschauen durchzuführen – so sieht es das Gesetz vor, denn: Ist ein Toter erst einmal verbrannt, lassen sich Tötungsdelikte nur noch schwer nachweisen. Allenfalls könnten in der Asche noch Giftstoffe wie Arsen gefunden werden.

Die Tür wurde geöffnet. Ein leises Quietschen war zu hören. Dr. Klaus Martin klemmte sein Gesicht in den Türrahmen. „Bin ich zu spät?"

„Nein, alles okay", antwortete Dr. Mertens und winkte seinen Kollegen zu sich. „Komm rein, wir haben heute noch eine Menge Arbeit."

Dr. Martin nickte, zog den Mundschutz hoch, der vor seinem Hals baumelte, und zwängte seine gepflegt aussehenden Hände in die engen Gummihandschuhe. Mertens' junger Kollege war der zweite Mann am Tisch. Er assistierte in dieser Woche dem alten Hasen, von dem er noch sehr viel lernen konnte. Die Strafprozessordnung sah vor, dass stets zwei Rechtsmediziner eine von der Staatsanwaltschaft oder von einem Gericht angeordnete Autopsie durchführen mussten. Fast immer standen auch Mordermittler mit am Tisch, um bereits während der Obduktion erste wichtige Erkenntnisse gewinnen zu können. Eine solche forensische Sektion schlug mit rund 1000 Euro zu Buche. Privatobduktionen, die jedermann in Auftrag geben konnte und die von nur einem Arzt erledigt werden durften, kosteten lediglich 300 Euro.

Es machte klack, als Dr. Mertens das Diktiergerät anschaltete, das er in seiner rechten Hand hielt. „Wir beginnen mit der Obduktion einer weiblichen Leiche aus Hameln. Anwesend sind Dr. Mertens und Dr. Martin, Institut für Rechtsmedizin ebenda, und die Kriminalhauptkommissare Kurt Brenner und Herma van Dyck. Als Präparator am Tisch: Hermann Schmidt." Mertens machte eine kurze Atempause, schaltete das Gerät an und aus. Klack. Klack. „Der gesamte Körper ist zum Teil verkohlt. Verbrennungen 3. und 4. Grades. Großflächige Hautablösungen. Typische Fechterstellung. Hinweis für das Protokoll: Der Leichnam ist zuvor im Institut geröntgt worden. Dabei haben sich keine Auffälligkeiten ergeben. Soll heißen: Weder Stich- noch Schusswunden sind erkennbar. Es wurden keine Projektile oder abgebrochenen Messerklingen entdeckt."

Wieder machte Dr. Mertens eine Pause. Er hatte Hermas fragenden Gesichtsausdruck bemerkt. „Frau Kommissarin, ist irgendetwas unklar?"

Die Ermittlerin schüttelte energisch mit dem Kopf. Eine blonde Strähne löste sich aus ihrem zum Zopf gebundenen Haar. Sie staunte. Dieser Gerichtsmediziner hatte doch tatsächlich die Fragezeichen auf ihrer Stirn bemerkt. Herma grübelte darüber nach, was Dr. Mertens mit Fechterstellung gemeint hatte. Sie traute sich nicht, die Frage auszusprechen, weil sie Angst davor hatte, ausgelacht zu werden. Der Leitende Oberarzt hatte im Laufe seiner 37 Dienstjahre mehrere 1000 Leichen obduziert und schon viele Kommissare kommen und gehen sehen. Die einen hatten viel Erfahrung, die anderen waren nicht ganz so gut mit rechtsmedizinischen Untersuchungen vertraut. Der stellvertretende Institutsleiter ahnte, über welchen Fachbegriff die Kriminalistin gestolpert war. Ohne sie belehren zu wollen, hob Dr. Mertens, der es liebte, vor Studenten im Hörsaal zu dozieren, zu einem Kurzvortrag an. Dabei schaute er den Präparator an, der sich fragte, weshalb der Doc zu ihm sprach. Aber Schmidt hörte einfach nur zu, dachte nicht weiter über die Motive des Leitenden Oberarztes nach. „Bei Brandleichen ist es so, dass sich postmortal, also nach dem Tod, Muskeln durch starke Hitzeeinwirkung zusammenziehen. Dieses Phänomen ist vor allem an den Extremitäten deutlich sichtbar."

Dr. Mertens zeigte auf die verkrampften Arme der Toten, die zur Decke zeigten. „Aus diesem Grund entsteht die charakteristische Haltung der Brandleichen, die an eine prämortale Abwehrhaltung erinnert. Wir Rechtsmediziner sprechen von einer Fechterstellung. Es gibt Kollegen, die sagen auch Boxerstellung dazu. Aber Fechterstellung ist schon die bessere Bezeichnung. Das, was wir hier sehen …", Mertens schaute in die Runde, „… ist also die Folge der hitzebedingten Schrumpfung der Sehnen und der Muskulatur. Man muss wissen, dass die Beugemuskulatur kräftiger ist als die Streckmuskulatur. Einfach ausgedrückt: Muskeln ziehen sich unterschiedlich stark zusammen. Wir nennen das Kontraktion." Der Anwalt der Toten wandte sich Herma zu und zeigte auf das, was von der Schulterpartie der Leiche übrig geblieben war. „Hier, sehen Sie. Das Anheben der Schultern ist ein ganz typisches Zeichen dafür." Nun mischte sich auch noch Dr. Martin ein. Der Rechtsmediziner fasste den linken Arm der Toten an, was ein Knistern verursachte, das an einreißendes Pergamentpapier erinnerte. „Aber auch die Beugung in den Ellenbogen und Handgelenken, schauen Sie bitte hier, ist nicht ungewöhnlich. Übrigens: An den Beinen kommt es ebenfalls häufig zu diesen Beugungen in den Gelenken und zu einem Abspreizen der Oberschenkel im Hüftbereich."

Herma nickte und atmete hörbar ein. Das nasale Geräusch, das dabei entstand, klang nach Protest. Ihr kamen die Erklärungen wie Belehrungen vor – und das ging ihr gehörig auf den Keks. Mit einem Anflug von Zynismus sagte sie: „Okay, prima, jetzt wissen wir, dass diese verbrannte Frau tatsächlich im Feuer gelegen hat. So schlau waren wir gestern auch."

Die beiden Gerichtsmediziner taten so, als hätten sie die Äußerung der Kriminalhauptkommissarin nicht gehört. Sie wandten sich wieder ihrer Arbeit zu. Nur Präparator Schmidt schien das Wortgefecht am Seziertisch gefallen zu haben. Sein Gesichtsausdruck, den er vor den Ärzten zu verbergen versuchte, verriet Herma, dass er amüsiert zu sein schien. Nachdem die äußere Untersuchung des Leichnams abgeschlossen war, gab Dr. Mertens dem Präparator durch Kopfnicken das Zeichen, nun den Hinterkopf freizulegen. Mit einer Bügelsäge öffnete Schmidt den Schädel, sodass das Gehirn entnommen, gewogen und untersucht werden konnte. Während der rechtsmedizinische Assistent geschickt den durch das Feuer gesprengten Schädeldeckel absägte, wandte sich der Leitende Oberarzt Brenner zu. „Ich denke, wir werden das Gehirn nicht eingehender untersuchen können. Die Hitze wird zu groß gewesen sein. Nahezu sämtliche Eiweiße im Körper sind mit großer Wahrscheinlichkeit denaturiert. Das ist so, als würde man ein Hühnerei kochen." Der oberste Mordermittler von Hameln nickte nur stumm, Herma schaute den Rechtsmediziner angewidert an. Solche Vergleiche konnten bei ihr dazu führen, dass sie sich übergeben musste. Sie konnte auf derart plastische Schilderungen gut verzichten. Präparator Schmidt war mit seiner Arbeit fertig. Er hielt den abgetrennten Schädelknochen, der aussah wie eine aufgeplatzte halbe Kokosnuss, in seinen Händen und schaute Dr. Mertens an. Der Rechtsmediziner blickte in das Innere des Kopfes und zeigte auf einen Klumpen karminrotes Blut. „Das, meine Damen und Herren, ist ein epidurales Brandhämatom, wie es im Buche steht", fing der Arzt an zu dozieren. Brenner, der bislang geschwiegen hatte, räusperte sich. „Ja und? Was sagt uns das?"

Dr. Mertens wirkte enttäuscht. Mit seiner rechten Hand machte er ein Zeichen, das wohl Abwarten bedeuten sollte. „Aus der Sicht der Kriminalpolizei bedeutet das nicht viel. Für uns Gerichtsmediziner ist es ein sicheres Zeichen, dass diese Frau postmortal, also nach ihrem Tod, großer Hitze ausgesetzt war."

„Hm." Brenner brummte etwas Unverständliches in sich hinein. Er hatte die Arme vor der Brust verschränkt. Die Aussage des Rechtsmediziners hatte ihn erstaunt. „Gut, dann wissen wir jetzt, dass sie nicht mehr gelebt hat, als sie ins Feuer gelegt wurde." Der Erste Kriminalhauptkommissar hatte bislang geglaubt, dass ausschließlich die Lungen eines Brandopfers verrieten, ob der Mensch tot war oder noch lebte, als er verbrannte.

Am Fußende des Sektionstisches befand sich ein kleiner Untersuchungsplatz. Dort wurde jedes Organ gewogen, in Augenschein genommen und danach in Scheiben geschnitten. „Wir nennen das Lamellieren. Diese Methode erlaubt es uns, Schicht für Schicht ins Innere der Körperorgane zu schauen", erklärte Dr. Mertens. Über die Arbeit der Gerichtsmediziner zu sprechen und Vorgehensweisen zu erklären, bereitete ihm sichtlich Freude. Kein Wunder: Der stellvertretende Institutsleiter bildete gern Nachwuchskräfte aus.

Dr. Martin nahm ein scharfes Messer, öffnete mit einem großen vertikalen Hautschnitt den Brustkorb der Toten und legte die inneren Organe frei. Nach und nach wurden Herz, Lungenflügel, Leber, Nieren, Schlagadern und die Halsorgane unter die Lupe genommen. Die Ärzte stellten von jedem Organ Proben sicher. Diese wurden jeweils in ein Glas mit Formalin gelegt. In der farblosen Flüssigkeit konnten sie zwei Jahre lang aufbewahrt werden – und danach immer noch ihre Geheimnisse preisgeben. Bevor die Organe aufgeschnitten wurden, legte Schmidt sie in Edelstahlwannen, stellte diese auf die Waage und notierte die unterschiedlichen Gewichte an der Tafel. Alles schien Routine zu sein. Jeder Handgriff, jeder Schnitt – so wirkte es zumindest auf die Kriminalbeamten – saß. Endlich waren die Lungenflügel an der Reihe. Wie fast alles an dieser Leiche waren auch sie verkocht. Im Inneren wiesen sie aber keine Spuren von Ruß auf. Nun gab es einen weiteren Beweis dafür, dass die Frau, die im Klütwald auf einen Scheiterhaufen gelegt worden war, nicht mehr gelebt hatte, als sie bis zur Unkenntlichkeit verbrannte.

Kurt Brenner und Herma van Dyck schienen darüber sehr erleichtert zu sein. Sie wussten, dass Angehörige ihnen genau diese Frage stellen würden. Es war dann einfacher, erklären zu können, dass das Opfer nicht bei lebendigem Leib in die Flammen gelegt worden war.

Immer noch stand nicht fest, ob es sich bei der Toten um Sarah Brooks handelte und woran die Frau gestorben war. Während Brenner darüber nachdachte und sich Herma unbewusst über die Unterlippe leckte, schauten sich Mertens und Martin die Magenschleimhaut und die Lendenmuskulatur genauer an. Nach kurzer Zeit blickten sich die Rechtsmediziner in die Augen und nickten dabei unmerklich. Sie hatten offensichtlich gefunden, wonach sie gesucht hatten. Das vorläufige Ergebnis der Obduktion lautete: Tod durch Unterkühlung.

Die Autopsie hatte sich über anderthalb Stunden hingezogen. Während Präparator Schmidt die zuvor entfernten Organe wieder in der Bauchhöhle platzierte, streiften sich die Rechtsmediziner erst die blutbeschmierten Handschuhe und danach ihren Mundschutz ab. Dr. Mertens wusch sich die schweißigen Hände, trocknete sie sorgfältig ab. Dann nahm er sein Diktiergerät und drückte auf die Aufnahmetaste. Es machte wieder klack. Der Rechtsmediziner sprach zunächst die Befunde aus dem Gedächtnis auf Band. Dann wandte er sich den Ermittlern zu. „Tja, wir gehen im Moment davon aus, dass diese Frau an Unterkühlung gestorben ist und der Täter die Leiche im Feuer entsorgen wollte."

Dr. Mertens machte eine Pause. Er rechnete damit, dass die Polizisten das Ergebnis anzweifeln würden. In der Tat machten Brenner und van Dyck ungläubige

Gesichter. Brenner war der Erste, der seine Stimme wiederfand. „Wie sollen wir das verstehen?", fragte er. „Der Täter hat die Frau erst in eine Gefriertruhe gepackt oder was?"

Dr. Mertens breitete die Arme aus und zuckte mit den Schultern. „Ja, so könnte es gewesen sein. Es reicht aber auch schon aus, wenn jemand längere Zeit im kalten Wasser gewesen ist. Oder in einem Keller, in einer Höhle, also dort, wo es über einen längeren Zeitraum recht frisch ist. Der menschliche Körper kühlt rasch aus. Den Ort zu finden, ist nun Ihr Job. Ich beneide Sie, ehrlich gesagt, nicht darum. Unsere Aufgabe wird es sein, die Verdachtsdiagnose durch weitere Untersuchungen im Labor zu untermauern."

„Und wie wollen Sie das anstellen?", wollte Herma von dem Gerichtsmediziner wissen. „Mit dem Thermometer wird das ja wohl schlecht gehen."

„Gewiss nicht", antwortete der stellvertretende Institutsleiter. „Aber wir werden es herausfinden. Die Leiche wird es uns verraten." Dr. Mertens musterte die Mordermittlerin einen Moment lang. Dann sah er ihr auffordernd in die Augen. „Mortui vivos docent – Sie kennen doch den Leitspruch der Pathologen und Rechtsmediziner, oder?" Herma schlug das Herz bis zum Hals. Sie kannte den lateinischen Satz, konnte sich aber nicht an die deutsche Übersetzung erinnern. Deshalb schwieg sie verlegen, legte die Hände auf den Rücken und lehnte sich mit ihrem Hintern an die gekachelte Wand. Ihr war nicht wohl in ihrer Haut. Sie kam sich vor wie ein Schulmädchen, das vor seinem Lehrer stand und eine Prüfungsfrage beantworten soll. Dr. Mertens schien die Sprachlosigkeit der Polizistin zu genießen. Der Gerichtsmediziner fuhr sich mit den Fingern durch das schüttere Haar und kratzte mit seinen Fingern über die helle Kopfhaut. „Aber natürlich wissen Sie das, Frau Hauptkommissarin." Dr. Mertens lächelte. „Die Toten lehren die Lebenden. So ist es doch, nicht wahr? Deshalb sind wir doch hier zusammengekommen. Zurück zu Ihrer Frage, Frau van Dyck. Wir werden versuchen, herauszufinden, ob es im Körper dieser Toten zu einer Stoffwechselentgleisung gekommen ist. Ich gehe im Moment davon aus, dass wir im Urin der Leiche einen erhöhten Azeton-Wert finden werden. Das wäre dann eine Bekräftigung für unsere Vermutung."

„Und auf diese Annahme sind Sie durch welche Spuren gekommen?" Herma wollte es jetzt genau wissen.

„Wir haben in der Schleimhaut des Magens und der Muskulatur der Lendenwirbelsäule Anzeichen entdeckt, die auf eine Unterkühlung hindeuten. Ganz einfach gesagt: Dort befinden sich typische Einblutungen im Gewebe. Nach dem jetzigen Stand unserer Erkenntnisse, die wir bei der Autopsie gewonnen haben, können wir davon ausgehen, dass wir es im vorliegenden Fall aus kriminalistischer Sicht nicht mit einem Brandmord, also dem direkten Inbrandsetzen des Opfers, sondern mit einem Mordbrand, also mit der Vertuschung eines Tötungsdelikts, zu tun haben. Aber wie gesagt: Warten wir die Laborergebnisse ab. Morgen wissen wir mehr."

Brenners Schläfenmuskulatur zuckte und verriet die Anspannung des Ersten Kriminalhauptkommissars. „Haben Sie genug Material für einen DNA-Abgleich?"

Dr. Mertens presste die Lippen aufeinander. Dann sagte er: „Ich denke, ja. Weil der Zustand der Organe durch die extreme Hitzeeinwirkung jedoch schlecht ist, wenden wir einen Trick an. Wir versuchen, aus der Tiefe der Knochensubstanz DNA-Material zu gewinnen. Das ist eine praktikable Methode." Dr. Mertens zeigte auf den immer noch geöffneten Schädel. „Hier, sehen Sie. Dort befindet sich das Felsenbein. Das ist Teil der Schädelbasis und besonders widerstandsfähig. Dort werden wir den Bohrer ansetzen. Aus dem Knochenstaub, der dabei anfällt, können wir DNA generieren."

Herma winkte ab. „Okay, okay. Machen Sie das bitte. Ganz so genau wollten wir das gar nicht wissen." Mertens und Martin sahen sich erstaunt an. Diese Mordermittlerin war offenbar zart besaitet, dachte der Leitende Oberarzt und beließ es dabei.

Während die Rechtsmediziner und Kommissare zum nächsten Sektionstisch gingen, auf dem die Plastiktüte mit dem verwesten Kopf und den Knochen lag, nähte Präparator Schmidt die Brandleiche, so gut es ging, wieder zu, um sie danach zurück ins Kühlfach zu schieben.

Zum zweiten Mal an diesem Tag zogen sich Mertens und Martin im Sektionssaal der Medizinischen Hochschule Hannover hellgelbe OP-Handschuhe an.

Sie legten Mundschutz an und beugten sich über die Tüte, die Polizeitaucher aus der Humme gefischt hatten. Dr. Mertens kippte den Inhalt des Plastikbeutels vorsichtig auf die Edelstahlplatte des Seziertisches. Die Plastiktüte wurde vorsichtig in einen DNA-Beutel gesteckt. Sie sollte noch kriminaltechnisch untersucht werden. Dann entfernten die Rechtsmediziner mit ihren behandschuhten Händen Schlamm vom Schädel und von den übrigen Knochen. Klumpen, in denen sich lange Haare befanden, legten sie für weitere Untersuchungen in eine Metallschale. Mit Wasser, das aus einem Brausekopf sprühte, spülten die Ärzte Knochenteile aus dem übel riechenden Morast. Der Gestank schien sie nicht zu stören. Die Rechtsmediziner waren daran gewöhnt. Für Außenstehende sah es so aus, als fügten die Forensiker ein Puzzle zusammen. Herma wandte ihren Blick ab und starrte ausdruckslos auf die Milchglasscheiben, durch die man allenfalls schemenhaft erkennen konnte, dass vor dem Institut Autos vorbeifuhren. Sie hoffte, dass die zweite Obduktion bald vorüber war. Die Gerüche machten sie fertig. Sie riefen Erinnerungen an Tatorte und an grausige Begegnungen in ihr wach. Herma hatte gehofft, die bösen Geister der Vergangenheit längst verscheucht zu haben. Aber der Besuch in diesem Institut zeigte ihr auf erschreckende Weise, dass das nicht so war. In diesem Saal spürte Herma van Dyck auf schmerzhafte Weise jede Minute ihrer 20 Dienstjahre.

Nach einer Dreiviertelstunde in überwiegend gebückter Haltung richteten sich die Rechtsmediziner wieder auf und schauten sich ihr Werk an. Dr. Mertens fasste zusammen: „Es handelt sich um einen menschlichen Schädel und zwei Hände. Die Körperteile wurden unfachmännisch mit einer scharfen Klinge abgetrennt. An den Knochen sind ganz deutlich Spuren eines Messers zu erkennen. Der Täter hat mehrfach angesetzt. Auch das kann man gut sehen." Der Arzt deutete mit dem Zeigefinger auf mehrere Schnittspuren, die sich an einem Wirbelkörper befanden. „Kopf und Hände wurden offenbar postmortal abgetrennt. Knöcherne Verletzungen im Kehlkopfbereich zeigen uns, dass der Tod vermutlich durch massive Gewalt gegen den Hals eingetreten ist."

Dr. Mertens schaute zu Herma van Dyck, die immer noch geistesabwesend auf die Milchglasscheiben starrte. Sie schien seinen Ausführungen nicht zu folgen. Brenner räusperte sich. Er hoffte, seine Mitarbeiterin mit dem krächzenden Geräusch aus ihren Gedanken reißen zu können. „Hallo, Frau van Dyck. Weilen Sie noch unter den Lebenden?", rief Rechtsmediziner Dr. Martin. Herma erschrak. „Ja, natürlich. Was ist denn los?"

Brenner winkte ab. „Die Person, der dieser Kopf abgetrennt wurde, ist zuvor erwürgt oder erdrosselt worden. Das ist es, was die Spuren den Experten verraten."

„Ja, so ist es. Wir haben es also mit zwei Tötungsdelikten zu tun …", stellte Dr. Mertens fest. Dann legte er seine Stirn in Falten und revidierte seine Meinung.

„Nun ja, das ist vielleicht doch etwas vorschnell geurteilt, denn es ist ja zumindest theoretisch möglich, dass die Frau aus dem Scheiterhaufen bei einem Unfall durch Unterkühlung ums Leben gekommen ist und jemand ihren Körper im Feuer entsorgen wollte. Zumindest könnte das jemand später vor Gericht behaupten."

„Hm. Unwahrscheinlich ist das zwar, aber bis zum Beweis des Gegenteils eben auch möglich. Da stimme ich Ihnen zu, Doc", sagte Brenner.

Herma schien müde zu sein. Sie rieb sich die Augen mit den Fingerknöcheln. Ihr Auftritt im Institut war ihr peinlich. Sie wollte nur noch raus an die frische Luft und den Tag vergessen. Immerhin konnte sie sich noch zu einer Frage durchringen. „Können Sie die DNA auch aus diesem Schädel herausbohren und auf diese Weise das Geschlecht des Opfers bestimmen?"

Doc Mertens' Antwort fiel kurz aus. „Ja, davon gehe ich aus. Wir brauchen ein, zwei Tage für die DNA-Untersuchungen. Danach wissen wir mehr."

„Na, wenn wir Sie nicht hätten", sagte Herma und versuchte zu lächeln.

„Ja, das stimmt. Die Medizin ist eine Leuchte ins Innere. Ist nicht von mir. Hat einmal irgendein kluger Kopf gesagt", sagte Dr. Mertens. Brenner lachte. „Und Jean-Paul Sartre wird dieser Satz zugeschrieben: ‚Wenn man sieht, was die heutige Medizin fertigbringt, fragt man sich unwillkürlich: Wie viele Etagen hat der Tod?'"

„Hört, hört. Wie recht er doch hat", meldete sich Dr. Martin zu Wort. „Einen Spruch möchte ich auch zum Besten geben. Da ist nämlich was dran. Wenn das Schicksal kommt, ist der Arzt ein Narr."

Dr. Mertens blickte seinem jungen Kollegen in die Augen. „Auch nicht schlecht. Ist der von Ihnen?" Dr. Martin lächelte nur. Er blieb die Antwort darauf schuldig.

Kapitel 24

Er mischte sich unter die Camper aus Nordrhein-Westfalen, die auf der Rückseite von Lübkens Frische-Center vor dem „Kuddeldaddeldu“ in Neuharlingersiel standen, zwischen Seedeich und Hafen über die neuesten Wohnwagenmodelle fachsimpelten und dabei Kölsch aus Flaschen tranken. Man sah den Männern an, dass sie ihr Leben lang hart gearbeitet hatten. Manche hatten Schwielen an den Händen. In den von der Sonne gegerbten Gesichtern der anderen konnte er lesen, dass sie bei Wind und Wetter oft draußen geschuftet hatten. Als ihn der Wirt fragend anschaute, bestellte er ein Jever. Die Camper nahmen kaum Notiz von ihm – sie waren viel zu sehr in ihr Gespräch vertieft. Ein Dicker, der ihn an Oliver Hardy erinnerte, war Kettenraucher. Bei ihm ging die Marlboro nicht aus. Dort, wo er die Zigarette zwischen Zeige- und Mittelfinger einquetschte, hatte seine Haut bereits eine schwefelgelbe Farbe angenommen. Sein auffallend schlanker Kumpel, der ihm immer wieder zustimmend auf die Schulter klopfte, machte auf Ostfriese. Der Spargel hatte sich ein blau-weiß gestreiftes Hemd übergezogen und trug eine dunkelblaue gehäkelte Wollmütze, die ihn an einen Topflappen erinnerte. Ein Typ mit Glatze und Sonnenbrand, der aussah, als hätte er zu lange am Hochofen gestanden, musste mächtig von sich überzeugt sein oder Humor haben. Auf seinem blauen T-Shirt war ein orangeroter Pfeil zu sehen, der in Richtung seines puterroten Gesichts zeigte. Darunter stand in großen gelben Lettern: „So gut sieht man aus, wenn man im Ruhestand ist." Er dachte sich seinen Teil, seufzte leise und schüttelte unmerklich mit dem Kopf. „Alter, wo bin ich hier nur hingeraten?", dachte er. Er hütete sich, diese Frage auszusprechen. Er konnte jetzt keinen Ärger gebrauchen. Im Moment zählte nur eins: Zwischen diesen Männern aus dem Ruhrpott fiel er nicht auf. Er ging als Touri durch. Dessen war er sich sicher. Einheimische kamen ohnehin selten auf den Campingplatz. Oberhalb des saftig-grünen Deichs waren bunte drachenartige Gebilde zu sehen, an deren Seilen Kitesurfer hingen, die sich vom Nordwestwind durch die Wellen ziehen ließen. Ein schwarzes Segel stand nahezu unbeweglich im Wind, lediglich ein viele Meter langer Drachenschwanz aus einzelnen Buchstaben flatterte hin und her. Er kniff die Augen zusammen, um entziffern zu können, was dort geschrieben stand. „Aha", brummelte er leise vor sich hin, als er den Sinn der Buchstaben begriff. Eine Surferkneipe machte Werbung für Livemusik.

Melchior ließ seinen Blick über den Campingplatz schweifen. Das, was er erspähte, reizte ihn nicht. Er sah nur Frauen über 60, die mit ihren Ehemännern auf 15 Quadratmetern Urlaub machten. Keine hatte Ähnlichkeit mit der Windsbraut. Melchior leerte die Bierflasche in einem Zug, winkte den Kellner zu sich und bezahlte, ohne dabei auch nur ein Wort zu sagen. Er hatte Angst, sich durch seine markante rauchige Stimme zu verraten. Vielleicht war ja doch jemand in der Nähe, der ihn noch von früher kannte.

Er schlenderte zum Parkplatz des Frischemarktes, auf dem er seine Rostlaube abgestellt hatte, setzte sich hinter das Steuer, zog die Fahrertür zu, die quietschend ins Schloss fiel. Dann startete er den Motor. Während Melchior über den Namen der Kneipe nachdachte und sich fragte, ob einer der Bier trinkenden Westfalen wohl Ringelnatz gelesen hatte und wusste, dass der Lyriker und Kabarettist die Figur Kuttel Daddeldu erfunden hatte und dass später durch einen Druckfehler in der DDR aus dem Seebären Kuttel der Kuddel geworden war, bog er nach links auf die Landesstraße 6 ab, die mitten durch den Ort führte, und steuerte den Hafen an. Nach wenigen 100 Metern erreichte er in Höhe des BadeWerks die Edo-Edzards-Straße, die am Deichtor zur Straße „Am Hafen West“ wurde. Der Parkplatz war gut gefüllt. Autos mit Kennzeichen aus Minden, Köln, Dortmund und dem Ennepe-Ruhr-Kreis standen neben Reisebussen aus Wanne-Eickel, München und Salzburg. Er hatte Glück bei der Parkplatzsuche, stellte seinen VW Golf zwischen einem Wohnmobil aus Bonn und einem Smart aus dem Schaumburger Land ab und stieg aus. Bernd Melchior war im Jagdmodus. In Gedanken versunken bohrte er in der Nase. Er hielt Ausschau nach einem geeigneten

Opfer. Jung musste das Mädchen sein und lange Haare haben.

Der Wind frischte auf. Er vergrub die Hände in den Taschen seiner Hose und schlenderte zur Hafenkante. Ein rostiger Kutter lag auf der Helling. Zwei Arbeiter in blauen Overalls pinselten den Rumpf schwarz an. Rechts von ihm lag die „Neuharlingersiel“, das orange-weiße Seenotrettungsboot der Deutschen Gesellschaft zur Rettung Schiffbrüchiger, fest vertäut an der Kaimauer. Die grüne Spiekeroog-Fähre, die von Einheimischen wegen ihrer Farbe „Kermit“ genannt wurde, saß bereits auf dem Schlick auf. Es war ablaufendes Wasser – bald würde nur noch die schmale Fahrrinne befahrbar sein. Melchior kannte das nur zu gut. Vor Jahren hatte er diesen idyllischen Hafen immer mal wieder angesteuert. Aber das war einmal. Den Fischer vom Krabbenkutter gab es nicht mehr. Der hatte ein nasses Grab gefunden, lag schon lange tot auf dem Grund der Nordsee. Zumindest glaubten das alle, die einmal Bekanntschaft mit ihm gemacht hatten. Nun war das alles Geschichte – eben Daddeldu, wie die Seeleute zu sagen pflegten. Aus. Ende. Feierabend. Melchior lächelte sarkastisch in sich hinein. Ihm gefiel es, als Toter unter den Lebenden zu weilen.

Musik wehte zu ihm herüber. Sie kam aus einer Hafenkneipe, die er von früher kannte. Heute spielten sie Irish Folk – das erkannte Melchior sofort. Ihm gefiel der Sound. Wie ein Kind, das von den Flötentönen des Rattenfängers angelockt wird, machte er auf dem Absatz kehrt und ging in den Kutterhafen. Oberhalb des Hafenbeckens befand sich das „Dattein“, das so hieß, weil das mehr als 300 Jahre alte Backsteinhaus die Hausnummer 13 hatte. Kaum ein Tourist wusste, dass die Zahl 13 im Plattdeutschen „darteihn“ – gesprochen „dattein“ – heißt. Die Besitzer, die viel Geld in die Renovierung des schmalen Friesenhäuschens gesteckt hatten, hofften, dass ihnen die 13 Glück brachte. In früheren Zeiten hatte das Gebäude ein heute kaum mehr bekanntes Schwimmdach, auf das sich die Bewohner bei schwerer Sturmflut mitsamt ihrem Vieh hätten retten können. Wie eine Rettungsinsel wäre es bei Hochwasser aufs Meer und vom Nordwind an Land getrieben worden. Je näher er der urigen Kneipe kam, desto lauter wurde es. Achim Orwat gab die Bühnensau und sang „Seven Drunken Nights“ von den Dubliners. Die Stimmung im rappelvollen „Dattein“ kochte über. Der Musiker und Songwriter saß – umringt von Einheimischen und Touristen – in einer Ecke des Lokals, spielte leidenschaftlich Gitarre und erzählte dazu die Geschichte eines Ehemannes, der jeden Abend betrunken nach Hause kommt und Hinweise darauf findet, dass ihm seine Frau nicht treu zu sein scheint. Er hatte Talent und eine schöne Stimme. Orwat machte schon lange Musik, war in einer Zeit aufgewachsen, als die Jungs noch Gitarre spielen lernten, um leichter an Mädels heranzukommen, wie er selbst auf der Bühne kundtat.

Melchior schob sich durch die Menschenmenge, vorbei an wippenden Füßen und Händen, die Biergläser festhielten. An den Tischen und an der Theke war kein Platz frei. Die Kneipe war stilvoll und mit viel Liebe zum Detail eingerichtet worden. Vor den Fenstern hingen Fischernetze als Gardinen, an den Wänden gerahmte alte Schwarz-Weiß-Fotos von Seebären und Galionsfiguren. Von der Decke baumelten Reusen. Melchior fand einen Stehplatz vor dem Schiethus. Mit dem rechten Ellenbogen stützte er sich auf einem Holzbrett ab, auf dem zwei Sextanten aus blank poliertem Messing standen, und zwängte sich zwischen zwei Männer mit Bierbäuchen. Es störte ihn, dass – sobald jemand die Tür öffnete – ein strenger Geruch in seine Nase drang. Er kratzte sich an der Stirn, sah sich dabei nach einem Sitzplatz um, entdeckte zwar keinen, erblickte aber etwas, wonach er gesucht hatte. Sie hatte lange blonde Haare, die ihr fast bis zum Hintern reichten, ein niedliches Grübchen am Kinn und ausgeprägte Wangenknochen. Die Frau mochte Mitte 30 sein und sah aus wie die kleine, aus Ebenholz geschnitzte nackte Meerjungfrau, die am Fensterrahmen zwischen den Fischernetzen lehnte. Blondie hielt sich an einem halb gefüllten Weißweinglas fest, bewegte ihren Kopf zum Rhythmus der Musik – und schien allein hier zu sein. Als sich die Kellnerin an ihm vorbeidrückte, bestellte Melchior rasch einen halben Liter Bier. Dabei ließ er das Objekt seiner Begierde nicht aus den Augen. In Gedanken malte er sich aus, wie er aus dieser Frau eine Zwillingsschwester der Windsbraut machte. Er würde ein Kunstwerk schaffen und die Polizisten, die in Hameln fieberhaft nach ihm suchten, an der Nase herumführen. Sie sollten wissen, dass der Adler blutige Schwingen hatte, und erfahren, dass er seine Beute nicht nur im Weserbergland suchte und fand. Melchior nahm einen Schluck Bier, wischte sich mit dem Handrücken den Schaum von den Lippen, lachte gehässig und murmelte etwas vor sich hin, das niemand außer ihm verstehen konnte. „Ja, ihr wisst, dass ich auf der Jagd bin. Und ich weiß, dass ihr nach mir fahndet. Aber ihr werdet mich nicht kriegen."

Kapitel 25

Als er am Tag nach den Obduktionen in seinem Büro an der Zentralstraße saß, einen Pott dampfenden Kaffee und ein Käsebrötchen von der Bäckerei vis-à-vis vor sich auf dem Schreibtisch, schien er müde und zerknirscht zu sein. Brenner starrte auf ein Gemälde, das er vor Jahren für ein paar Euro bei Ikea gekauft hatte. Es war eine billige Kopie eines der vielen Seerosenbilder des französischen Impressionisten Claude Monet, aber es wirkte dennoch inspirierend auf ihn. Der Erste Kriminalhauptkommissar fragte sich gerade, ob das Werk des Künstlers unvollendet geblieben war, als Herma ihn mit einem lauten „Moin!" aus seinen Gedanken riss.

Sie schaute ihn erwartungsvoll an. „Na, wie sieht's aus? Haben wir schon was Neues von der Gerichtsmedizin?"

Brenner drehte sich zu ihr um. Sein Bürostuhl quietschte. Der Chefermittler schüttelte mit dem Kopf. „Noch nicht. Die Jungs können ja auch nicht hexen."

Brenner trommelte mit den Fingern seiner rechten Hand auf der Tischplatte herum. Er war nervös. Resignation stand ihm ins Gesicht geschrieben. Die Ermittlungen liefen nicht rund. Das wusste jeder im Team. „Wir haben keinen Ermittlungsansatz", stöhnte er. „Der

Täter ist schlau. Er hinterlässt keine Spuren. Bislang haben wir nichts Handfestes. Wir können nur hoffen, dass die KT im Labor und die Rechtsmedizin irgendetwas finden, das uns weiterhilft."

Der Erste Kriminalhauptkommissar schaute auf seine Armbanduhr. 7.45 Uhr. „Ich schlage vor: Wir treffen uns nicht wie geplant erst um 16 Uhr, sondern schon in 15 Minuten im Besprechungsraum. Informierst du bitte die anderen …?"

Herma löste sich aus dem Türrahmen, an den sie sich angelehnt hatte, und nickte stumm. Dann war sie verschwunden. Brenner trommelte jetzt noch nervöser mit den Fingern gegen seinen Henkelmann. Er dachte nach. Eigentlich war er die Ruhe selbst. Aber heute war das anders.

Als Brenner durch die Tür des Konferenzsaales schritt, saßen seine Mitarbeiter schon auf ihren Stühlen und starrten ihn erwartungsvoll an.

Der Erste Kriminalhauptkommissar hatte gute Nachrichten im Gepäck, aber die behielt er vorläufig für sich. „Guten Morgen, Herrschaften. Die Lage ist ernst, aber nicht hoffnungslos", leitete er seinen Kurzvortrag ein. Kurt Brenner trug seinen Mordermittlern die Informationen vor, die er und Herma am Vortag von Dr. Mertens erhalten hatten. Herma, Katharina, Dina, Peter, Reinhard und Nobert hörten konzentriert zu, machten sich hier und da Notizen.

Als Brenner fertig war, meldete sich Kriminalhauptkommissar Peter Höpfner zu Wort. „Wenn ich das richtig verstanden habe, dann haben wir eigentlich gar nichts. Ist das richtig?"

Ein Raunen ging durch den Saal. Herma war die Erste, die etwas erwiderte. „Nichts würde ich nicht sagen. Die Brandleiche wird noch weiter untersucht. Vielleicht gibt sie ihr Geheimnis ja doch noch preis. Okay, die Todesursache gibt Rätsel auf. Noch … Aber wir haben das Grablicht mit dem Doppeladler, das der Täter am Fundort aufgestellt hat. Die Frage ist: Was will er uns damit sagen?"

Höpfner fiel ihr ins Wort. „Was macht dich so sicher, dass das seine Signatur ist? Vielleicht hat er das Licht zum Gedenken an die Tote aufgestellt."

Herma spielte mit dem Löffel auf der Untertasse und strich eine Locke aus ihrem Gesicht. „Du hast recht, Peter. Wir wissen es nicht. Es könnte so oder so sein. Aber warum sollte sich der Täter die Mühe machen, irgendein Metallstück zu erhitzen, um damit einen Doppeladler ins Plastik zu drücken?"

„Was ist mit dem Frauenkopf?", wollte Katharina wissen. Wieder fühlte sich Herma berufen, die Frage zu beantworten. Es war ihr Fall – und sie wollte ihn auch behalten. „Das letzte Wort hat natürlich Kurt, aber ich denke, wir haben keinen Grund, anzunehmen, dass es einen Zusammenhang zwischen den Leichenfunden gibt. Die eine Frau starb an Unterkühlung und wurde verbrannt, die andere ist erwürgt oder erdrosselt und dann zerstückelt worden."

Norbert meldete sich zu Wort. „Wurde am Fluss eigentlich auch ein Grablicht gefunden?"

Herma schüttelte mit dem Kopf und sagte nur: „Nein, bislang nicht." Die Mordermittlerin schaute unbewusst auf ihre goldene Armbanduhr, die sie von ihren Eltern zu ihrem 30. Geburtstag geschenkt bekommen hatte. Schon Viertel nach neun. Zwei Wimpernschläge später sprach sie weiter. „Seit gut zwei Stunden sind mehrere Züge der Bereitschaftspolizei Hannover im Einsatz – und zwar an beiden Leichenfundorten. Die Kolleginnen und Kollegen drehen da jeden Stein um, schauen unter jedes Blatt und unter jeden Ast. Vielleicht finden die ja noch etwas. Zugegeben: Es ist die Suche nach der Nadel im Heuhaufen. Aber die Hoffnung stirbt bekanntlich zuletzt."

Wieder schauten alle auf Brenner. Niemand sprach die Frage aus, aber sie stand im Raum. „Wie gehen wir vor?"

Brenner fummelte am Kragen seines Oberhemds, so, als wäre ihm zu heiß. „Ich denke, es ist das Vernünftigste, wenn wir uns alle auf unsere Arbeit konzentrieren und die Spuren auswerten, die wir haben. Vielleicht gewinnen wir dabei neue Erkenntnisse." Er schaute Höpfner an. „Peter, du findest bitte etwas über Doppeladler heraus. Alles kann wichtig sein. Schau mal im Computer nach, ob es in Deutschland vergleichbare Fälle gibt. Also konkret: Hat jemand schon mal an einem Tatort oder an einem Leichenfundort ein rotes Grablicht mit oder ohne Adler hinterlassen? Vielleicht findest du ja auch was im Internet. Herma, du bleibst an dem Frauenkopf dran. Die anderen unterstützen ihre Kollegen auf Zuruf. Vorerst sehe ich keinen Faden, der die Fälle miteinander verbindet. Aber das kann sich rasch ändern …"

Wieder redeten alle aufgeregt durcheinander. Als Brenner seine Mitarbeiter anschaute, sah er in fragende Gesichter. Plötzlich ebbte das Stimmengewirr ab, wurde es still im Saal. KHK Höpfner runzelte die Stirn, verdrehte die Augen und lehnte sich zurück. „Was wird das jetzt? Erfahren wir nicht alles von dir, Kurt?"

Brenner machte eine beschwichtigende Handbewegung. „Ganz ruhig. Ja, es gibt etwas, das uns weiterhelfen könnte. Ich betone: könnte. Es ist aber noch zu früh, um die Sektkorken knallen zu lassen. Also gut: Kurz vor Konferenzbeginn habe ich einen Anruf von der Kriminaltechnik bekommen. Marina hat mir mitgeteilt, dass es ihr gelungen ist, ein Fingerabdruck-Fragment an der Innenseite der Plastiktüte, in der sich der Kopf befand, zu sichern. Auch am Grablicht hat sie Fingerabdruckspuren sichern können. Die Kollegin hat diese bereits an das Bundeskriminalamt übermittelt. Das BKA hat versprochen, die Prints heute noch durch AFIS laufen zu lassen. Es wäre natürlich ein Träumchen, wenn wir einen Treffer landen würden. Aber wie gesagt: Die Info ist noch ganz frisch, und die Auswertung der daktyloskopischen Spuren hat noch gar nicht begonnen. Wir müssen jetzt abwarten. Euch ist doch klar: Die Fingerabdrücke müssen nicht vom Täter stammen. Sie könnten auch von einer Verkäuferin sein."

Brenner schaute sich um: „Noch Fragen?“ Dina meldete sich. „Die vom BKA lassen die Fingerabdrücke durch den Computer laufen. Schon klar, aber was zum Teufel ist AFIS? Sorry, aber diese Abkürzung ist mir bislang noch nicht untergekommen.“

Brenner blinzelte. Die Sonne schien ihm durch die Spalten der Jalousie ins Gesicht. „Das geht vermutlich nicht nur dir so, Dina. AFIS ist die Abkürzung für Automatisiertes Fingerabdruck-Identifizierungssystem.“ Der Erste Kriminalhauptkommissar sprach langsam und betonte jedes Wort. „Das BKA hat einen riesigen Sammlungsbestand an Fingerabdrücken, die Personen zugeordnet werden können.“ Der Chef kratzte sich an der Stirn. „Ich glaube, die haben fast drei Millionen Fingerabdruckblätter in ihrer Datenbank.“ Der Leiter des FK1 hatte jüngst eine Daktyloskopie-Tagung in Wiesbaden besucht und sich viele Details gemerkt. Er wusste, dass AFIS auf der Codierung der anatomischen Merkmale basiert, die im Fingerabdruck abgebildet sind, den sogenannten Minutien. Das konnte zum Beispiel das Ende oder die Gabelung einer Hautleiste sein. Das System konnte die Minutien nach dem Einscannen der Fingerabdruckblätter oder Tatortspuren automatisch erkennen und mit dem Code der abgespeicherten Fingerspuren vergleichen. Die Polizei in Bund und Ländern nutzte das System bereits seit 1993. Täglich erhielt das BKA bis zu 1400 neue Datensätze.

Peter Höpfner lächelte amüsiert. Er musste sich mal wieder hervortun. „Echt? Du kanntest AFIS nicht?“

Der KHK mit den stahlblauen Augen mimte den Erstaunten und kassierte dafür von Herma einen strafenden Blick und einen bissigen Spruch: „Peter, du kannst so ein Arschloch sein ...“

Auch Brenner schien sauer zu sein. „Kümmere du dich mal lieber um das Grablicht und den Doppeladler und spiel hier nicht den Schlaumeier“, ermahnte er Höpfner und schloss das Meeting. „Um 16 Uhr sehen wir uns wieder.“

Der FK-1-Chef blieb sitzen. Er legte die Hände hinter den Kopf, starrte an die Decke und dachte nach. Brachten die Fingerspuren den Durchbruch? Warum sollte der Täter keine Handschuhe getragen haben? Fragen über Fragen, auf die es keine Antworten gab. Brenners Blick war hart. Als er aufstand, sah es so aus, als zöge er sich an der Tischkante aus dem Stuhl.

Auf dem Flur kam ihm flötend KHK Peter Jensen entgegen. „Na, hast du einen Grund zur Freude?“, wollte Brenner wissen.

Der Pressesprecher der Polizeiinspektion Hameln-Pyrmont/Holzminden war ein lebensbejahender Mensch. Er war eigentlich immer fröhlich und zuvorkommend. Mit einer schnellen Handbewegung schlug Jensen eine Wespe, die gerade auf seiner Nase landen wollte, in die Flucht. „Carpe diem, mein lieber Kurt“, antwortete Jensen lächelnd. „Nutze den Tag! Du weißt ja nur zu gut: Das Leben ist endlich ...“

Brenner stieß ein gekünstelt klingendes Lachen aus. „Wusste gar nicht, dass du unter die Philosophen gegangen bist." Jensen musterte den Chef der Mordermittler demonstrativ von oben bis unten. „Nö, ich bin Polizist und kein Philosoph. Ich bemühe mich nur, ein positiv denkender Mensch zu sein. Du dagegen siehst – ehrlich gesagt – etwas deprimiert aus. Laufen die Ermittlungen ins Leere?"

Brenner atmete tief ein, hob die Augenbrauen. „Mich quälen keine Depressionen, mich quält die Realität. Wir haben zwei weibliche Leichen. Die Frauen sind vermutlich gewaltsam zu Tode gekommen. Und das Einzige, was wir haben, sind ein Grablicht mit einem Doppeladler, das wohl vom Täter stammt, und zwei Fingerspuren, von denen wir noch nicht wissen, wem sie zuzuordnen sind – und ob uns das weiterbringt. Wir treten auf der Stelle. Das bereitet mir alles andere als Freude."

Peter Jensen schaute zu Boden. Er hätte Brenner gern aufgemuntert, aber wusste nicht, was er sagen sollte. Stattdessen stellte er ihm eine Frage: „Hat denn wenigstens unser Zeugenaufruf in den Medien etwas gebracht? Die Zeitungen sind ja voll von dem Scheiterhaufen-Mord. Und die Radiosender berichten halbstündlich. Bei mir steht das Telefon nicht still. Ich weiß ehrlich gesagt gar nicht, was ich der Journalistenmeute erzählen soll …"

„Scheiterhaufen-Mord? Ist das von dir?"

„Nö, Kurt, da sind die ganz allein drauf gekommen. Wundert mich nicht. Drängt sich einem ja auch auf."

Der Pressesprecher hakte nach. „Und, was ist nun? Habt ihr nun Hinweise aus der Bevölkerung erhalten – oder nicht?"

Brenner winkte enttäuscht ab. „Fehlanzeige. Ich habe vorhin bei der Leitstelle und in der Wache angerufen. Da haben nur zwei Wichtigtuer angerufen. Einer hat uns mitgeteilt, wo es Grablichter im Sonderangebot gibt. Und ein älterer Mann hat sich daran erinnert, dass vor geraumer Zeit schon mal eine Frau in der Nähe von Bad Pyrmont auf einem Haufen aus alten Reifen und Reisig verbrannt wurde. Als ob wir das nicht wüssten ..."

„Ich könnte eine Nachtragsmeldung mit Zeugenaufruf veröffentlichen. Aber dafür brauche ich natürlich ein paar Informationen von dir, irgendetwas, das eure Ermittlungen nicht behindert. Ist das mit dem Kopf in der Humme und den Fingerabdrücken pressefrei?"

Brenner schüttelte den Kopf. „Nein, dafür ist es noch zu früh ... Obwohl, du könntest schreiben, dass wir an einem Gegenstand, den wir dem Täter zuordnen, Spuren gesichert haben und hoffen, dass die uns weiterbringen oder so ähnlich. Aber hau nichts Konkretes raus. Ich will kein Täterwissen verbreiten."

Jensen schaute den Leiter vom Kommissariat für Mord und Totschlag verdutzt an. „Den Leichenfund in der Humme willst du verschweigen? Das ist doch ein Tötungsdelikt, oder?"

„Jaja", sagte Brenner. Nach ein paar Sekunden kratzte er sich am Hinterkopf. „Okay, du hast gewonnen. Wir machen es so: Teil der Presse bitte mit, dass wir an der Humme-Mündung Leichenteile gefunden haben. Du darfst auch schreiben, dass es gesicherte

Hinweise für Fremdverschulden gibt. Das sollte reichen. Kannst du damit etwas anfangen?“

Jensen zuckte mit den Schultern, sog die Luft scharf ein und machte dabei ein Geräusch, das Brenner an ein Stöhnen erinnerte. Der Pressesprecher sah unglücklich aus. „Viel ist das ja nicht gerade. Aber es wird schon gehen. Was sage ich den Journalisten, wenn sie nachbohren?“

„Na, wie immer. Aus kriminaltaktischen Gründen können derzeit keine weiteren Angaben gemacht werden.“

„Gut, dann mache ich mich jetzt mal an die Arbeit. Ach, Kurt, noch etwas. Es wäre schön, wenn wir ein Foto für die Zeitungen hätten. Irgendetwas Unverfängliches: ein Polizeitaucher im Wasser oder ein Leichenspürhund bei der Arbeit. So was halt. Du weißt ja: Journalisten können mit wenigen Zeilen und einem großen Bild viele Spalten füllen. Fotos erregen Aufmerksamkeit. Und wir wollen doch Aufmerksamkeit, oder? Je mehr Menschen den Text mit dem Zeugenaufruf lesen, desto größer ist die Wahrscheinlichkeit, dass sich jemand bei uns meldet, der verdächtige Beobachtungen gemacht hat.“

EKHK Brenner war bereits auf dem Weg in sein Büro. Er drehte sich nicht um, als er über den Flur rief: „Ich tue mein Bestes, Peter. Vielleicht hat Herma ja ein Foto mit dem Smartphone gemacht. Falls ja, maile ich dir ein Bild zu.“

Kapitel 26

Er inhalierte die salzhaltige Luft wie andere das Nikotin aus ihren Glimmstängeln. Sein Kopf lag auf einer alten fleckigen Wolldecke, die er im Kofferraum seines Wagens gefunden und zu einer Nackenstütze zusammengerollt hatte. Sein Körper ruhte auf dem weichen Gras des Seedeiches. Melchior schaute in den fast wolkenlosen blauen Himmel, spitzte seine Lippen, öffnete seinen Mund zu einem O und presste den grauen Rauch genussvoll aus seinen Lungen. Kleine Ringe stiegen auf, breiteten sich aus und wurden nach ein paar Sekunden vom auffrischenden Seewind zerfetzt. Einer Lachmöwe schienen die Kunststücke zu gefallen. Der Vogel kreiste schon seit ein paar Minuten über Melchior und der blonden Meerjungfrau, die er am frühen Morgen aus dem „Dattein" abgeschleppt hatte. Sie lag regungslos neben ihm und starrte mit ihren toten Augen ins Leere. Es war einfach gewesen, Livia zu beeindrucken. Sie war nicht die Hellste, stand auf ältere Männer und war empfänglich für Komplimente und Schmeicheleien. Und wahrscheinlich hatte sie ihn auch gemocht. Er hatte den väterlichen Freund gespielt, stundenlang mit ihr über dieses und jenes gequatscht und dabei ihr Herz im Sturm erobert. „Endlich mal ein Mann, der zuhören kann", hatte sie ihm ins Ohr geflüstert. Zum Schluss hatten sie sich über das geheimnisvolle Meeresleuchten unterhalten. Livia wollte es unbedingt mit eigenen Augen sehen. Gegen 2 Uhr hatten sie die Hafenkneipe verlassen und waren – vorbei an zwei Segelschiffen, in dessen Wanten der Wind unheimlich heulte – hinüber zum Strand geschlendert. Melchior und Livia hatten sich wie ein frisch verliebtes Paar verhalten. Sie lachten und neckten sich, hielten Händchen und nahmen ein Fußbad in der Nordsee, um die im Wasser herumschwirrenden Dinoflagellaten zum Leuchten zu bringen. Berührte man einen dieser mikroskopisch kleinen Einzeller, begann er wie ein Glühwürmchen zu glimmen. Je mehr Mikroorganismen in der Nordsee leuchteten, desto mehr schien das Wasser blaugrün zu lumineszieren. Dabei waren es nur Panzergeißelalgen, die Lichtblitze ausstießen, wenn die Wellen in der Brandungszone brachen oder Menschen durchs seichte Wasser liefen. Das Meer strahlte dann in einem kalten geheimnisvollen Licht. Wie ein Wissenschaftler hatte Melchior das Phänomen erklärt und der blonden Livia viel von Biolumineszenz und Noctiluca scintillans erzählt – und sie hatte ihn bewundert, ja förmlich angehimmelt. „Woher weißt du das alles?" Diese Frage war ihm im Gedächtnis geblieben. Er hatte nur gelächelt und ihren Kopf gestreichelt. Seit dem Altertum waren die Menschen von dem mysteriösen und mystischen Meeresleuchten fasziniert. Generationen von Seeleuten hatten allerlei Seemannsgarn darüber gesponnen.

Aber Livia, die von der Schwäbischen Alb stammte, war das noch nicht zu Ohren gekommen. Sie klebte förmlich an seinen Lippen, als er von dem Dichter Christian Friedrich Hebbel erzählte, der in seinem Gedicht „Meeresleuchten" die römische Göttin Venus für das geheimnisvolle Glitzern verantwortlich gemacht hatte. Als Melchior dann auch noch Neptun ins Spiel brachte, hatte sie ihre langen blonden Haare keck über ihre rechte Schulter gelegt und ihn geküsst. Livia hatte ihre Augen geschlossen und nicht sehen können, wie sich die Miene ihrer Kneipenbekanntschaft verfinsterte. Melchior hatte ihr im selben Moment sein Knie tief in ihren Bauch gerammt, seine kräftigen Hände um ihren schlanken Hals gelegt und sie bis zur Bewusstlosigkeit gewürgt. Er konnte das Röcheln und Stöhnen der Frau immer noch hören – und er genoss es. Er machte die Laute nach und grinste dreckig dabei. Noch einmal durchlebte er die Tat. Er schloss seine Augen – und sofort spulte sein Gehirn einen Horrorfilm ab. Melchior spielte die Hauptrolle. In seinem Tagtraum schwebte er wie ein Vogel über Livia und sich selbst. Er beobachtete sich dabei, wie er der Frau mit seinen Daumen die blauen Augen tief eindrückte. Ihre Beine zuckten, ihre Hände krallten sich in den Schlick, fanden aber keinen Halt. Als Livia nur noch ein leises Wimmern von sich gab, verlor er die Lust an ihr. Mit einem Schraubenzieher, der er aus seinem Auto holte, stach er der Sterbenden unzählige Male ins Herz. Dann küsste er Livia noch einmal – es war der Kuss des Todes. Die Möwe über ihm schrie. Melchior öffnete seine Augen und betrachtete die Schäfchenwolken, die der Nordwestwind wie eine Herde Deichschafe vor sich hertrieb. Er befummelte eine Silberkette, an der sich ein großer Bernstein-Anhänger befand, und betrachtete sie im Sonnenlicht. Er konnte winzige Insekten erkennen, die vor Millionen von Jahren in dem Stück Baumharz eingeschlossen worden waren. Gefangen für die Ewigkeit. Diese Kette hatte Liva getragen. Er würde sie gut verwahren. In seiner Schatulle, in der er seine Trophäen aufbewahrte, war noch reichlich Platz.

Wie sie so dalagen, sahen sie aus wie ein Liebespärchen, das die Nacht durchgemacht hatte und nun am Deich eine Mütze voll Schlaf nahm. Er hatte Livia mit seinem blauen Wollpullover zugedeckt und ihre blonden Haare über die Augenhöhlen gelegt. Niemand schöpfte Verdacht. Es war zwar ein Spiel mit dem Feuer – aber er liebte die Gefahr. Er war Herr über Leben und Tod. Vier Frauen hatte er nun getötet. Von Mal zu Mal wurde er besser in dem, was er tat. Die anfängliche Aufregung war kalter Berechnung gewichen.

Als der Moment günstig schien und niemand über den Deich latschte, der Neuharlingersiel mit Bensersiel verband, hob er Livia auf und trug sie auf seinen kräftigen Armen zu seiner Rostlaube, die er am Rande eines breiten Kanals abgestellt hatte. Melchior schaute sich kurz um. Niemand war in der Nähe. Er stellte seinen rechten Fuß auf die Heckstoßstange und legte die Tote auf seinem Knie ab, um eine Hand freizubekommen. Melchior kramte seinen Autoschlüssel aus der Hosentasche und steckte ihn ins Schloss. Die rostige Heckklappe sprang auf; sie quietschte, als er sie nach oben drückte. Er warf Livia wie einen Kartoffelsack in den Kofferraum und zog die Klappe zu. Während er sich den eingetrockneten Schlick vom Hemd rieb, sah er sich noch einmal verstohlen um. Niemand hatte ihn beobachtet, wenn man einmal von den Möwen absah, die sich über einem reetgedeckten Bauernhaus zu einem Schwarm formierten. Sekunden später flogen die Vögel gemeinsam kreischend über ihn hinweg zum Wattenmeer, um Krebse und Muscheln aufzupicken. Melchior war mit sich und der Welt zufrieden. Die Meerjungfrau lag im Kofferraum, heute Nacht würde er aus ihr eine Zwillingsschwester der Windsbraut machen und ein Kunstwerk schaffen. Als er sich hinter das Steuer seines VW Golf setzte und den Zündschlüssel ins Schloss steckte, fühlte er, dass er hungrig war. Er zog das abgenutzte schwarze Portemonnaie aus der Gesäßtasche und zählte sein Geld. Bei ihm war Ebbe, aber es würde noch für Rührei mit Krabben reichen. Melchior leckte sich genussvoll über die Lippen, als er das Restaurant „Nordstern" in Ostbense ansteuerte, das ungefähr auf halber Höhe zwischen den Nordseeheilbädern Neuharlingersiel und Bensersiel lag. Vielleicht, dachte er, sollte ich mir dort ein Zimmer nehmen und mir ein wenig Wellness gönnen. Das Hotel war bekannt für seinen erstklassigen Service. Morgen würde er sich irgendwo Geld beschaffen. Melchior drehte das Radio lauter. NDR 2 spielte „Highway to Hell". Er liebte AC/DC.

Kapitel 27

Melchior rülpste hinter vorgehaltener Hand und rieb sich dabei den kugelrunden Bauch. Er hatte gerade im Wintergarten des „Nordstern"-Restaurants eine Lammhaxe an eigener Soße mit Rahmwirsing und Bratkartoffeln in sich reingestopft, sich zum Abschluss eine ostfriesische rote Grütze mit Vanilleeis und Sahne gegönnt – und das Ganze mit zwei großen Jever heruntergespült. Durch das auf Kipp stehende Fenster drangen die unterschiedlichsten Geräusche an seine Ohren. Möwen, die vom nahen Seedeich zum hoteleigenen Teich flogen, schrien mit Dohlen um die Wette. Ihr Gekreische vermischte sich mit dem Straßenlärm, der von der Landesstraße 5 zu ihm herüberwehte. Wenn Stille war, konnte Melchior das Knistern der Zweige hören, mit denen der Wind spielte.

„Hat dir unser Klassiker geschmeckt?"

Melchior war in Gedanken versunken. Die Stimme des Kellners hatte er zwar gehört, aber nicht realisiert, dass er gemeint war.

„Hallo? Alles gut bei dir?"

Kellner Marcel war die Freundlichkeit in Person. Immer höflich, immer zuvorkommend. Er duzte grundsätzlich seine Gäste – zumindest die, die noch nicht jenseits der 70 waren.

„Äh … Was?“ Melchior schaute in das lächelnde Gesicht eines jungen Mannes, der kaum älter als 30 zu sein schien.

„Hat es dir geschmeckt?“

Melchior beeilte sich zu nicken. „Ja, ja. Alles gut. Sehr lecker.“

„Darf's vielleicht noch ein Absacker sein?“, wollte der Kellner wissen.

Bei dem Gedanken an einen Klaren leckte sich Melchior abermals über die Lippen. Es war eine Angewohnheit, die er sich nicht abgewöhnen konnte.

„Ja, wenn Sie mich so fragen … Ein Kümmel wäre jetzt nicht schlecht.“

„Wir haben einen ganz, ganz tollen Aquavit“, sagte der Kellner, lächelte verschmitzt und machte auf dem Absatz kehrt. „Kommt sofort. Eiskalt serviert oder Zimmertemperatur im Nosing-Glas, so, wie es die Norweger mögen?“, flötete der junge Mann, der gute Laune versprühte.

„Nee, lieber wie es die Deutschen mögen“, antwortete Melchior.

„Also eiskalt. Bitteschön.“

Keine zwei Minuten später servierte Marcel einen gefrosteten Lütten und stellte ihn vor seinem Gast auf den Tisch. Melchior kippte den Schnaps in einem Zug runter und wollte mit einem Schluck Bier nachspülen. Aber sein Glas war leer.

Er winkte dem Kellner zu und bestellte Lütt un Lütt. Marcel freute sich, dass sein Gast ein Kenner ostfriesischer Gepflogenheiten war. Wer Lütt un Lütt bestellte, sprach ganz sicher Platt und wusste, dass damit ein norddeutsches Gedeck aus Bier und Aquavit gemeint war.

Als Melchior ausgetrunken hatte, stand er auf, zeigte dem Kellner seinen Zimmerschlüssel mit der Nummer 101 und nuschelte leise: „Schreiben Sie bitte das Essen aufs Zimmer."

Marcel lächelte und quittierte im Vorbeigehen. „Sehr gern. Ich wünsche dir noch einen schönen Abend."

Den werde ich haben, dachte Melchior und lächelte böse. An Livia, die tot im Kofferraum seines Autos lag, hatte er immer wieder denken müssen. Es juckte ihn in den Fingern. Aber er musste sich in Geduld üben. Er würde sich jetzt noch ein paar Stunden hinlegen und auf die Dunkelheit warten.

Als Melchior an seinem VW Golf vorbeischlenderte und sich mit dem Nagel seines rechten Zeigefingers Reste der Haxe aus einem Zahnzwischenraum pulte, schaute er verstohlen auf die Heckklappe. Mit der linken Hand streichelte er beinahe zärtlich seine Rostlaube. Er konnte es kaum abwarten, mit Livia nach Wilhelmshaven zu fahren, um aus ihr eine Windsbraut zu machen.

Der Gast aus Zimmer 101 legte sich angezogen auf sein Bett. Nicht einmal seine Schuhe zog er aus. Wie zum Gebet faltete Melchior die Hände auf seinem zur

Kugel gewölbten Bauch und schloss die Augen. Es dauerte nur wenige Minuten, bis er schlief und dabei zischende Schnarch-Geräusche ausstieß. Manchmal hörte es sich so an, als führe eine Dampflok vorbei. Melchiors Augenlider zuckten wild. Im Traum erschien ihm die schöne Schwarzhaarige, die er an der Weser mit einer Schlinge erdrosselt und dann ausgeweidet hatte. Der Brustkorb der Frau war geöffnet und ihre Augen weit aufgerissen, als sie ihn zu sich rief. „Komm, Liebster. Folge mir bis zum Flussbett.“ Er hörte ihre hohe Stimme und grinste im Schlaf. Auch Marija, die er erwürgt und zerstückelt hatte, tauchte plötzlich aus dem Nichts auf und stieß die Schwarzhaarige zur Seite. Mit ihren rehbraunen Augen schaute ihn die Prostituierte an. „Money. Give me money“, hörte er sie fordernd sagen. „No, no“, schrie Melchior im Schlaf. Wie ein Engel schwebte plötzlich Sarah ein. Sie landete wie ein weißer Schwan auf der Wasseroberfläche und schubste Marija zurück in den Fluss.

Es war stockfinster, als Melchior aus dem Schlaf schreckte. Er schaute auf die grünen Leuchtziffern des Radioweckers, der auf dem Nachtschrank stand. Die Uhr zeigte 01:22. Es war Zeit zum Aufstehen. Er gähnte, streckte sich, sprang aus dem Bett – und war voller Vorfreude. Ja, er lachte sich ins Fäustchen. Alles lief nach Plan. Er schnappte sich den schmuddeligen Jutesack eines Discounters, in dem sich ein weiteres von ihm bereits präpariertes Grablicht mit Doppeladler, Panzerband und eine Spraydose befanden. Melchior hatte den

Sprühlack eher zufällig beim Verladen der Leiche im Kofferraum entdeckt. Mit der roten Farbe hatte er vor geraumer Zeit einen Kratzer am Kotflügel seines VW Golf übergesprüht. Mit dem Lack wollte er ein Zeichen setzen. Alle sollten wissen, dass er bereits vier Frauen getötet hatte. Als er die Treppen hinabging, fiel ihm der alte Rumpelstilzchen-Reim ein – er wandelte ihn kurzerhand ab und sang leise grinsend vor sich hin: „Ach, wie gut, dass niemand weiß, dass ich nicht Melchior heiß!"

Als der Serienmörder seinen Wagen erreichte, der auf dem Hotelparkplatz von einer kleinen Parklaterne angestrahlt wurde, streichelte er noch einmal die Heckklappe, unter der die tote Livia lag. „Moin, mein Mädchen", sagte er laut. „Lust auf 'ne kleine Spritztour?"

Melchior setzte sich hinter das Steuer, zog die Fahrertür zu, steckte den Zündschlüssel ins Schloss und startete den Motor. Er wählte die Route über die B210. Laut Navi würde er für die 54 Kilometer etwas mehr als eine Dreiviertelstunde benötigen. Rasen war nicht drin. Er durfte nicht auffallen, in eine Verkehrskontrolle geraten oder geblitzt werden. Also fuhr er vorschriftsmäßig auf Neuharlingersiel zu und bog im Kreisel nach Bettenwarfen ab. Auf den Straßen war nichts los. Nicht ein Fahrzeug kam ihm entgegen. Ostfriesland schlief tief und fest. Das änderte sich erst auf der Bundesstraße 210 kurz hinter Wittmund. Zwei Edeka-Lastwagen und ein Wohnmobil-Fahrer waren zu dieser frühen Stunde unterwegs. Melchior schaltete das Autoradio ein. Die

„Fine Young Cannibals“ sangen „She Drives Me Crazy“. Radio Nordseewelle spielte Hits der 80er-Jahre. Er musste grinsen, als er den Titel übersetzte. Genau meine Mucke, dachte er, als er in Wilhelmshaven in den Nassauhafen abbog. Er mochte die Sendung „In The Mix“, die DJ Enrico Ostendorf für Nachtschwärmer und Bettflüchter zusammengestellt hatte.

Der Parkplatz war leer. Zum Glück. Die Webcam auf der Flutmole zeigte auf die Nassaubrücke – sie konnte ihm nicht gefährlich werden. Das hatte er längst ausbaldowert. Allenfalls würde die Polizei bei der Videoauswertung einen Menschen in der Ferne schemenhaft sehen können. Wenn überhaupt. Bei Dunkelheit erfasste die Webcam ohnehin nur die Positionslichter der Schiffe und ein paar hell erleuchtete Fenster. Melchior wartete noch ein paar Minuten ab. Er verhielt sich still und leise, sah sich um. Vorsichtshalber checkte er noch einmal die Live-Webcam. Auf dem Bildschirm seines Handys blieb der Monitor schwarz. Als er sicher war, dass niemand im Hafen war, schaltete er die Innenbeleuchtung aus. Er wollte vermeiden, dass sie ansprang, wenn er die Tür öffnete. Der Totgeglaubte stieg aus und ging ans Werk. Melchior öffnete die Kofferraumklappe. Wie ein Gabelstapler schob er seine Unterarme unter die Achseln der Frauenleiche und hievte sie aus seinem Wagen. Er ließ die Tote einfach vor seine Füße fallen und verschloss den Kofferraum. Die Trageschlaufen des Beutels, in dem sich Grablicht, Panzerband, Spraydose und eine kleine Taschenlampe befanden, zwängte er sich über seinen Kopf. Die Utensilien, die er für sein Kunstwerk benötigte, schlackerten vor seinem Bauch hin und her, als er Livia an ihren Armen hinter sich herschleifte. Den Weg zur Windsbraut hatte er sich eingeprägt. Er musste die Leiche nur einmal quer über den Parkplatz und dann über einen gepflasterten Fußweg bis zur Skulptur ziehen. Schweiß trat auf seine Stirn. Er kam aus der Puste und schnaufte auf den letzten Metern. Endlich hatte er die Windsbraut erreicht. Melchior setzte sich erschöpft ins feuchte Gras, lehnte sich mit seinem Rücken an den Klinkerturm an, an dessen Vorderseite der Künstler die Nackte aus patinierter Bronze befestigt hatte, und lauschte dem Plätschern der Wellen, die sanft gegen die Kaimauer schlugen. In der Ferne war nur das monotone Brummen eines Schiffsdiesels zu hören. Seine Augen hatten sich an die Dunkelheit gewöhnt. Er konnte schon immer gut gucken in der Nacht. Die Taschenlampe würde er nicht brauchen.

Einen Moment lang genoss Melchior die Stille und die sonderbare Stimmung, die ihn erregte. Als er an die Polizisten dachte, die ihn jagen würden, musste er grinsen. Ja, kommt nur. Wir spielen ein Spiel, das ich schon als Kind gemocht habe, dachte er. Räuber und Gendarm. Ich bin besser als ihr. Ihr werdet mich nicht lebend kriegen. Ich bin schon tot. Melchior stieß ungewollt einen genussvollen Schrei aus, der in ein Seufzen überging und eine Möwe aufschreckte, die in einiger Entfernung auf der Kaimauer gesessen hatte. Er schaute sich noch einmal um. Niemand war zu sehen. Melchior hätte noch Stunden so dasitzen können, aber er musste sich sputen. Bald würde die Sonne aufgehen.

Er raffte sich hoch, zog sich die Trageriemen über den Kopf und fischte das Panzerband heraus. Dann zog er Livia die letzten zwei, drei Meter hinüber zur Windsbraut. Melchior nahm die Tote auf die linke Schulter und drückte ihren kalten nackten Körper neben der Windsbraut gegen die rund gemauerte Klinkerwand. Dabei wurde Blut aus den Stichwunden in ihrem toten Herzen gedrückt. Melchior zog mit seinen Zähnen Panzerband von der Rolle ab. Er hatte große Mühe, die Leiche damit an der Mauer zu fixieren. Abermals ließ er Livia fallen. „Verfluchte Scheiße", schrie er lauter, als ihm lieb war, und wischte sich dann Schweißperlen von der Stirn. Er hätte sich jetzt drei Arme gewünscht, musste sich etwas Neues einfallen lassen. Melchior umwickelte jetzt die Hälfte des Turmes mit Klebeband, dann stellte er Livia noch einmal an die Wand, zog die Rolle über den Bauch der Toten und befestigte das Tape auf der anderen Seite. Das Panzerband hielt. Livias Füße berührten den Boden, ihr Oberkörper war nach vorn gebeugt, ihre langen blonden Haare verdeckten ihre Beine wie ein Vorhang. Mit dem Rest des Panzerbandes fixierte Melchior die Leiche im Bereich des Halses an der Wand. Den rechten Arm der Toten ließ er nach unten hängen, den linken klebte er im Winkel von 20 Grad an den Sockel. Mit seinem Taschenmesser entfernte der Mörder den Slip und den BH, den Livia noch trug. Dann zündete er das Grablicht mit dem von ihm eingebrannten Doppeladler an. Im flackernden roten Licht schaute er sich sein Werk von allen Seiten an. Melchior war zufrieden mit sich und der Welt. Er ging zu seinem Jutebeutel, holte die Spraydose heraus und schüttelte sie. Die Kugel in der Dose, die half, die Farbe dünnflüssig zu machen, erzeugte dabei das typische Klack-klack-klack-Geräusch. Sekunden später sprühte er eine große Vier auf Livias blutigen Oberkörper. Alle sollten wissen, dass er nicht zum ersten Mal getötet hatte. Er half der Polizei, die Mordfälle miteinander zu verbinden. Bislang hatten die Bullen die erste Leiche nicht gefunden. Er hatte dafür gesorgt, dass sie nicht auftrieb. Wie auch? Fäulnisgase konnten sich in ihrem Inneren ja nicht bilden. Er hatte sie ausgenommen wie einen Fisch. Damals war er noch darauf bedacht gewesen, keine Spuren zu hinterlassen. Inzwischen war ihm das egal. Ganz im Gegenteil. Er heischte nach Aufmerksamkeit, wollte allen zeigen: Seht her. Das war ich. Das ist mein Werk. Der Doppeladler war sein Markenzeichen, seine Signatur ... Er würde in die Kriminalgeschichte eingehen. Das war sicher. Und der Adler würde weitertöten. Bevor Melchior zu seinem Wagen zurückging, zückte er noch sein Smartphone und machte ein paar Fotos von den Windsbräuten. „Für meine Sammlung“, sagte er leise zu sich selbst und grinste.

Kapitel 28

Herma hatte schlecht geschlafen. Sie war – ohne es zu wollen – in der Nacht nicht in den Schlaf, sondern in eine Art Grübelmodus gefallen. Immer wieder hatte die Mordermittlerin darüber nachgedacht, was die Mörder im Klütwald und an der Humme mit ihren Opfern getrieben hatten. Während sie sich in ihrem Bett hin und her wälzte, fragte sie sich, ob sie bei ihren Ermittlungen an alles gedacht hatte. Als sie endlich weit nach Mitternacht eingenickt war, entstanden in ihrem Kopf schreckliche Bilder. In ihrem Gehirn spukten die verkohlte Frauenleiche und der abgetrennte Kopf herum. Auch Dr. Maren Brooks tauchte in diesem Albtraum auf. Die Leiterin der Zentralen Notaufnahme stand im Schockraum und schaute fassungslos auf die sterblichen Überreste ihrer bis zur Unkenntlichkeit verbrannten Tochter. Die Augen der Ärztin waren vom vielen Weinen rot unterlaufen, Tränen liefen über ihre Wangen, ihr Blick sah leer aus. Hermas Unterbewusstsein suggerierte ihr bereits, dass es sich bei der Brandleiche um Sarah Brooks handelte. Dabei stand das noch gar nicht fest.

Als Herma van Dyck schweißgebadet aufwachte, schüttelte sie sich – so, wie es Hunde tun, die in einen

Regenguss geraten und nun ins Trockene geschlüpft sind. Rasch öffnete sie ihre Augen. Die Kriminalistin wollte die Traumbilder, die ihr den Schlaf geraubt hatten, loswerden. Herma knipste das Licht der Nachttischlampe an und schaute gähnend auf die Uhr. Es war erst 4.25 Uhr. Sie hatte kaum mehr als fünf Stunden in ihrem Bett gelegen. Obwohl sie todmüde war, rang sie sich dazu durch, aufzustehen und sich einen starken Tee aufzubrühen. Sie musste einfach diese Schreckensbilder aus ihrem Kopf kriegen. Möglicherweise fürchtete sie sich aber auch davor, Maren Brooks die Nachricht vom Tod ihrer Tochter überbringen zu müssen. Herma hatte schon an vielen Mordermittlungen teilgenommen, dabei nicht selten in die Abgründe der menschlichen Seele geschaut und Angehörigen schlimme Nachrichten überbracht. Aber diesmal war alles anders. Sie musste sich eingestehen, dass ihr die Schicksale der bislang namenlosen Frauen nähergingen, als sie es wollte. Die Ermittlerin füllte den Wasserkocher und schaltete ihn ein. Ausnahmsweise benutzte die Teeliebhaberin einen Beutel. Eine Tasse Broken Silber würde ihr jetzt guttun. Davon war sie überzeugt. Während kräuselnd Dampf aufstieg und ein immer lauter werdendes Brodeln zu hören war, dachte sie über die Mordfälle nach. Ihr Chef hatte die Kollegen über die Erkenntnisse der Gerichtsmediziner informiert und ihnen erste Ermittlungsaufträge erteilt. Der Kältetod der Frau, die auf einem Scheiterhaufen verbrannt worden war, aber auch der abgetrennte Kopf gaben den Frauen und Männern des

FK1 Rätsel auf. Niemand konnte sich einen Reim darauf machen. Mit Spannung warteten die Ermittler auf die Auswertung der von den Kriminaltechnikern an den beiden Leichenfundorten gesicherten Spuren. Vielversprechend waren die Fingerabdrücke, die an der Innenseite der Plastiktüte und am Grablicht gefunden worden waren. Aber auch eine auf dem Waldweg entdeckte Reifenspur konnte die Mordfahnder weiterbringen. Die Frage war nur: Stammten diese Spuren von den Tätern – und noch viel wichtiger: Befanden sich in den Datenbanken der Polizei Vergleichsspuren? Falls nicht, würden sie die Spuren nicht direkt zu den Mördern führen. Allenfalls konnten sie später mithilfe der Beweise einen Verdächtigen überführen. Aber dafür mussten sie erst einmal einen haben. Herma stand unter großem Druck. Kriminaloberrat Andreas Kaufmann hatte ihr am Nachmittag die Leitung der Mordkommission „Humme" übertragen. Brenner stand der Moko „Klüt" vor. Das FK1 war personell verstärkt worden. Unterstützung kam aus sechs Fachkommissariaten des Zentralen Kriminaldienstes und sogar vom Einsatz- und Streifendienst. Jede Sonderkommission bestand aus zwei Dutzend Polizisten. Die Lösung der Fälle hatte oberste Priorität.

Herma nippte an ihrem gesüßten Assamtee und sah aus dem Küchenfenster hinaus auf die Koppenstraße. Im Block gegenüber waren einige Fenster hell erleuchtet. Nicht nur Herma schien zu dieser frühen Stunde schlaflos zu sein. Minutenlang starrte die Ermittlerin nachdenklich auf den in regelmäßigen Abständen von Straßenlaternen angeleuchteten Asphalt. Sie durfte sich jetzt keinen einzigen Ermittlungsfehler erlauben. Erstmals war sie zur Chefin einer Mordkommission ernannt worden. Sie wollte den Fall lösen – koste es, was es wolle. Es war ihre Chance, zu zeigen, was in ihr steckte. Sie durfte das nicht vermasseln. Herma beschloss, sich erst einmal eine heiße Dusche zu gönnen. Danach würde sie in ihr Büro fahren und noch einmal alle bis dahin gesammelten Informationen in aller Ruhe durchgehen. Vielleicht stoße ich ja auf etwas, das ich bislang übersehen habe, dachte sie, als sie ihren halb vollen Henkelmann in die Spüle stellte. Schlafen konnte sie jetzt sowieso nicht mehr. Ihre Gedanken kreisten um brutale Täter, entstellte Opfer und um Tatspuren, deren Auswertung sie herbeisehnte. Vielleicht hatte Herma aber auch nur Angst vor der Wiederkehr der Bilder, die sich tief in ihr Gehirn eingebrannt hatten.

Kapitel 29

Als Herma kurz vor halb sechs mit ihrem Yeti auf den dunklen Innenhof des Zentralen Kriminaldienstes fuhr, wunderte sie sich, dass das Erdgeschoss des ehemaligen Arbeitsamtes, in dem jetzt die sieben Fachkommissariate des Zentralen Kriminaldienstes der Polizeiinspektion Hameln-Pyrmont/Holzminden untergebracht waren, hell erleuchtet war. Offenbar hatten die Kollegen am Abend vergessen, das Licht auszuschalten. Vielleicht waren aber auch gerade fleißige Heinzelmännchen dabei, den Flur zu wischen. Herma parkte ihren Wagen auf der Rückseite des ZKD-Gebäudes und ging zu der Panzerglastür, die sie mit einem Zahlencode öffnete. Zu ihrer Verwunderung stand die ebenfalls gesicherte Tür, die zu den Büros der Mordermittler führte, offen. Leise Musik war zu hören. Sie kam aus dem Büro ihres Chefs. Brenner hatte das Radio angeschaltet. Er saß hinter seinem Schreibtisch, hielt einen Pott Kaffee in seiner rechten Hand, strich sich mit der linken über seine Glatze und rückte seine Brille zurecht, als Herma durch die geöffnete Tür schaute.

„Na, du verrücktes Huhn, kannst wohl auch nicht schlafen“, stellte Brenner mit einem breiten Grinsen fest. „Moin, Kurt“, sagte Herma lächelnd. „Jo, so isses. Und du? Bist du immer noch hier – oder schon wieder?", fragte die Ostfriesin. EKHK Brenner musste schmunzeln. „War 'ne verdammt kurze Nacht. Ich konnte nicht zur Ruhe kommen."

„So ist es mir auch gegangen. In meinem Kopf schwirren einfach zu viele Dinge herum."

Brenner nickte nur abwesend und bearbeitete schon wieder die Tasten seines Dienstcomputers.

„Was tippst du denn da ein?", wollte Herma wissen.

Der oberste Mordermittler hielt kurz inne und schaute sie über den Rand seiner Brillengläser hinweg an.

„NIVADIS", antwortete Brenner knapp. „Gestern haben wir nicht alle Informationen eingegeben. Ist der Hektik geschuldet. Ich hole das jetzt nach. Ist ja wichtig, dass unsere aktuellen Erkenntnisse in die Datenbanken einlaufen."

Im Niedersächsischen Vorgangsbearbeitungs-, Analyse-, Dokumentations- und Informations-System, das die Beamten NIVADIS nannten, waren sämtliche Vorgänge gespeichert. Dort fanden sich Angaben über Tatverdächtige, Zeugen, Berichte, Vermerke und Strafanzeigen. Allerdings wurden die zusammengetragenen Daten auch wieder gelöscht – manche schon nach Tagen, manche erst nach Jahren. Die Hamelner Mordfälle sollten für andere Polizeidienststellen recherchierbar sein. Insbesondere die Mitarbeiter der Zentralstelle Gewalt des Landeskriminalamtes in Hannover verschafften sich täglich einen Überblick über sämtliche Tötungsdelikte in Niedersachsen. Dabei achteten sie auf

Merkmale, die besonders auffällig und möglicherweise tätertypisch waren. Auf diese Weise konnten frühzeitig Zusammenhänge erkannt und den zuständigen Fachkommissariaten Parallelen zugetragen werden. Manchmal wurden die örtlichen Ermittler durch Analysen unterstützt. Genau darauf setzte Brenner. Womöglich gab es ähnlich gelagerte Fälle, von denen die Mordermittler in Hameln nichts wussten. Vor allem das Grablicht mit dem eingebrannten Doppeladler konnte auf die Spur des Scheiterhaufen-Mörders führen. Vielleicht hatte er schon andernorts getötet und war auf dieselbe Art und Weise vorgegangen. Der Modus Operandi konnte ihn verraten.

„So, das wäre erledigt“, sagte Brenner und setzte mit seinem rechten Zeigefinger den letzten Punkt. „Jetzt noch abspeichern – und dann weg.“

Herma verschwand – ohne ein Wort zu sagen – aus dem Türrahmen und machte sich auf den Weg zu ihrem Büro. Sie trug bequeme Turnschuhe, die auf dem blank gewienerten Linoleumbelag quietschende Geräusche verursachten. Die Leiterin der Moko „Humme“ hatte selbst genug zu tun. Sie wollte ihren Chef nicht von der Arbeit abhalten. Nach und nach trudelten die Kollegen ein und nahmen an ihren Schreibtischen Platz. Auf die morgendliche Stille folgte ein Stimmengewirr. Herma erhob sich von ihrem Drehstuhl und schloss die Bürotür. Sie brauchte jetzt Ruhe, um sich konzentrieren zu können. Der fehlende Schlaf machte sich bemerkbar. Um 8.30 Uhr wollten sich die Ermittler der beiden

Sonderkommissionen zu einem gemeinsamen Meeting im großen Besprechungssaal treffen. Brenner und Herma sollten die bis dahin vorliegenden Fakten vortragen, damit jeder auf dem gleichen Stand war. Der ZKD-Leiter hatte das angeregt.

Herma van Dyck schaute auf ihre Armbanduhr. Bis zur Morgenkonferenz waren es noch 17 Minuten. Gerade noch genug Zeit, um sich einen Ostfriesentee zu kochen. Doch daraus sollte nichts werden. Das Klingeln des Telefons riss die Mordermittlerin aus ihren Gedanken. Ein Blick auf das Display verriet der Kriminalhauptkommissarin, dass der Anruf aus Hannover kam. Die Vorwahl 0511 kannte sie, nicht aber die Nummer. Die Ermittlerin vermutete, dass sich die zuständige Staatsanwältin nach dem Fortgang der Ermittlungen erkundigen wollte. Nach dem dritten Klingeln nahm Herma den Hörer ab. „Moin! Herma van Dyck, FK1, was kann ich für Sie tun?"

Herma hörte zunächst ein Räuspern und dann die leise Stimme eines Mannes. „Guten Morgen, hier ist Dr. Karl Mertens vom Institut für Rechtsmedizin in Hannover. Sie erinnern sich … Ich habe die Autopsien durchgeführt."

„Äh, klar. Natürlich … Das ist ja noch nicht so lange her." Herma gingen in diesem Moment viele Dinge durch den Kopf. Einerseits schämte sie sich dafür, dass sie gestern nicht gut drauf war, andererseits hoffte sie, dass der Rechtsmediziner wichtige Dinge herausgefunden hatte.

Die Mordermittlerin war gespannt, was Dr. Mertens zu berichten hatte.

„Also, wir haben im Institut sogar eine Nachtschicht eingelegt. Dr. Jäger, unser DNA-Experte, hat mir gerade einen vorläufigen Bericht in die Hand gedrückt."

Herma war nervös. Sie trommelte mit den Fingern auf der Tischplatte herum, als sie ungeduldig nachhakte: „Und, was hat Dr. Jäger herausgefunden?"

„Also …" Dr. Mertens musste husten. „Ich bitte um Entschuldigung. Husten, Schnupfen, Heiserkeit, na, Sie wissen schon … Fangen wir mit der Brandleiche an. Der DNA-Abgleich hat ergeben, dass es sich bei der Toten um Sarah Brooks handelt. Das verraten uns die an der Zahnbürste gesicherten Zellspuren. Zur Sicherheit haben wir uns auch das Gebiss der Leiche angeschaut. Der Zahnstatus passt zu 100 Prozent mit den Röntgenbildern überein, die uns der Zahnarzt der jungen Frau per E-Mail übermittelt hat. Ich erspare Ihnen jetzt die Details, das können Sie später alles in unserem Bericht nachlesen. Kommen wir zu dem Schädel. Der Kopf gehört zu einer weiblichen Leiche. Die Plomben in den Zähnen verraten uns, dass diese Frau zu Lebzeiten in Osteuropa zahnmedizinisch versorgt wurde. Das Material, aus dem die Füllungen bestehen, wird in Westeuropa nicht benutzt. Wir haben eine Anthropologin hinzugezogen. Frau Professor Köhler ist zu der Überzeugung gelangt, dass die Frau aus der Kaukasus-Region stammt. Wissen Sie, es gibt da ein paar Merkmale, die darauf hindeuten. Hohe Wangenknochen und so …

Aber da müssen Sie die Kollegin schon selbst fragen, wenn Sie dazu mehr wissen wollen. Da kenne ich mich nicht so gut aus wie Frau Köhler. Mehr konnten wir auf die Schnelle nicht herausfinden."

Herma hatte sich rasch Notizen gemacht. „Na ja, das ist doch schon mal was. Das hilft uns sicher weiter. Sagen Sie, Herr Dr. Mertens, haben Sie zufällig auch die Haare aus der Weser mit den Haaren der Toten verglichen?"

Wieder war ein Räuspern zu hören. „Sorry, das habe ich ganz vergessen, Ihnen mitzuteilen, Frau van Dyck. Ja, wir haben uns natürlich auch die Haare unter dem Mikroskop angeschaut und erste Vergleichsanalysen gemacht. Leider muss ich Ihnen mitteilen, dass die Haare, die der Angler seinerzeit aus dem Fluss gezogen hat, von einer anderen Frau stammen. Und noch eine schlechte Nachricht: Die große Menge an Haarwurzeln lässt darauf schließen, dass auf dem Grund der Weser noch eine Leiche liegt."

„Was macht Sie da so sicher?"

„Ganz einfach. Die Haare wurden nicht mit Schere oder Messer abgeschnitten – sie stammen also nicht aus einem Frisörsalon. Und: So viele Haare verliert man nicht einfach so. Die haben sich ganz sicher aus der Kopfhaut gelöst – vermutlich während des Fäulnisprozesses. Ausgerissen wurden sie jedenfalls nicht."

„Ach du heilige Scheiße …" Die Informationen, die ihr der Rechtsmediziner gegeben hatte, brachten Herma aus der Contenance. „Dann haben wir es also mit drei Leichen zu tun, richtig?“

Dr. Mertens musste lachen. „Ja, nach Adam Riese ist das so.“

„Und da sind Sie sich wirklich ganz sicher?“

Der Gerichtsmediziner ließ keinen Zweifel zu. „Absolut. Ich kann Ihnen natürlich nicht sagen, woran die Frau gestorben ist. Sie könnte auch in Freitodabsicht in die Weser gegangen sein. Finden Sie die Leiche – dann schaue ich sie mir im Institut an, und nach der Obduktion sind wir schlauer.“

Die Moko-Leiterin schaute auf die Uhr. Halb zehn. Sie würde zu spät zur Besprechung kommen. Aber die Chefs würden es ihr nachsehen. Sie hatte schließlich sensationelle Neuigkeiten zu verkünden.

„Okay, Dr. Mertens. Vielen Dank. Ich muss Sie jetzt leider abwürgen. Unser Meeting fängt an. Na, da werde ich die Kollegen gleich mal ins Bild setzen. Bis bald mal wieder. Tschüss.“

Herma legte auf, bevor Dr. Mertens etwas erwidern konnte, schnappte sich ihr graues Merkbuch und eilte die Treppen hinauf bis ins Dachgeschoss. Die schweren Flügeltüren aus braunem Eichenholz waren noch geöffnet. Die Konferenz hatte zum Glück noch nicht angefangen.

Kapitel 30

Als Herma van Dyck den Konferenzsaal im Dachgeschoss des Zentralen Kriminaldienstes betrat, suchte sie nach Brenner. Sie brauchte nicht lange, um ihn zu finden. Der Leiter des FK1 hatte sich an das Kopfende des langen Tisches gesetzt, rechts neben ihm saß eine Brünette, Anfang 40, die Herma nicht kannte. Sie vermutete, dass es sich um eine Polizistin aus dem Landkreis Holzminden handelte, die einer der beiden Sonderermittlungskommissionen zugeteilt worden war. Der Lärmpegel war hoch. Die Kollegen der Mordkommissionen „Klüt“ und „Hafen“ sprachen über die Fälle, tauschten erste Informationen aus. Herma setzte sich links neben Brenner, um ihm rasch zuflüstern zu können, dass sie Neuigkeiten zu verkünden hatte. Kaum hatte sie Platz genommen, stand Kriminaloberrat Andreas Kaufmann auf. Augenblicklich wurde es ruhig im Saal.

„Verehrte Kollegen“, begann der Leiter des Zentralen Kriminaldienstes seine Ansprache. „Wir stehen vor einer großen Herausforderung. Es gilt, schnell und effizient die Umstände des Todes von zwei Menschen aufzuklären, deren Namen wir nicht einmal kennen. Das Interesse an den Fällen ist groß. Intern wie extern.

Der Polizeipräsident lässt sich täglich zweimal von mir informieren, der Innenminister bittet ebenfalls darum, auf dem Laufenden gehalten zu werden. Das mediale Interesse ist riesengroß, die Schlagzeilen sind mitunter unappetitlich. Aber damit kommen wir klar. Wir sind schließlich Profis. Ich will Ihnen auch keine Zeit stehlen, bitte Sie hier und heute eindringlich, die Leiter der jeweiligen Mordkommissionen zu unterstützen und nicht auf die Uhr zu schauen, wenn es darum geht, Spuren zu suchen, zu analysieren und neue Ermittlungsansätze zu finden." Kaufmann schaute auf die Kriminalisten herab: „Überstunden können Sie abbauen, wenn der oder die Täter gefasst sind."

Herma wandte sich Brenner zu: „Es gibt wichtige Neuigkeiten." Der Erste Kriminalhauptkommissar drehte sich nicht zu ihr um. Er klebte förmlich an den Lippen des ZKD-Leiters. Er nickte nur kurz und zischte hinter vorgehaltener Hand: „Schön, das kannst du uns ja gleich erzählen." KHK van Dyck zog eine missmutige Schnute, sie war eingeschnappt. Zu gern hätte sie ihrem Chef vorab erzählt, was Dr. Mertens ihr wenige Minuten zuvor über die Toten berichtet hatte. Na gut. Wer nicht will, der hat schon, dachte Herma und hörte zu, was der Kriminaloberrat zu sagen hatte. Sie wunderte sich, dass Kaufmann die Truppe persönlich einschwor. Er musste Feuer unterm Arsch haben. Jemand von ganz oben machte offenbar mächtig Druck.

Der Kriminaloberrat schaute in Richtung der Brünetten und zeigte lächelnd mit der Hand auf sie.

„Ich darf in unserer Mitte Frau Störtebeker vom Landeskriminalamt Niedersachsen begrüßen. Sie ist Kriminalpsychologin und arbeitet im Team der OFA mit, die ich ebenfalls um Unterstützung gebeten habe. Aber vielleicht stellen Sie sich selbst kurz vor."

Die Brünette erhob sich von ihrem Stuhl, strich eine Falte aus ihrem karierten Rock und hielt einen Wimpernschlag inne, um sich mit dieser Kunstpause die nötige Aufmerksamkeit zu verschaffen. „Danke, Herr Kriminaloberrat. Ich heiße Claudia Störtebeker, bin 44 Jahre alt, verheiratet und habe – bevor ich zum LKA ging – fast zehn Jahre als Psychologin in einer Justizvollzugsanstalt gearbeitet, in der die ganz schweren Jungs saßen. Sie wissen schon: Sadisten, Psychopathen, Soziopathen, Leichenschänder, Typen, die es mit Tieren treiben – die ganze Palette. Ich habe mich auf Menschen mit SASA spezialisiert. Das sind – wie Sie wissen – Gewalttäter, die an einer schweren anderen seelischen Abartigkeit leiden und unfähig sind, das Unrecht der Tat einzusehen oder nach dieser Einsicht zu handeln, wie es so schön im Strafgesetzbuch heißt. Um das klarzustellen: Ich bin keine Fallanalytikerin, ich arbeite aber eng mit unseren Profilern zusammen, verstärke das OFA-Team. Meine Aufgabe in Hameln wird es sein, Ihnen etwas über die Persönlichkeitsprofile der Täter, nach denen Sie suchen, zu sagen. Bitte füttern Sie mich mit sämtlichen Informationen, die Sie zusammentragen. Ich werde den Kollegen der Operativen Fallanalyse in Hannover Kopien der Fallakten zukommen lassen und zu den OFA-Leuten Kontakt halten. Ich bin das Bindeglied zwischen Hameln und Hannover. Gleichzeitig wird es meine Aufgabe sein, Sie über die Analysen der OFA-Einheit zu informieren. Gibt es dazu Fragen?"

Claudia Störtebeker schaute die Kollegen an. Einige tuschelten miteinander. „Okay, das ist ja fein. Ich freue mich auf eine gute Zusammenarbeit."

Herma war perplex. Sie schaute Kurt Brenner an. „Hast du das gewusst?"

„Was?", wollte der Chef vom Mord und Totschlag wissen.

„Na, dass die uns eine Laus in den Pelz gesetzt haben."

Brenner schaute kurz zur Seite. „Nein, nicht wirklich."

„Wie jetzt? Nicht wirklich ... Hä? Was soll das denn heißen?"

„Kaufmann hat es mir eben erst auf dem Flur auf dem Weg zum Meeting erzählt. Es ist halt, wie es ist. Wir müssen uns damit abfinden, dass die OFA mit im Boot ist. Da können wir eh nichts dran ändern. Wenn die Führung das so möchte ... Gut, dann ist das so. Vielleicht helfen uns die Fallanalytiker ja weiter ..."

Die Ostfriesin schnalzte mit der Zunge. „Wenn du meinst. Bislang musste ich noch kein Orakel anrufen oder so eine Nachfahrin von einem Seeräuber um Hilfe bitten."

Herma spürte den strafenden Blick des ZKD-Chefs. „Ich darf doch wieder um Ruhe bitten. Kurt, erzähl uns bitte, was die Gerichtsmediziner herausgefunden haben."

Brenner stand auf, rückte seine Brille zurecht und berichtete, was Dr. Mertens und Dr. Martin Herma und ihm erzählt hatten. Nach wenigen Minuten schloss er seine Ausführungen mit den Worten: „Viel ist das nicht, aber immerhin etwas."

Kriminaloberrat Kaufmann sah Herma van Dyck an. „Gibt es weitere Neuigkeiten?"

„Oh ja, die gibt es", sagte Herma. Sie hatte die ganze Zeit auf ihren Auftritt gewartet, konnte gar nicht abwarten, die neuesten Untersuchungsergebnisse aus der Gerichtsmedizin vorzutragen. Während Hauptkommissarin van Dyck ihren Kollegen und Chefs berichtete, was ihr Dr. Mertens vor wenigen Minuten erzählt hatte, rutschte Brenner nervös und mit versteinerter Miene auf seinem Stuhl hin und her. Der Erste Kriminalhauptkommissar hatte seine Stirn in Falten gelegt und kaute nachdenklich auf seiner Unterlippe herum. Er grübelte.

Der ZKD-Chef schaute Herma ungläubig an. Er rang um Worte. „Dann haben wir es also mit drei Frauenleichen zu tun? Habe ich Sie da richtig verstanden, Frau van Dyck?"

„Ja, absolut. Das ist korrekt. Von der dritten Leiche haben wir allerdings nur einen Großteil der Kopfhaare. Wie gesagt: Ob Fremdverschulden vorliegt", Herma zuckte mit den Schultern, „kann derzeit niemand sagen."

„Mein Gott, das ist ja furchtbar“, stöhnte der ZKD-Leiter. Er griff zur Kaffeekanne, füllte seinen Coffee-to-go-Becher aus grauem Hartplastik, auf dem das Emblem des Bundes Deutscher Kriminalbeamter prangte. Die Ermittler schauten erwartungsvoll auf Herma und Brenner. Sie waren bereit, Ermittlungsaufträge entgegenzunehmen. Betretenes Schweigen breitete sich aus.

EKHK Brenner war der Erste, der seine Worte wiederfand. „Kollegen, wir sollten uns jetzt nicht von der Nachricht, dass auf dem Grund der Weser eine Leiche liegt, verunsichern lassen. Erstens: Es gibt keinen Hinweis darauf, dass es einen Zusammenhang zwischen den Fällen gibt. Zumindest für die ersten beiden Toten gilt: Der Modus Operandi ist völlig anders. Die eine Frau wurde erwürgt oder erdrosselt, die andere starb an Unterkühlung. Die eine Leiche wurde verbrannt, die andere enthauptet – und wohl zerstückelt.“ Kurt Brenner sah Claudia Störtebeker an. Herma bemerkte das – sie hielt die unausgesprochene Frage ihres Chefs für Anbiederei. Natürlich würde ihm die OFA-Psychologin zustimmen. Jeder, der in diesem Raum saß, hätte das getan. Serientäter wichen selten von ihrer Vorgehensweise ab. Das war schließlich jedem Ermittler bekannt.

Doch Claudia Störtebeker beeilte sich nicht, Brenner zuzustimmen. Sie strich sich eine Locke aus dem Gesicht und hob zu einem Vortrag an. „Nun, für gewöhnlich ist es so, es gibt aber auch Ausnahmen. Experten gehen davon aus, dass in Deutschland mindestens zehn Serienmörder leben. Da gibt es eine Gruppe von Tätern, die bereits als solche etikettiert ist – und eine, die bislang überhaupt noch nicht erkannt wurde. Das Problem ist: Diese häufig sadistisch veranlagten Mörder sind leider lernfähig. Sie verfeinern ihre Vorgehensweise von Tat zu Tat. Dadurch entstehen ganz unterschiedliche Tatbilder, die selbst erfahrene Kriminalisten dazu verführen, anzunehmen, dass mehrere Mörder am Werk sind."

Brenner schien verstört zu sein. Er hatte erwartet, dass ihm die Fachfrau vom LKA zustimmen würde, stattdessen hatte sie ihm vor versammelter Mannschaft erklärt, dass er mit seiner Annahme falschliegt. Der Moko-Chef fühlte sich vorgeführt – er war sauer. Herma konnte das an seinem hochroten Kopf und an seiner Mimik erkennen. Insgeheim empfand die Ostfriesin Schadenfreude. Brenner hatte diese Psychotante mit offenen Armen empfangen. Sie dagegen hielt eine Einmischung von außen für überflüssig. Für Herma waren Fallanalysen Profiler-Quatsch. Sie konnte sich genauso gut in die Psyche eines Täters hineinversetzen. Dessen war sie sich sicher. Allerdings gab es nicht gerade viele Hinweise auf den Gesuchten oder die Gesuchte. Das machte die Sache so schwer. Sie mussten unbedingt weitere Details, Indizien und Beweise zusammentragen. Schnellstens. Eine Neonröhre begann zu flackern, das Gemurmel im Saal nahm zu, als die Tür aufging und der Lockenkopf von Marina Lenze um die Ecke schaute. „Entschuldigung, ich störe nur sehr ungern, aber es ist wichtig", sagte die Kriminaltechnikerin. Sofort waren mehrere Dutzend Augenpaare auf sie gerichtet. Marina schaute Kurt und Herma an, winkte die Mordermittler zu sich.

„Ich schlage vor, wir machen eine kurze Kaffeepause und treffen uns in zehn Minuten wieder hier", sagte Kriminaloberrat Kaufmann, als Herma und Brenner durch die leicht geöffnete Tür auf den Flur schlüpften. „Was gibt es denn so Dringendes, Marina? Ich hoffe, du hast gute Nachrichten im Gepäck", sagte Brenner. Die Kriminaltechnikerin zog die Mundwinkel breit und grinste wie ein Honigkuchenpferd. „Ja, das ist etwas, was euch weiterhelfen wird. Und ihr könnt eure Kräfte bündeln." Herma verdrehte die Augen. „Was willst du uns damit sagen?" Marina spannte die Ermittler genüsslich auf die Folter. „Na, dass ihr ab sofort nur noch eine Mordkommission benötigt."

„Und wieso das?" Brenner wurde ungeduldig und etwas ungehalten. Er ermahnte Marina Lenze zur Eile. „So, nun mach mal hinne. Du sprichst in Rätseln. Dafür haben wir jetzt echt keine Zeit."

Die Kriminaltechnikerin stellte ihr Grinsen ein und kam zur Sache. „Ich habe eben einen Anruf vom LKA erhalten. Die Kollegen haben mir telefonisch vorab mitgeteilt, dass es dem Bundeskriminalamt gelungen ist, die Fingerabdrücke, die wir gesichert haben, zu identifizieren. Die Prints waren in der Datenbank. Und jetzt haltet euch fest: Sie gehören ein und demselben Mann."

Brenner rieb sich mit der flachen Hand über seine Glatze. „Na, das ist ja ein Ding." Der EKHK dachte in diesem Moment an die Worte der Einsatzpsychologin. Er hörte Claudia Störtebeker sagen: „Dadurch entstehen ganz unterschiedliche Tatbilder, die selbst erfahrene Kriminalisten dazu verführen, anzunehmen, dass mehrere Mörder am Werk sind." Scheiße, die Frau hat recht, dachte Brenner. Herma schaute Marina ungläubig an. „Ist das ganz sicher?"

Marina Lenze zog zeitgleich Schultern und Augenbrauen hoch und presste ihre Lippen aufeinander. „Fragt doch selber nach, wenn ihr mir nicht glaubt." Sie drehte sich um und wollte sich wieder auf den Weg in ihr Labor machen. Doch Brenner hielt sie zurück. „Nicht so schnell, junge Frau. Haben die dir auch etwas über den Mann gesagt?"

„Nö. Die wollen euch ein Fernschreiben schicken."

„Okay, danke, dass du uns gleich informiert hast." Brenner und van Dyck gingen davon aus, dass ihnen der Doppelmörder bald ins Netz gehen würde. Sie schienen erleichtert zu sein. „Wenn wir erst mal den Namen des Täters und ein paar Kontaktadressen haben, müssen wir ihn uns nur noch holen", meinte Brenner. „Das kann dann ein Mobiles Einsatzkommando übernehmen."

Herma dachte nach: „Ich verstehe das nicht …"

„Was?", wollte Brenner wissen.

„Warum lässt der an den Fundorten seine Visitenkarte zurück? Der muss doch wissen, dass ihn seine Fingerabdrücke verraten."

„Tja, Täter machen Fehler. Manche sind dumm. Zum Glück …"

Auf dem Flur wurde es zunehmend voller und lauter. Die ersten Polizisten kehrten aus der Pause zurück. „Wir sollten zunächst einmal unseren ZKD-Leiter und erst dann die Kollegen informieren", schlug Brenner vor.

„Auf jeden Fall", stimmte Herma ihm zu. Die Kriminalhauptkommissarin nahm die Nachricht, dass sie nach nur einem Täter suchten, mit einem lachenden und einem weinenden Auge auf. Einerseits hatten sie die Chance, zwei schwierige Fälle auf einen Schlag aufzuklären, andererseits waren ihre Stunden als Moko-Chefin gezählt. Kaufmann würde die beiden Ermittlungsgruppen zusammenlegen und die Leitung Brenner übertragen. Er war schließlich der Chef – und er hatte mehr Erfahrung als sie. „Ach ja …" – Herma seufzte.

Als sie in den Konferenzraum zurückgingen, der sich langsam füllte, winkte ihnen Claudia Störtebeker zu. Die Psychologin hielt ihr Smartphone ans rechte Ohr und sprach mit einem gewissen Oliver. Brenner und van Dyck gingen zu ihr. Die Brünette beendete das Telefonat – die Mordermittler hörten sie noch sagen: „Gut, das werde ich hier gleich mal kundtun. Mach's gut, Olli. Wir bleiben in Kontakt."

Während Claudia Störtebeker ihr Handy zurück in ihre Handtasche legte, sagte sie unvermittelt: „Das war Oliver Oppermann, der Leiter des Dezernats 32.1, besser bekannt als Operative Fallanalyse. Es gibt eine gute

Nachricht und eine schlechte. Welche wollen Sie zuerst hören?"

Herma entglitten die Gesichtszüge. „Oh, wie ich das hasse. Hallo, ich weiß was, aber ihr müsst es mir aus der Nase ziehen. Also, noch mehr Rätselraten ertrage ich heute nicht. Warum können die Leute nicht einfach sagen, was sie zu sagen haben?"

Brenner sah Herma strafend an. „Was haben Sie denn für uns, Frau Störtebeker?"

„Wir suchen einen Täter, nicht zwei …" Weiter kam die Kriminalpsychologin nicht.

„Das wissen wir schon", fiel ihr Herma ins Wort. Jeder im Raum, der diese Szene beobachtete, spürte, dass diese Frauen in naher Zukunft bestimmt keine Freundschaft schließen würden. Claudia Störtebeker ließ sich davon nicht beirren – und schon gar nicht provozieren. Sie ignorierte Herma van Dyck einfach, hielt stattdessen Augenkontakt mit Kurt Brenner. „Fahren Sie bitte fort, Frau Kollegin", sagte der Leiter des FK1. Die Kriminalpsychologin lächelte zufrieden. Sie hatte das Duell mit Herma gewonnen. „Unser Mann heißt Ronny Rosslau. Er wurde am 23. Januar 1986 in Norden, Ostfriesland, geboren. Mutter und Vater leben nicht mehr. Hat mehrere Lehren abgebrochen, war dann Zeitsoldat, wurde unehrenhaft entlassen, ist zuletzt auf einem Fischkutter gefahren. Er hat polizeiliche Erkenntnisse: Verstoß gegen das Tierschutzgesetz, versuchter schwerer Raub und sexuelle Nötigung. Er hat wohl während seiner Bundeswehrzeit eine Soldatin unter der Dusche bedrängt oder so was in der Art. Deshalb wurde er vorzeitig aus dem Dienst entlassen."

„Fein, fein", sagte Brenner. „Dann müssen wir den Vogel ja nur noch einfangen. Haben wir eine Meldeadresse?"

Claudia Störtebeker hob die Augenbrauen. „Ja und nein …"

„Was soll denn das nun wieder heißen?", mischte sich Herma ein.

„Er hat zuletzt in Greetsiel gewohnt. Adresse kann ich besorgen. Das hilft uns aber nicht weiter, denn: Ronny Rosslau ist tot. Der Krabbenkutter, auf dem er als Azubi gearbeitet hat, ist vor drei Jahren bei schwerer See gesunken. Die gesamte Besatzung ist dabei ums Leben gekommen. So steht es jedenfalls im Havariebericht. Die Leichen der drei Männer sind niemals aufgetaucht."

Brenner massierte sich mit Daumen und Zeigefinger seiner linken Hand die Schläfen. „Ach du heilige Scheiße. Das wird ja immer verrückter ..."

„Wir jagen also einen Toten?", stellte Herma van Dyck fest.

Die Psychologin nickte. „Ja, so könnte man das wohl sagen. Nur mit dem Unterschied, dass dieser Tote unter den Lebenden weilt. Sonst könnte er ja wohl kaum seine Fingerabdrücke an Leichenfundorten hinterlassen."

Herma fischte ihr iPhone aus der Gesäßtasche, tippte die Nummer von Marina Lenze ein. Es klingelte nur dreimal, da nahm die Kriminaltechnikerin das Gespräch an. „Moin, Marina, hier ist Herma. Sag mal: Wo genau habt ihr die Fingerspuren gesichert?"

„Na, an dem Grablicht und an der Innenseite der Tüte", antwortete die KT-Expertin. „Aber das wisst ihr doch. Wieso willst du das wissen? Denkst du, wir hätten was übersehen?"

„Quatsch. Ich frage mich nur, ob es möglich ist, dass die Fingerabdrücke schon vor drei Jahren auf die Gegenstände gekommen sind."

„Nein, auf gar keinen Fall", sagte die Kriminaltechnikerin. „Für das Grablicht kann ich das sogar mit einhundertprozentiger Sicherheit sagen. Es wurde nämlich erst – warte mal, wo habe ich es mir denn notiert? Ah, hier ist der Zettel – vor sieben Monaten in Frankfurt hergestellt. Bei der Tüte, in der sich der Kopf befand, kann ich das natürlich nicht so genau sagen. Die Spur ist nicht ganz so frisch. Aber wir konnten sie immerhin noch sichern. Wenn man bedenkt, dass es in der Plastiktüte feucht war, schon allein wegen der Verwesungsprozesse, dann würde ich sagen: Uralt kann sie nicht sein. Eine Schweißspur wäre schon längst verlaufen, aber die entscheidenden Fragmente, die erhalten geblieben sind, hat der Täter im Blut hinterlassen. Das ist eingetrocknet und hat den Abdruck konserviert."

„Hm, danke, Marina. Das hilft uns weiter." Herma legte auf und sah Brenner an. „Die Prints sind jüngeren Datums. Wir müssen also davon ausgehen, dass dieser für tot erklärte Seemann noch lebt."

„Als lebender Toter fühlt er sich sicher. Er lebt unter einem anderen Namen mitten unter uns. Man kann davon ausgehen, dass er sein Aussehen stark verändert hat“, stellte die Kriminalpsychologin fest.

Brenner und van Dyck stimmten ihr zu. „Ja, das würde ich wohl auch so machen“, sagte der oberste Mordermittler. Er schaute Claudia Störtebeker an. „Setzen Sie sich bitte sofort mit Ihren Kollegen in Hannover in Verbindung. Sorgen Sie dafür, dass alles, was über diesen Ronny Rosslau in den polizeilichen Datenbanken zu finden ist, auf meinem Schreibtisch landet. Und erstellen Sie ein Profil des Täters. Das können Sie doch, oder?“

„Ja, das kann ich. Das ist meine Spezialität. Sollen Sie haben. Welches Büro kann ich nehmen?“

„Nehmen Sie meins. Fühlen Sie sich ganz wie zu Hause. Nur: Beeilen Sie sich …“

Brenner und van Dyck gingen zurück in den Konferenzsaal, um Vorgesetzte und Kollegen zu informieren. Danach trat Kurt Brenner einen schweren Gang an: Er fuhr zu Dr. Maren Brooks, um ihr die Nachricht vom Tod ihrer Tochter zu überbringen.

Kapitel 31

Es regnete Bindfäden, als Melchior im gemütlich eingerichteten Wintergarten des Hotels „Nordstern" genüsslich grinsend seinen Morgenkaffee schlürfte. Vor nicht einmal 30 Stunden hatte er aus der toten Livia eine Skulptur aus Haut und Knochen gemacht. Und schon jetzt machte sein Werk Schlagzeilen. Die aktuelle Ausgabe der BILD lag vor ihm auf dem Tisch. Mit dem Zeigefinger strich er vorsichtig den Falz glatt. Er behandelte das dünne bedruckte Papier so, als hätte er eine kostbare Papyrusrolle aus dem alten Ägypten entdeckt. Der Aufmacher auf der Titelseite war ganz ihm gewidmet. In großen Lettern berichtete die Zeitung über den „Schlächter vom Nassauhafen", der eine nackte Frauenleiche neben der Windsbraut-Skulptur drapiert und öffentlich zur Schau gestellt hatte. Melchior las den Artikel nun schon zum dritten Mal. Er war stolz auf das, was er getan hatte. Der Polizeireporter, so stand es jedenfalls im Bericht, war am Morgen von einem Angler verständigt worden und zeitgleich mit der Polizei am Fundort gewesen. Der Journalist hatte sofort ein paar Fotos gemacht und den Sportfischer, einen gewissen Bernfried Wussow aus Essen, interviewt. Die BILD sprach bereits von einem Ritualmord.

Der Leichenfund hatte für Aufregung gesorgt und die Polizeiinspektion Wilhelmshaven/Friesland dazu bewegt, umgehend eine 20-köpfige Mordkommission einzusetzen. Laut BILD-Zeitung trug sie den Namen „Nassau". Der Reporter hatte in seinem Artikel auch die Ziffer 4 erwähnt, die Melchior mit roter Sprühfarbe auf die tote Livia gesprüht hatte. Nun wurde spekuliert, was der Mörder wohl damit zum Ausdruck bringen wollte. Die Zeitung zitierte eine Zahlenmystikerin. Die Frau behauptete, in der Numerologie stehe die 4 für Handlungen und Taten – sie verkörpere das Machen. Melchior musste laut lachen, als er las, was die Expertin zur Spiritualität zu sagen hatte. „Die Zahl steht seit jeher für höchste Weisheit. Sie ist Symbol für Körper und Geist, für innere Stärke, Erleuchtung, Reinheit und Perfektion." Die der 4 nachgesagten Eigenschaften schmeichelten ihm. „Ja, richtig so. Ich habe etwas Perfektes von großer Reinheit und Stärke geschaffen", brummelte er leise vor sich hin. Er schaute sich um, stellte sofort fest, dass ihn niemand hören konnte. Im Restaurant lief als Hintergrundberieselung leise Radio Nordseewelle.

Melchior lehnte sich zufrieden zurück und biss in einen Keks, den der Kellner zum Kaffee serviert hatte. Er fühlte sich wie im siebten Himmel. Er hatte Macht – über Leben und Tod. Er konnte Gott spielen, wann immer er es wollte. Zudem hatte er ein Kunstwerk aus Fleisch und Blut geschaffen, über das die Menschen redeten und diskutierten. Der Fall Livia würde in die Kriminalgeschichte eingehen. Er hätte die Zahlenfee küssen können. Sie hatte so schöne Worte über die 4 gesprochen.

Der Totgeglaubte aus Zimmer 101 winkte den Kellner zu sich. Marcel eilte sogleich herbei. „Ja, was kann ich für dich tun?"

Melchior verdrehte die Augen. Er hatte keinen Bock auf dieses Du-Gequatsche. Er bevorzugte das Siezen. Mit seiner rechten Hand deutete er auf die vor ihm liegende BILD-Zeitung.

„Haben Sie auch noch andere Zeitungen im Haus?"

„Selbstverständlich", antwortete der Kellner lächelnd. „Welche darf ich dir denn bringen? Den Harlinger Anzeiger, die Ostfriesen-Zeitung oder die Wilhelmshavener Zeitung …?"

Der Mörder kratzte sich an der Stirn. „Bringen Sie mir bitte alle. Steht ja eh nicht viel drin in diesen Lokalblättern. Da ist man schneller mit durch, als es einem lieb ist."

Marcel nickte und sagte im Weggehen: „Sehr wohl."

Kurze Zeit später hatte Melchior einen Stapel Zeitungen auf seinem Tisch liegen. Alle Redaktionen hatten über den Mord berichtet. Die Wilhelmshavener Zeitung machte damit die Titelseite auf. „Grausiger Fund im Nassauhafen – Angler findet Frauenleiche", lautete die Schlagzeile. Die Fotos waren aus einiger Entfernung aufgenommen worden. Sie zeigten Kriminaltechniker in weißen Overalls, die Spuren sicherten, und einen Leichenwagen. Melchior grinste, sein Kopf wackelte dabei wie ein Wackeldackel auf der Hutablage eines Autos. Sorgfältig legte er die Zeitungen neben sich auf den Tisch. Sie sollten Teil seiner Trophäensammlung werden.

Während er in der Nase bohrend durch das Fenster die Schauerböen betrachtete, die über den grünen Seedeich peitschten, überlegte er, was er als Nächstes tun sollte. Er hatte nur noch ein paar Euro in der Tasche, er musste dringend an Geld kommen, um die Hotelrechnung bezahlen zu können. Er beschloss, nach Neuharlingersiel zu fahren. Der Verbrecher hatte schon eine Idee, musste nur auf die richtige Gelegenheit warten.

Melchior vergewisserte sich mit einem Rundumblick, dass er nicht beobachtet wurde. Er schob die Zeitungen vorsichtig unter seine Jacke und verließ den Wintergarten. In seinem Zimmer verstaute er die Tageszeitungen in seinem Koffer, zog einen Schal heraus, wickelte ihn um seinen Hals und zog die Tür hinter sich zu. Auf dem Hotelparkplatz musste er durch Pfützen waten, auf denen bunte Schlieren zu sehen waren. Irgendein Auto musste Benzin oder Öl verloren haben. Hoffentlich war das nicht meine Karre, dachte er und schaute in Richtung seines alten VW Golf. Mit seinem Wagen fuhr er ins wenige Kilometer entfernte Neuharlingersiel. Er stellte sein Auto auf einem Parkplatz am Hafen ab, warf drei Euro in den Automaten, zog ein Parkticket und legte es hinter die Windschutzscheibe. Melchior wollte kein Strafmandat von einer Politesse kassieren – das hätte auf seine Spur führen können. Er stellte seinen Kragen hoch, vergrub seine Hände in den Taschen seiner Lederjacke und schlenderte auf der schmalen Straße, die vom Hafen zur Cliener Straat führte, in Richtung Bushaltestelle. Er wusste, dass zwischen der Fischerei-Genossenschaft und den mächtigen Deichtoren ein Wartehäuschen aus braun gestrichenem Holz stand. Von dort, das hatte er bereits vor Tagen im Vorbeifahren ausbaldowert, hatte er einen guten Blick auf die Raiffeisenbank, in deren Vorraum sich ein Geldautomat befand. Nach wenigen Minuten hatte Melchior die Hütte erreicht. Er setzte sich auf die Bank und begann mit seiner Observation. Autos fuhren an ihm vorbei, einmal musste er einem Busfahrer, der angehalten hatte, mit Handzeichen klarmachen, dass er nicht die Absicht hatte, einzusteigen. Bei diesem Schietwetter waren nicht viele Menschen auf der Straße. Einerseits war das gut, denn das bedeutete: Die Gefahr, von Zeugen gesehen zu werden, war gering. Andererseits konnte er nicht zuschlagen, wenn niemand zur Bank ging, um Geld abzuholen. Ein junges Pärchen blieb Händchen haltend stehen. Die Frau trug einen gelben Friesennerz und eine Fischermütze, der Mann hatte sich eine Baseballkappe mit dem Emblem der New York Yankees aufgesetzt. Der Regen schien den jungen Leuten nichts auszumachen. Offenbar waren es Touristen, die sich für Immobilienangebote interessierten. Eine alte Frau schob ihren Rollator an ihm vorbei. Sie blieb ein, zwei Sekunden stehen und gaffte ihn mitleidig an. Melchior schaute nach unten, fixierte einen ausgespuckten Kaugummi, der auf einer Gehwegplatte klebte. Er wollte den Blickkontakt vermeiden. Soll mich die Tussi ruhig für einen Penner halten, dachte er. Hauptsache, sie kann später mein Aussehen nicht beschreiben. Melchior knetete seine eiskalten Finger durch. Fast drei Stunden saß er nun schon in diesem Wartehäuschen. Seine Jacke und seine Hose waren klamm, er fröstelte. Nervös wippte er mit seinem Bein hin und her. Aus den Augenwinkeln sah er plötzlich die Gelegenheit, auf die er so lange gewartet hatte. Ein Senior mit Gehstock humpelte über die Straße – direkt auf die kleine Bankfiliale zu. Er ließ den Mann nicht aus den Augen, hoffte, dass er Geld aus dem Automaten ziehen wollte. Tatsächlich fummelte der Alte an dem Apparat herum. Melchior kniff die Augen zusammen. Er konnte erkennen, dass sein potenzielles Opfer etwas auf der Tastatur eingab. Hoffentlich holt der Typ nicht nur 50 Mäuse ab, dachte er. Der Senior hieß Edo Frerichs, war 84 Jahre alt und wohnte ein paar Straßen weiter. Er hob 800 Euro von seinem Konto ab, um seinem Enkel, den seine Tochter Freya nach ihm benannt hatte, ein Fahrrad kaufen zu können. Für Edo Frerichs war das eine große Summe. Der ehemalige Werftarbeiter bekam nur eine kleine Rente, musste seine Ersparnisse angreifen. Aber für Klein-Edo tat er das gern. Nachdem der seit einem schweren Arbeitsunfall gehbehinderte Rentner das Geld in sein Portemonnaie gesteckt und dieses in seine Gesäßtasche geschoben hatte, humpelte er zurück nach Hause. Es war der letzte Tag im Leben von Edo Frerichs. Das Fahrrad, das er seinem Enkel zum Geburtstag schenken wollte, würde er nicht mehr kaufen können.

Melchior erhob sich von der Holzbank, zog seine Hose, die ihm von der Hüfte gerutscht war, ein paar Zentimeter hoch, verließ das Buswartehäuschen und nahm die Verfolgung auf. Beeilen musste er sich nicht. Der alte gehbehinderte Mann, der gerade eben 800 Euro am Geldautomaten abgehoben hatte, konnte ihm nicht entkommen. Edo Frerichs humpelte durch den Regen nach Hause. Er ahnte nicht, dass ihm der Tod auf den Fersen war. Noch bevor der 84-Jährige in den Osterweg abbiegen konnte, schlug Melchior blitzschnell zu. Mit einem gezielten Handkantenschlag gegen den Kehlkopf setzte er den Rentner außer Gefecht. Edo Frerichs konnte nicht einmal mehr schreien. Melchior tastete den am Boden liegenden Mann ab. Er wurde rasch fündig. Er zog die Geldbörse aus der Gesäßtasche des alten Mannes, fischte die Scheine heraus und stopfte die Beute in seine Jackentasche. Das geplünderte Portemonnaie warf er im hohen Bogen auf den Fußweg – es landete neben dem Schwerverletzten. Der alte Mann war nicht tot. Er würgte und röchelte, lief dabei rot an. Seine braunen Augen waren weit aufgerissen. Mit der rechten Hand fasste sich Edo Frerichs an den Hals. Das Überfallopfer bekam kaum noch Luft. Melchior verzog sein Gesicht zu einer fiesen Grimasse. Er grinste den Alten an. „Was holst du auch so viel Kohle ab, Opa?“, sagte er.

Als sich eine Frau mit ihrem Hollandrad dem Tatort näherte, spielte Melchior den Ersthelfer. Er knöpfte rasch das Hemd des um Luft ringenden Mannes auf, blickte dabei aber nicht zu der Radfahrerin auf. Sie sollte ihn später nicht beschreiben können. „Schnell, rufen Sie einen Rettungswagen. Der Mann hier stirbt. Los, machen Sie schon. Ich habe kein Handy dabei", schrie er. Die Frau trat, ohne ein Wort zu erwidern, in die Pedale und steuerte eine Telefonzelle an. Melchior erhob sich aus der Hocke, wandte sich noch einmal dem Opfer zu: „Na, dann: fröhliches Sterben, alter Mann", rief er. Dann wechselte er die Straßenseite und schlenderte die Cliener Straat entlang. Bloß nicht auffallen, dachte er. Erst als er den „Unner Up Weg Ost", der durch ein kleines Wäldchen zum Hafendeich führte, erreicht hatte, fing er an zu laufen. Ein paar Minuten später erreichte er sein Auto. Melchior setzte sich hinein, zog das zerknitterte Bündel Geld aus seiner Tasche und begann zu zählen. „Bingo", sagte er zu sich selbst. „800 Euro, kein schlechter Stundenlohn. Das Warten und Frieren hat sich gelohnt." Als Melchior seinen VW Golf aus dem Hafen steuerte und nach rechts auf die Cliener Straat abbog, kam er am Tatort vorbei. Die Frau mit dem Hollandrad war zurückgekehrt und kümmerte sich nun um den Verletzten. Aus den Augenwinkeln sah Melchior, dass sie eine Hand des Mannes hielt und mit ihm sprach. In Höhe der Bäckerei Hinrichs kam ihm ein gelber Rettungswagen entgegen. Die Sanitäter fuhren mit Blaulicht und Sirene. Melchior war zufrieden mit sich selbst. Der Raubüberfall hätte nicht besser laufen können. Nun war er wieder flüssig, konnte zum Tanken fahren und seine Hotelrechnung bezahlen. Er würde seine Zelte im hohen Norden abbrechen und nach Hameln zurückfahren. Melchior wollte das Schicksal nicht herausfordern. Am Ende erkannte ihn doch noch jemand in seiner alten Heimat. Aber jetzt würde er sich erst einmal im Spa ein Dampfbad und danach einen heißen Grog gönnen. Er freute sich auf ein leckeres Abendessen. Morgen früh würde er die Heimreise antreten. Das Wetter war eh schlecht. Es regnete immer noch wie aus Eimern. Watt'n Weer weer, regn't unnert Döör döör, sagte er. Auf Hochdeutsch bedeutete der Spruch: Was für ein Wetter wieder, es regnet unter der Tür durch.

Während Melchior sein Hotel ansteuerte, kämpfte Edo Frerichs um sein Leben. Notfallsanitäter brachten ihn ins Krankenhaus. Im Schockraum konnte er den Ärzten noch mitteilen, dass er ausgeraubt worden war. Ein paar Stunden später war der Rentner tot. Sein schwaches Herz hatte aufgehört zu schlagen. Melchior saß zu diesem Zeitpunkt im „Nordstern"-Restaurant und ließ sich eine frische Kutterscholle mit knusprig angebratenen Speckwürfeln und krossen Bratkartoffeln schmecken. An Edo Frerichs verschwendete er keinen einzigen Gedanken.

Kapitel 32

Irgendwo summte zur leisen Musik aus dem Radio eine Fliege. Die Schatten, die die dürren Zweige des Ficus an die weiße Raufasertapete in Kurt Brenners Büro warfen, wurden von Stunde zu Stunde länger. Der Tag neigte sich langsam, aber sicher seinem Ende zu. Die Mordermittler nahmen keine Notiz davon. Sie hielten sich mit Kaffee und Energydrinks wach – alle wussten: Sie würden heute bis ultimo arbeiten. Der Fall war in einer heißen Phase. Die Jagd auf einen Totgeglaubten hatte begonnen. Kurt Brenner und Herma van Dyck saßen am Schreibtisch des FK-1-Leiters, steckten die Köpfe zusammen und bohrten gemeinsam dicke Bretter. Die Moko „Klüt-Hafen" hatte eine harte Nuss zu knacken. Niemand wusste, wo sich der Gesuchte in Hameln verkrochen hatte. Erwartungsgemäß hatte Kriminaloberrat Kaufmann die beiden Mordkommissionen zusammengelegt und die Leitung der Moko „Klüt-Hafen" in die Hände von Kurt und Herma gelegt. Die Kompetenzen waren klar geregelt. Jeder erledigte die ihm zugeteilten Aufgaben. Was wie Routine aussah und nach Bürokratie roch, konnte später einmal die Untersuchungen voranbringen. Herma hatte gleich nach dem Morgen-Meeting ein Fernschreiben an das Lagezentrum des Innenministeriums abgesetzt. Es war eine WE-Meldung, so wurden solche Informationsschreiben polizeiintern genannt. WE – das stand für „wichtiges Ereignis". Die Kriminalpsychologin hielt Kontakt mit dem Chef der Operativen Fallanalyse in Hannover. Das kleine LKA-Team um Chefprofiler Kriminalhauptkommissar Oliver Oppermann versuchte seit Stunden, sich anhand von Ermittlungsberichten und Bildbänden aus Hameln ein Bild von dem Mörder zu machen. Das letzte Foto von Ronny Rosslau, das die Polizei in einem versehentlich nicht gelöschten Datensatz gefunden hatte, war sieben Jahre alt. Brenner hatte bei Staatsanwältin Miriam von der Heide eine Öffentlichkeitsfahndung beantragt. Sie musste allerdings noch von einem Ermittlungsrichter angeordnet werden. Aber das war angesichts der Gefährlichkeit des Täters wohl nur eine reine Formsache. Es dauerte keine zwei Stunden, da lag der richterliche Beschluss auf Brenners Schreibtisch – ein gewisser Richter Dr. Udo Reitmöller hatte der Mordkommission erlaubt, mit diesem Porträtbild bundesweit nach dem Tatverdächtigen zu fahnden. Polizeisprecher Peter Jensen durfte endlich PAPI, das polizeiliche Abfragesystem im Intranet, mit Bild- und Textdaten füttern und eine breite Öffentlichkeitsfahndung anschieben. Die Nachtragsmeldung der ersten Presseinformation war bereits an lokale, regionale und überregionale Tageszeitungen, an diverse Wochenblätter, Radiostationen und TV-Sender verschickt worden. Jensen verstand es, auch die neuen Medien zu nutzen. Er twitterte seine Pressemeldung an alle Follower und ließ parallel dazu vom LKA Niedersachsen seinen Fahndungsaufruf bei Facebook einstellen. Die Ermittler hofften, möglichst schnell Hinweise auf den Aufenthaltsort des Gesuchten, der sich mit großer Wahrscheinlichkeit eine neue Identität zugelegt hatte, zu erhalten.

Der Leiter des ZKD in Hameln, Andreas Kaufmann, hatte nicht nur die Fahndungsgruppe der Polizeiinspektion Hameln-Pyrmont/Holzminden auf den Fall angesetzt, sondern auch Fahnder eines Mobilen Einsatzkommandos, kurz MEK, angefordert. Die Ermittler warteten mit Spannung und Ungeduld auf das Täterprofil der OFA, das Kriminalpsychologin Claudia Störtebeker in wenigen Minuten im Konferenzsaal vorstellen wollte. Herma stöhnte laut. Brenner blätterte gerade in einer Akte. Er rückte seine Brille zurecht und sah sie an. „Was hast du?", wollte er wissen.

„Das ist doch alles scheiße. Wir sitzen hier blöde rum und müssen auf Hinweise aus der Bevölkerung warten", antwortete Herma. „Ich meine, der Typ kann doch überall sein. Wir wissen nicht einmal, wie er heute aussieht. Ich meine, er könnte als Punker verkleidet mit Irokesenschnitt an uns vorbeilaufen – und wir würden ihn nicht erkennen."

Brenner nahm seine Brille ab, lutschte an einem Bügel. „Hm, ja, du hast recht. Aber man soll die Hoffnung bekanntlich nicht aufgeben." Der Leiter des FK 1 lächelte weise: „Wie heißt es doch so schön: Wenn du glaubst, es geht nicht mehr, kommt von irgendwo ein

Lichtlein her." Herma zog die Augenbrauen hoch und ließ die Mundwinkel hängen. „Ja, schon klar. Deinen Optimismus möchte ich haben."

Der EKHK Kurt Brenner beugte sich nach vorn, zog das Telefon zu sich heran und wählte die Nummer der Wache an der Lohstraße. Polizeihauptkommissar Siegfried Meister hob nach wenigen Sekunden ab. Er hatte Brenners Nummer erkannt und begrüßte ihn freundlich. „Hallo, Kurt, wie sieht's aus? Macht ihr Fortschritte?"

Bevor der FK-1-Leiter antworten konnte, musste er erst einmal schlucken. Sein Hals war verschleimt. Eine Erkältung war im Anmarsch. Brenner spürte das. Aber er sträubte sich gegen den Gedanken, jetzt mit Fieber das Bett hüten zu müssen. „Tach, Siggi. Na, dir kann ich's ja verraten: Eine heiße Spur haben wir nicht. Leider. Wir hoffen auf sachdienliche Hinweise, wie das so schön heißt. Das ist auch der Grund meines Anrufes: Haben sich bei euch schon Zeugen gemeldet?"

„Du meinst, Leute, die auf Facebook und auf dewezet.de das Foto des Tatverdächtigen gesehen haben?"

„Exakt", antwortete Brenner.

„Ich muss dich leider enttäuschen. Es hat sich nur so ein Oberschlauer gemeldet. Der hat uns den Rat gegeben, Tote ruhen zu lassen." Siggi lachte gekünstelt.

Der Erste Kriminalhauptkommissar zog die Nase hoch, was ein unangenehmes Geräusch erzeugte. Siggi Meister hielt instinktiv den Hörer weiter weg. „Na super", meinte Brenner – und entschuldigte sich. „Sorry, ich glaube, ich bekomme einen Schnupfen. Danke, Siggi. Melde dich bitte gleich bei mir, wenn bei euch was reinkommt."

„Klar, Kurt. Das mache ich."

Brenner und Meister beendeten das Gespräch. Der Zeigefinger des obersten Mordermittlers flog über das Tastenfeld des Telefons. „Wo rufst du jetzt an?", wollte Herma wissen.

„Bei Süntel."

„Aha", sagte Herma. Sie ärgerte sich über ihre Frage, denn sie hätte sich denken können, dass Kurt als Nächstes in der Polizeileitstelle Süntel an der Ruthenstraße nachfragen würde. Nach dem zweiten Klingeln war eine tiefe Stimme zu hören. Sie gehörte Herbert Brandt. Der Polizeihauptkommissar war heute Kommissar vom Lagedienst. Brenner erfuhr, dass auch bei der Leitstelle keine konkreten Hinweise auf den Aufenthaltsort von Rosslau eingegangen waren. Enttäuscht legte er den Hörer auf und schaute Herma an. „Ja, isso, wie du sagst. Echt kacke, wenn sich nix schiebt." Die Ostfriesin musste lachen. „Mensch, Kurt, diese Ausdrucksweise kenne ich ja gar nicht von dir." Brenner winkte ab und schaute auf die Uhr. „Lass uns nach oben gehen. Mal sehen, was die Störtebeker und das OFA-Team zu sagen haben."

„Hm … Auf das Täterprofil bin ich echt gespannt. Ich meine, die kochen doch auch nur mit Wasser …"

„Wie meinst du das?", wollte Brenner wissen.

Herma verdrehte im Gehen die Augen. „Na, die lesen unsere Akten, studieren die Erkenntnisse, die wir mühsam ermittelt haben. Dann machen sie auf allwissend und konstruieren ein Profil vom Täter, an das wir uns dann halten sollen. Die Gefahr dabei ist doch, dass wir von diesen Schreibtischtätern in die Irre geleitet werden."

Brenner rieb sich das Kinn. Er musste sich mal wieder rasieren. Heute Morgen war er nicht dazu gekommen. Das rächte sich jetzt.

„Kurt, hast du mir überhaupt zugehört?"

„Ja, natürlich. Ich bin ja auch eher skeptisch, was die OFA angeht. Du weißt, dass ich den Job schon seit ein paar Jährchen mache. Und ich wäre nicht Leiter dieses Kommissariats geworden, wenn ich nicht selbst in der Lage wäre, mich in Täter hineinzuversetzen. Aber …", Brenner machte eine kurze Sprechpause, „… die OFA sitzt nun mal mit am Tisch – und vielleicht bringt uns die Analyse ja weiter. Wir sollten für alles offen sein."

Herma und Kurt gingen gemeinsam die Treppen hoch zum Besprechungsraum, in dem bereits ein Beamer lief. Das Gerät projizierte das Foto des Gesuchten auf eine weiße Leinwand. Unter Rosslaus Kopfbild aus der Verbrecherkartei stand in großen schwarzen Lettern das Wort „Täterprofil", darunter hatte Kriminalpsychologin Claudia Störtebeker den Namen der Moko vermerkt. Rechts unten konnte man kleingedruckt „LKA Niedersachsen, Dezernat 32.1, Operative Fallanalyse" lesen. Herma van Dyck hatte jetzt schon die Nase voll. „Wer leitet hier eigentlich die Ermittlungen? Wir oder die?", dachte sie im Stillen. Auf ihrer Stirn hätte man jetzt ihre Gedanken lesen können. Aber Herma versuchte, sich nichts anmerken zu lassen. Sie schwieg. Das war vermutlich auch besser so.

Die Mordermittlerin setzte sich demonstrativ ans Kopfende des Tisches. Gelangweilt schaute sie zu Boden. Manchmal zupfte sie sich einen Fussel von der Hose. Für Herma war der Vortrag der Psychologin reine Zeitverschwendung, sie musste sich allerdings auch eingestehen, dass sie eines im Überfluss hatten – und das war Zeit. Sie kannten den Namen und das Aussehen des Täters, wussten aber nicht, wo er sich aufhielt oder ob er womöglich im Ausland untergetaucht war und sich nun aus sicherer Entfernung im Fernsehen anschaute, was die Polizei tat, um ihn zu schnappen. Zu viele Informationen durften das Gebäude des Zentralen Kriminaldienstes nicht verlassen. Die Polizei wollte kein Täterwissen preisgeben und schon gar nicht Trittbrettfahrer animieren, Frauen zu töten. Bei komplexen Ermittlungen behielten Kriminalisten immer einige Details für sich. Es kam nämlich oft genug vor, dass sich Täter als Zeugen ausgaben. Sie suchten den Kontakt zu den Polizisten, die nach ihnen fahndeten, um herauszukriegen, was die Ermittler bereits wussten. Nicht selten verstrickten sich Mörder, Räuber und Vergewaltiger dabei in Widersprüche oder erzählten Dinge, die nur der Täter wissen konnte. Dann schlug die Stunde der Kommissare, klickten die Handschellen.

Der Saal hatte sich gefüllt, das Stimmengewirr wurde immer lauter. Kriminalpsychologin Claudia Störtebeker stand neben dem Beamer, fummelte am Objektiv herum und versuchte, die Schärfe besser einzustellen. Im Lichtstrahl tanzten Staubkörner wie Mücken vor einer Straßenlaterne. An der Besprechung nahmen auch Kriminaldirektor Reinhard Landmann, Leiter der PI Hameln-Pyrmont/Holzminden, und Kriminaloberrat Andreas Kaufmann teil. Alle Augen waren auf die Expertin vom LKA gerichtet. Jeder wollte wissen, worauf er zu achten hatte.

Die Psychologin drehte sich um, stemmte ihre Hände in ihre Hüften, setzte ein Lächeln auf und schaute zufrieden auf ihr Auditorium. Die Frauen und Männer, die der Moko „Klüt-Hafen" angehörten, spürten den Blick der Referentin und stellten augenblicklich ihre Gespräche ein. Das Gemurmel verstummte, nur das leise Brummen des Beamers war jetzt noch zu hören.

Claudia Störtebeker erhob ihre Stimme. „Danke, liebe Kolleginnen und Kollegen. Das Team der OFA ist inzwischen auf demselben Ermittlungsstand wie Sie. Das ist vor allem den Leitern der Moko, Herma van Dyck und Kurt Brenner, zu verdanken. Wir von der Operativen Fallanalyse wissen, dass unsere Methoden oftmals mit Skepsis aufgenommen werden. Umso erfreulicher ist es, dass ich in Hameln vorurteilsfrei aufgenommen wurde. Im Namen von OFA-Leiter Oppermann danke ich Ihnen allen für die uneingeschränkte Kooperation."

Herma und Kurt schauten sich an. „Die hört sich aber auch gern selbst reden", zischte Herma. Brenner musste grinsen. „Nun lass mal gut sein, du verrückter Vogel. Oder ist das etwa Stutenbissigkeit?“

Die Ostfriesin schaute beleidigt zu Boden und rutschte dabei unruhig auf ihrem Stuhl hin und her. „Schwachsinn.“

Die Mordermittlerin fixierte die Kriminalpsychologin mit ihren Augen. Ihre Blicke trafen sich. Keine der Frauen lächelte. Brenner schien das zu amüsieren. „Wenn Blicke töten könnten“, flüsterte er Herma grinsend ins Ohr. Doch der Hauptkommissarin war nicht nach Scherzen zumute. Sie wollte die Mordfälle lösen, wusste aber nicht wie … Das zehrte an ihren Nerven.

„Kolleginnen und Kollegen“, hörte Herma die Psychologin sagen. „Dieser Mann hier wurde als Ronny Rosslau in Norden geboren. Er ist 32 Jahre alt. Sein Aufenthaltsort ist unbekannt. Das Foto ist schon ein paar Jahre alt. Wir können davon ausgehen, dass Rosslau sein Aussehen verändert hat.“ Herma verspritzte erneut Gift. „Ist ja interessant. Darauf wären wir nie gekommen. Nee, echt … Das sind ja Neuigkeiten, die uns vom Stuhl reißen.“

Claudia Störtebeker hatte die ätzenden Anmerkungen der leitenden Ermittlerin vernommen, sie ließ sich das jedoch nicht anmerken, setzte ihren Vortrag unbeirrt fort. Sie war gerade bei Selbstwertdefiziten angelangt, unter denen der Täter leiden dürfte, als sich KHK Peter Höpfner meldete. Er hielt seine rechte Hand hoch und fragte, ohne von der Psychologin dazu aufgerufen worden zu sein: „Darf man Fragen stellen?“

Claudia Störtebeker freute sich über den Zwischenruf, er zeigte ihr, dass ihre Ausführungen aufmerksam verfolgt wurden. „Gern“, rief sie Höpfner zu. Ihr war nicht entgangen, dass die Augen des Kriminalkommissars strahlend blau waren und wie Sterne funkelten. „Was Ronny Rosslau gerade so treibt und wo er sich versteckt hält, wissen im Moment weder wir noch die OFA, richtig?“ Zustimmendes Gemurmel war zu hören. „Vielleicht sollten Sie uns mal etwas zu Mehrfach- und Serienmördern erzählen. Mich würde interessieren, wie die so ticken, was die antreibt, welche Opfer die bevorzugt aussuchen – und weshalb. Gibt es da Stereotype? Ich meine … Vielleicht bringt uns das weiter. Also, wenn wir wissen, wie solche Leute leben, denken, handeln und so weiter.“

Während Höpfner sprach, nickte die Psychologin unmerklich – sie fuhr sich mit den Fingern durch ihr wallendes Haar und lächelte den Polizisten, dessen Namen sie nicht kannte, an. „Gern, Herr … äh …“

„Höpfner, Kriminalhauptkommissar“, ergänzte der Kriminalist vom 1. Fachkommissariat.

„Wir von der OFA versetzen uns in die Psyche des Täters. Manchmal stellen wir sogar Morde nach. Richtig mit Puppen und so. Wir haben viel Erfahrung – und im Gegensatz zu Ihnen auch die Zeit, bestimmte Verhaltensmuster eines Täters zu erkennen, die im hektischen Ermittlungsalltag leicht übersehen werden können. Aber es stimmt: Wir sind keine Hellseher. Ich kann Ihnen nicht sagen, wo sich unser Gesuchter aktuell befindet. Was ich Ihnen aber sagen kann, ist: Serienmörder suchen sich ihre Opfer wahllos aus. Wen es trifft, bleibt dem Zufall überlassen. Ich persönlich halte die Geschichten von sogenannten Opfertypen für einen Mythos.“ Claudia Störtebeker machte eine wegwerfende Handbewegung. „Muskeltonus, äußere Haltung, Hautspannung, Aussehen – so nach dem Motto: Hallo, ich bin ein Opfer … Für mich ist das ausgemachter Blödsinn. Es gibt allerdings auch Kolleginnen und Kollegen, die meine Meinung in dieser Hinsicht nicht teilen, die der festen Überzeugung sind, dass Serientäter ihre Opfer eben doch nach bestimmten Merkmalen wie Alter, Kleidung oder wahrgenommene Verletzlichkeit aussuchen.“ Die Polizeipsychologin winkte ab. „Alles Quatsch, wenn Sie mich fragen. Es geht nicht um einen besonderen Typ Mensch, sondern um die Verfügbarkeit. Unser Mann hier hat offensichtlich eine Vorliebe für junge zierliche Frauen. Sowohl Sarah Brooks als auch die unbekannte Tote, deren Kopf wir gefunden haben, entsprechen diesem Frauentyp. Wir müssen uns die Frage stellen: Wo lernt er die Frauen kennen? Die Haarfarbe dürfte ihm völlig egal sein. Sarah Brooks war blond. Vielleicht steht er aber auch eher auf Schwarz. Die Frau, die geköpft wurde, hatte schwarze Haare. Wenn auch das dritte Opfer, das in der Weser vermutet wird, auf sein Konto geht, dann könnte das zumindest so sein, aber das ist doch ein wenig zu spekulativ. Serienmörder haben Jagdgebiete, in denen sie sich meist sehr gut auskennen. Sie wissen oder spüren ziemlich gut, wo sie sich am besten an ihre Opfer heranmachen können. Dabei spielt natürlich eine Rolle, bei der Tat nicht gesehen zu werden.“ Die Kriminalpsychologin spürte ein Vibrieren an ihrem Körper. Sie hatte ihr Diensthandy auf lautlos gestellt. Gern hätte sie jetzt das Smartphone aus der Tasche gezogen und auf das Display geschaut. Vermutlich wollte OFA-Chef Oppermann sie erreichen und ihr etwas Wichtiges mitteilen. Während sie für Sekundenbruchteile darüber nachdachte, ob sie ihren Vortrag unterbrechen und ans Telefon gehen sollte oder nicht, wurde das Gemurmel im Saal immer lauter. Die Psychologin fasste den Entschluss, den Anruf zu ignorieren.

„Äh … Sorry. Wo war ich stehen geblieben?“

„Bei den Vorlieben des Täters“, meldete sich Herma zu Wort. „Sie sagten uns gerade, dass er auf blonde Frauen, vielleicht aber auch auf Schwarzhaarige steht. Dass er auf Frauenjagd geht, Sie aber nicht wissen, wo … Lauter so Sachen, die uns echt weiterbringen …“

Brenner warf ihr einen strafenden Blick zu. Herma provozierte – und versprühte wieder einmal Gift. Die Psychologin ignorierte den Sarkasmus, reagierte gar nicht auf Herma van Dycks Einwurf.

„Frau Störtebeker, bitte fahren Sie fort“, mischte sich der ZKD-Chef ein.

„Ja, sehr gern“, sagte die Kriminalpsychologin. Wieder fing das Handy in ihrer Blazertasche an zu vibrieren. Störtebeker stöhnte leise. Nicht schon wieder, dachte sie. Sie zwang sich, nicht darüber nachzudenken, wer da versuchte, sie anzurufen.

„Der Mann, nach dem wir suchen, ist intelligent. Es ist ihm gelungen, seinen Tod vorzutäuschen, eine andere Identität anzunehmen – und nicht aufzufallen. Vielleicht benutzt er einen Pass, den er irgendwo gestohlen oder gefunden hat. Ich gehe davon aus, dass er von Ostfriesland ins Weserbergland gezogen ist. Hier läuft er nicht Gefahr, erkannt zu werden. Hier hat er zwei, vielleicht sogar drei, Frauen getötet."

Polizeichef Landmann hob seine Hand, stellte im selben Moment eine Frage: „Frau Störtebeker, Sie sagen, er ist nicht dumm. Wie erklären Sie sich dann, dass er sowohl im Klüt als auch an der Humme Fingerspuren hinterlassen hat? Ich meine, der Typ hätte einfach nur Handschuhe tragen müssen. Dann würden wir immer noch im Trüben fischen. Dieses Verhalten spricht nicht gerade für einen hohen IQ."

Claudia Störtebeker presste die Lippen zusammen. Mit dieser Frage hatte sie gerechnet. „Rosslau ist ganz sicher hochgradig paranoid. Das erklärt, warum der Täter bislang nicht auf frischer Tat bei der Tötungshandlung oder der Entsorgung der Leichen ertappt wurde, denn: Er plant jeden Schritt im Voraus und ist deshalb schwer zu fassen. Vermutlich ist es ihm egal, ob wir herausfinden, wer er ist. Ich denke: Rosslau legt es sogar darauf an. Er spielt mit uns. Es bereitet ihm Freude, uns immer einen Schritt voraus zu sein. Er fühlt sich sicher, weil wir nicht wissen, wie er aussieht und unter welchem Namen er in Hameln lebt. Das Verhalten von Menschen, die an einer schweren seelischen Abartigkeit leiden, ist allerdings nicht immer nachvollziehbar. Es gibt Täter, die achten peinlich genau darauf, dass sie am Tatort keine Fingerspuren hinterlassen, denen aber ihre DNA völlig egal ist. Das hatten wir alles schon. Den typischen Serienmörder gibt es nicht. Das FBI hat herausgefunden, dass sich solche Täter sowohl nach der Motivation als auch nach Persönlichkeits- und Tatmerkmalen unterscheiden. Zurück zu Rosslau. Ich bin mir sicher: Dieser Mann hat jahrelang Gewaltfantasien gehabt, vermutlich konnte er seinen Drang, Frauen zu töten, über eine lange Zeit im Zaum halten, weil er sich Horrorvideos angeschaut hat. Gut möglich, dass sich der Täter dabei sexuell befriedigt hat. Aus den Akten wissen wir, dass Ronny Rosslau schon mal wegen Tierquälerei aufgefallen ist. Das ist ganz typisch für Sadisten. Solche Menschen haben ein herabgesetztes Empathie-Empfinden – oder gar keins. Eigene Bedürfnisse stehen obenan. Er hat getötet, einmal, zweimal, vielleicht auch schon dreimal. Er spürt die Macht, die er hat. Er ist Herr über Leben und Tod; er spielt Gott. Und er empfindet eine tiefe Art der Genugtuung. Man könnte auch von Lust sprechen. Ich würde sagen, er ist in einer Art Metamorphose – er entwickelt sich zu einem …“

Höpfner fiel ihr ins Wort. „Monster?“

Die Kriminalpsychologin lächelte: „So würde ich das jetzt nicht ausdrücken. Wir haben es mit einem kranken Täter zu tun, der allerdings in der Lage ist, unerkannt am gesellschaftlichen und sozialen Leben teilzunehmen. Man sieht den Leuten leider nicht an, dass sie Verbrecher sind. Unser Mann kann sich gut verstellen. Psychopathen verstehen es, Menschen zu manipulieren. Rosslau kann sich anpassen – er ist bislang nicht aufgefallen. Vielleicht spielt er irgendwo da draußen den netten Nachbarn, der jeden Morgen freundlich grüßt. Dabei hat er ausgeprägte Minderwertigkeitskomplexe, die er kompensiert, indem er Frauen quält und tötet. Es geht um Dominanz, Kontrolle und Vernichtung des Gegenübers."

„Soll das heißen: Er erhöht sich, indem er andere erniedrigt?", warf Brenner eine Frage ein.

„Ja, exakt so", antwortete die Polizeipsychologin. „Für einige Täter stellen die Erniedrigung und die Entmenschlichung eines Opfers eine sexuelle Komponente dar. Wir wissen nicht, ob das im vorliegenden Fall so ist. Aber es ist vorstellbar, dass Rosslau die Frauen erst vergewaltigt und dann getötet hat. Ich würde sagen: Rosslau probiert sich aus, er übt, ja, er verfeinert von Tat zu Tat seine Methoden. Deshalb die verschiedenen Modi Operandi. Er geht jedes Mal anders vor, erfindet sich immer wieder neu. Der Mann, nach dem wir suchen, sammelt Erfahrungen, um seine Handlungen zu perfektionieren. Anfangs fehlte es ihm wohl noch an Selbstbewusstsein. Er konnte die Reaktion seines Opfers ja nicht einschätzen. Mittlerweile hat er ein gewisses Maß an Routine erlangt. Die Angst vor Entdeckung ist nicht mehr so groß. Er fühlt sich groß und allmächtig; er ist stolz auf das, was er getan hat. Und jetzt möchte er bemerkt, vielleicht sogar bewundert werden. Deshalb hinterlässt er am Tatort seine Signatur. Das Grablicht mit dem eingebrannten Doppeladler. Das ist sein Markenzeichen. Er will uns damit sagen: Schaut her, das war ich. Das ist mein Werk. Vermutlich hat er ein solches Grablicht auch an diesem Flüsschen – äh, Humme, richtig? – aufgestellt, an der er den Kopf ins Wasser geworfen hat. Vielleicht ist es von Kindern oder von einem Angler entfernt oder von einem Tier berührt worden und ins Wasser gefallen. Wer weiß das schon? Ganz sicher sammelt er jeden Zeitungsartikel über Morde, die er begangen hat. Er heischt um Aufmerksamkeit; er will spielen, er fordert uns heraus. Nennen wir es Katz und Maus oder Räuber und Gendarm. Wir wissen nicht, ob er nicht schon andernorts getötet hat. Wir wissen: Rosslau ist zumindest ein Doppelmörder. Er hat zwei Regelübertritte begangen. Ich will damit sagen: Das Töten von Frauen bedeutet für ihn schon eine gewisse Normalität. Wenn sich so ein Typ erst einmal an diese Normalität gewöhnt hat, dann ist es für ihn nicht mehr so schwer, jemanden umzubringen und zu sagen: Das mache ich jetzt öfter. Ergo: Rosslau ist eine tickende Zeitbombe. Er wird nicht aufhören. Er wird schon bald wieder zuschlagen. Wir suchen nach einem Sadisten oder nach einem Psychopathen. Das sind sehr gefährliche Menschen. Ich habe über die OFA veranlasst, dass bundesweit nach vergleichbaren Tatorten, an denen ein Grablicht oder ein Doppeladler eine Rolle spielt, gesucht wird."

„Das dauert doch ewig, so eine Datenbankrecherche, oder?", wollte Herma wissen.

„Nicht unbedingt. Die OFA-Mitarbeiter verfügen über ein ganz spezielles Analysesystem, das vom FBI entwickelt wurde. Ich spreche von ViCLAS. Das steht für Violent Crime Linkage Analysis System, auf Deutsch: Das ist ein Analysesystem zur Serienzusammenführung von Gewaltverbrechen. Das ViCLAS-System steht ausschließlich den OFA-Mitarbeitern der Länder zur Verfügung."

Empört klingende Stimmen schwollen zu einem Grollen an. „Na super", meinte Peter Höpfner. „Wenn wir, die an vorderster Front gegen das Verbrechen kämpfen, da nicht recherchieren können und das nur die großen Experten von der OFA dürfen, dann kann das LKA ja demnächst gleich alle unsere Fälle lösen. Mit FBI-Software und Fallanalysen und haste nicht gesehen …"

Claudia Störtebeker hatte sich den Namen des Kriminalhauptkommissars gemerkt. „Herr Kollege Höpfner, wir wollen doch sachlich bleiben. Die OFA unterstützt Fachkommissariate, Ermittlungsgruppen und Sonderkommissionen bei der Aufklärung von spektakulären Fällen. Wir sind kein Konkurrenzunternehmen. Wir ziehen an einem Strang."

Brenner fragte sich gerade, wie das FBI-System Fälle miteinander abglich. „Wie funktioniert dieses ViCLAS?"

„Nun, das könnten Ihnen unsere Analytiker sicher besser erklären. Die kennen sich damit besser aus als ich. Aber es ist so: Das Computerprogramm wird mit Daten gefüttert. Meist sind es zusammengetragene Informationen zu Tötungsdelikten oder Sexualverbrechen. Ein Beispiel: Irgendwo wird eine Leiche gefunden. Sämtliche Informationen vom Fundort werden in ViCLAS eingegeben. Auch dafür gibt es eine Datenmaske. Wurde das Opfer teilweise vergraben, setzen wir einen Haken bei B. War der oder die Tote gänzlich sichtbar, kreuzen wir E an. War der Körper zugedeckt, ist das ein H und so weiter und so weiter. Bei skelettierten Leichen wird ein K angeklickt. Das ist ein Feintuning. In ViCLAS werden genau diese auffälligen Merkmale recherchierbar abgebildet. Solche Informationen können facettenreich sein. Das Rechercheprogramm erleichtert uns die Suche nach einem individuellen Täterhandeln, das sich deutlich von einem deliktstypischen Agieren abhebt. Je nach Fallkonstellation und fachlicher Einschätzung des OFA-Analytikers erfolgen die Recherchen landes- oder bundesweit, wobei darüber hinaus erforderliche Analysen im Ausland durch das BKA veranlasst werden können. Wie gesagt: Die Computerrecherche im Fall Rosslau ist bereits im vollen Gange."

Wieder meldete sich das Handy in der Blazertasche. Diesmal griff die Psychologin hinein und fischte mit zwei Fingern ihr dienstliches iPhone heraus. Sie schaute in die Runde, rollte dabei mit den Augen. „Entschuldigen Sie bitte, irgendjemand versucht mich seit geraumer Zeit zu erreichen. Es könnte wichtig sein."

Claudia Störtebeker nahm das Gespräch an und hielt sich das Smartphone an das rechte Ohr. Jeder, der im Konferenzraum saß, schwieg augenblicklich. Die Kriminalisten waren neugierig, hofften, ein paar Worte aufschnappen zu können.

„Hallo, Olli, ich stelle gerade der Moko das Täterprofil vor. Was gibt's denn …?", wollte die Kriminalpsychologin vom Leiter der OFA wissen.

Sie hörte zu, was der oberste Fallanalytiker des LKA Niedersachsen zu berichten hatte. „Shit …" Falten bildeten sich auf ihrer Stirn. „Wo?" Claudia Störtebeker drückte das Handy mit ihrer Schulter ans Ohr, während sie in ihrer Handtasche nach einem Kugelschreiber und einem Zettel suchte. Sie kramte Merkbuch und Stift heraus, machte sich Notizen. „Und ihr seid euch da ganz sicher?" Wieder hörte die Psychologin zu. „Hm", „ja" und „okay" waren die einzigen Worte, die über ihre hellrot geschminkten Lippen kamen. „Ja, mach das bitte. Per E-Mail. Das geht am schnellsten. Ich melde mich gleich noch einmal bei dir. Mach's gut. Grüß die Kollegen von mir. Tschüss!"

Claudia Störtebeker atmete hörbar tief durch und steckte ihr Smartphone zurück in ihren Blazer. Ihre Wangen hatten sich rot gefärbt. Ihr Blut war in Wallung geraten. „Unser Mann mordet weiter – er hält sich an der Küste auf, ist also in seine alte Heimat zurückgekehrt. Er hat ein junges Mädchen getötet und die nackte Leiche neben einer Bronzeskulptur im Hafen von Wilhelmshaven an einer Klinkermauer fixiert. Neben der Toten stand ein Grablicht mit Doppeladler. Und er hat eine Nachricht für uns hinterlassen. Er hat auf den Körper der jungen Frau eine 4 gesprüht – mit roter Farbe."

Sofort brandete ein Stimmengewirr auf. Die Mitglieder der Mordkommission „Klüt-Hafen" brabbelten durcheinander. Manche gestikulierten wild. Gerade hatte die OFA-Psychologin ihnen noch gesagt, dass Rosslau erneut töten wird. Nun war eingetreten, was Störtebeker prophezeit hatte. Für viele Polizisten war das ein Schock. Auch Herma saß wie geplättet auf ihrem Stuhl. Sie musste sich eingestehen, dass die Frau, die sie für inkompetent und rechthaberisch gehalten hatte, mit ihren Einschätzungen richtig gelegen hatte. Herma dachte nach. Ohne es zu merken, knabberte sie an ihren Fingernägeln. Wenn der Mörder nach Ostfriesland zurückgekehrt war, dann musste sie dorthin. Sie kannte Land un Lü, wie man im hohen Norden zu sagen pflegte, sie wusste die Menschen zu nehmen. Sie war schließlich Ostfriesin. Ihr kam die erste Zeile eines Gedichts von Frerich Fleßner in den Sinn. „Ein Ostfriese, ob groß oder klein, mach am liebsten in der Heimat sein …" Genauso ging es ihr auch. Herma hatte Heimweh. Die Nordsee, das Wattenmeer, die Weite, die Naturgewalten, fangfrische Krabben und weiches Teewasser – das alles fehlte ihr so sehr.

Als Herma van Dyck den Konferenzraum verließ, hatten ihre Kolleginnen und Kollegen den Saal schon verlassen. Brenner war gemeinsam mit Claudia Störtebeker in sein Büro geeilt, um die E-Mail der OFA abzurufen. Die Mordermittlerin wollte Tatsachen schaffen. Sie ging in ihr Büro und ließ sich von Helga Berg aus der Poststelle mit der Polizeiinspektion Wilhelmshaven/Friesland verbinden. Es dauerte nicht lange, da hatte sie KHK Gesko Hayen, den Leiter der Mordkommission „Nassau", am Draht. „Moin, hier ist Herma van Dyck, FK 1, Mordkommission Klüt-Hafen", stellte sich die Ermittlerin vor. „Moin, Frau Kollegin", sagte Hayen. „Das ist wohl Gedankenübertragung. Ich wollte Sie auch gerade anrufen."

„Na, das passt sich ja."

„Wir haben vom LKA gehört, dass wir gemeinsam einen Serienmörder jagen. Wir sollten uns unbedingt über die Erkenntnisse austauschen. Und? Watt hätt de Deern denn to vertellen?"

„Ja, unbedingt. Wer kommt zu wem?"

Gesko Hayen dachte kurz nach. „Ich höre ja an Ihrer Aussprache, dass Sie eine von uns sind, Frau van Dyck, richtig? Wenn das zutrifft, lade ich Sie zu uns ein. Beim Blick auf die Jade kriegen Sie den Kopf frei und können klar denken."

Herma musste lachen. „Nichts lieber als das. Ich muss erst mal schauen, ob mich mein Chef zu Ihnen kommen lässt."

„Gut", sagte der Wilhelmshavener Moko-Chef. „Melden Sie sich."

„Jau, so mok wi dat."

„Alles klar", sagte Hayen. „Tschüss, Herma, bis denne."

Die Mordermittlerin ging in Brenners Büro. Sie war auf der Suche nach Claudia Störtebeker. Die Kriminalpsychologin stand hinter dem Leiter des FK1 und beugte sich über ihn. Beide starrten auf den Computerbildschirm. „Moin, darf ich kurz stören?" Brenner hörte auf zu lesen. Er schaute sie über den Rand seiner Lesebrille an, sagte: „Klar doch. Wir lesen gerade das, was uns die OFA zugemailt hat. Was hast du auf dem Herzen? Schieß los …"

Herma schaute Claudia Störtebeker an. „Ich würde gern die alten Ermittlungsakten aus Aurich lesen. Festnahme- und Vernehmungsprotokolle – alles, was wir über Ronny Rosslau haben. Wäre das möglich?"

Die Psychologin setzte ein freundliches Lächeln auf. „Logisch. Sollen Sie haben. Wieso interessieren Sie sich für die ollen Kamellen? Was hoffen Sie, in den Akten zu finden?"

„Hinweise auf den Aufenthaltsort des Gesuchten. Wo hat er damals Tiere gequält? Wo hat er seine ersten Straftaten begangen? Wo hat er sich versteckt? Wer hat ihn festgenommen – und wer hat ihn vernommen?"

Claudia Störtebeker hob die Hand, um Hermas Redefluss zu stoppen. „Okay, okay. Ich verstehe. Ich beschaffe Ihnen die Akten."

„Danke." Herma wandte sich Brenner zu. „Kurt, ich möchte als Verbindungsbeamtin nach Wilhelmshaven.

Wir sollten so schnell wie möglich unsere Informationen austauschen. Ich habe eben mit Gesko Hayen gesprochen. Er leitet die Moko ‚Nassau' und findet das eine gute Idee."

Brenner schaute Herma überrascht an. Noch bevor er antworten konnte, schob die Mordermittlerin eine Frage nach, die ihr Chef nur mit Ja beantworten konnte: „Du kommst doch ein paar Tage ohne mich klar, oder?"

Der Leiter des FK1 nahm grinsend seine Brille ab und schaute Claudia Störtebeker an. „Können wir das schaffen?"

Die Psychologin lachte. „Wie sagt Bob, der Baumeister? Ja, wir schaffen das. Na klar. Wir haben alles im Griff."

„Also, los. Verschwinde schon in deine alte Heimat." Brenner zeigte mit dem Zeigefinger an die Decke. „Ich kläre das mit dem Alten."

„Gut. Danke", antwortete Herma. Sie wollte gerade das Büro verlassen, als sie hinter sich Claudia Störtebekers Stimme hörte. „Ich schicke Ihnen die Akten und Protokolle via NIMes auf Ihr Diensthandy, Frau van Dyck. Ist das okay für Sie?"

Die Mordermittlerin drehte sich kurz um, hielt den Daumen hoch und quittierte mit einem lauten „Jau …".

Herma nutzte erst seit wenigen Wochen den Niedersachsen-Messenger, der im internen Sprachgebrauch NIMes genannt wurde. Angeblich war der Dienst verschlüsselt und absolut abhörsicher. Bilder konnten nicht an Dritte verschickt und Texte nicht kopiert werden. Nach sieben Tagen wurden die Daten auf dem vor Hackerangriffen besonders geschützten Sirrix-Handy automatisch gelöscht, auf dem Polizeiserver nach 28 Tagen. Der Kriminalhauptkommissarin war es egal, wie sie an ihre Informationen kam. Hauptsache, es ging schnell. Insgeheim hoffte Herma van Dyck, einen der Festnahme- oder Vernehmungsbeamten zu kennen, die dienstlich mit Ronny Rosslau Kontakt hatten. Die Ostfriesin hatte viele Jahre im FK1 der Polizeiinspektion Aurich/Wittmund gearbeitet, kannte an der Küste fast jeden Kriminalbeamten und jeden Dorfsheriff – zumindest die älteren Semester. Während Herma in ihrem Büro den PC herunterfuhr und die Hausschlüssel, die auf der Tischplatte lagen, in ihre Handtasche warf, dachte sie über das nach, was Claudia Störtebeker während ihres Vortrags über Rosslau gesagt hatte. Sie fragte sich, wo der Serienmörder übernachtete. Verfügte er noch über alte Kontakte? Gab es Menschen, die wussten, dass er nicht tot war? Ronny Rosslaus Elternhaus war abgerissen worden. Dort, wo er aufgewachsen war, stand jetzt ein Supermarkt. Das hatte Herma schon in Erfahrung gebracht. Ein Blick auf Google Maps hatte dafür ausgereicht.

Die Hauptkommissarin schaltete die Schreibtischlampe aus und ging noch einmal zu Brenner. „Kurt, eine Frage noch: Kann ich einen Dienstwagen nehmen oder soll ich mit meinem Yeti fahren?“ Der Kommissariatsleiter schaute Herma verständnislos an. „Hä …? Natürlich nimmst du einen Z-Wagen. Und wenn du im

Stau stehst, setzt du das Blaulicht aufs Dach. Was für eine Frage …"

„Okay, danke", sagte Herma. „Dann nehme ich den Süntel 47-12, wenn ich darf. Der Passat hat wenigstens ordentlich Power unter der Haube."

„Ja, mach das. Aber iss zu Hause erst mal was, und koch dir einen starken Kaffee. Nicht dass du unterzuckert und völlig übermüdet über die Autobahn düst. Du hast auch schon ein paar Stunden auf der Uhr. Eigentlich dürfte ich dich jetzt gar nicht fahren lassen."

Herma winkte ab. „Du bist ja süß, Kurt. Mach dir keine Sorgen. Alles gut. Ich bin topfit. Durch mein Blut fließt jede Menge Adrenalin …"

Die Ermittlerin verabschiedete sich, nahm den Dienstwagenschlüssel vom Schlüsselbrett und ging auf quietschenden Turnschuhsohlen über den frisch gebohnerten Flur. Vor ihr lagen 277 Kilometer. Sie kannte die Strecke in- und auswendig. Herma beschloss, einen kleinen Zwischenstopp in Oldenburg einzulegen. Sie vermisste ihren Seebären. Seit dem Fund des Kopfes an der Humme hatte sie nur zweimal mit Harm Harmsen telefoniert. Meist war es ein kurzes Gespräch gewesen, weil Herma erst spät und völlig erschöpft nach Hause gekommen war.

Kapitel 33

Während der bundesweit fieberhaft mit Haftbefehl gesuchte Serienmörder Ronny Rosslau – alias Bernd Melchior – wieder in seiner Wohnung in Hameln saß, versuchten 100 Mordermittler, Fahnder und Profiler in Hameln, Hannover und Wilhelmshaven, den Gesuchten zu fassen. Es war kein leichtes Unterfangen, denn der Totgeglaubte hinterließ an den Leichenfundorten nur Spuren, die die Polizisten nicht weiterbrachten. Nicht einmal die Tatorte waren bekannt. Die Polizisten, die Jagd auf das Phantom machten, hatten keine Ahnung, wo sie nach ihm suchen sollten. Sie vermuteten, dass sich der Täter irgendwo in der Küstenregion versteckt hielt. Eine Hundertschaft der Bereitschaftspolizei Oldenburg war dabei, alle Campingplätze zwischen Norden und Cuxhaven zu überprüfen. Hoteliers, Pensionswirte und Vermieter von Ferienwohnungen wurden befragt. Polizisten zeigten ihnen das sieben Jahre alte Foto von Ronny Rosslau, fragten nach einem alleinreisenden Mann. Doch die Ermittlungen liefen ins Leere. Rosslau war wie vom Erdboden verschluckt. Keiner der Befragten hatte ihn gesehen oder konnte sich an eine Person erinnern, die annähernd so aussah wie der Gesuchte.

Herma van Dyck war mittlerweile in Wilhelmshaven eingetroffen – sie hatte mit Kriminalhauptkommissar Gesko Hayen, dem Leiter der Moko „Nassau", ein erstes Gespräch geführt und Informationen ausgetauscht. Die Nacht hatte die Mordermittlerin in Oldenburg bei ihrem Seebären verbracht. Herma und Harm hatten gemeinsam eine Flasche trockenen Rotwein geleert und sich in den Armen gelegen. Er hatte sie gestreichelt und zärtlich auf Mund und Hals geküsst. Gegen 3 Uhr waren sie in Harms Bett gelandet – passiert war aber nichts. Herma war einfach zu müde gewesen und in den muskulösen Armen des Oberfroschmanns eingeschlafen.

Nach einer Tasse Tee war Herma gegen 6 Uhr weiter nach Wilhelmshaven gefahren. Sie musste gähnen, als sie mit Gesko Hayen sprach. Der KHK hatte ihr sofort das Du angeboten. Herma interessierte sich für das Grablicht mit dem Doppeladler. „Kannst du mir das Teil mal zeigen oder ist es schon im Labor? Ich würde mir das Dauerlicht gern mal anschauen."

Moko-Leiter Hayen schüttelte mit dem Kopf und hackte dabei auf der Tastatur seines Computers herum. „Mädchen, da muss ich dich enttäuschen", sagte er. „Das Asservat wurde sofort von der KT eingetütet und ist schon längst mit einem Kurierfahrzeug unterwegs zum LKA Niedersachsen. Forensische Biologen, Daktyloskopen und weiß der Teufel wer sonst noch alles sollen es auf DNA-, Finger- und Faserspuren untersuchen. Der Fall hat absolute Priorität. Ich denke, schon heute Nachmittag wissen wir mehr." Hayen drehte den

Monitor um, sodass Herma die Aufnahme, die er aufgerufen hatte, besser sehen konnte. „Ich kann nur mit Fotos dienen. Hier, schau mal." Er zeigte auf das rote Objekt in der Bildmitte. „Ein gewöhnliches Grablicht aus Kunststoff, in das jemand einen Doppeladler eingebrannt hat." Herma starrte regungslos auf das Foto. Kein Zweifel: Es war derselbe Täter. Einen Trittbrettfahrer konnten sie ausschließen. Außerhalb der Moko „Klüt-Hafen" und der OFA wusste niemand etwas von der Signatur des Mörders.

Van Dyck leckte ihre Unterlippe, wodurch der Lippenstift ihre Zungenspitze rot färbte. „Na, all up Steed?", wollte Hayen wissen.

„Ja, klar. Alles in Ordnung. Ich habe nur nachgedacht. Das Grablicht sieht exakt so aus wie das Teil, das wir neben der verbrannten Frauenleiche im Wald gefunden haben."

Keine zehn Minuten später teilte Kriminalhauptkommissarin Herma van Dyck den Kollegen der Mordkommission „Nassau" mit, was Polizeipsychologin Claudia Störtebeker und das OFA-Team über den Gesuchten gesagt hatten. Rosslau hatte auch in Wilhelmshaven keine verwertbaren Spuren hinterlassen – zumindest waren sie bis jetzt noch nicht entdeckt worden. „Wir haben natürlich sofort kontrolliert, ob die Videokamera, die sich an der Mole befindet, etwas aufgezeichnet hat", sagte Hayen – und lieferte sofort eine Antwort darauf. „Fehlanzeige. Außer ein paar Lichtern ist nichts auf dem Band zu erkennen."

Herma schaute ihn ungläubig an. „Auf dem Band?"

„Na ja, auf dem Speichermedium. Was weiß ich … Ist ja auch egal, wo das abgespeichert wurde. Wichtig ist doch nur, was zu sehen ist. Und: Wie Sie sehen …", Hayen breitete die Arme aus, „… sehen Sie nichts. Scheiße ist das."

Eine junge Kommissarin mit kurz geraspelten blonden Haaren hielt zaghaft ihren Finger hoch. „Chef, ganz so ist es ja nun nicht. Wir wissen immerhin: Um 2.16 Uhr ist ein Auto auf den Parkplatz gefahren. Da sind zwei Lichter zu sehen. Das könnte der Täter gewesen sein."

Gesko Hayen schaute die Polizistin mürrisch an. „Ja, hätte, könnte … Vielleicht war es auch nur ein Hafenarbeiter oder ein Angler oder ein Liebespaar …"

„Wenn es so war, könnte es sich um Zeugen handeln, die vielleicht etwas beobachtet haben", warf Herma ein.

„Hm …", Gesko Hayen verzog das Gesicht. Es sah aus, als hätte er auf eine Zitrone gebissen. „Hätte, hätte, Fahrradkette … Verdammt. Wir haben nichts. Wir jagen ein Phantom, das seit Jahren mitten unter uns lebt. Keiner weiß, wie der Typ heute aussieht, welcher Arbeit er nachgeht und wo er wohnt. Der zieht hier mordend durch die Lande und dreht uns 'ne lange Nase." Der Moko-Chef spreizte seine rechte Hand und verlängerte damit seine dicke Nase. „Ätsch, bätsch …" KHK Hayen war sichtbar gefrustet. „Ach ja, ist doch wahr. Dieser Scheißkerl kann überall sein."

Herma van Dyck hatte ihre Ohren auf Durchzug geschaltet. Die Festnahme- und Vernehmungsprotokolle, die ihr OFA-Psychologin Claudia Störtebeker via NIMes geschickt hatte, erweckten ihr Interesse. Gesko Hayen ärgerte es, dass ihm der Neuzugang aus Hameln nicht zuhörte. Er hatte bemerkt, dass die Ostfriesin auf ihr Handy schaute und mit ihren Gedanken ganz woanders war. Der KHK legte seine Hände auf den Rücken und sah dabei aus wie Lehrer Lämpel in Max und Moritz. „Hat die sehr verehrte Frau Kollegin von der Moko ‚Klüt-Hafen' vielleicht auch etwas beizusteuern?", fragte er schnaufend und schaute Herma streng an. Die Mordermittlerin schreckte hoch – sie fühlte sich ertappt. Ihr Herz begann zu rasen. Es war ihr peinlich, vorgeführt zu werden, dennoch behielt sie in dieser Situation die Kontrolle. „Ja, in der Tat, das hat die Kollegin", antwortete sie keck. „Ich schaue mir gerade die Protokolle an, die mir die Operative Fallanalyse via Messenger zugeschickt hat. Mir ist aufgefallen, dass sich ein Kollege von der Polizeiinspektion Aurich/Wittmund, den ich von früher kenne, mehrmals mit Ronny Rosslau befasst hat. Mal hat er ihn vernommen, mal vorläufig festgenommen. Ich würde gern mit ihm sprechen."

„Hm", brummelte Hayen. „Hört, hört. Herma aus Hameln scheint ja ausgezeichnete Kontakte zu haben. Also, mir hat die OFA jedenfalls noch keine Dokumente zugemailt … Wie heißt denn dieser Kollege?"

„Rolf Zühlsdorff … Ich kenne ihn aus Aurich. Wir haben jahrelang Tür an Tür gearbeitet, auf derselben Etage. Er war damals in der Leitstelle Auster, und ich habe beim FK 1 gearbeitet …"

„In der Leitstelle, ja? Und wie kann er dann mit Ronny Rosslau zu tun gehabt haben? Verstehe ich nicht ..."

Herma rollte mit den Augen. „Mensch, Gesko. Der Rolf hat nicht immer als Disponent gearbeitet. Der war vorher Kommissar beim Einsatz- und Streifendienst. Und nach seiner Leitstellenzeit hat er dann Haftbefehle vollstreckt."

Der Leiter der Moko „Nassau" fuhr sich mit den Fingern durch sein leicht ergrautes Haar und grinste amüsiert. „Ach so. Verstehe ... Du hattest ein Techtelmechtel mit dem Kollegen von der Trachtengruppe."

Herma stieg die Zornesröte ins Gesicht. Sie war wütend. Dieser Kriminalhauptkommissar hatte offenbar zwei Seiten – er konnte nicht nur nett, sondern auch ein richtiger Kotzbrocken sein. Ihre innere Stimme riet ihr, jetzt ganz ruhig zu bleiben. Reg dich nicht auf, lass dich nicht provozieren, atme tief ein, dachte die Ostfriesin. „Nein, Gesko. Ich hatte kein Verhältnis mit ihm. Rolf war nur ein Kollege. Und wenn es so gewesen wäre, dann ginge es dich einen feuchten Kehricht an. Aber, wenn du es genau wissen möchtest: Wir haben ab und zu mal ein Bier zusammen getrunken – nach Dienstschluss. Aber sag mal: Ist das jetzt ein Verhör hier oder was soll diese blöde Fragerei?" Einige Kollegen gnickerten in sich hinein. Gesko Hayen hatte mit dieser schroffen Reaktion der Verbindungsbeamtin aus Hameln nicht gerechnet. Er machte eine Handbewegung, die aussah, als wolle er Zigarettenqualm vertreiben. „Geht mich ja auch nichts an. Na los, worauf wartest du noch?

Fahr zu ihm und quetsch ihn aus. Vielleicht weiß er ja irgendwas über diesen Drecksack, was wir noch nicht wissen."

Kapitel 34

Rolf Zühlsdorff war kein Polizist, wie man ihn sich vorstellte. Es gab Kollegen, die ihn für einen Paradiesvogel hielten. Er hatte einen ergrauten Vollbart und lange dunkelbraune Haare, die er zum Pferdeschwanz gebunden hatte. Wenn er seine schwarze Beanie trug, die einer Pudelmütze ohne Bommel ähnelte, sah er aus wie ein Pirat auf Landgang. Sein äußeres Erscheinungsbild und seine direkte Art hatten ihm während seiner Dienstzeit mehr als einmal Ärger eingebracht. Aber Rolf Zühlsdorff war Ärger gewöhnt. Er pellte sich ein Ei darauf, was Vorgesetzte von ihm und seiner Arbeit hielten. Drei Jahrzehnte war er Schutzmann bei der Polizeiinspektion Hameln gewesen, bei der Herma van Dyck nun arbeitete. Gemeinsam mit seiner Frau Susann, die erfolgreich einen Imbisswagen betrieben und sich in Wangelist als Suppenhexe einen Namen gemacht hatte, war er später nach Ostfriesland umgesiedelt. Die Zühlsdorffs waren äußerst tierlieb, sie hatten sich im Laufe der Zeit einen kleinen Privatzoo zugelegt, der aus zwei Pferden, vier Ponys und vier Hunden bestand. In der Gemeinde Krummhörn hatten Rolf und Susann Zühlsdorff ein altes Friesenhaus und 1,7 Hektar plattes Land gekauft. Hier oben im Norden spürte der Kommissar die Freiheit, die er im hügeligen Weserbergland nicht gefunden hatte. Herma glaubte, dass Rolf viel zu gutmütig für den Polizeiberuf war. Er hatte ein großes Herz, ließ lieber mal fünf gerade sein, als einen Verkehrssünder abzustrafen. Immer wieder eckte er bei seinen Chefs an. Das war schon in Hameln so gewesen. Der Karriere war das nicht förderlich gewesen. Aber Rolf Zühlsdorff war das egal – der Kommissar machte gern sein eigenes Ding. Er war ein echter Sturkopp – dienstlich nicht selten beratungsresistent und ein bisschen verrückt. Haftbefehle hatte der Schutzmann vorzugsweise im Hawaiihemd vollstreckt. Bei seinem Inspektionsleiter kam das nicht gut an, zumal Zühlsdorff bei den Gesuchten unbewaffnet mit einem silber-blauen Streifenwagen vorfuhr. Herma kannte Rolf auch von der DLRG. Sie hatten beide die Ausbildung zum ehrenamtlichen Rettungsschwimmer gemacht. Man sah es ihm nicht an, aber Rolf war eine Wasserratte und ein äußerst guter Retter. Bei den Landesmeisterschaften hatte er sogar mal Platz sechs belegt. Herma schätzte Rolf. Er war nicht so hinterfotzig wie manch andere Kollegen. Sie mochte seine ehrliche Art, war immer gut mit dem alten Kauz klargekommen. Viel wichtiger aber war: Zühlsdorff hatte ein außergewöhnlich gutes Gedächtnis und einen noch viel besseren Riecher. Er hatte in seiner langen Dienstzeit schon unzählige Täter in ihren Verstecken aufgespürt und festgenommen. Der Kommissar galt als ausgezeichneter Fahnder. Seine Methoden waren vielleicht unkonventionell, führten aber häufig zum Erfolg. Die Mordermittlerin hoffte, dass ihr der Kommissar Tipps zum Aufenthaltsort des gesuchten Ronny Rosslau geben könnte.

Herma rief beim Leiter der PI Aurich/Wittmund an. Sie wies sich mit ihrer Dienstnummer aus und erfuhr von einer Sekretärin des Polizeichefs, dass Rolf Zühlsdorff vor einem Jahr pensioniert worden war. Die Adresse des Ex-Kollegen wollte die Frau nicht preisgeben. „Das sind personenbezogene Daten. Die darf ich nicht herausgeben. Das werden Sie sicher verstehen", sagte sie. Herma hatte nicht weiter nachgefragt. Es war ein Leichtes, die Adresse herauszufinden. Sie schnappte sich ihr Digitalfunkgerät und nahm Kontakt mit der Leitstelle Genius in Wilhelmshaven auf. Der Disponent wunderte sich sicher, dass ein Kripo-Fahrzeug aus Hameln mit ihm Kontakt aufnahm. „Genius 01 von Süntel 47-12." Es dauerte ein paar Sekunden, bis sich ein Mann mit „01 hört" meldete. „Moin, ich benötige die Adresse von Rolf Zühlsdorff in Krummhörn."

Eine Tonfolge war zu hören. „Warten Sie …", schallte es glasklar aus dem Lautsprecher. Sekunden später erhielt Herma die gewünschten Daten. „Danke, Genius. Das ist verstanden", sagte sie. Eine Antwort erhielt sie nicht.

Herma ging zu ihrem Dienstwagen, den sie einige Stunden zuvor neben dem großen Backsteingebäude an der Mozartstraße, über dem ein Gitterfunkmast thronte, abgestellt hatte. Sie fütterte das Navi ihres Dienstwagens mit der Zieladresse in Krummhörn, steckte den

Zündschlüssel ins Schloss und startete den 220-PS-Motor. Für die 85 Kilometer bis zum Zühlsdorff'schen Anwesen benötigte sie anderthalb Stunden. Als die Reifen über die mit Kies bedeckte Zufahrt rollten, sah sie Rolf schon von Weitem. Er hatte aufgehört, sein Reitpferd zu striegeln, schaute über den Rand seiner Brille zu ihr herüber. Sicher hatte der Schutzmann a. D. längst das Hamelner Kennzeichen erkannt und wunderte sich nun, wer aus der alten Heimat unangemeldet vorbeikam. Als Herma aus dem Z-Wagen stieg, ließ Rolf die Bürste fallen, mit der er eben noch das rotbraune Fell der Stute „Jenny" gesäubert hatte. „Mensch, Herma … Das ist ja 'ne Überraschung." Rolf Zühlsdorff breitete seine Arme aus, um Herma van Dyck zu umarmen. „Was führt dich zu mir? Machst du Urlaub – oder bist du dienstlich im hohen Norden? Komm rein in die gute Stube. Magst du einen schönen heißen Tee?"

Die Besucherin nickte heftig. „Da sage ich nicht Nein." Herma fiel auf, dass ein paar Kleiklumpen im Flur herumlagen. Auf den weißen Fliesen waren Hufabdrücke zu sehen. Rolf war das nicht entgangen. „Das war der Dickschädel." Zühlsdorff zeigte auf einen schwarz gescheckten Irish Tinker, der auf einer Weide am Bauernhaus stand. „Ja, Coolen ist schon ein verrücktes Pferd. Der drückt manchmal mit seinem Kopf die Tür auf und kommt zu uns ins Haus, wenn ihm draußen langweilig ist. Ich bin gerade Strohwitwer und noch nicht zum Saubermachen gekommen."

„Wo ist denn Susann?", wollte Herma wissen.

„Mein Schatz ist ganz unglücklich gestürzt. Susann hat sich den rechten Arm gebrochen. Trümmerbruch. Schmerzen, Operation. Der ganze Mist. Du weißt schon. Sie liegt noch ein, zwei Tage im Krankenhaus. Muss mich allein um Haus und Hof kümmern. Ist ganz schön viel Arbeit. Dat kannst mi glöven."

Während es sich Herma im Wohnzimmer auf der Couch gemütlich machte, brühte Rolf in der Küche einen Tee auf. Der Fahnder a. D. servierte stilecht im Ostfriesengeschirr, reichte Kluntje und Sahne.

Zühlsdorff ließ sich wie ein nasser Sack in einen Sessel fallen und sah Herma an. „So, nu vertell doch mal. Warum bist du hier?"

Die Mordermittlerin erzählte ihrem ehemaligen Kollegen von den Morden in Hameln und Wilhelmshaven und von Ronny Rosslau, der seine Fingerabdrücke an den Fundorten hinterlassen hatte.

Rolf hatte geduldig zugehört. Mit der linken Hand kratzte er sich nachdenklich am Nacken und presste grinsend heraus: „Also, wenn ich das jetzt richtig kapiert habe, dann fahndet ihr nach einem mordenden Toten, ja?"

„Wir glauben nicht, dass Rosslau tot ist. Er hat vor drei Jahren das Schiffsunglück überlebt und ist untergetaucht."

Zühlsdorff nahm einen Schluck Tee. Er verbrannte sich die Zunge, stellte die Porzellantasse mit der ostfriesischen Rose rasch wieder zurück auf die Untertasse.

„Ja, klar. Klingt logisch. Anders ist es ja auch nicht möglich, dass der Frauen umbringt. Und wie kann ich dir da helfen?"

„Ich habe gelesen, dass du ihn mal vernommen hast. Du bist der einzige Mensch, den ich kenne, der mit Rosslau dienstlich Kontakt hatte."

Der Schutzmann hob die Hand. „Kennen ist zu viel gesagt. Ich habe diesen Jungschnösel vor – keine Ahnung – das muss so sechs, sieben Jahre her sein – vernommen. Ja, stimmt. War 'ne üble Sache damals. Der Typ ist nicht ganz dicht, weißt du. Hat Tiere gequält und sich wohl an dem Leid der hilflosen Kreaturen ergötzt."

Herma wollte es genau wissen. „Was hat der Typ denn gemacht?"

„Oh Mann." Zühlsdorff raufte sich die Haare. „Einmal hat der eine Wasserpistole mit Benzin gefüllt und damit Katzen angespritzt. Während sich das Tier putzte, hat er eine glimmende Kippe nach ihm geworfen. Kannst dir ja vorstellen, was passiert ist. Ein anderes Mal hat er einem Igel die Füße abgeschnitten – mit einer Nagelschere, glaube ich. Solche Sachen halt. Der Kerl ist krank im Kopp. Völlig irre. Dem möchte ich nicht nachts begegnen. Ach ja, der hat auch mal versucht, eine Rentnerin zu überfallen. Ist aber an der Gegenwehr der Frau gescheitert. Die alte Dame hat ihm mit ihrem Krückstock ordentlich einen übergebraten."

Die Mordermittlerin schaute auf ihr Handy. „In den Akten steht auch was von sexueller Nötigung bei der Bundeswehr. Weißt du da was drüber?"

„Nee, keine Ahnung. Das war nicht meine Baustelle. Da musst du vielleicht mal die Feldjäger fragen."

Herma winkte ab. „Ist auch nicht so wichtig. Hat dieser Rosslau einen Lieblingsort gehabt? Ein Versteck, einen Zufluchtsort oder so was …?"

Der Kommissar a. D. kraulte seinen Kinnbart. „Lass mich mal nachdenken. Ist verdammt lange her. Ja, jetzt, wo du mich danach fragst … da fällt mir was ein. Der Typ hat sich oft in Uttum in der alten Ziegelei herumgetrieben. Da gab's damals eine Ruine mit Gewölben und so. Du, das winzige Dorf ist berühmt für seine Dachziegel – obwohl da schon seit Anfang der 1970er-Jahre die Öfen ausgegangen sind. Der älteste erhaltene Ziegel aus ostfriesischer Produktion stammt von dort."

Herma interessierte sich herzlich wenig für die Geschichte des ostfriesischen Ziegeleiwesens. Sie wollte einen gefährlichen Serienmörder fassen, der jederzeit wieder zuschlagen konnte. Ungeduldig unterbrach sie Zühlsdorff. „Ja, und …? Könnte er sich dort aufhalten?"

„Ja, möglich wär's schon, dass der in irgendeiner Ruine hockt. Der Rosslau hat sich da oft aufgehalten, der kennt da jedes Schlupfloch. Weißt du, der Typ stand auf verlassene düstere Orte. Lost Places, oder wie das auf Neudeutsch heißt. War ein richtiger Eigenbrötler …"

Die ostfriesische Mordermittlerin hatte aufgehorcht. „Gibt's die Ziegelei noch?"

„Nee, leider nicht. Die wurde vor ein paar Jahren plattgemacht. Da steht nur noch ein Schornstein, wenn überhaupt. Aber in Pilsum gibt es noch eine. Da hat der

Kerl auch immer rumgespökert. Keine Ahnung, was der dort getrieben hat."

„Also, du meinst, der könnte sich dort versteckt halten?", wollte Herma van Dyck wissen.

„Tja, schon möglich. Wer weiß das schon?"

„Na, dann sollten wir die Ruine mal durchsuchen lassen", meinte die Hauptkommissarin. „Ich informiere Gesko Hayen und bitte ihn, das Gelände umstellen zu lassen. Rosslau ist skrupellos. Den soll mal lieber das SEK festnehmen."

Rolf Zühlsdorff zwinkerte mit den Augen. „Ach was. Dafür brauchen wir zwei beiden doch keine Hundertschaft. Bevor die Kavallerie angerückt ist, hat sich unser Mann doch längst aus dem Staub gemacht. Der ist doch nicht doof. Motorlärm, Türengeklapper, Stimmen … Da ist der schneller weg, als ein Kaninchen Haken schlagen kann. Nee, nee. Lass uns eben mal nachschauen", schlug der Kommissar a. D. vor. „Du hast doch 'ne Dienstwaffe dabei, oder?"

Herma klopfte lächelnd gegen ihre Hüfte. „Ja, logisch. Meine Heckler & Koch P2000 und ich sind unzertrennlich. Und du? Hast du auch eine Waffe?"

Zühlsdorff setzte ein verschmitztes Lächeln auf, ballte seine Hände zu Fäusten und hielt sie wie ein Boxer vor sein Gesicht. „Brauche ich nicht. Ich habe die hier. In Hameln haben mich die Kollegen ‚Mike Tyson von der Tankstelle' genannt. Und weißt du auch warum?"

„Erzähl schon", sagte Herma van Dyck.

„Du kennst doch die große Aral-Tankstelle an der Deisterstraße …?"

„Ja klar. Und?"

„Eines schönen Tages hat da einer randaliert. Ich glaube, das war ein Drogenhändler. Der hat die Angestellte belästigt. Keine Ahnung, weshalb. Also: Wir sind hingefahren, um den Kerl einzusacken. Aus einer Rangelei wurde eine Schlägerei. Ich hab ihm gezeigt, wo Bartels den Most herholt. Volltreffer. Der hat einen Abflug über ein Opel-Heck gemacht. Dann haben wir den eingeladen. Ähm … Der kam erst in der Wache wieder zu sich." Rolf Zühlsdorff musste herzlich lachen. „Der Muskelprotz hatte sich mit dem Falschen angelegt. Das hat er aber erst in der Zelle begriffen. Am nächsten Morgen klebte ein Zettel an meinem Spind. Mike Tyson von der Tankstelle stand drauf. So bin ich zu diesem Spitznamen gekommen. Lustig, oder?"

Herma war etwas mulmig bei dem Gedanken, gemeinsam mit ihrem alten Bekannten Rolf im Alleingang auf Verbrecherjagd zu gehen. Niemand in der Dienststelle wusste Bescheid. Das war sträflicher Leichtsinn. Mit Rückendeckung war jedenfalls nicht zu rechnen. Andererseits ging sie nur einem vagen Hinweis auf einen möglichen Aufenthaltsort des Gesuchten nach. Aber was, wenn sie Ronny Rosslau gegenüberstanden? War mit Widerstand zu rechnen? War er im Besitz einer Schusswaffe? Würde er sie in einen Hinterhalt locken? Rosslau kannte die Ruine vermutlich wie seine Westentasche. Sie und Rolf hingegen betraten Neuland.

Der Mörder wäre klar im Vorteil. Herma fiel ein, dass Pilsum im Zuständigkeitsgebiet der Inspektion Aurich/Wittmund lag. Sollte Gesko Hayen einer Durchsuchung überhaupt zustimmen, könnte es sehr lange dauern, bis der Einsatzbefehl kam. Die Moko in Wilhelmshaven müsste die Kollegen in Aurich um Amtshilfe bitten. Ein Streit über Zuständigkeiten schien damit vorprogrammiert zu sein. Sie hatten keine Zeit zu verlieren. In ein paar Stunden würde es dunkel werden. Die Ostfriesin redete sich ein, dass Gefahr im Verzug war. „Na los, Rolf, dann lass uns nachschauen, ob das Schwein da haust. Ich glaube, ich würde es mir nicht verzeihen, wenn ich mich jetzt an die Dienstvorschriften halte und wir erst morgen oder übermorgen mit einem richterlichen Durchsuchungsbeschluss anrücken können. Vielleicht tötet der Irre in der Zwischenzeit eine weitere Frau."

Zühlsdorff zog sich eine Jacke über und griff nach einem langen knorrigen Ast, der hinter seiner Haustür stand. Herma musste lachen. „So ganz ohne Waffe ziehst du wohl doch nicht in den Krieg, oder?"

„Na ja, so 'n oller Krückstock kann ja nicht schaden."

Herma grinste wie ein Honigkuchenpferd. „Mannomann. Was ist bloß aus dem alten Tackleberry geworden?" Die Mordermittlerin spielte auf eine bekannte Filmfigur aus Police Academy an, die Probleme in der Regel mit Schnellfeuerwaffen löste. Rolf schaute sie verdutzt an. „Du kennst die Geschichte?"

„Na ja, kennen ist vielleicht zu viel gesagt. Ich weiß aber, dass dir die Kollegen in Hameln auch diesen

Spitznamen verpasst haben. Sollst ja damals ganz schön rumgeballert haben …"

Zühlsdorff schaute verlegen zu Boden und kratzte sich am Hinterkopf. Er lächelte. „Ist schon lange her. Aber es stimmt schon: Ich habe mir 'ne Maschinenpistole aus dem Schrank in der Wache geholt und bin los, um einen Autofahrer zu stoppen, der Amok fuhr. Hab elfmal geschossen. War 'ne wilde Geschichte … Ich saß damals allein in der Wache. Alle Fahrzeuge waren draußen. Unterstützung für die Kollegen aus Lemgo. Großeinsatz. Fahndung. In NRW hatte es einen Familienstreit gegeben. Der Typ ist geflüchtet, hat mit seinem Auto einen Streifenwagen gerammt und einen Kollegen mitgeschleift." Der Kommissar a. D. warf einen Seitenblick auf Herma. „Kannst dir sicher vorstellen, was da los war. Ich war Wachhabender, aber ich wollte mithelfen, den Kerl zu fassen. Damals waren Wache und Leitstelle auf demselben Flur. Ich habe beim Lagedienst angerufen und einen Fahrer geordert. Dann sind wir los und dem flüchtigen Fahrer entgegengefahren. Die Ereignisse überschlugen sich. Auf der Morgensternstraße gab's 'ne Massenkarambolage. Wir sind über den Grünstreifen dran vorbeigefahren – und waren plötzlich hinter dem gesuchten Wagen. Der Typ hat uns abgedrängt und eine Straßensperre durchbrochen. Auf der Thiewallbrücke habe ich dann angefangen, auf die Reifen zu schießen. Weißt du: MP aus dem Fenster und los … Die Verfolgungsfahrt endete vor dem Kernkraftwerk in Grohnde. An der Zufahrt zum Parkplatz bin ich aus dem Streifenwagen gesprungen. Die

Kollegen folgten dem Auto. Plötzlich rast der Typ durchs Grün direkt auf mich zu. Die Kollegen schossen hinter ihm her – die Projektile hätten auch mich treffen können. So eine Scheiße. Ich fühlte mich echt beschissen. Na ja, das Ende vom Lied: Das flüchtige Fahrzeug wurde gestellt. Der Autofahrer war verletzt. Ein Querschläger hat ihn getroffen – voll ins Knie."

„Autsch, das tut weh", meinte Herma amüsiert. „Und die Ballerei hat dir dann den Beinamen Tackleberry eingebracht, ja?"

„Richtiiiig …"

„Okay." Herma musste beim Anblick des Knüppels kichern. „Tja, Rolf, so kann's kommen", spottete sie. „Früher bist du mit der MP rumgelaufen, heute gehst du am Stock. Na, ja. Ich habe ja meine P2000 am Gürtel."

Zühlsdorff spielte den Beleidigten. „So ein Ast kann eine effektive Waffe sein. Ist besser als ein Schlagstock. Guck mal …" Der Kommissar a. D. fuchtelte mit dem Ast herum, ließ ihn in der Diele durch die Luft wirbeln und sah dabei aus wie ein zu groß geratener Kung-Fu-Kämpfer.

Die Ermittler verließen das Haus. Rolf Zühlsdorff zog die Tür hinter sich ins Schloss. „Schließt du nicht ab?", fragte Herma erstaunt.

„Nö, ist nicht nötig. Wer in unser Haus geht und da nicht hingehört, macht Bekanntschaft mit einem gefräßigen Hunderudel. Also, wäre ich ein Einbrecher, ich würde es nicht wagen, da einzusteigen."

„Okay, verstehe. Ja, das ist ein Argument", sagte Herma und öffnete mit der Fernbedienung die Autotüren.

Die alte Ziegelei lag in Sichtweite des kleinen rot-gelben Leuchtturms von Pilsum, der eines der bekanntesten Wahrzeichen Ostfrieslands war. Spätestens seit dem Film „Otto – der Außerfriesische" mit dem Komiker Otto Waalkes in der Hauptrolle kannte jedes Kind das mehr als 100 Jahre alte Leitfeuer auf dem Nordseedeich, das bis 1915 zur Befeuerung der Emshörnrinne diente. Von der ehemaligen Ziegelei, die langsam verfiel, nahm dagegen kaum ein Tourist Notiz.

Von Krummhörn bis nach Pilsum waren es nur ein paar Autominuten. Das ungleich bewaffnete Ermittlerteam stellte den Zivilwagen an der Neu-Etumer-Straße abseits der Ruinen hinter mannshohen Büschen ab. Sie wollten sich leise anschleichen und Ronny Rosslau – sollte er sich denn in dem verfallenen Wohnhaus oder in dem kreisrunden Ringofen aufhalten – keine Möglichkeit zur vorzeitigen Flucht bieten. Herma und Rolf hielten zur Tarnung Händchen – sie spielten ein Liebespaar, das auf der Suche nach einem verschwiegenen Plätzchen für ein Schäferstündchen war. Unter den Sohlen ihrer Schuhe knirschte Ziegelschutt. Ein paar Dohlen kreisten kreischend über dem abgebrochenen Fabrikschornstein. „Lass uns erst mal in das Haus schauen", meinte Zühlsdorff. „Wenn er sich hier versteckt, dann dort, würde ich meinen." Herma presste die Lippen aufeinander. Ihre Zustimmung ließ sie durch ein „Hm" erkennen. Rolf nutzte den Ast als Spazierstock. Von Weitem hätte man ihn für einen Schäfer halten können – allerdings ohne Herde. Das Brechen der kleinen Zweige, die sie auf ihrem Weg durch die Pampa niedertrampelten, und das Rascheln des braunen vertrockneten Birkenlaubes aus dem vergangenen Jahr kamen Herma ungewöhnlich laut vor. Wie Jäger pirschten sie sich langsam durch das mannshohe Gras heran. Hier und da waren lilafarbene Kräuterinseln zu sehen. Das Geisterhaus, das etwas abseits stand, war T-förmig gebaut worden. Ein Gebäudeteil bestand aus roten Backsteinen, das andere hatte man verputzt. Fingerdicke Risse durchzogen die Außenwände. Ein Teil des Spitzdaches war eingestürzt. Von den stark verwitterten Fensterrahmen blätterte großflächig der einst weiße Lack ab und gab nun den Blick auf sprödes graues Holz frei. Die Glasscheiben waren vermutlich schon vor langer Zeit eingeschlagen worden; die alten Gardinen hingen in Fetzen herab – sie wehten im Wind. Herma und Rolf horchten in sich hinein, strengten sich an, verdächtige Geräusche von dem Lärm zu unterscheiden, der von der nahen Kreisstraße, die nach Greetsiel führte, an ihre Ohren drang. Die Türen standen auf. Herma zog ihre Pistole aus dem schwarzen Nylon-Gürtelholster. Rolf hielt den langen Ast horizontal vor sich, um damit im Ernstfall Hiebe abwehren zu können. Mit ihrem linken Zeigefinger drückte Herma eine Holztür auf und steckte vorsichtig ihren Kopf durch den Spalt. Das Quietschen der rostigen Scharniere jagte ihr einen Schauer über den Rücken. Es roch nach Feuchtigkeit und Schimmel. Rolf legte eine Hand auf ihre rechte Schulter, um sie spüren zu lassen, dass er sich dicht hinter ihr befand. Sie blickten in einen Raum, der verwüstet aussah. Eine gelbe Tapete mit einem typischen Rautenmuster aus den 1970er-Jahren hing von den Wänden herab. Das daumendicke Schilfrohrgeflecht der mit Lehm verputzten Decke war an einigen Stellen durchgebrochen und zu Boden gefallen. Herma und Rolf schlichen sich, so leise sie konnten, von einem Zimmer zum anderen. Zwischen zerbrochenen Dachziegeln, die ins Innere des Zweifamilienhauses gefallen waren, und zerfetzten Holzpaletten lagen Kochtöpfe, ein Electrolux-Staubsauger, mehrere Paar Gummistiefel und ein Feuerwehrschlauch. An einer Wand stand ein Küchenschrank mit Schubfächern für Zucker und Mehl. Das Badezimmer war ausgebrannt. In der Wanne lagen verkohlte Balken, das Waschbecken war zertrümmert, darüber hing noch ein Durchlauferhitzer. Die Toilettenschüssel schien noch intakt zu sein. Herma zeigte auf den schwarzen WC-Sitz. In einer Staubschicht hatte jemand vor noch nicht allzu langer Zeit seine Finger- und Handballenabdrücke hinterlassen. Die Mordermittlerin hörte ihren Herzschlag. Ihr Puls raste. Stand hinter der nächsten Nische Ronny Rosslau, um ihr mit einer Schaufel ins Gesicht zu schlagen? Oder war hier niemand? Ihr Bauchgefühl riet Herma, auf der Hut zu sein. Sie hatte in diesem Moment das Gefühl, einen Menschen spüren zu können. Neben einem geblümten zerrissenen Vorhang stand ein Ledersessel, auf dem es sich offenbar jemand gemütlich gemacht hatte. Eine Weinkiste hatte diesem Jemand als Fußablage gedient. Also doch, dachte Herma. Sie zeigte mit einem Kopfnicken zu dem Sessel und flüsterte Rolf, der sich immer noch direkt hinter ihr befand, zu: „Schau … Der Typ, den wir suchen, könnte tatsächlich hier hausen." Zühlsdorff erwiderte nichts. Er wirkte angespannt. Ihm war nicht wohl in seiner Haut. Sie kamen an einer ausgehängten Tür vorbei, die mit roter Farbe beschmiert worden war. Unter ihren Füßen knarrten die Eichendielen. „Ziemlich spooky hier. Sieht aus wie die ostfriesische Variante von The Walking Dead", meinte Herma. Rolf nuschelte etwas Unverständliches in seinen Bart. In einem angrenzenden Zimmer entdeckten die beiden Ermittler einen Regalschrank, der Schräglage hatte und umzukippen drohte. Darin standen noch eine Dose Vorlackfarbe und eine Schale mit Schrauben und Nägeln. „Hm … Sieht aus, als habe damals jemand das Haus in aller Eile verlassen müssen. Die Räume sind ja fast alle noch möbliert", stellte Herma fest. „Genauso stelle ich mir das in der Tschernobyl-Region vor."

Rolf kniff ihr in die Schulter. „Psst …"

„Was?"

„Hast du das nicht gehört?"

„Nee, was denn?"

„Na, da drüben. Das kam von dort." Rolf zeigte auf eine angelehnte Tür, hinter der sich ein Zimmer befand, das sie noch nicht durchsucht hatten. Van Dyck und Zühlsdorff bewegten sich keinen Zentimeter von der Stelle – sie spitzten ihre Ohren. Wieder war ein kratzendes Geräusch zu hören. Da schleift doch einer etwas über den Boden, dachte Herma. Sie hielt ihre schwarze P2000 in Brusthöhe fest umklammert. Schweißperlen bildeten sich auf ihrer Stirn. Die Dienstpistole war schussbereit. „Ist vielleicht nur ein Tier", flüsterte sie ihrem Partner zu. Sie hörte Rolf atmen. „Möglich. Lass uns nachschauen, dann wissen wir es."

Herma hob einen Ziegelstein auf und warf ihn im hohen Bogen gegen die Holztür. Es krachte. Der Dachstein zerplatzte in viele Teile. „Polizei! Kommen Sie mit erhobenen Händen heraus. Das Haus ist umstellt." Kein Ton war zu hören. Plötzlich wurde die Tür aufgerissen. Ein Mann rannte schreiend aus dem Zimmer. Er trug eine olivgrüne Flecktarnjacke, hatte sich die Kapuze tief ins Gesicht gezogen und stürmte auf Herma zu. Rolf Zühlsdorff realisierte als Erster, dass der Kerl ein langes Fleischmesser in der Hand hielt. Noch bevor Herma von der Schusswaffe Gebrauch machen konnte, brachte er den Angreifer mit seinem langen Stock zu Fall. Der Kommissar a. D. hatte ihm den Knüppel zwischen die Beine geworfen. Der Mann stöhnte auf, kam ins Straucheln, stürzte bäuchlings hin und schlug sich die Unterlippe an einem Backstein auf. Zühlsdorff warf sich sofort auf ihn, drehte den linken Arm des Messermannes auf dessen Rücken und drückte ihm mit voller Wucht sein rechtes Knie in den Rücken. Herma schaute dem Treiben entgeistert zu. Alles hatte nur Bruchteile von Sekunden gedauert. Während die Mordermittlerin ihren Ex-Kollegen mit der Pistole sicherte, zog sie ihre Handschellen aus dem Hosenbund

und reichte sie ihm. Rolf fixierte die Hände des Mannes, drehte ihn um und zog ihm die Kapuze vom Kopf. „Na, wen haben wir denn da?", fragte er. Der Mann sagte nichts, er spuckte nur Blut. Er sah seine Häscher mit weit aufgerissenen Augen an. „Ist da noch wer im Raum?", wollte Herma von dem Typen wissen. „Nein", presste er hervor. Die Hauptkommissarin war immer noch nicht sicher, ob sie Ronny Rosslau oder einen anderen Straftäter vor sich hatte. „Warum haben Sie uns mit dem Messer angegriffen?", fragte sie ihn. Der Mann antwortete nicht. Sein hochrotes Gesicht war schmerzverzerrt. „Aha, der Spacken zieht es vor, zu schweigen. Auch gut …", meinte Rolf Zühlsdorff und hob seinen Stock auf. Er schaute Herma an. „Ich denke, du belehrst ihn besser mal über seine Rechte. Egal, ob der noch was auf dem Kerbholz hat oder nicht – wegen des Messerangriffs auf eine Polizeibeamtin im Dienst muss er sich auf jeden Fall verantworten. Ich könnte mir vorstellen, dass der Staatsanwalt das als versuchten Totschlag werten wird. Bewährung ist da für dich nicht mehr drin, Junge. Das hast du tüchtig verkackt."

KHK Herma van Dyck sagte ihren Spruch auf, um eventuelle Aussagen des Mannes gerichtsverwertbar zu machen. „Ihnen wird eine Straftat zur Last gelegt. Ich nehme Sie vorläufig fest. Als Beschuldigter in einem Strafverfahren haben Sie das Recht, zu schweigen. Sie können einen Rechtsanwalt hinzuziehen …"

Kommissar a. D. Zühlsdorff durchsuchte derweil die Kleidung des Mannes. Er stand breitbeinig über dem

Gefesselten. „Na, was haben wir denn da?", sagte er grinsend, als er ein Tütchen mit einem paraffinähnlichen kristallartigen Klumpen aus der Hosentasche des Verdächtigen fischte. „Ich würde sagen, das ist fieses Crystal Meth." Er schaute dem Mann in seine braunen Augen. „Bis du so 'n Scheißdealer oder was? Hast du noch mehr davon? Los, sag was." Der Mann deutete mit dem Kopf zur Seite. Zühlsdorff schaute in die Richtung des Zimmers, aus dem der Angreifer auf sie losgestürmt war. „Aha, da ist dein Versteck, ja?" Der Festgenommene nickte. „Okay, darum werden wir uns später kümmern. Wie ist dein Name, du Saftsack?", wollte er wissen. Der Überwältigte hatte seine ausweglose Lage begriffen. Er wollte offensichtlich kooperieren. „Ich bin Martin Löseberg aus Harburg. Wie habt ihr mich gefunden?" Herma und Rolf schauten sich kurz an. Die Enttäuschung stand ihnen ins Gesicht geschrieben. Sollte der Drogenhändler die Wahrheit sagen, war die Suche nach Ronny Rosslau wieder einmal im Sande verlaufen. „Pennst du in der Ruine – oder hast du hier nur dein Drogendepot?" Löseberg spie noch einmal ein Gemisch aus Speichel und Blut aus. „Manchmal übernachte ich in dem Haus. Aber nur, wenn ich was genommen habe. Fuck! Ist das vielleicht verboten? Ich bin nicht der Einzige, der das macht." Rolf Zühlsdorff sah mit Abscheu auf den Crystal-Dealer herab. „Nimmst du das Zeug etwa auch?" Der Dealer nickte. Der ehemalige Schutzmann hatte in seiner knapp 40-jährigen Dienstzeit schon so manchen toten Junkie gesehen.

Er wusste, dass Crystal Meth aus Menschen innerhalb kürzester Zeit Wracks machte. Die meist in Osteuropa für wenig Geld synthetisch hergestellte Droge putschte auf, machte wach, vertrieb Hunger und Durst. Methamphetamin machte schon nach der ersten Einnahme abhängig. Diejenigen, die es schluckten, rauchten oder wie Kokain durch die Nase einsogen, berichteten von einer euphorisierenden Wirkung. Das Selbstwertgefühl und die Risikobereitschaft, aber auch die Lust auf Sex, stiegen. Die Aufputschphase konnte tagelang anhalten, danach ging es mit den Süchtigen rasch gesundheitlich bergab. Depressionen, Panik, Wahnvorstellungen, Ruhe- und Rastlosigkeit stellten sich ein. Irgendwann machte das Herz nicht mehr mit, brach das Immunsystem zusammen. Für den pensionierten Kommissar waren Dealer wie Löseberg Gehilfen des Teufels. Ja, er betrachtete sie als Mörder, denn sie brachten Menschen den Tod auf Raten – aus niedrigen Beweggründen. Diesen Drogenhändlern ging es nur ums Geld. Sie hatten keine Skrupel.

Herma kramte einen Steckbrief von Ronny Rosslau aus ihrer Gesäßtasche. Löseberg hatte keine Ähnlichkeit mit dem Serienmörder, dem sie das Handwerk legen wollte. Sie zog das abhörsichere Digitalfunkgerät vom Gürtelclip und rief die Leitstelle in Aurich. „Auster von Süntel 47-12!“ Es dauerte einen Moment, bis der Disponent antwortete. „Welches Fahrzeug hat gerufen?“ „Hier ist der Süntel 47-12. Ich benötige eine Personenabfrage. Löseberg. Das schreibt sich: Ludwig,

Ödipus, Siegfried, Emil, Berta, Emil, Richard, Gustav. Vorname ist Martin. Wohnhaft in Harburg."

„Verstanden, ich komme wieder", quittierte der Disponent kurz und knapp, wie es in der Funksprache üblich war. Bereits nach 15 Sekunden war die markante Stimme des Kommissars vom Lagedienst erneut zu hören. „Martin Löseberg, Grachtengasse 83 in Harburg. Nach dem läuft aktuell eine Fahndung. Gegen ihn liegt ein Haftbefehl des Amtsgerichts Hamburg vor. Versuchter Mord in Tateinheit mit schwerem Raub. Achtung! Eigensicherung beachten! Der Mann ist hochgefährlich und bewaffnet." Van Dyck und Zühlsdorff mussten schmunzeln. Der Polizeifunker hörte sich exakt so an wie Klaus Büchner, der Sänger der Kultband Torfrock.

„Danke, Auster", sagte Herma. „Der Martin Löseberg sitzt hier in der ehemaligen Pilsumer Ziegelei und möchte abgeholt werden. Wir haben den Gesuchten gerade vorläufig festgenommen und hübsch verpackt."

„Verpackt?"

„Jau, der trägt Armbänder aus Metall."

„Ach so. Joa, danke für alles und so, ne … Wagen kommt. Bleiben Sie bitte vor Ort."

Herma musste herzhaft lachen. „Was denkt der denn, was wir jetzt machen? Nach Hause fahren und Tee trinken … Natürlich passen wir auf Herrn Löseberg auf. Nicht dass der noch 'ne Biege macht."

Der Gefesselte meldete sich zu Wort. „Mein rechtes Bein tut höllisch weh. Ich glaube, meine Kniescheibe ist beim Sturz rausgesprungen. Ey, ihr Scheißbullen. Ich brauche einen Arzt."

Die Mordermittlerin näherte sich dem Verdächtigen und tastete sein Bein ab. Löseberg schrie auf, als sie leicht auf sein Knie drückte. Sie griff erneut zum Handsprechfunkgerät und forderte einen Rettungswagen an.

Wenige Minuten später waren Sirenen zu hören. Die Kollegen aus Aurich fuhren mit Sonderrechten zur Industriebrache. Ein Hauptkommissar, der die 50 weit überschritten und eine Glatze hatte, und ein Polizeikommissar-Anwärter stiegen aus. Herma kannte den Älteren von ihrer Dienstzeit. PHK Walter Heuker traute seinen Augen kaum, als er die ostfriesische Kriminalbeamtin sah. „Mensch, Herma. Du hier? Fängst du wieder bei uns an? Oder watt …?" Heuker schaute zur Seite und entdeckte Rolf Zühlsdorff, der sich auf seinen knorrigen Ast stützte. „Und diesen Gentleman mit Zopf kenne ich doch auch, oder? Sind Sie nicht längst in Pension?"

„Doch, doch", beeilte sich Zühlsdorff zu sagen. „Ich habe meiner alten Bekannten nur die Ruine gezeigt."

Heuker zog die Augenbrauen hoch. „Soso … Wer's glaubt, wird selig … Was hattet ihr hier zu suchen? Ist das 'ne offizielle Ermittlung?"

Die Mordermittlerin ergriff das Wort. Sie schob den Schutzmann sachte aus der Tür. Löseberg sollte das Dienstgespräch nicht belauschen können. „Walter, wie du vielleicht weißt, arbeite ich jetzt in Hameln ..." Weiter kam Herma van Dyck nicht. Der Schutzmann fiel ihr ins Wort. „Ja, und was machst du dann hier bei uns?“

„Nun lass mich doch mal ausreden. Ich will es dir ja erklären. Gemeinsam mit den Kollegen in Wilhelmshaven untersuchen wir eine Mordserie. Wir wissen, wie er heißt und dass er sich früher gern in der Ruine aufgehalten hat. Der Rolf und ich haben nur mal nachgeschaut, ob er sich hier versteckt hält.“

„Nur mal eben …“ Polizeihauptkommissar Heuker tippte sich an den Kopf und zeigte ihr einen Vogel. „Du spinnst doch, Mädchen. Ganz allein auf Mörderjagd. Das ist ja wie im Fernsehen. Also … Ich hätte dich für vernünftiger gehalten.“

Die Standpauke hatte gesessen. Herma schaute zu Boden und kickte mit dem rechten Schuh einen Ziegelsplitter weg. „Wer kann denn auch ahnen, dass der wie ein Wilder mit dem Messer auf uns losgeht?“, sagte sie kleinlaut. Heuker war entsetzt: „Der hat was gemacht?“ Während Herma dem Polizisten vom Einsatz- und Streifendienst die ganze Geschichte erzählte, schüttelte der Alte immer wieder mit dem Kopf. In der Zwischenzeit war ein quittegelber Rettungswagen eingetroffen. Zwei Notfallsanitäter kümmerten sich um den Verletzten. Der mutmaßliche Gewalttäter Löseberg würde in wenigen Minuten unter Polizeibegleitung nach Norden zur Ubbo-Emmius-Klinik gebracht und von dort nach erster chirurgischer Versorgung in das Justizvollzugskrankenhaus der JVA Lingen verlegt.

„Gut, dann kümmern wir uns jetzt mal um den Delinquenten." PHK Heuker rieb sich mit der flachen Hand über seine blank polierte Glatze. „Mannomann, Herma. Das gibt Ärger. Da kannst du Gift drauf nehmen. Kennst ja deinen alten Chef. Von so einem Alleingang kriegt der Pickel. Und dann noch mit einem Zivilisten. In deiner Haut möchte ich nicht stecken. Dass du hier im Zuständigkeitsgebiet der PI Aurich/Wittmund wilderst, sollte dir eigentlich bekannt sein. Hast ja lange genug hier oben gearbeitet."

Der alte Hase hatte ihr die Leviten gelesen. Je länger Herma über die Worte des Schutzmanns nachdachte, desto klarer wurde ihr, dass sie Mist gebaut hatte. Sie hatte im blinden Übereifer nicht nur gegen alle Regeln der Vernunft, sondern auch gegen die Vorschriften gehandelt. Es war Rolf zu verdanken, dass sie nicht schwer verletzt oder gar tot war.

Nachdem Martin Löseberg von den Sanis abtransportiert worden war, wagte Herma noch rasch einen Blick in den Ringofen, der an einen ovalen Gewölbekeller erinnerte. Im Lichtkegel ihrer Taschenlampe entdeckte sie einen Unterschenkelknochen. Sie konnte nicht einschätzen, ob er von einem Tier oder von einem Menschen stammte. Die Mordermittlerin beschloss, diesen Fund für sich zu behalten. Sie wollte jetzt nicht noch mehr Staub aufwirbeln. Wer weiß, wer sich hier nachts herumtreibt, dachte sie. Bilder von satanischen Messen kamen ihr in den Sinn. Hinter ihr hörte sie die Stimme von Rolf. „Komm schon, Herma", rief ihr

Zühlsdorff zu. „Für heute soll's genug sein. Wir sollten hier verschwinden. Hab eh schon ein schlechtes Gewissen, dass ich dir ausgeredet habe, Verstärkung anzufordern. Das war verdammt knapp vorhin …"

„Ja", sagte Herma und nahm ihren Lebensretter in die Arme. „Danke, dass du den Angreifer gestoppt hast. Ich stand da wie gelähmt rum, unfähig, zu reagieren. Eigentlich hätte ich auf ihn schießen müssen."

Rolf streichelte ihr über den Rücken. „Gut, dass du es nicht gemacht hast. Was glaubst du, was wir dann für Scherereien gehabt hätten. Die hätten dich doch sofort aus dem Verkehr gezogen und gegen dich ein Ermittlungsverfahren wegen versuchten oder vollendeten Totschlags eröffnet. Und dann: Gute Nacht, Marie. Nee, nee, nee, wir können froh sein, dass die Nummer hier noch einmal glimpflich für uns abgegangen ist."

Herma hob die Hand. „Abwarten. Ich traue mich gar nicht zurück nach Wilhelmshaven. Da wartet bestimmt Ärger auf mich. Dieser Moko-Leiter Hayen ist launisch ohne Ende. Mal nett und freundlich, mal schroff und ätzend, wenn er nicht gut drauf ist. Macht auf Kumpel, geht aber über Leichen. So schätze ich den ein."

Wenig später fuhren sie zurück nach Krummhörn zum Zühlsdorff'schen Anwesen. Die Ostfriesin wollte noch eine Tasse Tee trinken und danach allein aufs Meer schauen. Sie brauchte Zeit zum Nachdenken.

Kapitel 35

Radio Nordseewelle spielte Johnny Cash. Melchior mochte den Countrysong aus dem Jahr 1963. Er hatte als Jugendlicher alle Strophen von „Ring of Fire" auswendig gelernt. Während er zur Mittagszeit im „Nordstern" auf sein spätes Seglerfrühstück wartete, das aus drei Spiegeleiern mit angebratenen Schinkenwürfeln und frischem Schwarzbrot bestand, sang er leise mit:

„Love is a burning thing and it makes a fiery ring
Bringing me the wild desire I fell into a ring of fire …"

Nachdem er sich gestärkt hatte, wollte er auschecken und die Rückreise in Richtung Hameln antreten. Melchior las die BILD-Zeitung. Er suchte nach einem Nachklapp zum Leichenfund im Nassauhafen. Er entdeckte nur eine winzige Randnotiz auf Seite 3. Ganz oben in der rechten Spalte stand, dass die Ermittlungen in Sachen „Ritualmord" auf Hochtouren liefen. Eine heiße Spur hatten die Mordermittler aber noch nicht. Er lehnte sich zufrieden zurück und dachte nach. Was machten wohl gerade die Polizisten in Hameln? Hatten sie wohl schon von dem Grablicht mit seiner Doppeladler-Signatur gehört, das er in Wilhelmshaven neben Livias Leiche aufgestellt hatte? Zu Beginn seiner blutigen Karriere war Melchior noch peinlich darauf bedacht gewesen, keine Spuren zu hinterlassen. Das hatte sich rasch geändert, denn er heischte nach Aufmerksamkeit. Bernd Melchior träumte von einem Platz in der Kriminalgeschichte. Er wollte berühmt werden.

Kellner Marcel riss den Gast aus Zimmer 101 aus seinen Tagträumen. „Sodele, einmal das Seglerfrühstück, der Herr. Guten Appetit!"

Bernd Melchior brummte nur ein „Ja" vor sich hin. Während er es sich schmecken ließ und dabei laut schmatzte, winkte er den Kellner herbei. „Ich hätte gern noch einen Kaffee schwarz und eine von diesen Lokalzeitungen", rief er mit vollem Mund. Beim Sprechen verteilten sich kleine Eipartikel auf der schneeweißen Tischdecke und hinterließen dort gelbe pockenartige Stellen.

„Ja, kommt sofort." Kellner Marcel hatte am Vortag natürlich bemerkt, dass Melchior sämtliche Zeitungen stibitzt hatte. Er verzichtete darauf, den Gast auf den Schwund anzusprechen. Der Kunde war schließlich König.

Auf der Titelseite hatte der Harlinger Anzeiger über den Überfall auf den Rentner in Neuharlingersiel berichtet. Ein Foto zeigte die Stelle vor der Bank, an der Edo Frerichs gefunden worden war. Worte wie „skrupellos", „feige" und „brutal" prägten den Artikel. Der Reporter hatte alle Register gezogen. Melchior begriff erst nicht so recht, was er las. Die Polizei sprach von einem Raub mit Todesfolge. Ein Staatsanwalt wurde mit dem Satz „Auch ein Raubmord kann zum jetzigen Zeitpunkt der Ermittlungen nicht ausgeschlossen werden" zitiert. „Ach, schau mal einer an. Der alte Sack hat den Löffel abgegeben", murmelte er leise vor sich hin und wischte sich mit der Serviette aus Leinen etwas Eigelb aus den Mundwinkeln. Er musste laut lachen, als er las, dass es keine Tatzeugen gab. Niemand habe etwas gesehen, stand in dem Zeitungsbericht. Auch die Auswertung der Videokameras, die es rund um den Tatort gab, hatte die Kripo nicht weitergebracht. Melchior gähnte und strich sich über seinen Bauch. Er würde sich jetzt noch ein halbes Stündchen aufs Bett legen, seine Rechnung mit Edo Frerichs' Geld bezahlen – und dann abreisen. Dass der alte Mann an den Folgen des Kehlkopfhiebes gestorben war, berührte ihn nicht. Der Tod des Seniors ließ ihn kalt. Für ihn war Frerichs' gewaltsames Ableben nichts weiter als ein Kollateralschaden. Der alte Mann hatte sich zur falschen Zeit am falschen Ort aufgehalten. Selbst schuld, dachte Melchior, als er die Treppenstufen, die zu seinem Zimmer führten, hinaufging. Er legte sich angezogen auf das Bett und nickte bald ein.

Kurz vor 15 Uhr setzte sich der Serienmörder hinter das Steuer seines klapprigen roten VW Golf und verließ den Parkplatz des Hotels. Bis Jever fuhr er über Land, dann wechselte er auf die A29. Bernd Melchior hatte alle Zeit der Welt. Als Radio Nordseewelle nur noch rauschend zu hören war, drehte er am Knopf seines Autoradios, um einen neuen Sender einzustellen.

NDR Kultur spielte gerade den Soundtrack von „Psycho“. Er hob seinen rechten Arm und tat so, als dirigiere er mit einem imaginären Taktstock ein Orchester. Immer dann, wenn die scharfen Streicher zum Einsatz kamen, machte er hektische Stichbewegungen nach vorn. Auf der Fahrt nach Hause musste er – inspiriert von der Filmmusik – an Ed Gein denken, der in den 1950er-Jahren in den USA mindestens zwei Frauen getötet hatte. Der Schlächter von Plainfield übte seit jeher eine Faszination auf ihn aus. Er hatte alles über diesen Mörder gelesen und jeden Film über ihn angeschaut. Die Geschichte kannte eigentlich jeder, der schon einmal Alfred Hitchcocks Meisterwerk gesehen hatte. Ed Gein lebte damals auf einer Farm und wurde von seiner besitzergreifenden Mutter unterdrückt. Die herrische Frau hatte ihm jegliche Kontakte mit Frauen, die sie allesamt als Nutten bezeichnete, untersagt. Die Mutter starb, als Ed Gein bereits Mitte 30 war. Endlich konnte er sich ungehindert mit dem weiblichen Geschlecht beschäftigen. Er grub Frauenleichen aus, um sie näher zu betrachten, er dekorierte das Haus mit Leichenteilen, er löste die Haut der Toten ab und gerbte sie. Ed Gein soll aus Menschenhaut Kleidungsstücke genäht, Armbänder gefertigt und damit Stühle bezogen haben. Seine Figur wurde ein paar Jahrzehnte später im Film „Das Schweigen der Lämmer“ verewigt. Melchior hatte sich den Thriller mit Jodie Foster und Anthony Hopkins bestimmt schon 100-mal angeschaut – er beschloss, es heute Abend noch einmal zu tun. Der Film würde ihn einstimmen auf das, was danach kommen würde: Melchior wollte in aller Ruhe die Fotos, die er von den toten Frauen gemacht hatte, und seine Trophäen betrachten. Bilder und Gegenstände, die er den Leichen abgenommen hatte, halfen ihm, seine Taten noch einmal so realistisch wie möglich zu durchleben.

Kapitel 36

Im Wangerland, vor den Toren von Wilhelmshaven, zog Nebel auf. Sie stand bei auflaufendem Wasser auf der langen Hafenmole von Horumersiel – direkt vor dem Leuchtfeuer – und hörte das leise Schmatzen des Schlickbodens und das Heulen des Windes, der die Wanten der Segelboote in Schwingungen versetzte, was ein unheimliches Pfeifen und Klappern erzeugte. Es war ein schönes Konzert, das der aufziehende Sturm gab. Herma schaute auf die Jade. In der Ferne zogen schemenhaft Ozeanriesen vorbei, denen die hohen Wellen nichts anhaben konnten. Die Temperatur war von 27 auf 13 Grad gefallen, kräftiger Nordwestwind drückte gegen die kleineren Schiffe, deren Skipper vor der Schlechtwetterfront in den sicheren Hafen flüchteten. Die Gewässer waren bei Ebbe tückisch, die Fahrrinne war schmal und nicht besonders tief. Daran konnten auch die Baggerschiffe nichts ändern, die regelmäßig den Hafen ansteuerten, um Schlickablagerungen mit Wasserinjektionen aufzuwirbeln und zu beseitigen. Der Wind erreichte jetzt Sturmstärke. Das Heck eines Bergungsschiffes brach aus. Der Kapitän hatte Mühe, den Schubverband auf Kurs zu halten. In der steifen Brise wehten Hermas dünne Haare wie eine gelbe

Standarte. Von eben auf jetzt war aus Frühsommer Spätherbst geworden. Die Ostfriesin liebte diese Wetterumschwünge, die ganz plötzlich hereinbrachen. Draußen auf dem Meer konnten die Wellen haushoch sein und Schiffe verschlucken. Herma war mit diesen Naturgewalten groß geworden. Der Wind trieb dunkle Regenwolken und Wellen vor sich her. Im Nu füllten sich die Priele, war das Watt überschwemmt. Wattwanderer, insbesondere Landratten, unterschätzten oft die Gefahr. Als ehrenamtliche DLRG-Rettungsschwimmerin hatte Herma van Dyck so manches Mal dazu beigetragen, Menschen vor dem nassen Tod zu bewahren. Das unheimliche Heulen, das der Sturm in den Wanten und Stagen der Hochseeyachten produzierte, die fest vertäut an den Schwimmstegen lagen, nahm von Minute zu Minute zu. Herrlich, dachte Herma. Ich liebe das. Ist das nicht schön? Mit zusammengekniffenen Augen schaute sie hinaus aufs Meer, das eben noch hellblau aussah und nun Schwarz trug. Das alles erinnerte sie an die Zeit, als sie noch gesegelt war. Sie hatte in ihrer orangeroten Sunbeam 22 in ihrer Koje gelegen und dem Lied des Windes gelauscht. Herma lehnte an dem Stahlmast eines Leuchtfeuers und inhalierte die salzhaltige Luft – wie andere das Nikotin aus ihren Glimmstängeln. Dennoch war ihre Stimmung getrübt. Beim Anblick der unheilschwangeren Gewitterwolken dachte Herma van Dyck an das Donnerwetter, das gleich in Wilhelmshaven über sie hereinbrechen würde. Sie hatte keinen Zweifel daran, dass PHK Heuker eine

WE-Meldung über die Festnahme des Gesuchten abgesetzt hatte. Darin hatte er sicher auch ihren Namen, ihre Dienststelle, ihr eigenmächtiges Auftreten und den Mordversuch an der Polizistin Herma van Dyck erwähnt. Diese Informationen dürften weder den Mordkommissionen in Hameln und Wilhelmshaven noch der OFA in Hannover entgangen sein. Die Segelschiffe tanzten jetzt im Wind, die Bootsstege hoben und senkten sich im Spiel der aufgepeitschten Wellen.

Als die ersten dicken Regentropfen auf sie niederprasselten, klingelte und vibrierte ihr iPhone in der Gesäßtasche. Herma zog es heraus und stellte fest, dass es Brenner war. „Moin, Kurt, wie läuft's bei euch?"

Starke Windgeräusche machten das Telefonieren unmöglich. Der Leiter des FK 1 hörte nur Stimmfetzen, die im Rauschen und Pfeifen untergingen. Brenner schrie ins Telefon: „Herma, wenn du mich hören kannst, dann geh mal in ein Haus oder setz dich ins Auto. Du bist nicht zu verstehen." Die durchnässte Ostfriesin drückte auf den roten Knopf und beendete das Gespräch mit ihrem Chef. Viel länger hätte das Handy eh nicht durchgehalten. Vom Display tropfte bereits jede Menge Wasser herab.

Herma zog den Kragen ihrer Jacke hoch, um keinen steifen Hals zu bekommen, und ging schnellen Schrittes zurück zum menschenleeren Parkplatz, auf dem der Z-Wagen der PI Hameln-Pyrmont/Holzminden stand. Vor dem VW Passat wrang sie ihre klitschnassen Haare aus, öffnete die Türen mit der Fernbedienung, die in ihrer Hosentasche steckte, und setzte sich hinein. Sie schaute in den Rückspiegel und stellte dabei fest, dass sie aussah wie ein begossener Pudel. Egal, dachte Herma van Dyck. Das war es wert. Wind und Wetter, Blitz und Donner – es gibt nichts Schöneres. Herma konnte nicht genug davon kriegen. Der Schimmelreiter von Theodor Storm kam ihr in den Sinn. In der Novelle ging es um ein Unwetter, um Marsch und Watt und „die gelbgrauen Wellen, die unaufhörlich wie mit Wutgebrüll an den Deich hinaufschlugen". Herma kannte einige Kapitel auswendig. Es gab Passagen, die hätte sie aufsagen können wie ein Gedicht. Wie oft hatte sie den Schimmelreiter gelesen? 20-mal, 30-mal? Sie wusste es nicht. Aber an langen Winterabenden, wenn drinnen das Feuer im Ofen prasselte und draußen der Wind heulte, holte sie gern das abgegriffene Buch aus dem Regal und las darin. Heute wollte sie keine Gedanken mehr an den fiktiven Deichgrafen Hauke Haien verschwenden. Der Name Haien erinnerte sie zu sehr an Moko-Leiter Gesko Hayen in Wilhelmshaven.

Sie drückte auf Wahlwiederholung und wartete darauf, dass sich Kurt Brenner meldete. Es dauerte nicht lange, da hörte sie die Stimme ihres Chefs. „Hallo, Herma, kannst du mich hören?"

„Klar, Kurt. Ich bin im Hafen von Horumersiel. Hier braut sich gerade ein Unwetter zusammen …"

Sie hörte Brenner laut lachen. „Jaja, das kann ich mir sehr gut vorstellen. Der Sturm zieht bestimmt von Wilhelmshaven zu dir rüber."

In diesem Moment wurde Herma klar, dass sich die Nachricht von ihrem Alleingang in Pilsum bereits bis nach Hameln herumgesprochen hatte.

„Schlechte Nachrichten verbreiten sich schneller als gute …“

„Wieso schlechte? Du und dieser Tackleberry – ihr habt einen bundesweit gesuchten Gewalttäter zur Strecke gebracht. Weißt du, was diesem Löseberg vorgeworfen wird? Nein? Dann will ich es dir mal sagen: Dieser Durchgeknallte soll vor ein paar Wochen im Hamburger Hauptbahnhof einem Bundespolizisten ein Messer in den Hals gerammt haben. Der Oberkommissar hat zum Glück überlebt …“

„Ja, gut, dass der von der Straße ist“, meinte Herma van Dyck kleinlaut. Ihr war noch nicht so ganz klar, ob Brenner sie gerade lobte oder ob das, was er sagte, zynische Ironie war.

Sie hörte Kurt tief einatmen. „Ja, natürlich. Die Kollegen in Hamburg sind glücklich und könnten dich knutschen. Die in Aurich und Wilhelmshaven toben. Ich habe diesem Gesko Hayen mit Mühe und Not ausreden können, ein Disziplinarverfahren gegen dich einzuleiten. Er sagt, du hättest dich und einen ehemaligen Polizisten in Gefahr gebracht und dich über so ziemlich alle Dienstvorschriften, die es gibt, hinweggesetzt. Und bei Licht betrachtet: Das hast du auch, du verrücktes Huhn.“

Herma wischte sich mit der flachen Hand ein paar Tropfen aus dem Gesicht. „Ja, ich weiß. Ich habe Scheiße gebaut …“

„Gut, das reicht mir als Entschuldigung. Ich denke, du bist nicht scharf drauf, dich noch von Gesko Hayen abkanzeln zu lassen, oder?“

Brenner ließ Herma gar nicht erst antworten. „Ich habe dem Kollegen gesagt, ich ziehe dich von den Nachforschungen in Wilhelmshaven ab und sanktioniere dein Verhalten in Hameln. Damit hat er sich zufriedengegeben. So, und nun stell dich unter die warme Dusche und schwing deinen Hintern zu uns runter. Wenn du bei uns morgen so gegen acht Uhr aufschlägst, wäre das schön. Ich brauche dich hier.“

„Danke, Kurt. Nett von dir, dass du deine schützende Hand über mich hältst … Die Sache tut mir echt leid.“

„Ist schon gut. Wir wollen keinen Staatsakt davon machen. Du bist eben, wie du bist – ein Heißsporn, wie ich früher einmal einer war. Es war schon eine gute Idee, diesen ehemaligen Vernehmungsbeamten zu befragen. Versuch macht klug …“

Während sie Kurt zuhörte, schaute Herma gedankenverloren durch die Windschutzscheibe auf die Wellen im Hafen. Jedes Mal, wenn sie mit Wucht gegen die Kaimauer klatschten, spritzte Wasser auf. Wie durch Watte hörte sie die Stimme ihres Chefs. „Versteh mich bitte nicht falsch: Ich will nicht, dass dir etwas zustößt. Andererseits rate ich dir: Lass dir deine Einzigartigkeit nicht nehmen. Marionetten gibt es schon genug auf dieser Welt.“

Herma musste schluchzen. Tränen der Rührung liefen über ihre Wangen – sie vermischten sich mit den

Regentropfen, die sich immer noch auf ihrem Gesicht befanden.

Ihr Chef ignorierte das stoßweise Atmen seiner Mitarbeiterin, er sprach einfach weiter: „In Wilhelmshaven bekommst du im Moment keinen Fuß auf die Erde. Ist aber auch egal, denn du könntest die Ermittlungen dort ohnehin kein Stück voranbringen. Die tappen da oben genauso im Dunkeln wie wir."

Wieder stieß Herma ein leises Schluchzen aus. „Habt ihr denn irgendeine neue Spur, einen Ermittlungsansatz … eine Idee?"

„Nein, das ist es ja. Unsere Untersuchungen sind zum Erliegen gekommen. Rosslau ist wie vom Erdboden verschluckt. Keiner hat ihn gesehen, niemand weiß, wo er sich aufhalten könnte. Egal, wen du aus seinem alten Umfeld fragst: Alle halten ihn für tot. Wir warten auf Hinweise, hoffen auf Kommissar Zufall. So sieht es aus, verfluchte Scheiße. Zum Kotzen ist das." Nach einer kurzen Pause wünschte ihr Kurt Brenner eine gute Rückreise. „Fahr bitte vorsichtig!"

„Mache ich", versprach Herma. Das Gespräch war beendet. Die Mordermittlerin atmete erleichtert auf. Sie stieß einen Seufzer aus. „Ein Glück, dieser Kelch ist an mir vorübergegangen", sagte sie zu sich selbst, als sie den Motor startete und Horumersiel mit Ziel Ostbense verließ. Sie freute sich auf ihr Häuschen am Deich, auf einen Abendspaziergang, eine schöne Tasse Tee – und auf ihr Bett.

Kapitel 37

Ronny Rosslau – alias Bernd Melchior – sah aus dem Fenster seiner Mansardenwohnung. Er hauchte seinen feuchten Atem gegen die Scheibe, versuchte das Glas mit dem Ärmel seines Pullovers zu säubern, produzierte aber nur Schlieren. Er hatte schon seit Jahren keine Fenster mehr geputzt und wunderte sich deshalb nicht darüber, dass sich die Scheibe nicht so einfach reinigen ließ. Er sah ein, dass es mal wieder an der Zeit war, einen von diesen Glasreinigern mit Sprühpistole zu besorgen, um wieder einen ungehinderten Blick auf die Hochschule Weserbergland zu haben. Dort, am anderen Ufer der Weser, studierten viele junge Frauen. Dort hatte er Sarah Brooks kennengelernt. Er würde wieder auf die Jagd gehen müssen. Sein Verlangen nach einer Frau, die er in seinem Keller quälen und demütigen würde, wuchs von Tag zu Tag. Noch konnte er sich beherrschen, noch reichten ihm die Fotos, die er von den toten Frauen gemacht, und die Schmuckstücke, die er den Leichen abgenommen hatte, aus, um seinen Trieb unter Kontrolle zu halten. Nacht für Nacht träumte er von Sarah, Marija, Livia und der unbekannten Schwarzhaarigen, die nie wieder aus dem Fluss aufgetaucht war. Er war dann wie im Rausch, durchlebte die Taten noch einmal. Rosslau konnte die Frauen manchmal sogar riechen. Es waren Momente, die nicht immer angenehm waren. Einmal war er aufgewacht und hatte sich sogar übergeben müssen. Manchmal sah er sich in tosender See an Bord der „Seemöwe" stehen. Unter seinen Füßen spürte er in solchen Momenten das Stampfen des Krabbenkutters, der von Riesenwellen wie ein Spielzeug hin- und hergeworfen wurde. Die Erinnerungen an früher ließen ihn nicht los. Manche waren schön, manche hätte er am liebsten verdrängt. Aber er hatte keinen Einfluss auf seine Gedankenwelt. Manchmal steckte Rosslau die Schatulle, in der er seine Trophäen aufbewahrte, in die Hosentasche und ging auf einen Kaffee in die Stadt. Das Klappern der Schmuckstücke war Musik in seinen Ohren. Vor einem halben Jahr hatte er aus Livia ein Kunstwerk gemacht, das nicht nur in Wilhelmshaven, sondern bundesweit Schlagzeilen gemacht hatte. Ronny Rosslau sah sich als Sammler und Jäger. Auf seinem Smartphone speicherte er sämtliche Onlineberichte und Pressemitteilungen über die Frauenmorde ab, die er im Netz finden konnte – vorausgesetzt, die Texte beschäftigten sich mit seinen Taten. Artikel schnitt er aus allen Zeitungen aus, die er in die Finger bekam, und klebte sie in einem Album ein. Er dachte immer öfter daran, sich ein neues Opfer zu suchen. In seinem Kopf hatte die Jagd auf eine Frau, die durch seine Hand ihr Leben lassen würde, längst begonnen. Der Polizei hatte er ein Schnippchen schlagen können. Er lachte triumphierend. Seine Lache klang dreckig.

Der Serienmörder schlug die Deister- und Weserzeitung auf. Er blätterte die Tageszeitung durch, fand auf Seite 3 einen Artikel, der sein Interesse weckte. Ein Reporter hatte großformatig und mit vier Fotos über die Verleihung des Zivilcourage-Preises berichtet und eine Hauptkommissarin interviewt. Sie hieß Herma van Dyck. In dem Text wurde ganz nebenbei erwähnt, dass eben diese Polizistin eine waschechte Ostfriesin war – und dass sie gemeinsam mit einem gewissen Kurt Brenner nach den Leichenfunden im Klüt, an der Humme und in Wilhelmshaven eine große Mordkommission geleitet hatte. Aha, so siehst du also aus, dachte Rosslau und strich über das Foto der Polizistin. Du willst mich schnappen. Ha, ha, ha … Dass ich nicht lache. Dich werde ich mir vornehmen. Du wirst mich näher kennenlernen, als dir lieb ist. Tschau, Baby. Wir sehen uns. Ronny Rosslau erhob sich. Sein Blick fiel auf den mit Krümeln übersäten Tisch, auf dem sich dreckige Teller stapelten. Er ging ins Wohnzimmer und legte eine CD von Falco ein. Er wollte jetzt „Jeanny" hören. Der Song faszinierte ihn – er passte zu dem, was er vorhatte. Er tanzte wie in Trance und sang dabei die erste Strophe mit:

„Sie kommen dich zu holen.
Sie werden dich nicht finden.
Niemand wird dich finden.
Du bist bei mir."

Rosslau liebte den Song. Er war geheimnisvoll und dunkel.

Den Refrain konnte er auswendig. Er sang mit Falco im Duett. „Jeanny, quit livin' on dreams.

Jeanny, life is not what it seems.

Such a lonely little girl in a cold, cold world …"

Ein irres Grinsen breitete sich auf seinem Gesicht aus. „Ja, Herma, du wirst bald mein sein. Niemand wird dich finden. Wir werden viel Spaß zusammen haben."

Kapitel 38

Ein paar 100 Meter Luftlinie von Rosslau entfernt saßen Kurt Brenner und Herma van Dyck im grellen Licht der Neon-Deckenlampen an ihren Schreibtischen und gingen noch einmal sämtliche Ermittlungsakten durch. Vielleicht hatten sie ja bei ihren Nachforschungen irgendein winziges Detail übersehen. Die Mordkommission „Klüt-Hafen" gab es nur noch auf dem Papier. Lediglich eine Handvoll Kriminalisten arbeitete an den Fällen. Die Todesursachenermittler schoben seit Monaten Frust. Noch niemals zuvor hatten sie ihre Mordermittlungen dermaßen an die Wand gefahren. Dabei schien der Täter zum Greifen nah. Sie wussten, wie er hieß und wie er einmal aussah, sie hatten mit Menschen gesprochen, die ihn von früher kannten. Dennoch waren alle Versuche, Rosslau aufzuspüren, gescheitert. Sie hatten inzwischen erfahren, dass ein weiteres Opfer auf das Konto des skrupellosen Mörders ging. Der 84 Jahre alte Edo Frerichs aus Neuharlingersiel hatte sterben müssen, weil es Rosslau auf die Ersparnisse des Rentners abgesehen hatte. Auf der geplünderten Geldbörse hatten Kriminaltechniker die Fingerabdrücke des Gesuchten gefunden. Rosslau gab sich keine Mühe, seine Taten zu verschleiern. Und dennoch war er seinen

Häschern immer einen Schritt voraus. Die Kollegen der Polizeiinspektion Aurich/Wittmund hatten die Spur des Sadisten bis zum Hotel „Nordstern“ zurückverfolgen können und das Zimmer 101 auf den Kopf gestellt. Haare, Hautschuppen, Schweiß, Speichel, Fingerabdrücke – Ronny Rosslau hatte jede Menge Spuren hinterlassen. Dennoch war es ihm gelungen, wieder einmal durch das Fahndungsnetz der Polizei zu schlüpfen, um irgendwo unterzutauchen. Kurt Brenner und Herma van Dyck ahnten nicht, dass der Serientäter, nach dem inzwischen europaweit gesucht wurde, nur ein paar Straßen weiter in seiner Wohnung hockte und einen tödlichen Plan ausheckte. Auch die Wilhelmshavener Mordkommission, mit der die Hamelner im ständigen Austausch standen, hatte in den vergangenen Monaten keine Hinweise liefern können, die die Fahnder weiterbrachten. Claudia Störtebeker arbeitete längst wieder für die OFA in Hannover als Kriminalpsychologin. Die Fallanalytiker hatten die Mordserie zwar noch nicht ad acta gelegt, aber auch sie befanden sich in einer Sackgasse. Es war zum Mäusemelken. Drei Wochen vor Weihnachten waren Brenner und van Dyck kaum weiter, als sie es schon zu Pfingsten gewesen waren. Daran hatte auch der Druck von oben nichts ändern können. Der Polizeipräsident in Göttingen und der Innenminister in Hannover wären gern vor die Presse getreten, um einen Ermittlungserfolg zu verkünden. Einige Medien hatten die Polizisten bereits als Schnarch-Posten vom Dienst verspottet. „Moko tappt im Dunkeln“ und

„Wer schützt uns vor dem Monster?" lauteten Schlagzeilen, die Brenner und van Dyck um die Ohren geflogen waren. Die Beamten trösteten sich damit, dass der Mörder eine Pause eingelegt hatte. Auf die Frage nach dem Warum gab es vorerst keine Antwort. Herma war gerade dabei, zu überprüfen, welche Gewalttäter in den letzten Monaten wegen anderer Straftaten verhaftet worden waren. „Könnte doch sein, dass unser Mann wegen eines anderen Delikts hinter Gittern oder in der Klapsmühle sitzt und wir ihn deshalb nicht finden", meinte die Mordermittlerin. Sie wollte sich nicht damit abfinden, Schiffbruch erlitten zu haben. Brenner pumpte sich einen Kaffee in seine Tasse und nahm einen großen Schluck. Er war müde, hatte Ringe unter den Augen, aber immer noch den Ehrgeiz, den Fall seines Lebens zu lösen. Herma ging es nicht anders. Sie klammerte sich an den Spruch „Die Hoffnung stirbt zuletzt". Aber auch sie hätte bei dem Gedanken an Ronny Rosslau und ihren Fehlschlag in Pilsum in die Tischkante beißen können. Brenner schaute aus dem Fenster und starrte Löcher in die Luft. Wer ihn kannte, sah, dass er in solchen Momenten angestrengt nachdachte. Nach ein paar Minuten stellte er den Kaffeepott auf die Fensterbank und verschränkte die Hände hinter seinem Kopf. „Ich habe wirklich keine Idee, was wir noch tun könnten", sagte er resigniert. „Klar, dass Rosslau irgendwo einsitzt, wäre natürlich eine Möglichkeit. Aber wegen welcher Straftat? Wie sollen wir ihn erkennen? Wir wissen ja nicht einmal, welchen Namen er benutzt? Das

Täterprofil von der OFA hilft uns in diesem Fall überhaupt nicht weiter …"

Herma massierte sich ihre Schläfen und stieß dabei einen Seufzer aus. „Stimmt, Kurt. Leider ist das so. Aber die Störtebeker hatte in mancherlei Hinsicht schon recht … Also, wie dieser beschissene Typ so tickt, was ihn antreibt, welche Allmachtsfantasien das Arschloch hat – und solche Sachen halt … Das war schon interessant."

Ihr Chef drehte sich zu ihr um. „Hört, hört … Hast du deine Meinung über Claudia Störtebeker geändert?"

Die Mordermittlerin schaute auf ihre rot lackierten Fingernägel. „Na und? Nur Tote und Narren ändern nicht ihre Meinung."

Brenner musste lachen. „Ja, erhellend war das schon. Aber weitergebracht hat uns das auch nicht. Okay, wir wissen, dass der nicht rundläuft. Aber …" Der Leiter des FK 1 nahm seine Brille ab und warf sie wütend auf seinen Schreibtisch. „Manchmal denke ich: Wir jagen ein Phantom. Der Typ scheint unsichtbar zu sein. Ich verstehe das einfach nicht. Der muss doch irgendwo gemeldet sein, ein Auto und eine Wohnung haben." Brenner nahm seine Finger zur Hilfe und zählte auf. „Er tötet Frauen, ein Opfer hat er enthauptet, vielleicht sogar zerstückelt. Um so etwas tun zu können, benötigt er ein Versteck. Er transportiert die Leichen durch die Gegend, ist sowohl im Norden als auch im Süden von Niedersachsen aktiv – und weiß Gott, wo sonst noch. Rosslau muss also motorisiert sein. Das kann doch nicht sein, dass der keine Spuren hinterlässt. Das gibt's doch gar nicht. Sind wir völlig bescheuert? Oder er ist ein Superhirn? Eine Kacke ist das aber auch."

Hauptkommissarin van Dyck ging nicht weiter auf die rhetorischen Fragen ihres Chefs ein. Sie stellte ihrerseits Fragen in den Raum. „Seit Wilhelmshaven frage ich mich: Was hat die Zahl 4 zu bedeuten? Wir müssen annehmen, dass er uns damit sagen will: ‚Schaut her, das hier ist mein viertes Opfer.' Aber wo ist dieses Opfer? Stammen die Haare, die damals dieser Holzmann oder wie dieser Angler hieß, aus der Weser gezogen hat, von einer Frau, die Rosslau ebenfalls auf dem Gewissen hat? Warum vermisst die niemand? Und weshalb taucht die nicht irgendwo auf? Wasserleichen kommen doch immer irgendwann an die Oberfläche. Dafür sorgen doch die Verwesungsgase, oder etwa nicht?"

„Doch, doch. Das ist so. Aber in diesem Fall ist vieles anders."

Draußen hatte der Herbstwind aufgefrischt. Im Gebäude des Zentralen Kriminaldienstes erzeugte das ein unheimliches Pfeifen. Einige Fenster schlossen nicht dicht. Zugluft sorgte in regelmäßigen Abständen dafür, dass empfindliche Polizisten über einen steifen Hals klagten. Auch Herma gehörte zu diesen Personen. In ihrem Büro hatte sie deshalb ein Dichtband in den Rahmen geklebt. Brenner schaute auf seine Armbanduhr. „Ist schon nach sieben. Ich glaube, für heute ist's genug. Wir sollten Feierabend machen. Wir können uns ja morgen wieder den Kopf zerbrechen."

Die Mordermittlerin musste hinter vorgehaltener Hand gähnen. In der dunklen Jahreszeit wurde sie immer rasch müde. „Ja, du hast wie immer recht, Kurt.“ Sie stand auf, zog sich ihre gefütterte Jack-Wolfskin-Jacke über und knipste das Licht aus. Brenner folgte ihr. Die Ostfriesin würde sich einen Drehspießteller zum Mitnehmen beim Afghanen an der Deisterstraße holen und nach Hause fahren. Nach dem Essen würde sie bei einem Glas Chianti Classico mit ihrem Seebären in Oldenburg skypen. Harm Harmsen erwartete ihren Anruf um acht.

Als Herma van Dyck wenig später im Restaurant „Balutsch“ stand und ihr Abendessen bestellte, ahnte sie nicht, dass sie in Lebensgefahr schwebte. Der Mann, nach dem jeder Polizist in Deutschland fahndete, hatte sie mit seinem klapprigen VW Golf vom ZKD-Gebäude bis in das orientalische Viertel von Hameln verfolgt – und er würde ihr auf den Fersen bleiben.

Kapitel 39

Ein köstlicher Dönerduft breitete sich im Yeti der hungrigen Mordermittlerin aus und löste bei Herma einen verstärkten Speichelfluss aus. Sie schluckte, als sie ihren Geländewagen am Berliner Platz auf den Parkplatz lenkte, von dem sie nach links in Richtung Koppenstraße abbiegen wollte. Aus ihren Augenwinkeln sah sie das mit Graffiti besprühte 3,60 Meter hohe Betonelement, das an den Fall der Berliner Mauer erinnerte. Sie schaute nach rechts und gab Gas, als die viel befahrene Einfallstraße nach Hameln frei war. Herma guckte nicht in den Rückspiegel. Sie bemerkte deshalb nicht, dass sie verfolgt wurde. Kurz vor der Eisenbahnbrücke, die über die Deisterstraße führte, bog Herma mit ihrem Auto nach rechts in den alten Teil der Koppenstraße ein. Ein paar 100 Meter weiter in Richtung Friedrich-Maurer-Weg stand das Sechsfamilienhaus, in dem sie wohnte. Die winzigen Kristalle, die seinerzeit in den weißen Außenputz gemischt worden waren, funkelten im Licht der Straßenlaternen wie Sterne. Herma musste in diesem Moment an Weihnachten denken. In der Adventszeit sehnte sie sich nach Ostfriesland. Am Abend des Heiligen Abends war sie früher immer auf den Deich geklettert, um von dort – bei guter Sicht –

die Lichter der Inseln zu sehen. Es war schon fast Tradition, dass sie zu dem Findling ging, der an die 1570 versunkene Warft Ostbense erinnerte. Während sie den Blinker setzte, um ihr Auto vis-à-vis dem Haus unter einer ausladenden Kastanie abzustellen, sah sie sich auf dem Nordseedeich stehen und wie früher aufs Watt in Richtung Stüvers Plate schauen. Einen kurzen Moment lang glaubte sie Glockenschläge zu hören. Ihre Oma hatte ihr immer erzählt, manchmal könne man die Glocken der im Meer versunkenen Dorfkirche hören.

Van Dyck wurde jäh aus ihrem Tagtraum gerissen. Es krachte plötzlich und ihr Yeti machte einen Satz nach vorn. Instinktiv trat die Polizistin auf die Bremse. Als sie in den Rückspiegel schaute, sah Herma einen roten VW Golf, in dem ein Mann saß. „Na super. Das hat mir ja gerade noch gefehlt“, sagte sie zu sich selbst und schaute dabei auf die Tüte mit der Styroporbox, in der ihr Abendessen langsam abkühlte. Die Pommes werden nachher Leichen sein, wenn wir hier fertig sind, dachte sie. Herma zog vorsorglich den Zündschlüssel ab und stieg aus, um sich den Schaden anzuschauen, den dieser Vollpfosten verursacht hatte. Der Unfallverursacher hatte bereits seinen Wagen verlassen und rieb sich das Kinn. Er schaute dabei absichtlich nach unten, sodass die Hauptkommissarin sein Gesicht nicht sehen konnte. Vermutlich hätte Herma Ronny Rosslau aber auch gar nicht erkannt. Zudem hätte sie nicht damit gerechnet, dass sich der Serienmörder sie als Opfer ausgewählt hatte. „Moin, na, da haben Sie wohl ordentlich gepennt", fuhr sie den Mann mit der Baseballmütze an. Die Stoßstange ihres Geländewagens war eingedrückt. Die Heckklappe schien auch eingedellt zu sein. „Ich war doch schon fast in der Parkbucht, habe rechts geblinkt. Wie kann man das denn übersehen – zumal in einer verkehrsberuhigten Zone? Hier gilt Tempo 30."

Der Unfallverursacher schwieg. Herma wurde ungeduldig. „Hat's Ihnen die Sprache verschlagen oder was?" Als sich die Mordermittlerin bückte, um die Beule zu befühlen, bemerkte sie noch eine pfeilschnelle Bewegung. Zur Seite blicken konnte sie schon nicht mehr. An ihrem Hals spürte sie einen quälenden stechenden Schmerz. 500 000 Volt schossen in diesem Augenblick schlagartig durch ihren Körper. Blitzartig verkrampfte sich ihre Halsmuskulatur. Es fühlte sich an, als sei sie von einem Pferd getreten worden. Sie konnte nicht schreien, sie konnte sich nicht bewegen – ihre Arme und Beine schienen gelähmt zu sein. Sie zitterte. Es sah aus, als habe sie einen epileptischen Anfall. Die Mordermittlerin verlor den Halt, kippte wie ein vom Sturm gefällter Baum um. Ihre Stirn krachte auf die Bordsteinkante. Das Geräusch, das dabei entstand, hörte sich so an, als würde ein Knochen splittern. Die Haut platzte auf, Blut lief aus einer langen Kopfwunde und sammelte sich in der Gosse. Herma war bewusstlos. Aus ihrem Mund quoll schaumiger Speichel. Zufrieden schob Rosslau den Elektroschocker, den er vor längerer Zeit bei einem Online-Versandhandel für 69,90 Euro gekauft hatte, zurück in seine Jackentasche. Das Ding ist sein Geld wert, dachte er. Er blickte sich um wie ein Suchender. Kein Mensch war auf der Straße, an den zahlreichen Fenstern, die hell erleuchtet waren, stand niemand. In der Ferne flackerte eine LED-Lichterkette wie ein Blitzlichtgewitter in der Finsternis. Die Polizistin lag zwischen dem schwarzen Heck des Yeti und der roten Frontschürze des Golf – für Außenstehende war sie in der Dunkelheit schwer auszumachen. An den Füßen schleifte Rosslau den leblosen Körper der Hauptkommissarin zur linken Fahrzeugseite. Er ließ die Beine fallen, öffnete die hintere Tür und wuchtete sein Opfer Stück für Stück auf die Rückbank. Auf dem Asphalt zeugte nur eine Blutspur von der brutalen Attacke. Der Mörder beugte sich über Herma van Dyck und kramte umständlich eine Rolle Panzerband aus der Mittelkonsole seines Wagens. Mit seinen Schneidezähnen riss er ein 15 Zentimeter langes Stück davon ab und klebte damit Hermas Mund zu. Dann drehte er die Bewusstlose auf den Bauch und fixierte ihre Arme mit dem olivgrünen Tape, das schon an den anderen Tatorten auf unterschiedlichste Art und Weise zum Einsatz gekommen war, auf ihrem Rücken. Stolz und mit einem irren Grinsen im Gesicht schaute sich Ronny Rosslau die Ermittlerin an. Der Serienmörder lag fast auf ihr. Er roch an ihrem Hals. Narciso Rodriguez, das Lieblingsparfüm der Ermittlerin, stieg ihm in die Nase. Ein betörender Duft. Als Herma van Dyck auch nach zwei, drei Minuten nicht wieder zu sich kam, geriet er in Panik. War der Stromstoß zu stark gewesen?

Hatte der Elektroschocker bei der Polizistin Herzrhythmusstörungen ausgelöst? War sie vielleicht herzkrank? Rosslau reagierte unwirsch. Nicht weil er fürchtete, dass sein Opfer tot sein könnte. Nein, das war es nicht. Er hatte noch viel mit der Kommissarin vor und wollte sie deshalb nicht vorzeitig verlieren.

In seinem Keller hatte er alles für Hermas Empfang vorbereitet. Ein Heizlüfter stand bereit, um den feucht-kalten Raum zu erwärmen. Herma van Dyck sollte nicht wie Sarah Brooks krepieren, bevor er mit ihr seinen Spaß gehabt hatte. Auf einem mit einem weißen Tischtuch abgedeckten alten Teewagen hatte er schon die Werkzeuge bereitgelegt, die er für seine Arbeit benötigte: Kneifzange, Bolzenschneider, Schraubendreher, Skalpell, Messer, Fuchsschwanz und eine Bohrmaschine. Diesmal wollte Rosslau ein Körperteil als Trophäe behalten. Er wollte es in Formalin einlegen und in der farblosen Flüssigkeit für Jahrzehnte konservieren. In seinen Träumen hatte er Herma van Dyck mit der Zange erst die Fingernägel ausgerissen und danach Zahnarzt gespielt. Wenn die blöde Tussi jetzt den Löffel abgibt, war wieder alles umsonst, dachte er und schrie laut: „Verdammte Scheiße …“

Mit Zeige- und Mittelfinger tastete er am Hals nach dem Puls der Polizistin. Er war schwach, aber zum Glück fühlbar. Ronny Rosslau atmete auf. Die Polizistin lebte. Hoffentlich hat sie sich bei dem Sturz auf den Kopf nicht allzu sehr verletzt. Noch heute Abend wollte er sich mit Herma vergnügen. Rosslau setzte sich hinter das Steuer seines Wagens. Er musste rasch verschwinden. Vom Deisterfriedhof her näherte sich ihm jetzt ein Mann mit Hund. Er war plötzlich aus dem Nichts aufgetaucht. Noch war der Spaziergänger mit seinem Dackel beschäftigt. Der Teckel pisste gerade gegen einen Laternenpfahl. Los, nichts wie weg, dachte der Täter. Als er den Rückwärtsgang einlegte, bemerkte Ronny Rosslau, dass die Fahrertür des Yeti weit geöffnet war. Er hatte keine Zeit mehr, die Tür zu schließen. Womöglich würde dieser Gassigeher noch blöde Fragen stellen.

Rosslau war aufgeregt. Schweißperlen hatten sich auf seiner Stirn und auf seiner Unterlippe gebildet. Er gab zu viel Gas. Reifen quietschten. Ungewollt hatte er die Aufmerksamkeit des Mannes, der im Lichtkegel der Laterne stand, auf sich gelenkt. Im Wegfahren sah Rosslau, dass der Hundehalter in seine Richtung schaute und missbilligend mit dem Kopf schüttelte.

Kapitel 40

Michael Schnitker ärgerte sich über den Kavaliersstart des Golf-Fahrers. Der Maschinenschlosser stammte aus Minden, war 54 und gerade zu Besuch bei seiner Cousine in Hameln. Mit seinem Rauhaardackel Oscar hatte er eine Abendrunde um den Block gedreht. Ihm fiel sofort auf, dass der Škoda, der auf der anderen Straßenseite unfertig eingeparkt stand, am Heck beschädigt war. Zudem stand eine Tür offen – und niemand war weit und breit zu sehen. Er beschloss, der Sache auf den Grund zu gehen. Irgendetwas stimmte hier nicht. Das sagte ihm seine Nase. Auch Oscar hatte Witterung aufgenommen. Der Dackel hielt seine feuchte Nase nur wenige Millimeter über den Boden und führte sein Herrchen schnüffelnd zu dem Geländewagen. Schnitker schaute in den Yeti. Weil der Schlüssel nicht im Zündschloss steckte, lehnte er die Tür nur leicht an. Er wollte vermeiden, dass sie abgefahren wurde. „Komm, Oscar. Lass uns gehen", rief er seinem Hund zu, als sein Blick auf den Asphalt fiel. Der Jagdhund hatte die Blutspur bereits entdeckt – er begann, laut zu bellen. „Was ist denn da?" Der Schlosser bückte sich, er stippte seinem rechten Zeigefinger in die dunkle Flüssigkeit, verrieb die klebrige Substanz zwischen Daumen und

Finger und wunderte sich, dass sich seine Haut rot gefärbt hatte. Schnitker war davon ausgegangen, dass der Yeti Öl verloren hatte und deshalb liegen geblieben war. Zur Sicherheit roch er an seinem Daumen. Motoröl ist das nicht, dachte er. Das steht fest. Dann dämmerte es ihm: Das, was da an seiner Hand klebte, war Blut. Schnitker vermutete, dass ein Unfall passiert war. Er konnte sich keinen Reim auf den roten VW Golf machen, dessen Fahrer vor weniger als einer Minute lautstark weggefahren war. Ein Wort spukte in seinem Kopf herum: Fahrerflucht. Irrte das verletzte Unfallopfer gerade unter Schock hilflos durch das Wohnviertel? Oder hatte der Mann die Person in sein Auto geladen, um sie ins Krankenhaus zu bringen? Das würde zumindest den Kavaliersstart erklären. Bei dem Gedanken daran schämte sich Schnitker dafür, dass er den Mann vorverurteilt hatte. Dennoch kam ihm die Sache spanisch vor. Der Hundefreund zog Oscar von der Blutspur weg und band die Leine an einem Jägerzaun fest. Dann fischte er sein Handy aus der Hosentasche und wählte den Notruf 110.

Kapitel 41

Als Ronny Rosslau auf den Hinterhof des Hauses fuhr, in dem er wohnte, lag Herma van Dyck immer noch regungslos auf der Rückbank. Auf dem Polster hatte sich eine handtellergroße Blutlache gebildet. Die entführte Polizistin blutete immer noch stark aus der Wunde. Der graue Stoff, mit dem die Sitzbank vor vielen Jahren überzogen worden war, konnte das viele Blut, das aus Hermas Kopf austrat, nicht mehr aufnehmen. Rosslau schwitzte stark. Schweiß lief ihm in Strömen den Rücken herunter, und er tropfte von seiner Stirn auf die Hose. Ihm war heiß. Sein Herz raste. Er bekam Hitzewallungen. Der Psychopath hatte Angst, dass Herma sterben würde, bevor er mit ihr gespielt hatte. In Gedanken malte er sich aus, wie sie ihn anflehte, sie zu verschonen. Er freute sich auf die Vorstellung, die diese Frau geben würde. Vermutlich hatte sie beim Sturz auf die Bordsteinkante ein Schädel-Hirn-Trauma erlitten. Von dem Stromstoß konnte die lange Bewusstlosigkeit unmöglich herrühren. Rosslau fuhr ganz dicht an die Kellertreppe heran. Die Frau, die hinter ihm lag, wog gut und gern 70 Kilogramm. Er wollte die Wegstrecke so kurz wie möglich halten. Er schwitzte eh schon wie ein Schwein. Bevor er die Bewusstlose von der Rückbank zog, vergewisserte er sich, dass kein neugieriger Nachbar aus dem Fenster schaute. Im Haus nebenan wohnte eine Alte, die sich für die Gewohnheiten ihrer Nachbarn zu interessieren schien. Fast immer, wenn er auf den Hof fuhr, stand sie hinter der Gardine. Rosslau tat so, als vertrete er sich die Beine. Er schaute sich den zunehmenden Mond an und ließ dabei seine Blicke über die Häuserfassaden schweifen. Als er sicher war, dass er nicht beobachtet wurde, öffnete er die linke hintere Autotür, fasste Herma an den Beinen und zog sie rücksichtslos heraus. Rosslau konnte nicht mehr klar denken, denn ansonsten hätte er verhindert, dass der Hinterkopf der Mordermittlerin hart auf die Pflastersteine aufschlug. Wieder trug Herma van Dyck eine tiefe Platzwunde davon – diesmal unterhalb der Hutkrempe. An dieser Stelle färbten sich die Haare der Polizistin im Nu rot. Im fahlen Mondlicht sah Herma totenblass aus. Noch einmal fühlte er ihren Puls, wieder war er erleichtert, dass die Frau, die blutend vor ihm lag, noch lebte. Der Mörder schulterte sein Opfer. Er stöhnte und ächzte dabei. Von Hermas zerzausten Haaren tropfte Blut auf seine Jacke, ihre Arme baumelten wie die einer Marionette. Rosslau schloss die Hintertür auf und verschwand im dunklen Kellerflur. Es roch muffig und feucht. Umständlich fummelte er an der Kellertür herum, hinter der sich seine Folterkammer befand. Er benötigte beide Hände, um die Tür zu entriegeln. Um Herma nicht noch einmal auf seine Schulter wuchten zu müssen, balancierte er den Körper der Ermittlerin geschickt aus. Es gelang ihm zu verhindern, dass die Bewusstlose zu Boden fiel. Rosslau tastete nach dem Lichtschalter, knipste die Deckenlampe an und ließ Herma auf die Matratze fallen, auf der Sarah Brooks gestorben war. Der schwierigste Teil war geschafft. Mit seinen Handrücken wischte er sich dicke Schweißtropfen von der Stirn. Der Sadist starrte sein Opfer an, als wolle er ein Stück Vieh begutachten. Während er das tat, überlegte er kurz, ob er die Kopfwunden mit Mullbinden versorgen und die Blutungen stillen sollte. Er verwarf diesen Gedanken. Diese ostfriesische Mörderjägerin würde nicht gleich komplett ausbluten. Dessen war er sich sicher. In der Hoffnung, dass sie zu sich kam, gab er ihr ein paar Schläge auf die Wangen. Aber Herma öffnete ihre Augen nicht. Wenn sie Ohrfeigen bekam, flog ihr Kopf lediglich von der einen auf die andere Seite. „Scheiße", schrie Ronny Rosslau. „Nippel mir hier bloß nicht ab, du Schlampe."

Wieder einmal drohte das Vorhaben des Serientäters zu scheitern. Rosslau war wütend, gab Herma die Schuld an dem Schlamassel, wie er es nannte, und versetzte ihr einen heftigen Tritt in die Flanke. Knackend ging eine Rippe zu Bruch. Die Augen des Mörders begannen zu flackern. Rosslau kratzte sich hinter seinem rechten Ohr, bis sein eigenes Blut an seinen Fingern klebte. Er wusste nicht, was er machen sollte. Er brauchte Zeit zum Nachdenken. Mit den Handschellen, die in Hermas Gürteltasche steckten, kettete er den rechten Arm der Hauptkommissarin an einem

Wasserrohr fest. Er zog sein Handy aus der Tasche und machte rasch zwei Fotos von seiner Gefangenen. Dann schaltete er das Licht aus, verschloss die Kellertür und schlich nach oben in seine Dachwohnung. Rosslau riss sich die schweißnasse Kleidung vom Körper und stellte sich unter die Dusche. Er ließ das heiße Wasser über seine Haut laufen und überlegte seine nächsten Schritte. Dabei biss er sich in die linke Hand. Er wollte den Schmerz spüren. Er sollte ihm helfen, wieder klar denken zu können. Ein paar Etagen unter ihm lag Herma van Dyck im Sterben.

KAPITEL 42

Manfred Hartmann gönnte sich gerade einen Schluck Cola, als ein Alarmton ertönte und ein rotes Feld zu blinken begann. Auf einem der fünf Computerbildschirme, die vor ihm standen, wurde ein Notruf angezeigt. Der Disponent rückte kurz sein Headset zurecht und meldete sich so, wie er es an diesem kalten Dezembertag schon zigmal zuvor gemacht hatte. „Polizei. Notruf. Was kann ich für Sie tun?" Der Oberkommissar, der in der Polizeileitstelle an der Hamelner Ruthenstraße dem Ende seines Spätdienstes entgegensehnte, war die Ruhe selbst, als er den Anruf des Mannes aus der Koppenstraße entgegennahm. Wenn das Notruflämpchen hektisch zu flackern begann, löste das bei dem Routinier schon lange keine innere Anspannung mehr aus. Eigentlich klingelte, piepte und blinkte es in dem 100 Quadratmeter großen Funkraum irgendwie immer. Im Durchschnitt ging in einer 24-Stunden-Schicht alle vier bis fünf Minuten ein Notruf ein – und das an 365 Tagen im Jahr. Mehr als 100 000 Notrufe wurden unweit der Weser angenommen und 125 000 Einsätze koordiniert.

Michael Schnitker dagegen war aufgeregt – schon allein deshalb, weil er zum ersten Mal in seinem Leben den Polizeinotruf gewählt hatte und nicht wusste, was ihn erwartete. „Äh, ja … Hallo … Spreche ich mit der Polizei?"

Hartmann kannte solche Satzanfänge schon. „Wie ist denn Ihr Name?", fragte der Leitstellen-Disponent.

„Schnitker. Michael Schnitker."

„Und was kann die Polizei für Sie tun, Herr Schnitker?"

„Ja, also, ich bin hier in der Koppenstraße …"

Hartmann unterbrach. „Sie rufen aus Hameln an, ja?"

„Na klar. Von wo denn sonst?", sagte der Zeuge irritiert. Der Oberkommissar antwortete darauf nicht. Der Mann, den er am Telefon hatte, konnte ja nicht wissen, dass in der Leitstelle Süntel Notrufe aus den Landkreisen Schaumburg, Hameln-Pyrmont, Nienburg, Hildesheim und Holzminden aufliefen. Kaum jemand wusste, dass die Regionalleitstelle in Hameln für eine Fläche von 4770 Quadratkilometern mit 774 000 Einwohnern zuständig war.

„Hm … Okay. Und was genau ist denn dort passiert?"

„Tja, das weiß ich auch nicht so genau. Aber irgendetwas ist hier faul. Das steht fest. Hier steht ein Auto, die Fahrertür ist geöffnet, auf dem Beifahrersitz steht eine Warmhalteschachtel mit Essen drin – und auf dem Asphalt ist jede Menge Blut."

Der Einsatzleitbeamte notierte die Angaben des Meldenden. Seine Finger flogen über die Tastatur des Einsatzleitrechners.

„Und was macht Sie so sicher, dass es sich um Blut handelt?", hakte Hartmann nach.

„Ich sach mal so", holte Schnitker aus. „Das sieht jedenfalls ganz danach aus. Die Flüssigkeit ist rot und klebrig. Wie Blut halt so ist. Na ja, ich bin kein Experte, aber ich würde sagen: Das ist Blut."

„Okay, Sie erwähnten eine Warmhaltebox. Wie kommen Sie darauf, dass sie etwas zum Essen enthält?"

Schnitker war empört. „Na, ich bin doch nicht blöd. Der ganze Wagen riecht nach Dönerbude. Ich habe eine feine Nase, wissen Sie …"

„Aha … Haben Sie noch andere Beobachtungen gemacht? Sind noch andere Personen in der Nähe?"

„Nein, also, ja …"

„Ja oder nein? Was denn nun?", wollte der Einsatzleitbeamte wissen.

„Na ja. Kurz bevor ich den Wagen entdeckt habe, stand da noch ein anderes Auto. Der Fahrer hatte es auffallend eilig, da wegzukommen. Es handelt sich vermutlich um einen Fahrerflucht-Unfall."

„Wieso denn das?", wollte Hartmann wissen.

„Ganz einfach, weil das Heck des Autos, das hier unverschlossen rumsteht, beschädigt ist."

Hartmann atmete tief ein. Diesem Anrufer musste er jede Information aus der Nase ziehen.

„Wie ist denn das Kennzeichen des Autos?"

Der Zeuge drehte sich um und gab die gewünschten Informationen durch. Um professionell zu wirken, benutzte er das NATO-Alphabet. „Hotel, Mike, Trennung, Victor, Delta …" Schnitker war in den 1980er-Jahren bei den Heeresfliegern in Bückeburg gewesen.

Hartmann hatte sich die Buchstaben und Zahlen notiert. „Sagen Sie, Herr Schnitker ... Sie scheinen ein aufmerksamer Augenzeuge zu sein. Haben Sie sich vielleicht auch Fahrzeugtyp und Kennzeichen des Wagens gemerkt, der weggefahren ist?"

Der Hameln-Besucher antwortete mit einem lauten „Jawoll".

„Na, dann schießen Sie mal los …"

„Das war ein roter VW Golf, älteres Baujahr. Typ eins oder zwei, schätze ich. Das Kennzeichen lautet Hotel, Mike, Trennung, Bravo, Mike, 7085. Glaube ich jedenfalls. Bei den Buchstaben bin ich mir ganz sicher, bei den Zahlen nicht ganz so. Bei der Dunkelheit … Wissen Sie …"

„Ja, vielen Dank, Herr Schnitker. Sie haben vorbildlich gehandelt und uns sehr geholfen. Ein Streifenwagen kommt in Kürze zu Ihnen. Bitte bleiben Sie vor Ort und weisen Sie die Kollegen ein. Danke. Auf Wiederhören …"

„Ja, tschüss", flötete Michael Schnitker ins Handy. Er freute sich wie Bolle, dass er zur Aufklärung einer Unfallflucht hatte beitragen können. Das Lob des Polizisten ging runter wie Öl. Der Maschinenschlosser streichelte seinen Dackel, der artig am Zaun wartete. „Na, Oscar, wie haben wir das gemacht? Herrchen kann sich halt gut Zahlen und Buchstaben merken." Er tippte sich mit dem Zeigefinger an seine rechte Schläfe. „Hier oben ist noch alles topfit." Dass er einen Entführer bei der Tatausübung ertappt hatte und in dieser Sekunde eine Mordermittlerin in einem dunklen Verlies um ihr Leben kämpfte, ahnte Schnitker nicht. Wie sollte er auch.

Leitstellen-Disponent Hartmann staunte nicht schlecht, als er eine Halterabfrage für den Škoda Yeti machte. Der Wagen gehörte einer Kollegin vom FK 1. Herma van Dyck wohnte an der Koppenstraße. Halter des VW Golf war ein gewisser Bernd Melchior. Er wohnte an der Pyrmonter Straße, ganz in der Nähe der Münsterbrücke. Hartmann ließ Melchior durch den Polizeicomputer laufen. Treffer. Der Mann hatte polizeiliche Erkenntnisse. Er war vor ein paar Jahren wegen Verstoßes gegen das Betäubungsmittelgesetz in Erscheinung getreten. Er wurde aktuell aber nicht gesucht. In Hartmanns Kopf entstand eine mögliche Geschichte – und die ging so: Drogendealer fährt gegen Auto einer Polizistin und macht sich aus dem Staub, weil er seinen Führerschein nicht verlieren will. Der Disponent dachte nach: Aber wo ist die Kollegin abgeblieben? Die hätte den Unfall doch sofort gemeldet …“ In Hartmanns Bauch machte sich ein mulmiges Gefühl breit. Dieser Schnitker hatte recht. An der Sache war was faul.

Mit einem Knopfdruck aktivierte Hartmann das Headset-Mikrofon, um eine Funkfahndung auszulösen. „Hier Süntel, hier Süntel. Ich komme mit einer Fahndung. Gesucht wird ein VW Golf, älteres Modell …“ Hartmann gab alle Daten durch, die er von dem Zeugen erhalten hatte. Der Funkspruch hatte Priorität – er war in allen Kommissariaten, Stationen und

Streifenwagen zu hören. Die Beamten des Einsatz- und Streifendienstes schlugen ihre Merkbücher auf und machten sich Notizen. Danach hielten die mobilen Einheiten Ausschau nach dem VW Golf, der vermutlich im Frontbereich Beschädigungen hatte.

„47-11 von Süntel!" Disponent Hartmann sprach den Zivilwagen, mit dem das Team der Tatortgruppe unterwegs war, gezielt an. „Fahrt mal beschleunigt zur Koppenstraße. In Höhe der Friedhofsquere wartet der Zeuge Schnitker auf euch. Der weist euch kurz ein. Bitte überprüft danach umgehend die Wohnanschrift der Kollegin Herma van Dyck. Sie ist Halterin des beschädigten Yeti – und hält sich nicht an ihrem Fahrzeug auf. Wir müssen annehmen, dass ihr etwas zugestoßen ist." Der Oberkommissar gab die Nummer des Hauses durch, in dem die Hauptkommissarin wohnte.

„Verstanden, Süntel. Wir fahren vom HefeHof an. Sonderrechte freigegeben?"

„Ja, ihr könnt Blaulicht und Sirene benutzen."

„Okay, wir sind in zwei Minuten vor Ort." Im Hintergrund war das Martinshorn zu hören.

Die Kommissare Matz Kuper und Thomas Dellwo beeilten sich. Eine Kollegin war in Gefahr. Das trieb den Adrenalinpegel der jungen Polizisten in die Höhe. Nachdem sie mit Michael Schnitker gesprochen und einen kurzen Blick in das Wageninnere geworfen hatten, leuchteten sie mit einer Taschenlampe Tropfen auf dem Asphalt an, die eine Spur bildeten. Auch Kuper und Dellwo kamen zu dem Schluss, dass es sich um Blut handelte. Die Tatortermittler überquerten die Wohnstraße und liefen zu dem Mehrfamilienhaus. Sie klingelten zunächst bei Herma van Dyck. Als niemand öffnete, drückten sie auf alle Klingelknöpfe. Eine ältere Dame betätigte den automatischen Türöffner und ließ die Männer ins Haus. Kuper und Dellwo liefen mit gezückten Dienstausweisen an der Mieterin vorbei. „Polizei, wir wollen zu unserer Kollegin van Dyck."

Die Frau schaute den Männern nach. „Ich glaube nicht, dass die schon zu Hause ist", rief sie. „Das hätte ich gehört."

Die Beamten klingelten und klopften. Als niemand öffnete, schauten sich die Kommissare an. „Aufbrechen?", fragte Dellwo. Kuper nickte, zog seine Dienstpistole aus dem Schulterholster und sagte: „Ja, Gefahr im Verzug. Los!"

Es krachte. Holz splitterte. Dellwo hatte die Tür eingetreten. Er schaltete den Deckenfluter im Flur an, gab sich lautstark zu erkennen: „Polizei, ist da jemand?" Gesichert von seinem Kollegen Kuper, schaute der Tatortkommissar in jedes Zimmer. Herma van Dyck war nicht zu Hause. Nichts deutete darauf hin, dass sie nach Dienstschluss in ihrer Wohnung war. In der Küche standen weder Einkäufe, noch brannte irgendwo Licht oder eine Kerze.

Kuper steckte die P2000 zurück in das Holster und griff sich das Funkgerät, das an seinem Gürtel klemmte. Er drückte die Sprechtaste und rief die Leitstelle. „Süntel von 47-11."

„Süntel hört.“

„Wir sind in der Wohnung der Kollegin. Niemand zu Hause. Frau van Dyck ist verschwunden. Wir benötigen hier mal die Feuerwehr zwecks Eigentumssicherung. Wir haben die Tür gewaltsam geöffnet. Die müsste wieder verschlossen werden.“

„Das ist verstanden“, quittierte Disponent Hartmann.

„Die Kollegen von der Feuerwehr sollen Dampf machen, damit wir hier möglichst schnell wieder abziehen und fahnden können“, schob Kommissar Kuper hinterher.

Um 20.16 Uhr wählte Hartmann, der Kommissar vom Lagedienst, die Privatnummer des Chefs des für Straftaten gegen das Leben zuständigen 1. Fachkommissariats. Kurt Brenner und seine Frau Evelin saßen gerade vor dem Fernseher, als das Telefon klingelte. Der Erste Kriminalhauptkommissar hatte sich gerade eine Flasche Bier aufgemacht. Er war noch nicht dazu gekommen, das Pils in sein Glas zu gießen. Brenner hörte sich an, was Hartmann zu sagen hatte. Er unterbrach den Disponenten nicht, dachte derweil nach, zog seine Schlüsse daraus – und traf blitzschnell Entscheidungen. Die Anweisungen, die folgten, waren kurz und knapp, aber präzise formuliert. „Das hört sich alles andere als gut an. Informieren Sie bitte umgehend den PI-Leiter und den Leiter des ZKD. Fordern Sie das SEK an. Die Spezialkräfte sollen die Dienststelle anfahren. Ach ja: Mobilisieren Sie schon mal die Verhandlungsgruppe und die Fahndungsgruppe. Trommeln Sie ein paar

Kollegen vom FK 1 zusammen. Die sollen sich beeilen. Der ESD umstellt schon mal das Haus, in dem dieser Melchior wohnt, greift aber nicht ein. Für den Fall, dass die Zielperson die Wohnung verlässt, sollen die zivilen Kollegen der Tatortgruppe und der Fahndungsgruppe dem Mann unauffällig folgen."

Disponent Hartmann hatte sich Notizen gemacht. „Kurt, eine Frage. Vermutet ihr, dass die Kollegin entführt wurde?"

„Das können wir jedenfalls zum jetzigen Zeitpunkt nicht ausschließen. Deshalb gehen wir davon aus, dass es so ist."

Brenner gab seiner Frau einen Kuss. „Schatz, es könnte später werden. Warte nicht auf mich." Der EKHK setzte sich einen Hut auf, schlüpfte in seinen beigefarbenen Trenchcoat und zog leise die Haustür hinter sich ins Schloss. Evelin rief ihm noch „Pass auf dich auf!" hinterher. Sie war es gewohnt, dass ihr Mann nach Feierabend zum Dienst gerufen wurde.

So schnell es ging, fuhr der oberste Mordermittler von Hameln mit seinem Privatwagen zum ZKD-Gebäude an der Zentralstraße. Zehn Minuten später saß Brenner in seinem Büro. Er hatte sein Digitalfunkgerät angeschaltet und hörte den Funkverkehr mit. Die Fahrzeugbesatzung „47-11" hatte ihren Observationspunkt bezogen und die Lage unauffällig erkundet. Kommissar Kuper meldete im Flüsterton: „Der gesuchte VW Golf steht auf dem Hinterhof. In der Wohnung der Zielperson brennt Licht." Melchior war also zu Hause.

Nach und nach trudelten die Kollegen ein. Sie versammelten sich im Lageraum, der sich in der zweiten Etage befand. Dort wurden bereits Laptops mit dem Stromnetz verbunden und Funkgeräte aufgestellt. Kriminaldirektor Reinhard Landmann, Leiter der Polizeiinspektion Hameln-Pyrmont/Holzminden, hatte veranlasst, dass eine BAO errichtet wird. Die drei Buchstaben standen für „Besondere Aufbauorganisation“. Das war nichts anderes als ein Einsatzstab. Landmann übernahm die Leitung der BAO. Gemeinsam mit den Chefs der Spezialeinheiten wollte er die Einsatztaktik besprechen, den Polizeipräsidenten in Göttingen auf dem Laufenden halten – und den Großeinsatz leiten. Auf Landmann waren jetzt alle Augen gerichtet. Der Alte war für seinen analytischen Sachverstand bekannt – und für seine überlegten Entscheidungen. Ihm zur Seite standen ZKD-Leiter Kaufmann und FK-1-Chef Brenner. Am langen Tisch saßen auch Mitglieder der Verhandlungsgruppe. Es waren äußerst erfahrene Polizisten, die in Gesprächsführung und Psychologie speziell ausgebildet waren. Diese Vollzugsbeamten waren in der Lage, sich in die möglichen Handlungsweisen eines Täters hineinzuversetzen und diesen zur Aufgabe zu bewegen. Sie brauchten dafür keine Pistolen – Worte waren ihre schärfste Waffe.

Kurz nach 21 Uhr traf das Spezialeinsatzkommando mit mehreren schwarzen VW-Bussen in Hameln ein. SEK-Chef Michael Roth schaute sich das Haus, in dem der Entführer vermutet wurde, auf Google Maps an. Er studierte das Satellitenbild und entwickelte eine Zugriffsstrategie. Roth erhielt den Auftrag, Melchiors Wohnung zu stürmen. Der Einheitsführer verließ den Lageraum. Er war kein Mann großer Worte. Der Hauptkommissar hatte verstanden – und schritt zur Tat.

Fünfzehn Minuten später fuhren ein Notarztwagen der Feuerwehr und vier SEK-Busse vor dem Haus, in dem Bernd Melchior gemeldet war, vor. Zwölf Elitepolizisten sprangen heraus. Sie trugen Masken und Helme, waren schwer bewaffnet und hatten eine Ramme dabei. Sekunden später flog krachend die Haustür auf, liefen vermummte Polizisten die Treppe hinauf zur Mansardenwohnung, in der der europaweit gesuchte Serienmörder Ronny Rosslau gerade geduscht hatte. Schon nach dem ersten Stoß mit der Stahlramme flog die Korridortür aus den Angeln. Die mit Maschinenpistolen bewaffneten SEK-Polizisten schrien laut durcheinander. „Polizei, Polizei! Hände auf den Kopf!" Sie wollten ihr Gegenüber mit dem Geschrei verunsichern und einschüchtern. Doch die Wohnung war leer. Der Geruch eines Deosprays lag noch in der Luft. „Der Vogel ist ausgeflogen", meldete SEK-Führer Roth an die Kollegen im Lageraum.

Den Frauen und Männern, die den Einsatzstab bildeten, stand die Enttäuschung ins Gesicht geschrieben. Sie blickten resigniert auf ihre Monitore. „Verdammt", rief Brenner und schlug verärgert mit der flachen Hand auf die mit weißem Resopal beschichtete Tischplatte.

„Verflucht noch mal… Der kann doch nicht weg sein. Das Haus war doch umstellt."

Was die Polizisten nicht wussten: Der Sadist war kurz vor dem Zugriffsversuch in den Keller gegangen, um sich mit Herma van Dyck zu vergnügen. Fürs Erste war er den Fahndern entwischt, aber er saß in der Falle. Er konnte sich ausmalen, dass die Polizisten schon bald sämtliche öffentlich zugänglichen Gebäudeteile und ganz speziell seinen Keller durchsuchen würden. Wie war es den Polizisten bloß gelungen, ihn aufzuspüren? Er musste einen Fehler gemacht haben. Vermutlich war er auf der Koppenstraße beobachtet worden. Rosslau biss sich die Unterlippe blutig. Er war verstört, suchte nach einem Fluchtweg. So leise wie möglich schlich er sich aus dem Keller, in dem Herma van Dyck blutüberströmt lag, und öffnete die Tür zur ehemaligen Waschküche, in der Leinen gespannt worden waren, um dort feuchte Kleidungsstücke zum Trocknen aufhängen zu können. Rosslau öffnete ein Fenster und quetschte sich in der Hoffnung, nicht gesehen zu werden, hindurch. Er hörte leise Stimmen. Polizisten hatten immer noch das Haus umstellt. Mit seinem Auto konnte er nicht wegfahren. Ein Streifenwagen versperrte die Einfahrt zum Hof. Mit weit aufgerissenen Augen blickte er sich um. Er entdeckte ein Mountainbike. Jemand hatte es an der Hauswand angelehnt. Es war nicht abgeschlossen. Ohne lange nachzudenken, schnappte sich Rosslau das Fahrrad und trat, so fest er konnte, in die Pedale. In der Dunkelheit gelang es ihm, an dem

Funkwagen und zwei überrascht dreinblickenden Polizisten vorbeizufahren.

Die Polizisten machten über Funk Meldung. Sofort wurde es hektisch. SEK-Beamte und Zivilfahnder liefen die Treppen hinunter. Polizeichef Landmann gab über Funk den Befehl, die Person zu verfolgen und aufzuhalten. „Der darf uns nicht entwischen. Wenn die Zielperson die Fußgängerzone erreicht, ist sie weg." Zwei besonders sportliche Fahnder versuchten, den Verdächtigen zu Fuß einzuholen. Mehrere Streifenwagen-Besatzungen rückten ab und folgten dem Radfahrer mit Blaulicht und Sirene. Rosslau fuhr einen Zickzack-Kurs. Er setzte alles auf eine Karte, riskierte sein Leben, als er auf der Münsterbrücke in den Gegenverkehr fuhr und zeitweise zwischen den stadtauswärts fahrenden Autos, deren Fahrer fluchten und hupten, in Richtung Münster flüchtete. In halsbrecherischer Fahrt flüchtete der Gesuchte über die Papenstraße bis zum Omnibusbahnhof an der Stadt-Galerie. Dort sprang er von dem geklauten Mountainbike und tauchte alsbald zu Fuß in den Menschenmassen unter, die auf den Pferdemarkt zuströmten, um den Hamelner Weihnachtsmarkt zu besuchten. Der von Polizeichef Landmann befürchtete Worst Case war eingetreten.

Kapitel 43

Unterdessen stürmte ein SEK-Trupp den Keller des Gesuchten. Die Polizisten fanden Herma van Dyck. Ihr Kreislauf stand kurz vor dem Zusammenbruch. Sie atmete kaum noch, hatte viel Blut verloren. Über Funk forderten Polizisten das Notarztteam an, das draußen in Bereitschaft stand. Eine Intensivmedizinerin und zwei Notfallsanitäter kümmerten sich sofort um die Schwerverletzte. Herma wurde intubiert und künstlich beatmet, sie erhielt Infusionen und Medikamente. Die Pupillen der Kriminalhauptkommissarin waren entrundet, sie reagierten nicht auf Lichtreize. Dr. Mira Breitenbach wusste, was das bedeutete. Sie diagnostizierte eine lebensbedrohliche Hirnblutung, forderte einen nachtflugtauglichen Helikopter an. „Wir bringen Ihre Kollegin zur Notaufnahme des Sana-Klinikums, versorgen ihre Kopfverletzungen und lassen sie mit einem Hubschrauber nach Hannover zur Medizinischen Hochschule bringen", informierte die Notärztin einen der Polizisten, der eine Infusion gehalten hatte. „Okay, ich gebe das so weiter", sagte der Uniformierte. Brenner hatte es nicht länger im Lageraum ausgehalten. Er war auf dem Weg ins Krankenhaus, um Herma zu sehen. Unter den Kollegen machte sich große Betroffenheit breit. Herma van Dyck kämpfte mit dem Tod.

In der Innenstadt waren jetzt mehrere Dutzend Polizisten in Zivil und in Uniform eingetroffen. Die Beamten drängten sich durch die Besucherströme, vorbei an Glühwein trinkenden Frauen und Männern, die sich über die starke Polizeipräsenz wunderten. Die Fahnder hatten keine Ahnung, wo sich die Zielperson aufhielt. Rosslau hätte bereits über alle Berge sein können. Niemand konnte sagen, ob er in einer Menschentraube, die sich vor einer Bratwurstbude gebildet hatte, untergetaucht war oder ob er den Weihnachtsmarkt längst verlassen hatte. Ein eisiger Wind wehte durch die Gassen der Altstadt. In wenigen Minuten schloss der Markt seine Pforten, würden die Weihnachtslieder, die von morgens bis abends in Endlosschleife gespielt wurden, verstummen und der Duft, den die frisch gebrannten Mandeln verströmten, für einige Stunden verfliegen. Die Kommissare Matz Kuper und Thomas Dellwo schauten zur Turmuhr der Marktkirche. In sechs Minuten würden die Glocken schlagen und der große Zeiger der Uhr würde auf die Zwölf springen – dann war es 22 Uhr. Auf einem Schild stand ein Hinweis, der ihr Interesse weckte. „Heute Turmführung" stand in gedruckten Buchstaben auf einem DIN-A4-Blatt. Die Fahnder schauten sich an. Sie hatten zur selben Zeit denselben Gedanken gehabt. Was, wenn sich der Gesuchte unter eine Besuchergruppe gemischt hatte und nun im Kirchturm hockte?

Kuper und Dellwo liefen, so schnell sie konnten, die 207 Stufen bis zur Spitze hoch. Dellwo hatte seine Schusswaffe gezogen, um auf alle Eventualitäten vorbereitet zu sein. Kuper informierte die Leitstelle. Außer Atem keuchte er ins Mikro seines Funkgeräts: „Süntel, der 47-11 erkundet den Kirchturm."

Noch ahnte niemand, dass die beiden Tatortkommissare den richtigen Riecher hatten. Sie waren ihren Instinkten gefolgt und dem Serienmörder dicht auf den Fersen. Tatsächlich hielt sich Ronny Rosslau in dem verglasten Aussichtsraum des Turmes auf und schaute von oben dem bunten Treiben zu. Er hatte den Plan gefasst, sich einschließen zu lassen und die Nacht über abzuwarten. Hier, so hatte er gedacht, würden sie ihn nicht finden.

Als Rosslau die Funksprüche hörte, die aus den Sprechfunkgeräten der Kommissare durch das Turminnere schallten, erkannte er seine aussichtslose Lage. Hier kam er nicht mehr weg. Der Mörder zog sein Handy aus der Tasche, legte es auf die Fensterbank. Daneben stellte er die Schatulle mit den Schmuckstücken, die er den toten Frauen abgenommen hatte. Lieber bin ich tot, als im Knast zu sitzen, dachte er. Ronny Rosslau öffnete eines der schmalen Turmfenster, zwängte sich hindurch, sah noch einmal auf die funkelnden Lichter der Stadt. Dann ließ er sich fallen. Er breitete die Arme aus, fühlte sich frei wie ein Vogel. „Ihr werdet mich nicht kriegen …", schrie er. Nach 52 Metern schlug er zwischen zwei Buden hart auf dem

Granitpflaster auf. Sein Kopf war zerschmettert, Ronny Rosslau war ein zweites Mal gestorben. Diesmal gab es für ihn keine Rettung mehr. Kuper und Dellwo hatten den Todessturz nicht verhindern können. Kuper informierte die Leitstelle: „Hier ist der 47-11. Zielperson im Kirchturm aufgespürt. Festnahme nicht möglich. Der Typ ist einfach gesprungen …“ Disponent Hartmann bestätigte: „Süntel hat verstanden.“

Kommissar Dellwo machte mit seinem Diensthandy Übersichtsaufnahmen vom Aussichtsraum und ein paar Detailbilder von Rosslaus Smartphone und der Schatulle. Kuper hatte sich derweil blaue Einmalhandschuhe übergestreift und die Gegenstände in Tüten verpackt. Danach machten sich die Kommissare an den Abstieg. Diesmal ließen sie sich etwas mehr Zeit. Kollegen vom Einsatz- und Streifendienst hatten zwei Funkwagen vor die Leiche gestellt. Die Fahrzeuge sollten neugierige Blicke abhalten. Brenner erreichte den Fundort. Er forderte die Kriminaltechnik an. Im Moment hielt sich die Freude darüber, dass Rosslau kein Unheil mehr anrichten konnte, in Grenzen. Er machte sich große Sorgen um Herma. Im Krankenhaus hatten sie ihn nicht zu ihr gelassen. Herma war in ein künstliches Koma versetzt worden. Ihr Leben hing am seidenen Faden.

Während Brenner die Kleidung des toten Mörders durchsuchte, traf Notärztin Dr. Breitenbach am Pferdemarkt ein, um den Tod des Mannes offiziell festzustellen und einen Totenschein auszustellen. „Wie geht es meiner Kollegin?", wollte Brenner wissen. Die Ärztin presste ihre Lippen zusammen und zuckte mit den Schultern. „Sie ist in guten Händen. Wir können noch nicht sagen, ob sie überlebt oder ob sie bleibende Schäden davontragen wird. Hoffen wir das Beste für sie." Aus der Ferne drang das Dröhnen von Triebwerken an Brenners Ohren. Für ihn war das in diesem Moment wie eine himmlische Melodie. Intensivtransport-Hubschrauber „Christoph Niedersachsen" schwebte ein, näherte sich blinkend wie ein geschmückter Tannenbaum dem Krankenhaus. Die fliegende Intensivstation der DRF-Luftrettung war die einzige ihrer Art in Niedersachsen. Zur Besatzung gehörten ein Notarzt, ein Notfallsanitäter und zwei Luftfahrzeugführer. Nachts flogen die Rettungspiloten aus Sicherheitsgründen zu zweit. Brenner musste daran denken, dass vor zwei Jahren das Gewaltopfer Kader K. mit dieser rot-weißen Maschine von Hameln nach Hannover geflogen wurde. Die Deutsch-Kurdin hatte überlebt. Die Mordattacke auf die junge Mutter war Hermas erster großer Fall in Hameln gewesen. Nun lag sie bald selbst in dem Hubschrauber.

Kapitel 44

Am Nachmittag des Heiligen Abends erwachte Herma van Dyck aus dem Koma. Sie musste nicht mehr länger künstlich beatmet werden. Die Hirnschwellung, die durch eine Blutung verursacht worden war, hatte sich zurückgebildet und zum Glück keine bleibenden Schäden verursacht. Die frohe Botschaft zum Fest hatte ihm der Chefarzt der Neurochirurgischen Abteilung auf dem Flur verkündet. „Details kann ich Ihnen natürlich nicht nennen. Die ärztliche Schweigepflicht ... Sie wissen schon. Aber ich darf Ihnen sagen: Ihre Kollegin wird wieder ganz gesund." Kurt Brenner saß neben Herma am Krankenbett, als sie die Augen aufschlug. Ihre erste Frage lautete: „Wo bin ich?" Brenner erklärte ihr, was drei Wochen zuvor geschehen war. Die Hauptkommissarin konnte sich an nichts erinnern. „Das ist auch gut so", meinte Brenner und streichelte ihre Hand. „Dein Gehirn schützt sich selbst. Jetzt denkst du an was Schönes und wirst erst einmal gesund."

Herma schloss für einen Moment die Augen, dann winkte sie ihren Chef zu sich heran und krallte ihre Finger in seinen Ärmel. Mit brüchiger Stimme fragte sie: „Kurt, habt ihr den Scheißkerl? Und sag mir bitte auch, wie viele Frauen dieser Drecksack gequält und getötet hat. Erst wenn du mir alles erzählt hast, denke ich an Ostfriesland, die Nordsee und eine schöne Tasse Tee.“ Brenner wollte protestieren, aber Herma winkte lächelnd ab. „Sag es mir bitte. Sonst komme ich nicht auf andere Gedanken.“

„Na gut, aber nur, weil du es bist“, erwiderte Brenner. „Unser Mann hat sich der bevorstehenden Festnahme durch Selbstmord entzogen …“

Herma lächelte schadenfroh. „Das ist gut so. Dann kann er kein Unheil mehr anrichten. Sorry, ich habe dich unterbrochen …“

EKHK Brenner räusperte sich und setzte dann seinen Monolog fort. „Vor ein paar Jahren hat dieser Rosslau die Identität eines gewissen Bernd Melchior angenommen. Wir wissen nicht, wo dieser Mann abgeblieben ist. Möglich, dass er von Rosslau getötet und irgendwo verscharrt wurde. Auf seinem Handy haben wir Fotos von vier toten Frauen und von dir gefunden. Sarah Brooks ist darunter und diese Livia, die er in Wilhelmshaven neben diese Windsbraut-Skulptur geklebt hat. Zwei Frauen können wir noch nicht wirklich zuordnen. Die erste Leiche hat er am Weserufer fotografiert. Von ihr könnten die Haare stammen. Ob der Kopf von der andere Toten, die er fotografiert hat, stammt, können wir noch nicht sagen. Die Frau auf dem Foto hat aber dieselben hohen Wangenknochen wie der Kopf aus der Humme. Es liegt noch sehr viel Arbeit vor uns. Das Wichtigste ist aber: Du wirst bald wieder ganz die

Alte sein." Brenner streichelte Herma durch ihr blondes dünnes Haar.

Die Mordermittlerin, die knapp dem Tod entkommen war, lächelte. „Das war jedenfalls eine Erfahrung, auf die ich gern verzichtet hätte", presste sie hervor.

„Wir glauben, Erfahrungen zu machen, aber die Erfahrungen machen uns", sagte Brenner und küsste sie zum Abschied auf die Wange.

„Ist das von dir?", wollte Herma wissen.

Brenner musste lachen. „Nein, den Spruch habe ich mal vor Jahren in Hamburg auf einer Hoteltoilette gelesen und ihn mir gemerkt. Der stammt von Eugène Ionesco."

„Muss ein kluger Mann sein, dieser Ionesco", flüsterte Herma und schlief erschöpft ein. Unter ihren Augenlidern, die zu zittern schienen, zuckten ihre Augen wild hin und her. Die Kommissarin träumte vom Rauschen des Meeres, sie sah Wellen gegen Kaimauern schlagen und Möwen über grünen Deichen kreisen, auf denen Schafe standen. Im Traum konnte Herma sogar den Geruch, den der Schlick des Wattenmeeres verströmte, riechen. Auf Zehenspitzen schlich sich Brenner aus dem Zimmer. Er öffnete die Tür und drehte sich noch einmal zu Herma um. „Mach's gut, du verrücktes Huhn. Frohe Weihnachten! Die Kollegen und ich warten auf dich. Es gibt noch verdammt viele Fälle zu lösen. Du fehlst …"

Danksagung

Ich danke meiner Ehefrau Claudia dafür, dass sie mir, während ich dieses Buch geschrieben habe, stets den Rücken gestärkt und freigehalten hat. Ich bin ihr sehr dankbar dafür, dass sie mit mir oft stundenlang über die furchtbaren Gedanken der Mörder gesprochen hat. Claudia, du bist eine gute Zuhörerin – die Gespräche mit dir haben ganz sicher verhindert, dass mich die Gewaltfantasien dieser schwer gestörten Menschen, mit denen ich mich während der umfangreichen Recherchen zu diesem Buch intensiv beschäftigt habe, traumatisiert haben. Du hast mich in dieser Zeit mehr als einmal aufgefangen und mich davor bewahrt, dass dunkle Mächte meine Seele zerstören können. Meinem Sohn Leonhard danke ich für sein Verständnis. Mir ist bewusst: Ich habe meine Lieben in den zurückliegenden Monaten sicher etwas vernachlässigt. Sie mögen mir vergeben. Ein besonderer Dank gebührt dem Strafverteidiger und Opfer-Anwalt Roman von Alvensleben aus Hameln, der mich bei meinen Recherchen unterstützt und einen wichtigen Kontakt hergestellt hat. Ich danke Polizeikommissar a. D. Rolf Zühlsdorff aus Ostfriesland, der sowohl bei der Polizeiinspektion Hameln-Pyrmont/Holzminden als auch bei der Polizeiinspektion Aurich/Wittmund gearbeitet hat. Er hat mir seinen Namen geliehen und gestattet, spannende Erlebnisse aus seinem Dienstalltag zu beschreiben. Ich bedanke mich bei Diensthundführer Polizeihauptkommissar Jürgen Schulz für die Geländeexkursion auf dem abgeriegelten Wouldham Park und die Erklärungen. Auch Polizeihauptkommissar Jens Petersen – alias Peter Jensen – bin ich zu Dank verpflichtet. Er hat meine Fragen stets geduldig beantwortet. Dem renommierten Gerichtsmediziner Dr. Detlef Günther, Leitender Oberarzt am Institut für Rechtsmedizin der Medizinischen Hochschule in Hannover, bin ich sehr dankbar dafür, dass er mich bei meinen Recherchen zu diesem Buch unterstützt hat.

Im Verlag CW Niemeyer bereits erschienen ...

Bauarbeiten in einem vergessenen Park unweit von Bückeburg: Ein Touristenmagnet soll entstehen. Hauptkommissar Hetzer will die Sache inspizieren. Dann der Schock! Nichts ist mehr wie vorher, der verwunschene See längst Geschichte. Auf einer der Inseln entdeckt er eine Metallkiste, deren Inhalt sich als grausig entpuppt. Nun stehen er und seine Kollegen vor einem unlösbaren Rätsel. Während das Team ermittelt, hat das Böse im Schatten leichtes Spiel.

Nané Lénard. SchattenSchuld
384 Seiten. Klappenbroschur. ISBN 978-3-8271-9536-4
E-Book 978-3-8271-8567-9 (Pdf)
978-3-8271-8366-8 (Epub)

Im Verlag CW Niemeyer bereits erschienen ...

Das Szenario vor dem Druidenstein ist an Grausamkeit kaum zu überbieten. Alles erinnert an die Sagen, die sich um den Opferplatz der Kelten und Germanen ranken, und an dem noch heute der Geist der Druidin Herke wandeln soll. Am folgenden Tag stirbt im örtlichen Klinikum ein Archäologe, der von sich behauptet, er habe einst den Dolch der Herke ausgegraben. Werden Hauptkommissarin Nina Moretti und ihr Team die Druidin rechtzeitig stoppen können, bevor sie erneut tötet?

Micha Krämer. Druidenwahn
400 Seiten. Klappenbroschur. ISBN 978-3-8271-9504-3
E-Book 978-3-8271-8561-7 (Pdf)
978-3-8271-8360-6 (Epub)

#niemeyerbuch

Jetzt kein Buch mehr verpassen

Im Verlag CW Niemeyer bereits erschienen ...

Die Kunsthistorikerin Köckel-Simons erleidet einen grotesken Tod – man findet sie aufgeknüpft an einer Tafel im Hörsaal. Die Ermordete wurde von ihren Kollegen spöttisch Mona Lisa genannt. Weil sie rätselhaft und undurchschaubar war? Kommissar Spyridakis ermittelt undercover als Student. Gemeinsam mit seiner Chefin Wunder und seinem Mainzer Kollegen, der als Hausmeister tätig wird, kommen sie einem hochverdächtigen Kunstauktionator auf die Spur ...

Lothar Schöne. Mona Lisa stirbt im Rheingau
416 Seiten. Klappenbroschur. ISBN 978-3-8271-9507-4
E-Book 978-3-8271-8564-8 (Pdf)
978-3-8271-8363-7 (Epub)

#niemeyerbuch
Jetzt kein Buch mehr verpassen

Im Verlag CW Niemeyer bereits erschienen ...

Lübeck. Dezember. Der Pharmaunternehmer Hans-Jochen Leipold wird erstochen an der Trave aufgefunden. Das Team der Lübecker Mordkommission rätselt: Was hat sein Tod mit einer Tat zu tun, die über dreißig Jahre zurückliegt und nicht aufgeklärt wurde?
Und warum interessiert sich Theresa Johansson für das, was damals geschehen ist? Die Frau, die bereits ins Fadenkreuz der letzten Ermittlungen geraten ist.
Je näher Hauptkommissar Lennart Bondevik der Lösung kommt, desto mehr wünscht er sich, er hätte nie in der Vergangenheit gegraben, denn ... es ist seine.

Anke Messerle. Im Jetzt der Vergangenheit
448 Seiten. Klappenbroschur. ISBN 978-3-8271-9499-2
E-Book 978-3-8271-8559-4 (Pdf)
978-3-8271-8358-3 (Epub)

#niemeyerbuch

Jetzt kein Buch mehr verpassen